从前，吴老么每到一个码头卖唱，总是自己去拿刀蹚子给小点戏，现在这件事就由"嫩豆花"来办理了。自从她接手办理这件事以来，麦幻林是生意兴隆，点戏的人特别多。当然啰，醉翁之意不在酒，谁会听吴老么那破锣嗓子捏的烂嗓子呢？点戏人的目的，在长得又白又嫩的豆花身上。说也奇怪，"嫩豆花"自从同吴老么结合起来后不久，使从以前轻盈窈窕的腰身，逐渐地开始有些儿发胖了，不白又嫩，一变而为肥而且嫩，脸上就更显得丰满，两颊似烂熟了的苹果，水汪汪一对眼珠子不断地在黑睫毛下转动。当她白生生的手腕儿捧点戏的蹚子递出去时，早已应接不暇。那些醉鬼们，如饥鹰扑食一般地栽下去了。有特别轻薄的家伙，伸手去拿戏蹚子时，顺便摸她一下长着细白嫩皮的手臂，那有几个酒窝儿的地方，这种轻佻的动作，在"嫩豆花"说来，根本是无所谓的，也可以说她没有什么特殊的感觉了。在那肮脏的社会里，使她难受的多着呐，给人摸一下又算什么？

"咋了的呐，你们这个戏蹚子里连个二姑娘儿贴都没有？"

"嫩豆花"根本不理这种无理不难的话问。

"有啥好摸的么？"又一个无聊的问话。

车辐 著

曾智中 黄尚军 校注

李家正 插图

锦城旧事

（修订本）

四川文艺出版社

图书在版编目（CIP）数据

锦城旧事／车辐著；曾智中，黄尚军校注；李家正插图. —3 版（修订本）. —成都：四川文艺出版社，2018.11（2020.4 重印）
ISBN 978-7-5411-5040-1

Ⅰ. ①锦… Ⅱ. ①车… ②曾… ③黄… ④李… Ⅲ. ①长篇小说-中国-当代 Ⅳ. ①I247.5

中国版本图书馆 CIP 数据核字（2018）第 235221 号

JINCHENG JIUSHI

锦城旧事
（修订本）

车 辐 著

曾智中 黄尚军 校注

李家正 插图

责任编辑	苟婉莹 卢亚兵
内文设计	陈 维 史小燕
封面设计	周 明
责任校对	汪 平
责任印制	桑 蓉
肖像摄影	骆 丹

出版发行	四川文艺出版社（成都市槐树街 2 号）
网　　址	www.scwys.com
电　　话	028-86259287（发行部）　028-86259303（编辑部）
传　　真	028-86259306
邮购地址	成都市槐树街 2 号四川文艺出版社邮购部　610031
排　　版	四川胜翔数码印务设计有限公司
印　　刷	四川机投印务有限公司
成品尺寸	148mm×210mm　　　　开　本　32 开
印　　张	12.25　　　　　　　　　字　数　230 千
版　　次	2018 年 11 月第三版　　　印　次　2020 年 4 月第二次印刷
书　　号	ISBN 978-7-5411-5040-1
定　　价	48.00 元

版权所有·侵权必究。如有质量问题，请与出版社联系更换。028-86259301

序一
车先生外传

流沙河

车辐先生长篇小说《锦城旧事》即将付印，嘱我作序。我极乐意，与有荣焉。序无定法，我在这里愿向读者介绍很有趣的车辐先生。

先生年轻时乃是成都名记者，又任中华文艺界抗敌协会成都分会理事。我读小学，在报章上看见先生大名。读初中时想长大当新闻记者，也是由于看了先生写的《黑钱大盗李健》一文。后来成年，有幸与先生共事于四川省文联《四川群众》编辑部。时值上个世纪50年代初期，先生已入中年，穿一身褪色的灰制服，骑一辆脱漆的飞利浦车，用一支老式的派克笔，抽一包廉价的大前门，小心谨慎，沉默寡言。编辑部里尽是一些不知天高地厚的小青年，"思想觉悟"高得吓人，都把先生当作"旧社会"看待，时时警惕着他。他若不谨慎不寡言，便要挨批评做检讨，我头脑虽亦左,但好学,知他腹笥充盈,见闻广博,所以常去坐守他的桌前请教,听些文学掌故以及旧社会龙门阵。先生平时假小心装沉默,遇上我这样虔诚的听众,很快就现真相显本色,高谈阔论,毫无避忌。此时才晓得先生原来是胸无城府,绝不设防的人。四十多年后,我给他定性为"不可救药的老天真",可见其为人之一贯如此,亦可推想他在旧社会时早已如此。

在编辑部,先生的办公桌左端靠窗,桌旁壁上挂一件晴雨计。他每日骑车上下班,关心天气变化。桌上大玻璃板,压有1946年谒鲁迅墓的照片和他手书的迅翁七绝一首:"大江日夜向东流,聚义群雄又远游。六代绮罗成旧梦,石头城上月如钩。"左壁上有一幅成都市大地图,谁都不去查看,唯有先生每星期一上早班时总要用笔在地图上画些符号。他说:"昨天去看东郊建设,这里新修了一条路,我来添上。"每逢星期一,他都要添画一些符号,表示工厂、桥梁、道路、医院、仓库等等。他哪知"阴暗的眼睛到处看见敌人",竟将东郊一片画满各种符号,而竟浑浑噩噩不知祸之将至。有两个星期日,还带我去东郊看建设,一一指点,满怀豪情称颂不已。那时东郊沙河电影院尚未修,正在挖基坑打基础,我和他就坐在离基址较远处喝茶畅谈。谈完建设,他凝眸附近一座农家院,土墙竹林围绕,状甚一般,忽指点说:"日本飞机轰炸成都,我到这座院子躲过警报。"八年抗战的艰难岁月又从记忆里浮现出来。

在旧社会吃新闻饭，先生敬业十分，成名绝非浪得。衣袋内揣一个小本本，遇到一鳞半爪，立刻记下，以备采访之用。为人又好事，喜交游，管他三教九流，一混就熟。所以采访出击，每每旗开得胜，短消息，长特写，莫不精彩可读。脚板又翻得勤，车子又蹬得快，总是抢在同行之前，先拿到手。人勤快，饿得快，凡吃请，他都来。成都餐宴行业几位巨擘有一个转转会，轮流请吃，他也每次请去吃斋，大饱口腹，吃过许多稀奇古怪的极口佳肴。如今老了，轮椅岁月仍勤，便一一写出来，还印成书，叫拙荆给他作跋。这类文章只要几篇，已足逗得读者食欲大动，还给他招来了美食家的头衔，真是合算。

说到这转转会，又与扬琴有关系了。转转会的几位东家，其一姓蓝，是包席馆子荣乐园的老板，同车辐先生一样，都是打唱扬琴的票友，所以拉他去吃。其余各个东家也都知悉这位记者，乐意邀他赴宴。他们吃毕，就要打唱扬琴玩了。车辐先生曾随扬琴大师李德才游，能打会唱，又靠一些古典诗词垫底，唱起来就有更深沉更细致的理解和感受，往往比肩专业人士。此种专业多系盲人，一如古之师旷，因目盲而耳灵，辨音识声优于睁眼子。这些盲音乐家尽是贫民，地位低下。车辐先生敬爱他们，常与之游。此种异行不被世俗认同，称他为车老疯。疯，这里音 fěng（同讽），川语，指那些行为有异于常人者。你，一个文化人,大记者,有身份,跑来交游一伙穷瞎子,故称之曰疯。所以,疯在这里仅指性情,非指精神疾患。从前先生年轻,每见这些盲音乐家横过街道,便去搀扶。他们握一握他的手,便知晓这来者是谁了,问一句:"又是老疯吗?"不但扬琴艺人,那时各种民间曲艺人士,先生都去交游,结下友谊。十几年后,我和他拉车子街上走,背心短裤,满脸汗尘,仍有那么多曲艺界乃至川剧界的老朋友向他鞠躬问好,叫一声车老师。回想起来,他不是不拿架子,而是浑然忘却所谓身份高低,出乎真情,友爱他人。他曾引川戏唱词"好言一句三冬暖,恶语伤人六月寒"以教我。当时我二人正在服苦役,印象特深,至今尚不敢忘。

说到交友,先生还有一群文化朋友,都是抗日战争时期来成都的,计有作家、报人、画家、演员各类,其数上百,后来多半成名,举国皆知。数十年后,他们到了成都,必来看他,间樽话旧,使人感动。回头瞧瞧从前那些踏屑过他的人,如今一个个的门可罗雀,始知天理昭昭,善有善报。

我和先生不是朋友关系。当初我出第一部诗集时,送他那本上面写的就是"车辐吾师指教"。尚忆昔年共事,梅里美的《卡尔曼》和《高龙巴》、哈谢克的《好兵帅克》,都是他叫我读的。我戴上帽子后,承蒙先生不弃,乐意助我拉车,绝无恶语半句。派来助我拉车的人多矣,唯先生最卖力。较之某位学者,绳子从未拉伸,还要做脸做色,而为人之孰优孰劣,犁然自见。帽子戴二十年摘了后，又是先生骑车远道前来看我，回去又写采访发表。近二十年，拙作被他青睐，又说些好言语鼓励我，始终不认我做学生。相反，颠三倒四呼拙荆为师母。此老身上原有帅克的诙谐与狡黠。

先生的趣闻，确实也不少。上个世纪50年代初期，他家中子女多。工资不够应付家庭开支，他就翻出郭沫若给他的三封信，卖给公家，获三百元(相当于今日的四千元)，趣称"出卖郭老"。1955年反胡风运动来势极凶猛，人人自危，赶快交出抗日时期胡风来信两封。事后又遗憾没有卖到钱。也就是这一年大祸突降，被捕入狱，吓得睡不着。三天后打听到同狱的"反革命"多达数百人，皆属省级机关干部，他就吃了定心汤圆，放胆做体操，能吃能睡了。送回省文联，红光满面，还长胖了。补领十一个月工资，大喜过望，买酒痛饮，而且赋诗。记得其中四句：精神被摧垮，灵魂已压扁。物质尚存在，一身胖嘎嘎。想当初逮他，编辑部领导人指着壁上地图，拍桌大叫："看这罪证！"送回来后，他才弄明白，自己被误认为"特务"了。从此再不提说东郊看建设，姑且偷着乐吧。1957年上头叫"鸣放"，他就设防，一声嗽也不咳，总算未上"引蛇出洞"的当。八十岁后，老还小，趣闻又回来。兹举四例，以博一粲。一是红袍礼帽，扮新郎官儿过瘾；二是接受陈若曦啵他左脸的拥抱礼，表示亲爱；三是当着黄苗子的面，在郁风面前，放嗲装小；四是为女艺人哭灵。以上"失格"之举，全有多人旁证，而且照相留影。

说到那位新故的女艺人，我得补充一点，逝世前多年已是老妪了。退回去六十年，她在成都唱红，拥有上自大学校长，下至贩夫走卒，一大群追星族，车辐先生那时二十几岁，青年记者，非常同情她，帮她不少忙，还陪伴她登台共演，又在报上为她鼓吹。这部长篇小说《锦城旧事》就以她为主角，先从她母亲嫩豆花儿写起，旁涉旧社会的各种人物，而作者本人也以欧长歌的名字活跃在书中，煞是好看。论到小说章法，此书就谈不上。什么先锋荒诞种种新潮，此书一时难以说清。但有一点，读者须知，此书太真实了，真实得近乎土。优点缺点，都在这点，若有高手拿去改编成电视剧，可能打响。

综观车辐一生，写，吃，玩，唱，四字可以概括完毕。倒起说吧。唱，除了扬琴，他还会唱川戏，快活时放几腔，还听得。玩，一是游山玩水，二是跳川剧中的《边鱼上水舞》，三是高台跳水，皆能超乎常人，玩得心跳。近年老迈，跳舞跳水不可能了，唯山水之游玩，念念不忘，坐在轮椅上还想出夔门，看上海，耍南京，约我明年同去。吃，到老还馋。其言曰："除了钉子以外都能嚼。"夫妻肺片双份吃光，轮椅推上街，还要买两个蛋卷冰淇淋，边行边吃。一夜拙荆去他家，回来说："看电视睡着了，手上还拿着半边桃酥，醒来再吃。"我观其人，应是天上星宿下凡，游戏人间，还要饱享太太贤惠儿女孝顺之福，令人羡慕。最后是写，写了一生，轮椅上还天天写信。拿他太太的话说："我就是不会写。除写以外，哪样都比他强。"

           2002年5月，成都

序二
序车辐《锦城旧事》

何满子

如今说来，真是 long long ago 了，20 世纪 40 年代初我流浪到成都，照例要入乡问俗，耳目体察之外，也求之于书本。死脑筋不通窍，只知道找有关成都的方志书和掌故书，从晋人的《华阳国志》《益州记》到晚清修的《成都县志》，从宋人赵抃的《成都古今记》到清人彭遵泗的《蜀碧》，当时城守东大街省图书馆馆藏的这类书几乎翻了个遍，依然不得要领。因为这些古人的记述离现实实在遥远，而且讲制度沿革的多而讲风俗人情的少。我偶然和一位老成都谈起我的困惑，他笑道："你这个迂夫子自己整自己的冤枉。要懂成都的人情世故嘛，你不如读读李劼人的小说。"于是，我读了《死水微澜》《反正前后》《大波》，果然受益不少。以此我深深体会恩格斯所说的"巴尔扎克的《人间喜剧》给出的法国社会的知识比所有的法国历史更多"一语的不诬。

　　好的小说都是风俗史，作家有心在小说中展示地方风情的小说更是。巴金的《激流三部曲》，特别是《家》，有成都风情的点染，但它的题旨是新旧之交封建大家庭中一群青年的挣扎史，成都风情只是作为背景从形象结构中发散出来，因此在宣示成都的习俗和都市风光上，不及写以辛亥革命前后成都的动荡为主题的李劼人的系列小说。由于被卷入了事变的是这座城市，李劼人在人物和情节的描叙中就自然地播散出成都住家人户的动静起居，生活风习，人际关系的格局，让人亲切地感知了成都这个城市的特有风情。

　　但李劼人小说的重心是事变中的成都，亦即成都经历的事变，作家并未特别渲染作为场景的成都风情，读者感知的成都风情只是小说的附带效果。车辐的这部《锦城旧事》则是作者着意展示20世纪初至40年代的成都风貌和性格的。这从小说的命名上就可看出其志向之所在，本来满可以用"嫩豆花儿和她女儿的故事"之类惹眼的题名，他却让题目点明了"锦城"，可见他重视表述城市风俗更甚于他的人物的故事。

　　这部小说堪称旧时成都的社会生活百科全书，小说的故事和戏剧冲突无疑是为了展示成都风情而铺设的引线，场景的着色远比情节更下功夫，更浓墨重彩。进入小说，你就进入了往日的成都。从市街坊里到工商百业，从酒楼茶馆到烟寮赌场，从名厨佳肴到风味小吃，从剧场影院到街头卖艺（我所知道的只是遗漏了夜间街头"讲圣谕"），乃至监狱刑场，拉壮丁的黑栈窝等无所不有，全都带有旧成都特异的色彩。当然，人物永远是小说艺术最活跃的因素，旧成都上中下三等具有特征的人物也在小说中请齐了：头脑迂腐的老派士绅，亦兵亦匪的地方军阀及各级枪杆好汉，壳子冲得比实力大的商界闻人，自命风雅的烂杆子文人，无缝不钻的清客帮闲和流浪汉，构成成都市井特色的小商贩包括卖担担面老汉、报贩子，直到以杀头为生的刽子手和收拾尸首的特种行业者，更不说与主角吴小秋有关的戏班子的演员和各色曲艺人物如贾瞎子、德娃子等艺人。这些人物的主要作用，与其是为了维系小说情节，毋宁更为了烘染出成都市井的特有风情。同样的目的，人物中不能没有教育界、艺术界和新闻界的角色，甚至跻身于成都中流社会的洋鬼子。

　　既然要成都风情撑足，当然绝对不能缺了旧日成都和川西坝子乃至整个四川的两大特征：黑道和鸦片。据地称雄的龙头舵把子和占地为王的军阀之凶残贪婪，无恶不作，是下江省份所少见的。小说刻画了两个舵把子欺凌蹂躏母女两代的兽行，控诉了流浪艺人的悲惨遭遇。也写了黑道势力和比土匪更土匪的军阀的勾结、摩擦和你死我活的冲突，这都是真真实实的旧四川、旧成都的真实。要理解旧四川、旧成都，车辐都指点了给你看。我以为，这部小说的最大价值是在通过其代表流浪艺人的遭遇勾画出了百科全书式的成都风俗画，旧成都的完整性格。

巴金的小说语言里较少成都方言；李劼人的小说里大抵只在人物对话中使用成都方言；车辐的小说连叙述中也尽可能使用成都方言，这是这部小说的又一特色。成都方言是中国方言中表意最丰富、最绵密细腻的方言之一，不仅特征性强和机智俏皮而已，它可以对译出别处的方言而别处却无法模拟它的声口。我可举一小例，上海方言中有"发嗲"一词，本意为撒娇，但有不少外延义。别处没有传达出同样的内涵的方言词语，北方话转译为"发贱"，就过于极端；而成都方言中恰好有"黏 (niā) 巴"（我不能保证字写正确了）一词可以天衣无缝地对译，令人叫绝。四川话又近于官话，不像别的方言小说那样别处人不易懂。当然，有些成都特有的词汇费解些，但也够不上阅读障碍。至于我这个"二川人"，对本书的语言是特别欣赏了。

2002 年 6 月，上海

目录

序 一 车先生外传 \ 流沙河

序 二 序车辐《锦城旧事》\ 何满子

第一章 麻雀子从老娘头上飞过,老娘也能分个公母呢——1

第二章 自信地确认为他自己是当今第一架英雄,用下腹对准了尖刀——35

第三章 不要钱的女人,我还是第一次遇到,还敢打人——77

第四章 我看你咋个活人哟!你这个不懂事的小杂种啊——105

第五章 酸酸客吃早茶吐酥痰,谈论起一鸣惊人的吴小秋——113

第六章 鸡公咋个吃得过人,只有人才吃鸡公——149

第七章 成都周璇今天到了华西坝!听得洋人哈哈大笑——181

第八章 饿老鸹也不打岩下食,吃桃子也要分个杆杆嘛——233

第九章 他有他的一招,要结婚;我有我的打算,权且打个平伙——273

第十章 东说南山西说海,『休谈国是』照样谈下去——311

校注后记——372

第一章 麻雀子从老娘头上飞过,老娘也能分个公母呢

吴老幺的老婆叫嫩豆花儿。

嫩豆花儿的本名叫什么，谁也无法知道了，就连吴老幺本人他也无法知道。就吴老幺来说，他也根本用不着知道，在那样一个世道里，一个怀抱琵琶，到处流浪的跑滩匠，能够养活自己，也就算是很不错的了，打一辈子单身汉的人多得很。吴老幺这个下三烂的滚龙匠居然能得到一个"老婆"，也就算是很不容易的了。顾名思义，嫩豆花儿总比豆腐干儿、霉豆腐这类的别名高到哪儿去了。人年轻，长得窈窕，皮肤白而且嫩，只消她认真地看你一下，都是够人销魂的，不过，她从来也没有认真地看过谁。

吴老幺当初认识嫩豆花儿，可并没有发现她这些美好的东西，发现这些美好的东西，那是以后的事了。

一次，有人好奇地问吴老幺："你们当初咋个搞拢的？"

"咋个搞拢的？是涨大水冲垮鹁鹉桥那一年，我没办法，困在牛市口水巷子烟馆里头，搞这个玩意儿(琵琶)，一天只能挣得到烟钱。嫩豆花儿她穿一件伙食汗衫儿，我烧烟她来靠烟盘子，我下半身冷了，她就来给我偎脚，老子正没得棉裤，来得正好，三言两语，我们就成交了生意。没想到这女花花一跟到我，就服服帖帖地伺候我了，一直跟到我跑烂滩，找钱吃饭。有人问起，就说是打平伙的夫妻。"

嫩豆花儿一跟到吴老幺后，她受气受辱的暂短过

跑滩匠：本指公开抢劫的四川哥老会成员，后泛指跑江湖的或无固定职业、到处流浪的人。

下三烂：技艺拙劣、地位低下的人。本指成都地区纸牌打法中最小的三种牌。

伙食汗衫儿：下厨时穿的衣衫。另有一说，"伙食"为包身妓女。

女花花：姑娘，女孩子。

打平伙：凑钱和食物，然后合伙吃东西。

往年华，总算是告一段落，暂时走上一个男人和一个女人的正规生活。因为生活一正规化，嫩豆花儿身上的干疮子、脓泡疮，也逐渐去掉了。吴老幺弹琵琶卖唱，嫩豆花儿跟在他屁股后卖纸烟，他们一唱一和，倒也还能混得下去，虽然是破烂的生活，总算彼此有个照顾。何况嫩豆花儿卖纸烟赚得有多余的钱，总是全数照缴不误，吴老幺又可多烧两杯坝土。到晚来又有人陪伴，他在烟瘾过足之后，的确有些醺醺然的了。而嫩豆花儿呢？也仿佛有什么可以依靠的男人了，加上吴老幺的脾气又比较好，两人自结合以来，又少犯蹲蹬，不说别的，就按习惯上来说，他们也似乎有些相依为命。这个平伙就这样打下去了，而且是打定的了，虽然他们随时随地都在风雨飘摇中。

坝土：鸦片的一种，价最低。

犯蹲蹬：起摩擦，有矛盾。

　　从前，吴老幺每到一个码头卖唱，总是自己先拿戏折子给人点戏，现在这件事就由嫩豆花儿来办理了。自从她接手办理这件事以来，真可算是生意兴隆，点戏的人特别多，当然啰，醉翁之意不在酒，谁去听吴老幺那副破烂不堪的烂嗓子呢？点戏人的目的，在长得又白又嫩的豆花儿身上。说也奇怪，嫩豆花儿自从同吴老幺结合起来后不久，她那从前轻盈窈窕的腰身，逐渐地开始有些儿发胖了。从又白又嫩，一变而为肥而且嫩，脸上就更显得丰满，两颊似烂熟了的苹果，水汪汪一对眼珠子，不断地在黑睫毛下转动。当她白生生的手腕儿将点戏的折子递出去时，早已应接不暇。那些醉鬼们如饥鹰扑食一般地栽下去了。也有特别轻薄的家伙，伸手去拿戏折子时，顺便摸她一下手臂，那有几个酒窝窝的地方。这种轻佻的动作，在嫩豆花儿说来，根本是无所谓的，也可以说她没有什么特殊的感觉了。社会使她难受的事太多了，给人摸一下又算什么？

"咋个的哟，你们这个折子里连《二姑娘倒贴》都没有？"

倒贴：本该对方出的钱，自己反而主动拿出。

嫩豆花儿根本不理这种无理为难与诘问。

"有《十八摸》么？"又一个无聊的问话。

她在这样情况下，唯一应付的方法，就是轻蔑地微笑，也显得几分庄重。因为是微笑，就很自然地显出她较为丰满两颊上的两个酒窝，这样，就给那些急色儿添上"别是一番滋味"了，弄得来神魂颠倒，没有死，可一个也没有活。

吴老幺卖唱的生意兴隆，直接得力于"嫩豆花儿"的这一外号名副其实的某些魅力。她的微笑，固然使不少人着迷；她的庄重，更展示出她那泼辣性格中庄严的一面，像一个大理石的雕刻一样，使人望而生畏，似乎告诉那些人说："在老娘面前要打点行事。"

吴老幺同她是自然结合的，尽管吴老幺有比较好的脾气，但当他们之间发生戏剧性的矛盾冲突时，她也会破口大骂，把吴老幺骂得狗血淋头。吴老幺一副跑江湖卖嘴劲的嘴，也不会饶人，但是在最后彻底失败的一方，往往又是脾气较好的吴老幺。

日子久了，说是为了生活的需要而同居也可以，说是为了苦难的生活胶着在一块儿也可以，但更重要的是他俩为了对付像刀棱样的现实生活，共同防卫而又互相体贴。有时噙着眼泪相互在眉目传情中一笑，彼此安慰；有时带着恨、憎恨，恨该恨的一切。

吴老幺有时愤然地说："最穷莫过讨口，不死也要出头。"但是，怎样"出头"法，吴老幺都无法知道了。他仅仅记得在那年子他有一个师兄在崇宁一起跟着队伍走了，是抱着一张琵琶去的，以后就永无消息。

这一年的秋天，当第一片黄叶落在他的肩头时，他对嫩豆花儿说："打得主意了哟，棉袄再隔半个月就死当了。"

"是呀，我的那件旗袍也是同你的一齐当进去的，看来要赶快到灌县去。"

"对，说走就走。"他们不到三天，便到了山清水秀的灌县城来了。先在东门外一家鸡毛店住下来，晚上在街口茶铺里就把生意打开——卖唱了。

这灌县城里是山区到平原的总口子，往来客商很多，三百六十行中，又以鸦片烟生意最赚钱。做大烟生意，首先要吃得开，上通官府，下通袍哥，中还要一些所谓"人缘"。在这灌县城中得此三者之利的，当推魏大肚。他除了贩卖烟土，坐地收肥之外，设有赌场、烟馆、旅店、红锅馆子、理发澡堂。这位大肚子大爷是灌县的地头蛇，惹得县中硕果仅存的一个老

鸡毛店：旧时的破烂小旅店，多半是贫穷旅客居住。

红锅馆子：能随时煎炒的普通饮食店。"红锅"指炒红了的锅。

秀才魏天命不禁感叹地说道:"毒矣!毒矣!"

魏大爷在灌县城里一炮打响,还是那年打滇军时,趁滇军撤出成都,他带领几十个沟边大王,潜伏在龙泉驿山坳里,出其不意,夺得了滇军几十条马枪。因为是在黑夜里,他在所谓大获全胜之际,从另一个山坡隐蔽处,对准他指挥的兄弟伙的背后,用一排机枪扫射出去,大约放倒了七八个人,然后,他回到原来指挥的地方,下令收兵。打扫了胜利的战场,只听得有他的兄弟伙报道:"咋搞起的,我们也被打死七八个,这狗日的滇娃厉害呀!"

大肚皮一听,马上下令,收拾了枪支,带着活着的胜利者,打从小道,回到灌县去了。一路上,他趁人多枪多,实际上枪比人多,身体好一点的兄弟伙,都背两支枪,对于这种出了力的兄弟伙,每到一地,是可以多抽两盒烟的。一路上能抢劫的就抢劫,发了不少横财,单是烟土,就有百多斤了,外加上从滇军那里得来的南土,那是一笔了不起的财产。这些财产总共用三个人挑,一路上扬扬得意,但他们也提防,提防各个地段的地头蛇、驻防各个地段的驻军,在魏大肚仔细琢磨之下,都巧妙地避开了难关,顺利地到灌县城,把队伍撒在城外,以观动静。

不到三天,果然张营长一个亲信来找魏舵把子,说明这次龙泉驿山上共同打滇娃的事,要求弄清得了好多枪支和财产。魏大肚一面迎接来人,一面分散了他的狐朋狗党,一面大加招待来人,说道:"当天晚

舵把子:四川哥老会的负责人,其作用如同掌舵之人。

上打燃后，营长的队伍为啥不来接应，原先是商量好的呀！这一次还说啥子财产，日他娘，我们兄弟伙还被滇军打死七八个，说来真够伤心呀！"说罢魏大爷居然大哭起来。他一手拉着来客，长吁短叹，直见呜咽，很久很久说不出话来。当然，对方也知道这个狐狸精真会做戏，居然来这一手，居然使他的兄弟伙也感动得眼红了。

奉命而来的客人，也陪着叹气，对着魏大爷的左右说："跟着舵把子这样的人，当弟兄伙的，死也值得了。对于死者如此动容，真是千金仁义，仁义千金，我说是乱世中的英雄，值得人尊敬的。"这一席话把老狐狸的尾巴说得左右摇摆不停，当夜即在东门外设宴招待，送了钱财、烟土。外提两支法国来复枪，托送给营长大人，并希望在营长大人面前美言几句，说明实情。

来人回报了张营长，张营长也回答了回来的人："大肚子耍的鬼老子明白，他得了好几十支枪，才送我两支，他打了败仗，鬼相信。"

"他说的兄弟伙也被打死了七八个，损失惨重，他也号啕大哭了。"

"你相信么?我派人检查过，他当时督队在后，他弟兄伙被打死的，子弹都是从背后打进去的，这里头就有名堂，骗得了别人，骗不了我，老子都是九头鸟，来来来，抽几口再说。"打手已将南土酸烟钉上了烟斗，他们在吞云吐雾中继续谈论下去，最后张营长说，"我们还是不动声色，灌县是个口子，魏大肚子正走红运在，我们要利用把关口的人，好处在后头。你就叫秘书回他一封信，要扎扎实实地感谢他，慰问死者，七八个兄弟伙，他狗日的做得出来，妈的，老子带兵多年，手都没得他狠。总之，信上话要委婉，起好草后我要看看。"

大肚皮有了实力，又有了经济基础，又住在关山隘口的地方，加之他又善于利用他人之手，去扩展他的地方实力，通过各种渠道，为他拼命地来钱。他也长于结交官府和当地驻军，八面玲珑，笼络一帮为他效劳的、制造舆论的、歌功颂德的无所不包的人。南桥侧边，有个叫花头死了老娘，他马上命人送安埋纹银，施棺木，这一来全城的叫花子既属于叫花头的，也属于他的了。而且每一个叫花子都自觉地想到：死了可以得到魏大爷一个火匣子埋葬吧，因而，打从心眼里对于魏大爷含有无限敬意了。

对付这些人，大肚皮有几手，对于秀才魏天命之流，他也施展了法术，终于最后将他收到罐罐头去了。在他看来，魏天命这等老顽固，根本是不足虑的，但是，因为他老，他知道前朝后汉，更熟悉这灌县城中哪家哪户的原原本本，他代表一部分人的舆论，虽然没有半点实力，只消他在茶铺里说几句什么，也可很快地传开去。譬如，最近因连天大雨，文庙的万仞宫墙倒了，他就认为地方上要出乱子，因为恶人太多，触动了天怒："各县都有文庙，为啥子我

火匣子：简陋的薄板棺材。

收到罐罐头：用手段拉拢人。本指巫师用罐子收鬼。

们灌县城的文庙要垮墙呢?我看天怒人怨,大劫难逃,总要死一两个坏人才出得了气。"

这话流传到大肚皮的耳朵里,隔不上几天,魏大爷带领了几个兄弟伙到文庙去闲耍,问了守庙子的人,问了墙倒的事,还说:"这个墙一定要修好,要想办法接班子来唱几台戏。"

这话又由守文庙的人传到魏天命耳里:"看来,舵把子要管起来的。要修墙,还不同你老人家请教么?他说还要唱几台戏,真的要唱戏,还不是你老人家点戏么?""这个——"魏天命拈了几下白胡子说,"他们晓得尊敬孔夫子才得昌盛,魏大爷有这个心,也就超出我们川西坝子内十六属(县)好多鼎鼎有名的袍哥大爷了,我看此人是有办法的,可见夫子之道不孤,感化了他们这样的人。"说时,他那种油然而生的严肃表情,似乎使他的周围都肃静起来,似乎坍台了的万仞宫墙又重新建起来了。

袍哥大爷:四川哥老会的头目。

"说修建是少不了你老人家,全县只有你这一个文曲星了。"守文庙的奉承着,"说到理财,也要数你老人家,过去修奎星楼,又修得富丽堂皇,又省费用,来过灌县的人,哪个不说上声好字,这回修墙,少不了又请你老人家出来担当会首执事的了。"

魏天命只听得拈须微笑,他知道,万一会首执事推选了他,当然又是夫子之道"乐在其中矣"。别看他道貌岸然,年纪又这样大,他真的为"圣人"干起事来,可以上无愧于天,下无愧于地,大为砍杀

9

一番。他毕生的事业，不仅是代圣人立言，必要时，也可以大动砍杀之功，丝毫也不仁慈。

魏大肚在灌县城一炮打响以来，对上对下，八方讨好，按照他的语言说是"福至心灵"，他心里想的，别人已给他做了出来。他平生最爱的是面子，讲排场，有了更多的钱时，面子也更大，排场也更讲究了。说他做五十大寿时，各路草莽英雄、流氓无赖，都来祝贺。生日这一晚上，在灌县城山上就亮了一下魏大爷的面子，有两千支以上的电棒，照耀黑暗的山头，一时电光四射，枪声不断，各路豪杰以实弹射击为贺，好不热闹。就连县长大人也抖擞精神地夸奖了几句："在灌县这个地方说来，虽不空前，亦当绝后矣。"

电棒：手电筒。

"这是县长大人的金言，要不是大人在这里风调雨顺，我们这些老百姓还能沾光么，民之父母嘛！"像这样的场合，少不了魏天命老夫子来凑上几句的，"再说我们本家魏大爷，洪福齐天，雍容华贵，大腹便便，为桑梓出力，为地方造福，可称人杰地灵。今夜几千支电棒照耀如同白昼，其盛况恐为燧人氏以来，未之见也。"

安流水席：轮流着安排客人参加宴席，因其形同流水一般。

剩娃子：残汤剩水。

八洞神仙：乞丐。民间本指张果老、吕洞宾等八仙。

赌城上的吼声，烟馆里的雾气，酒席筵前的碰杯牛饮，三天以来，安的流水席，吃剩下的"剩娃子"统归南桥叫花头收集、分配，于是挨南桥城墙边一带的八洞神仙，这三天也得着分享残汤剩饭之乐，对魏大肚——不，魏大爷肃然起敬了。

这几天东门外烟馆生意特别好，平时卖坝土的岷江售店，也添了南土。奇怪的是吴老幺不卖唱了，当起岷江售店的老板，或者叫作经理人来了。这个职业对于他多年的老烟瘾提供了莫大的方便，也显示了他熬烟的本领，使得其他烟馆大为逊色。当他比较不那么忙，兴致又来，在熟人好友再三请求之下，也弹上几曲。大概因为生活安定，除每天上缴外，额外归自己的钱，足足够养活他们两个人。比如说烟斗、烟家具的水，一天就可卖一块多钱的厂板，那些穷得来吃不起烟的烟鬼，拿少数钱喝碗烟水，也就可以过瘾了。洗烟家具的麻布帕子，日子用久了，成了黑黄色，也可以卖钱，穷烟鬼买去煮水吃，也照样过瘾。还有装生烟的烟碗，卖给那些抬滑竿儿的穷烟鬼，将碗打碎，再磨成细面子，兑开水吃，也能过瘾。烟鬼们过瘾的办法多，穷烟鬼的办法更多。他们把买得的烟碗，就在售店门前大街上的一个坚硬石板上打烂捣碎，然后细致地磨成细面子，再极其小心地把面子装入瓶内，带着满意的心情走了。石板上只剩下薄薄一层白色的灰霜，这时候便有叫花子抢上前去，趴在地下，用舌头把那一层几乎什么也没有剩下的白色烟灰霜，舐得一干二净，这也是能够过瘾的。全部售店里有关烟的一切，百分之百地做到废物利用。在售店以外呢？据说，老烟灰死后，埋在地里的尸骨，也有穷得发愁的烟鬼去偷盗，把腐烂发臭、生蛆的尸体剥开，那因年久抽烟，烟汁浸透入骨的黄色棒子骨，是

厂板：正规大厂造的钱币。当时币制混乱，私铸者不少。

滑竿儿：一种用光滑的竹竿绑扎而成的交通工具，轻巧灵活，方便适用。

最好的过瘾上品，如果万一发现又是一个抽云南红瓢酸烟老瘾哥的骨头，那简直是足以使盗墓的穷烟鬼暴发了。把发掘的骨头磨成面子兑开水吃，当然最好是兑云南下关或普洱的绿汤春茶吃，那是可以使穷烟鬼销魂的。盗墓时那种极其细致的刀法手法，剔骨排筋的技术，使仵作子也要佩服得五体投地的。那种不怕肮脏，我不入地狱谁入地狱的伟大精神，把那些宗教宣传者，一一赶下茅坑里了。

仵作子：旧时官府中检验命案死尸的人。

　　吴老幺又是怎样得到这个好生意的呢？他们两个为取当铺里快要满期的棉衣服，来到这热闹的县城，一钻头就钻进了红宝的赌场卖唱，魏大肚也在赌场当大宝官，这一天赌运亨通，一赢而再赢，早已是乐得可以了。两边伺候的兄弟伙，给大爷嘴角上钉上了大炮台，打燃了打火机，一边把刚削好不大不小的金川雪梨，给大爷塞进口里。这时候，递卖唱花折子的嫩豆花儿也打从角落里出来，她是随琵琶声飘然而至，若论她近来的风姿，单就白而嫩这一点来说，既能使售店里的烟鬼着迷，当然也能使赌场里的赌鬼们销魂了。

　　魏大肚生平有两好，一好面子，二好色。对于嫩豆花儿从天而降，竟使他打从心眼里感到一种异样的快感，竟使他今夜赢得很快意的心情，也大大地减退了。他第一眼，就盯着嫩豆花儿，以后从斜视、近视各种不同角度端详了这个女人的一切，他马上下了结论：老子要这个女人！

12

其后，吴老幺弹着琵琶进来了，随后同嫩豆花儿叫卖着进了隔壁的烟馆里。

大肚子看得明白。这一夜他回去左拥右抱，可没有睡着，一心想那个递花折子的女人。一对水汪汪的眼睛，长长的黑睫毛，够了，只消这个就够了，不说其他的皮肤、身段以及一种魔力的什么之什么，使魏大肚一夜失眠，总之，他发誓要得到这个女人，他着了魔了，不可自拔。灌县城一切使他满意，就是独独缺少这个，尽管他已有几个，在他看来早已过时，没什么乐趣的了。另外还有一些方便容易的事，也不过发泄而已，就像嫩豆花儿这样使他迷着心窍，大概还是第一次。尽管他每年下成都去都要浪荡一番，但比起嫩豆花儿来，都微不足道了。

事怕有心人。第二天上午吴老幺被叫到岷江售店的账房里。见了魏大肚，有些狼狈，有些生疏。

"坐呀！听说你安了家了呀，安了家还在外边东飘西荡做啥子，带起老婆钻格子，你倒无所谓，你大爷脸上过不得呀，你总是大爷超拔的呀，你大爷不能不管。"大肚皮打开镀金镌花烟盒，把装得满满的大炮台香烟递给吴老幺。

"大爷，你是我的恩拜兄，亲手提拔的，大爷咋说咋好。"

"我说这岷江售店从明天起就叫你来管理了，这里你拿二十元钱去把一身换了，要像个样儿。弟媳叫什么名字？"

钻格子：四处卖唱。本指钻屋子，袍哥将"屋子"称为"格子"。

超拔：提拔。

"这个——"吴老幺说不出来,只是在喉咙里打翻滚,又咽了两口口水,才勉强地、支吾其词地、甚至是吞吞吐吐地用低调门说出,"妇道人家,有啥名字。"

"那就叫弟媳到公馆头来陪大娘她们,你大娘她们天天都在喊三缺一,大娘也有风湿病,行动不方便,也要人伺候。不是外人嘛,明天你上烟馆,这里再拿二十元给她,也把一身换了,你两口儿从此一身新,在公馆里头进进出出,脸上也光生!"

<small>光生:脸上有光彩,体面。</small>

这对于吴老幺简直是梦,也是从天而降的春雷,他有些迷糊,但更多的是惊喜,最后又回到梦上来:"这该不是做梦呀?"白晃晃的四十个大洋,他一路上不时摸几个出来看看,这是龙洋、是袁大头、是川板、是……他眼花缭乱地回到破烂不堪的鸡毛店,一下子把嫩豆花儿拥抱住,几乎要把那嫩且肥的豆花挤出水来。

"咋个的,捡到金子了么?"

"差不多,运气来了,好事成双啰,来看,你二十,我二十。"

嫩豆花儿目瞪口呆,丰满的胸前起伏着深呼吸,会说话的大黑眼珠子亮而发光,她不知所措,再次依偎到吴老幺的胸前:"这究竟是咋个长起的?"

"魏大爷送的,也算我找遍袍哥找到了一个好恩拜兄,这回要大大地超拔我一下。先拿钱换一身,明天走马上任,到岷江烟馆接事,帮他老人家经理一

从前,吴老幺每到一个码头卖唱,总是自己先拿戏折子给人点戏,现在这件事就由嫩豆花儿来办理了。

锦城旧事

切;你嘞,你也换一身新,跟倒到大爷家里去见大娘,伺候大娘她们。"

"咋个伺候法?"

"我也弄不大清楚,你去见了大娘再说,总之见风使舵,放机灵些,不外眼明手快,使她老人家快活,凡诸事看到这个上——"他用食指与大指拇比成一个圆圈圈,又像钳子一样张开,在嫩豆花儿带着酒窝的脸上夹了一下。只听得嫩豆花儿用着燕子呢喃的软绵绵的声音骂道:"龟儿子死娃娃。这辈子死也陪你。"且唱道,"夫妻们共享荣华。"

这一夜他们平安无事,静待天明。起床前嫩豆花儿问道:"大爷的兄弟伙多呀,为啥子这一回专门要提拔你这条烂龙?"

"你们婆娘家的岔肠子真多,拜兄提拔兄弟伙是常事,何况又是恩拜兄。过去我也给大娘跑过腿,办过一些内差,人又年轻,嘴嘴儿放得甜甜的,说老实话,要不是那年子给大爷下成都卖烟出了岔子,我还不得被逐出相府,四处飘荡去打滚龙了。"

"咋个的?"

"大爷那年拿了两碗南土,叫我先到成都去卖,等他在几天后来成都用钱。我一到成都就把烟卖了,身上统起银圆,一身就不自在,像虫子在爬一样。我想借本钱发洋财,就到塘坎街赌场头去了。说起那赌场,非比寻常,门口安有卫兵,拿的九子火,要不是赌哥懂得门路,你还认为是衙门嘞!说他是衙门也说

跟倒:马上。

龟儿子:口头禅,成都人骂人时常用。此处含亲昵意。

婆娘家:多指结了婚的女人。

岔肠子:心眼儿。

打滚龙:混生活。袍哥用语。

统起:装。

水精猴子：四川军阀邓锡侯的绰号，此人处事十分圆滑。

阴梭阳梭：偷偷，不引人注意。

翻梢：输家由输变赢。赌博用语。

十家院坝儿：大杂院。

捞梢：把输了的本钱赢回来。赌博用语。

乒乓子：士兵的戏称，取打起枪来乒乒乓乓的意思。

得过去，是水精猴子副军长公馆里那批人开设的赌场，正赌正赢，哪道机关谁敢去干涉？气儿派焉地进去赌博，硬是说保了险的。里头有几铺红宝摊子，鸦片香烟，酸味甜食，要啥有啥。我开始去赌，很顺手，常言说得好，赌大贪心大，你要吃人家的利，人家要吃你的本。到后来，我连本带利，一齐输光，只剩下两个厂板，阴梭阳梭地梭出赌场了。"

"你咋脱得到手？"

"还有两个厂板，我肯信，我还要翻梢，我肯信——"吴老幺吐了一口痰后，继续说下去，"我也晓得好多赌客，倾家荡产就输在'我肯信'三个字。那时我像鬼迷了心窍一样，又到一个十家院坝儿的小赌场去捞梢。刚进去下注，突然听到一声哨笛声，但见几个武装乒乓子大喊：'举起手来，动就打死！'我们是跑惯江湖的，懂得厉害，在那种场合下，只有高举双手，两眼向下。一阵吆喝，地摊子上下的赌注没收后，就喊：'二人一排，押起走！'又听有人发命令说：'押到祈水庙。'我想倒霉了，祈水庙是军警宪联合办事处，拉去不坐班房也得挨屁股，这都是小事，最恼火的是饿烟——"

"饿饭不要紧么？"

"吃烟人首先说烟。我想这回完全输光了，输到底丢进班房了，不死也得脱几层皮，身上腰无半文呐！我双手举起，按照命令，两人一排，埋头地走。出了十家院坝，走上大街，几弯几拐。走着走着，怎么有人在说话了？敢在这个时刻开腔说话，真是胆大包天。又听到有人骂出来：'日他妈的，上当了，假场合。'又有的人在笑，一时乱了堂。我先向左右斜着眼睛看，然后才敢抬起头来，最后掉头看后面，日他妈，一个个哭笑不得。押的乒乓子不见了，遭了生意了。大家笑成一团，我也扑哧一声自言自语地笑了出来。成都这地方，名堂多，这回算倒油了。"

遭了生意：上了圈套。

倒油：倒霉，被愚弄。

"那你又咋个混下去？"

"滚龙匠能翻江倒海，随波逐流。同行中言语拿顺，跟倒去钻格子，登水棚，自己手上来，不论琵琶、月琴，一天仍然是烟饭两开外加水淋子——"

登水棚：上茶馆。

"啥叫水淋子？"嫩豆花儿还是第一次听到这个江湖话。

"水淋子是痴儿配的纠头子。"

"你龟儿翻蛮话。"

翻蛮话：成都民间隐语的一种方式。

"水淋子、纠头子是酒，叫'全兴'的是大曲，来劲大的吃架火发、玉石栏，有的是酒，酒色财气，吃尽当光。你看琵琶上四根弦，弹的工四合尺，变个音就是吃尽当光。我们这行道，发不了财，也饿不死人。天不怕地不怕，怕的是病，英雄都怕病来缠嘛。有好些同行，一副上好本事，四处驰名，可是一得了病，还不是沟死沟埋，路死路埋，说来令人寒心，哪个又不想找个落脚点，也免日晒雨淋，漂流浪荡。"

吃架火发、玉石栏：吃烧酒、干酒。成都人称这种话为"吊脚话"或"缩脚话"。多以前三字作"谜面"，而本意都在第四字。如"架火发"谐"烧"，"玉石栏"谐"干"。

嫩豆花儿听得出神，用手在他的额头上使劲戳了春官：能说会道的人，也指话多之人。本指古时开春仪式的司仪，口中多念念有词。俗语说"春官遇到卦婆子——不少话说"。

《玉匣记》做枕头，见啥说啥：能说会道。《玉匣记》为东晋道士许真君记录的一本预知祸福、趋吉避凶之书，在民间广为流传。

鹿冲：公鹿的生殖器。

冰：泛指物体裂缝。此处为"分散"义。

野兔子：男妓。

公口：四川袍哥某会所的所在地，又叫"堂口"。

一下："你龟儿嘴嘴儿真会翻，一翻又是一句，像你妈的春官。"

"跑江湖的，这张嘴嘴儿是《玉匣记》做枕头，见啥说啥，舌头儿打架！"吴老幺越说越新鲜，而嫩豆花儿已将他紧紧地拥抱了。

大约在半个月后，魏大肚带了两个跑腿的兄弟伙来到成都，住在东御街米大爷家中，少不了送了些药材山货，一瓶南土。又以不同分量的礼物，分送邓师长、石团长等绿林出身的招安人。他们未招安时，打家劫舍，恶霸一方；招安以后，抢劫范围扩大了千百倍，依附了军阀官僚，更无恶不作了。魏大肚送这类人的礼物，是精心挑选的，每处除送两碗南土外，加上麝香、鹿冲、岷山里的雪莲、虫草、丹皮等等。当然，他也忘不了曾在龙泉驿山上共同打滇军的张营长，送的鹿冲是三对，他知道张营长喜欢的是女人，更好男风，全营里的号兵，凡是中他意的，没有哪个不入其窟。他的下属连排长们，也会为他努力经营、专心物色。他们十分明白，这虽不是公事，却比公事重要十分。张营长好男风，还有一套理论，什么"兵不搞兵，队伍要冰；生不搞旦，班子要散。打仗要避秽气，不能近女色，带家眷也不方便，只有到处抓野兔子了，你们说是不是，瞒我么，我都是老贼了。"

总之，魏大肚来省上一趟，八方送情，处处周到，也落得好名声。不上半天，茶房酒店、码头公口都遍传灌县城的魏大爷来成都了。各码头大爷正在商议迎接，有的请看戏，他最迷的是薛月秋，他们也是老搭档，这一来，少不了天天晚上在华兴正街悦来茶园成为座上之宾。也有的请在荣乐园、姑姑筵、聚丰园，每天浸在酒精中醉意阑珊的了。晚上也自有去处，轿夫不会抬错，笔端地抬往薛月秋的公馆里去，从轿子上倒下了一个死猪，醉泥了的灌县客人。小公馆的主人是以闺门旦的身份接待的，先侧起身子给大爷请安，赶忙上前去搀扶，把头低下。闺门旦的规矩，也是师傅教过的，眼睛不准正视客人。怎奈尊贵的、有些粗野的客人不大争气，哇的一声，吐了一身、一地，这回醉得太厉害，几乎把十二指肠都吐出来了。而多情的主人嫣然一笑，毫不迟疑地把她那新制的雪青绸衫的下摆提起来，就朝大爷的嘴上揩抹，然后用雪白的大绸汗衫袖子作最后的揩抹干净。这个诚心待客的漂亮举动，深深打动了魏大肚，使他在长时间里见人就谈论这一桩风流韵事，除了送烟送钱而外，还为薛月秋买了两间街房，在热闹的提督街上，坐北向南。如此这般，魏大肚名满这九里三分的锦官城，从灌县到牛市口，一气杀通，真是荣耀极了，也满足极了。

> 九里三分的锦官城：代称成都。清代成都城东西相距九里三分。

他在灌县拼命地巧取豪夺，从上至下一网打尽地赚钱获利，用着一种敲骨髓的办法集聚财宝，再拿到成都来四处挥霍，展示自己的排场面子。他的钱不会乱用，都用在点子上，借以垫高自己的声誉和地位，以便从中获取更多的东西。他每次来，都要向成都丢几颗重磅炸弹，在那个社会里，震动一时。

一次他就给薛月秋买了二十亩田，这样的大出手，一方面是为了压倒烟灰秦族长也给花旦莲蕊买了二十亩田。他们两人之间有些宿怨，彼此在打肚皮官司，而又用着各显神通的办法，倒对方的炉子，使自己在精神上得到胜利。有一回薛月秋按照魏大肚的要求，在一个醉意蒙眬的晚上，化装成潘金莲，踩了跷鞋，娇娇滴滴地伺候了他一夜。他自己满足，又压倒了对方，因而更加踌躇满志，忘其所以。

> 倒炉子：拆台。

吴老幺这时候深深地懂得：魏大爷的手可以轻轻地丢出二十亩田给一个唱小旦的，可饶不了叫他拿上成都卖的南土酸烟，敢带舵把子的过吗?他是知道大爷厉害的，一个为他做山药生意的贾三爷，借蚀了本为名赚了他的钱，他就可以叫人把贾三爷一下子装进麻布口袋，像装山药一样，从灌县西门山上，倒下波涛汹涌的伏龙观下宝瓶口激流中去了。贾三爷年轻的时候，是这灌县城南河上长于游泳的阮小二，但被装进麻布口袋里的游泳家、特级水手，却也无法施展其伟大的才能，最后也只好付诸东流，让鱼吃了。

> 带过：给某人造成过失、过错，得罪某人。

一次，魏大爷的女儿，一个成人的闺女，同他手下的兄弟伙私谈了一下叫什么爱情的事儿，当他女儿肚子同他父亲一样开始膨胀时，魏大爷打发了两个专门干那种事的人，给他怀孕的女儿身上背了好几十斤的青石磨子，也照样打沉到很深的南河中去了。吴老幺亲眼见过这一幕一幕的杀人惨剧，他自己是深深懂得他恩拜兄的脾气，说一不二，你带他的过，他对你可以满不在乎，甚至以笑脸相迎，背转身去，歪一个嘴，也可以请你到你应该去的地方，丝毫不动声色，绝不含糊，何况又不要他亲自出手，条把人命，就像他拍拍身上的灰尘一样。

大肚子来成都，对吴老幺是当头一棒，他寻思道：报得了快，说得脱走得脱；报不了快，这肠子上长牙齿的魏大爷，可不是好惹的了。吴老幺要活命，当然他就得想出要活得下去的办法——这一天，他到刘兴的家里去，刘大爷是军警宪联合办事处的副官，平生所好，是唱小玩友、唱琵琶，对吴老幺去找他，也就有些分外照看了。

吴老幺把事情经过向刘兴谈了后，请求刘大爷在魏大肚名下去说个情，蚀了的钱，以后分期付还。

"一切就拜托大爷了。"吴老幺给刘兴磕了一个头。

"起来，起来，这件事就算包在我的身上了，你明天午后到布后街荣乐园来，我们在那里请你的魏大爷，你来时先找荣乐园的蓝二掌柜——"

"找着他后又咋个？"

"那你就不用管了，我自会安排。"刘兴十分自信地回答。

弄得吴老幺有些摸不着头脑，咋搞的？但他完全相信刘大爷的声誉、地位、面子和他现在处的联合办事处的头衔。魏大爷要借重他，他也可以借重魏大

> 报快：说清楚，弄明白。袍哥用语。俗语说"一张桌子四只脚，说得脱来走得脱"。
>
> 肠子上长牙齿：心肠狠毒。

肚。要是最来钱的路子——进山贩卖鸦片烟，在成都认识刘兴这号人是大有好处的；在灌县认识把关口的魏大肚，也能得到方便。况且刘兴又是鸦片大王刘军长的本家，上通下串，少不了这样的人，社会上，没有这样的人，是不会热闹的。

这一天中午以后，原订的是午后一时午餐，东道主到三点过了才陆续地来到，直到四时正，宾主算是来齐了。魏大肚为座上之宾，由成都四门各公口总舵把子为代表，分宾主坐了三桌，一些阿谀逢迎的话，彼此奉承一番，而面子最后统统送给客人。其中少不了哥老会中所谓理论权威、能言会道之士的刘鸡儿——这个外号对于他这样大的年龄，有些不恭敬。七十左右了，戴上深度近视眼镜，在送往迎来、排难解纷的场合少不了他。他只会抽大烟，不会做大烟生意，手头不免经常拮据。大爷们知道他的困境，也常常送他一些零用，或在赌场上为他抽一份。当钱送到他手里时，不过不说明这是抽头来的钱，而是由送钱的人说："这是孝敬你老人家的。"

"你是哪一个啊？哪个公口送的？"

"江老幺。是仁义公口赵大爷送的。"

"这里，你拿一元钱去，让你淘神走路了。"

刘鸡儿不会做生意，落得一个"清水袍哥"的名分，更重要的是他能引经据典，为任何一种袍哥需要的场合，制造出一整套的道理与说教，使那些一窍不通或半文盲的袍哥们，觉得他们有了一个大成至圣文

鸡儿：男性生殖器。

清水袍哥：不搞抢劫的袍哥，相对于"浑水袍哥"而言。

宣王一样可以利用的辩护士，为他们十恶不赦的行为既涂上光彩，又抹上麝香，作为他们的精神支柱，可以为所欲为，或者，就是整了人、害了人乃至杀了人，也可以大摇大摆地走进天堂。刘鸡儿的妙用在此，所以在这样的场合，可以分文不出，刘大爷的这股份子，由众家兄弟抬了。

入席之前，刘兴先把刘鸡儿拉到一边去捏了耳朵，给他说如此如此。刘鸡儿笑脸应承，眼睛在深度眼镜里牵成一根线了。

酒醉半酣之际，荣乐园的二老板前来应酬，问候魏大爷，旋即由总招待——包席馆子里跑堂的肖胖子——端上一个十二寸蓝花大碗装的大烧全鱼，大声地叫堂："这是二爷献的，每桌一份，菜来啰——"

肖胖子这一吼，直把魏大爷喊得扬扬自得，上齐天灵盖，下齐脚底皮都满满地舒服自在了，能来成都第一流大餐馆得到这样的特殊奉承，对魏大爷的面子分外增加了几层光彩，对于他的祖宗八代，似乎也不胜荣耀了。当下魏大肚就在上菜的托盘中丢了几个银圆，只听得肖胖子以其大花脸的嗓子吼道："谢啰——魏大爷的奖励，跑堂的、红锅上的，一齐谢啰！"这洪亮的吼声，一直吼出餐厅外，一直吼到红锅上，吼到每个油大师傅的耳里。肖胖子给魏大爷这个劲，凑这个面子，足以使这位外县来客魂飞天外，没有喝几杯，却也醺醺然地难于自主了。

"日他妈，在成都花钱再花得多也值得，用在面

抹麝香：贴金。

抬：分担。

捏耳朵：说悄悄话。

叫堂：川人饮食习俗。饭馆跑堂的人高声有节奏地喊出顾客所需菜肴名及需付的款项。又称"喊堂"。

油大师傅：厨师。"油大"指荤腥菜肴，也代称"筵席"。

23

子上，受用的是面子。日他妈，人就活这一点点儿。"他没有说出口，但在心灵深处陶醉了。

刘鸡儿趁此绝好时机，发挥他的天才了："这是魏大爷老仁兄的大方，不惜千金一掷，为我锦城生色，来来来，我们为江湖中的及时雨干杯，我先干为敬，仁兄请，大爷请。"

魏大爷凭借了酒的力量，也举杯高声地说道："刘大爷的金言，我老魏咋敢当，我们这些山洼之地来的老粗，实在哪样的——"

"哪里的话，你大爷雄震都江，人杰地灵，为桑梓造福，为仁义两堂弟兄敬仰……这这这盖世英豪，当之无愧；来来来干杯，我先干为敬。"

刘鸡儿几句话，把魏大肚弄得来腾云驾雾一般，等于给他全副銮驾的面子。他正在得意之时，只听得刘兴大爷喊道："吴老幺你在外面鬼头鬼脑的做啥子?进来——"

话未说完，吴老幺一个窜步进到魏大爷面前，双膝下跪了："大爷，我错了——"说着长跪不起。

刘兴给鸡儿递了一个点子，鸡儿开叫了："对头，错了，不瞒大爷，我们才好给魏老大仁兄求情——老仁兄以为何如?咋个发落?"

刘兴趁势说："浪大一筒了，起来哟，紧跪倒做啥子?"

魏大肚在众位大爷求情、要求给面子的情况下，也就慨然地说道："站起来，你安心给大爷在成都丢

哪样：谦词，意为愚笨粗鲁。

递点子：传递眼色、暗号。

开叫：开口说话。本指公鸡成熟后第一次打鸣。

紧：老是。

丑嗦?"即从白布裹袋儿里摸了几个银圆给吴老幺,"快滚回去!"

> 裹袋儿:旧时拴贴在腹部的钱包,俗语说"拆裹袋儿做大襟——改斜(谐邪)归正"。

其实打从那一次以后,吴老幺就在外边跑码头去了。一晃又是几年,这一回为了取过冬的衣服,才同嫩豆花儿又回到灌县城来。完全出乎人意料,魏大爷若无其事地开恩提拔,由一个一无所有的穷光蛋,在一个昼夜之间,登上了红灯烟馆经手人的宝座,这岂单是过饱瘾的好机会,也是发财的大好机遇,何况顺便也解决了嫩豆花儿的问题——现在他心里唯一追想的问题是:"夫妻共享荣华,明天上任,后天发财。"

魏大肚怎么会把指拇儿伸给吴老幺咬呢?当然绝对不会,但他却可以拿给嫩豆花儿咬,只消达到他的愿望,不,一种本能的肉欲,他情愿把十根指拇儿一齐塞进她的口里,他想到整整齐齐的雪白牙齿,破开了樱桃的红唇,丰满的、烂熟的苹果脸蛋,已够他销魂了。他见过不少的女人,相形之下,嫩豆花儿独具有一番风味,一个劲头,一种滋味。严格地说,嫩豆花儿长得并不十分好看,但是,她那种劲头却形成一种独特的风韵,把人勾引到邪恶的地步。不说男人看见她要中魔,就是女人接近了她,也喜欢她那股劲道。魏大娘最初看到她时,就很喜欢她了,把她的手拉着,看看手臂上白嫩的皮肤、胖胖的指头、指头与手背交接处小而嫩的肉窝。

"哎呀,真是长得又白又嫩,真是嫩豆花儿,哪个给你取的好名字?我们可不好这样喊你啰,我们喊你吴幺嫂对么?——管他对不对,我们就这样喊你了。你原先叫啥子名字?"

"小的时候家乡川北连年灾荒,饿死人啰,父母带我逃荒,他们饿得快要死的时候,就把我卖了。小的时候,人喊'女娃子''小女子',长大一点喊'幺姑儿',再大一点就有人喊'嫩豆花儿',以后这个名字就定下来了。"

幺姑儿:排行最小的姑娘。

"吴幺嫂,你看你长得又白又嫩,圆盘四脸的,我看你呀,将来是有福分的。我们灌县城里,收租吃饭人家的大姑娘,长得像条猪,分不开五阴六阳,那种人死吃一辈子,是没有出息的。你呀,长得四棱四现,油光水滑,为人又灵动,你呀,将来的这份福气是定了的。"大娘这一夸奖,魏家其余四个姨太太也一齐合唱赞美诗了。在嫩豆花儿说来,她根本是无动于衷,她十分清楚她现在的处境和她过去走过来的路,说不定在好话的后面,会冷不防给你一拳,甚至是致命的一拳,不死也要打成五劳七伤。

四棱四现:线条清楚,棱角分明。

"大娘,啥子福气不福气哦,你老人家的夸奖。我们这种人,活下来都算是很不容易的了,哪个还想到将来哟。"嫩豆花儿毫无表情地回答。因为她比较庄重,在魏大娘眼中看来,就分外有些神气了,也感到她无处不是有些异样的了——她们在魏家关倒喂的这五个女人,也很少接触到像嫩豆花儿这样性格的女光棍,有些泼辣,有些庄重,也有更多的辛酸。

关倒喂:不让出门接触外界。

魏家的女人们对嫩豆花儿还有一种奇异的感觉,

就是这个女人所说的一切,她们都从未听见过,比如嫩豆花儿与吴老幺在牛市口水巷子烟馆里一碰头就成了夫妻,这是旷古未有之奇闻。她们每天晚上都要打破砂锅问到底地问她的这一切:"你咋个就把吴老幺看上了呢?""跑到一个从不认识的男人那里,就成了双,这是咋个的?""你当时不怕人说么?有没有人看见?多不好意思呢!怪羞人的!"诸如此类在嫩豆花儿听来是奇谈怪论。

在夜深被问得不得开交时,嫩豆花儿干脆地说道:"这有啥稀奇,当姑娘子家没有见到那个东西,哎呀,羞人得不得了,一见到那个东西后,再也不羞人了,三天不见就喊焦人了,你们说说看——"她向着几个姨太太反问,弄得她们彼此依偎,笑成一团了。"没有啥稀奇,我爱的我就要要,我不喜欢的,你在老娘面前要打点行事。"

焦:愁。

"啊哟,你才厉害呀!"

"那年子我在什邡,马吞狗马大爷要我陪他睡觉,老子就是一个弄死不干。马吞狗想一个戏班子的坤角儿八月桂,想不到手,就支使他的狗腿子把八月桂活埋在南山小路旁。八月桂为人很豪爽,我过不了时照看过我,也做好事,对穷人好。马吞狗吃不了她,想来吃我,那就打错了主意。把我叫到他的院子里,我说月头上来了,你大爷不怕毒,就来干。当天晚上不放我走,老子半夜三更,就翻墙跑了。他家的恶狗咬了我一口,鲜血长流,我一气跑了二十里。天

月头:月经。

亮时，要了几根蜡烛花，撕烂包在伤口上，又跑了二十里，鲜血流出来，把半截裤子都染红了。后来伤口长脓，三个多月才好，硬是把我拖惨了，拖成皮包骨头，一身像根藤藤了。要过饭吃，饿慌了时，就去挖野菜根，磨成粉吃。饿肚皮那个日子不是滋味的哟！你们没有受过。"

蜡烛花：可用于止血的一种植物，形如蜡烛。

"是啥子滋味？"四姨太太天真地发问。其实她在未卖到魏家来之前，不也近于饿饭的境地了么？不过没有嫩豆花儿弄得这样惨而已。其他三个姨太太或者叫作小老婆的，她们每人都有一本难念的经，一谈起过往，都要酸鼻的。

"啥子滋味？肠子饿得在肚皮头叫，做梦梦到吃油大，有一回梦到得到一个整的红烧肘子，刚拿到手，一下子就掉在楼底下去找不到了，在梦里想吃肉也落空了，你们说惨不惨。那种磨了骨头喂肠子的生活，也活够了。有一天，实在拖不下去，我就去跳山里头的白水河——醒米时，已是第二天中午了，一个推船的小伙子给我喂稀饭，用棉絮——其实是油楂儿铺盖把我包裹着。在他的调理下，我很快就好了，一个月后我也能帮他划船摆渡了。"说时她本来明亮的眼珠子焕发着分外的光彩，她们都特别爱看她那一双黑黝黝而又明亮的大眼珠。

整(kún)：整个。

油楂儿铺盖：指被汗迹浸透了的被盖。

"船上几个人喃？"很少开腔的二姨太太问，是生活把她磨练得在人前很少开腔答话。

"就是我们两个人。"

"方便么?使水咋个……"三姨太补充了发问的要害。

"有啥不方便,白水河的水像豆浆一样白,长长一条大河,你还用得完么?船上又没有外人,怕啥?不逢场,渡船闲得打瞌睡,大半天不见有个鬼,要干事也没得哪个看见。"

"你们两个不是……"三姨太总是抢着要害发问题。

"人家对你那样好,灌汤熬药,二十好几了还讨不起老婆,把我当成妈在服侍,到后来呢我就给他了。那一段时间生活过得蛮好。哪晓得有一天拉壮丁的来了,他就活生生地被绳捆索绑着押起走了,人多老实啊!我眼睛都哭成鸡蛋了。后来又东漂西荡,过了些有早饭没晌午的日子,在成都牛市口就同吴老幺在一起了。"

"吴老幺对你咋个?"大娘关心地问。

"针过得针,线过得线,有时候要碰一下钉子,过了又没事,有时你骂他个狗血淋头,他也不开腔,他要是不抽烟就好了。"

针过得针,线过得线:指两人的关系还是可以的。

正在谈得有味时,小丫头慌慌张张地跑来对大娘说:"大爷今天过河那边去赶场,场挤的时候,听得有人在茶铺外放火炮,火炮放完,大爷身边的两个人就被打死了,好险呀!"话还没有说完,蔡管事也惊慌地跑来报信了。

"究竟咋个的?大爷呢?"大娘惊慌地发问。

"大爷平安，可险些儿……看来，有人放冷枪，想干掉大爷。"蔡管事的推断，应当说是正确的。

"你魏大爷这样好的人，都要遭人暗算，真是宋江难结万人缘了。"魏大娘长长地叹息了一声，接着四个姨太太照样地叹气，只是各叹各的气，高低强弱不同，形成了叹气的四重奏。嫩豆花儿感到异样，没有表情。

"是呀！是呀！宋江难结万人缘。灌县城没有大爷，我看哪个王八蛋敢来登这个龙口，哪个有屁眼儿的敢来摇总舵。这件事出得蹊跷，要清查，要搞个水落石出。"蔡管事话犹未已，魏大肚就进到房里来了，"你们都出去，等我躺一下。老蔡，吃晚饭喊大家一声，今晚上来研究研究，你们去各人先挖个耳朵，看是发的哪股水，我肯信，在灌县这个地方把船翻了。打死的两个老幺要厚葬，尸体拿白大绸给我裹，要大办丧事，要做给他们看看。好，你们都出去——"

嫩豆花儿也伙同她们一道出去了，大肚子今天可没有使劲地看她。魏舵把子色厉内荏，心中仍有余悸，表面上装着镇静，面子上还要稳起。大爷活一辈子，就是活在这个面子上。总的说来江湖哥们儿都要这个面子，其实面子有时仿佛是实在的，有时也是一种虚荣，有时甚至是无聊透顶的事。面子有时把一个人抬得高高的，高过终年积雪的莹华、九峰山；面子有时又把人从高高的山上摔下来，摔得粉身碎骨。

有屁眼儿：有胆量。

摇总舵：担任总负责人。

发的哪股水：惹着了谁。

老幺：袍哥等级称谓。

至于嫩豆花儿是否发觉魏大肚在使劲用力地看她,用一种极其贪婪的、色情的眼光看她——或者叫作刺她,这就无法知道了。从现象上看来,嫩豆花儿似乎丝毫也未察觉,或者说是根本无所谓。但从嫩豆花儿丰富的生活经验看来,她又未尝没有察觉,这些鬼休想在她面前卖弄。她常说:"麻雀子从老娘头上飞过,老娘也能分个公母呢!"单从这一句话,可以看出嫩豆花儿本人的分量,她的生活经验教训,从这当中提炼出来洞察事物的能力,她的头脑是非常清楚的,半点也不含糊。不像吴老幺那种下水挂面的性格。自然,吴老幺也是吃尽苦头的人,也有憎恨,也有愤怒,但总不及嫩豆花儿明察秋毫,在对付一切问题上那样从容肯定。她的灵魂被辱被损了,但她更加聪明起来,警惕起来。她不把所有的人当成坏人,但坏人也休想从她眼里滑过。她不给人做过早的结论,但当她第一次接触那个人,第一眼看到那人时,已能定他个八九不离十了。像吴吞狗那样的货色,就算他也是个人,嫩豆花儿也要把他当成狼对待的。

下水挂面:像挂面下水后那样软弱无能。

魏大肚把她弄到公馆里头来,名义上是陪大娘,骨子里搞的是啥鬼名堂,难道嫩豆花儿的心里头没个数么?像魏大肚这样的麻雀,要在她头上飞来飞去地盘旋,究竟要想做个什么,还瞒得过她的眼睛么?只不过为了无可奈何的生活,她才来到魏家公馆;她进一步为了要弄清吴老幺的头脑,也只有身入虎穴,来挖其究竟。只不过没有把这番心事对吴老幺说明，怕的是老幺在喝了酒后乱说。喝了酒后的吴老幺，按照嫩豆花儿的语言说"是他妈个一根肠子通屁眼儿的"。因此，她只好暂时让吴老幺去做"夫妻们共享荣华"的白日梦。她没有文化，比之于能够哼上两句"闺中少妇不知愁，春日凝妆上翠楼"的吴老幺来，却高明到哪儿去了。

> 一根肠子通屁眼儿：耿直，直率。

在那流浪的日子里，连延续生命的吃食都感困难时，好几天身上没有分文是常事，可是当她有钱时，对于他们那些苦难的友人，却用得大方利落。得来的钱财是不容易的，为了友情，今天要吃个淋漓尽致，倾吐一切。在吴老幺烂醉如泥时，她也能来上两杯，直到她白嫩的圆脸上发出红晕，长睫毛的眼里有些蒙眬了，似乎有二分醉意。在这样的时候，她有些憨笑，什么话也不说了，总是听凭吴老幺絮絮叨叨——烈酒下肚，把一肚皮的感受和不满搅动，随着酒精的挥发，喷射出来。嫩豆花儿不但不制止他，反而等他吃个够，说个尽兴，热情与客人斟酒。她也欣赏他们的热情，流浪的汉子哟，醉吧！醉吧！一醉解千愁！？

她需要生活，更需要钱，但也不是见钱就要，她不要的钱，就是堆成一座小银山，她也不会去挂上一眼。凭她那极有风韵的样儿，丰满而又带窈窕的身材，在那些有钱有势色鬼充斥的地方，会得着很好的生活，甚至是豪华的享受。但她从不迁就那些贪婪的饿鬼，走她自己认为应该走的道路。睡桥洞、卧街檐，迎着冷冻的西北风，无拘无束，无碍无挂。明天到哪儿歇脚？管他妈的。

第二章 自信地确认为他自己是当今第一架英雄,用下腹对准了尖刀

当天晚上魏大肚在客堂里同仁义两堂中几个最贴心的，二爷、三爷乃至老幺、少不了的蔡管事等十几个人，深夜了还在讨论打冷枪的事。

"我看该不得是漳腊金厂那边来的人，那年子在场合上不是说我们烧了他们么？临走时还说要捞转来，总有一天要算总账。"

烧：欺骗，戏弄。也说"烫""麻"。

"放他妈的屁，我们码头上的场合，硬扎得很，正赌正赢，从来没有半点虚假，这是四路海哥都承认了的，从来也没有哪个喊黄。他们漳腊那边来的人，还以为在本地烫人，来我们灌县，手不顺梢，乱怪人么？这叫赌输了乱咬人。"蔡管事靠在烟盘子旁边妄图挣扎，力求辩解。话不能不当着魏大肚及仁义两堂的兄弟伙这样说，至于有没有人相信，那是另外一回事。包括他自己在内，在当时不是也在耍假场合么？

海(hāi)哥：哥老会成员。

喊黄：叫苦，抱怨。

手不顺梢：手气不顺。

耍假场合：弄虚作假。

"黑水那边挨刀老三，涨大水那年，有几索山药在白沙不是被人洗了么？当时也怪我们，说先送了人情，在我们地区出了事，要我们码头拿话来说。大爷说他们想闹，挨刀老三不是扬言：如不赔他们的老本，要放火烧城，要打死大爷。好大的口气呀！"二爷说罢，倒下去抽了一口南土。

洗：抢劫。

"他没有那样大的屁眼儿。"蔡管事很不服气。

"山货客，性子蛮横，不要小看他们，那年漩口丁舵把子带了他们的过，不是被他们砍成八块丢在河里头么？"

"我们没有带过哪个的过，在白沙吃他们山药的，

吃：吞，抢。

是我们码头上的人，但由他自己负责，大爷同码头上并没有支使兄弟伙去抢人嘛，何况抢山药那几个人早已送县衙门吃官司去了。我们码头，历来清清白白，对来往过客，都是依理依法，尽地主之谊，我们码头在总舵把子主持下，历来就是一块金字招牌。至于那些山上的老二哥四处抢人，给地方摆祸事，县衙门拿到都喊没法，何况我们几支枪的码头呢？我们从来也不做那种败坏名誉的事。袍哥嘛，讲仁讲义，再说，拿了人家的过路保险费，拿人钱财，与人消灾；吃人酒饭，与人挑担。我们的责任充其量说是追问不力，但是老二哥抢了人上山跑了，我们哪儿去找？妈哟！省上那几个军长运的大烟在山头还要遭抢，还有队伍押运！说得上我们么？我们的进山货也遭过无数次抢呀，我们又向哪个去报告呢？"蔡管事精神抖擞，嗓子越来越高，原因是过足了烟瘾。他的聪明在于机灵善辩，或者说是能言会道。他的聪明来源，全得力于云南的上等南土酸烟的刺激，激发了他的聪明才智，竟使他在吞云吐雾之余，口若悬河，滔滔不绝。

老二哥：土匪。"老二"在成都方言中可指男阴，一般含贬义。

"马师长打牛旅长时，不该去参加马师长一方去吃牛旅长的枪，枪没有得到，反把牛旅长的连长打死了，当时托人出来捞，不是没有捞好么？这种事情，我们也带了人家的过，也留得有祸害。舵把子赶汉阳场，不是也挨过冷枪么？那次好危险呀。总之，当初不应当插手，哪管他牛打死马，马打死牛。"三爷一支又一支地把加立克纸烟抽下去。

捞：调解。

"马师长当时驻防本地,在生意上同我们有往来,他要我们搭手,我们义不容辞,何况他又是义字号的,那就更应该为他出一把气力了。乱军之中,打死了人,责任难明,我们愿赔人命,但对方喊价太大,当然,这件事情不了,对我们码头说来,始终是一个祸根子。他们要的是钱,是更多的钱,目前我看还不会下毒手。"蔡管事几乎成了魏大肚的代言人,因此,大肚子就不用再唠叨,去使劲抽他的烟去了,但他有时还是要插一两句话。

"我看我们这个灌县是个洄水沱,山货客、大烟帮、老二哥诸般杂症都聚集到我们这个洄水沱来了。有些事是言语没有拿顺,没有把事情做好;有些事是人家带了我们的过,反而倒打一钉耙;有的人在别处戳了豪,来我们这个地方避豪。其实应了他妈一句话——'整烂到灌县',这三山五岳的哥弟伙,哪个招呼得了?真正有带过的事,袍哥,做得受得,怕你一梭冷子弹么?袍哥,不拿来挨刀挨炮,拿来挨尿呀。我姓魏的海了几十年,自问从未带过别人的过,我也不怕。不过,乱打冷子的,我倒要问个究竟,我输得了这口气,码头上输不了这口气。活的就是面子,人活一张脸,树活一张皮。今晚上已谈得不少,大家心中有了数,要提防。"魏大肚带有总结性的发言,但又不具体,弄得他手下的你望我,我望你,不知所措。还是蔡管事接着补充下去:

"舵把子这一番话,使我很感动,好人难当,偏

戳豪:恃强仗势,胡作非为。

避豪:避难。

整烂到灌县:弄出祸事来溜之大吉。俗语说"弄烂就弄烂,弄烂到灌县"。灌县以上多土匪出没的深山老林。

尿:男性生殖器。

海(hāi):成都人请客吃饭称为"海一顿"。而刚参加袍哥时往往要请客吃饭,故有此说。又说"海袍哥"。

偏灌县城又长在进山下平坝子的关口上,往来人复杂,是非多,不听招呼乱摆豪的更多。我们立了公口,又是各码头公推的总公口,舵把子是天命人归的总摇舵,避不了,辞不掉,看来这个担子,只有担下去。明枪易躲,暗箭难防,来者不怕,怕者不来。我们为了分担舵把子的肩头重任,只有靠公口上,仁义两堂哥弟硬起来,也不怕,你请我吃早饭,我请你吃晌午嘛!"

"不错,灌县油水大,八方都盯住这个地方,我看哪个有屁眼的又来登得稳,伏龙观的洄水沱,专吃放筏子的老手啊!"二爷也兴奋起来,他是真正地爱这个地方、这个码头、这个大肚子大爷,更具体地说是爱这股大的油水,他一个二爷,就开了三四家烟馆子,其他可进的油水,也就不问可知了。

放筏子:冒险做某种事情。

魏大肚召集大家讨论打冷枪的事,主要是看看他手下一帮人对于这一事件的看法,摸摸大家的底。至于哪家人打他的冷枪,要他的命,他自己比别人更清楚。不过,为了他个人的面子,为了总舵把子的荣誉计,他是绝对不能向任何一个人说出半个字的。他即便是做了坏事,也不能声张,他个人坍不起这样的台。况且,以他的声誉、地位,也经常在与人排难解纷,请大爷到场,听大爷一句话,就算数。竹瓦铺廖大爷的老婆同本码头一个兄弟伙发生了关系,经人发觉,闹开了,廖大爷气急败坏,传了堂,召集了全体哥弟,宣布那个以下犯上兄弟伙的死刑,但魏大爷不毛：内部处死。袍哥用语。

伸不起皮：没有地位。

受话：受人指责。

巫教：没有正义、不讲原则。俗语说"不管他巫教、道教，只要搞得热闹"。

没得点点：没有加入袍哥。

答应："你们既请我到场，我就要按我们袍哥的规矩办事，我主张奸夫淫妇，一齐毛了。好事不出门，丑事传千里，不依法律，不说你们这个码头伸不起皮，这联峰几十个码头都要受话。"

大肚皮几句话之下，居然成了定案，得到了请来的联峰码头十几位大爷热烈的赞成，一致认为："这个处置办法，既可以安人心而维风化，不如此，二天还把袍哥说成是巫教、假场合了。"一声吆喝之下，一男一女就像鸡儿一样，被人提起，毙在场背后了。廖大爷有些舍不得他的老婆，但也无可奈何，命人当场掩埋了。这一类的场合，少不了魏大爷到场，少不了他要出来说几句公道话，最后博得人们的高度赞扬，虽然免不了要死人，但死几个人又算什么呢？魏大爷在灌县城不是以办治安最出名么？凡是他捉的小偷，如果这个穷小偷，又没得点点的话，大爷在亲自审问之余，总是笑嘻嘻地问："你还有啥子话说没有？"

"大爷施恩，我家还有八十岁的老母，妻儿老小一家人喃。"小偷不断地磕头如捣蒜。

"没得说的就去吧——"魏大肚仍然是笑嘻嘻地含着纸烟——这是他要枪毙人的暗号，用不着一声令下，就把小偷从后门提出去毙在河坝里了。事后，只给县衙门说一声"备个案"，说是"匪徒拒捕，当场枪毙"，也就落案了。他在衙门里沾有二分公事，县太爷要靠这位地头蛇撑腰，既省事而又方便，他们还可以狼狈为奸，相互利用。魏大肚的外侄任足三，又在省政府里任职，县太爷一心想的是专员的梦，在地方上奉承魏大肚，一举数得，妙处不传。

　　这些年来，灌县城确比附近邻县的地方治安清静得多，撬狗儿几乎绝迹，这不能不得力于大爷的大力斩杀，你看他的公馆横梁上挂的金字匾上不是有"保卫桑梓""地方干城""造福乡园"，甚至不相干的"克绍箕裘"么?

　　由于他在难于解决的问题上，又能有快刀斩乱麻似的当机立断本事，为众家英雄所不及，无情地斩杀小偷之类的穷骨头，却得到地方绅士的点头称许，包括喝过墨水的饱学之士的魏天命，也不得不摇头摆尾、明声朗诵地说道："虽不夜不闭户，道不拾遗，然亦隔尧天舜日不远矣。家门兄力拔山兮，众望所归，福至心灵，此诚天人感应也。"

　　为了利害，有人吹捧他;为了利害，有人要杀死他。他在这十字路上有时也有些惶惑不安，甚至有些惧怕，这是他最近才有的心理状态。造成这心理状态的原因，是他在这些年来，早已妻妾满堂，金银财宝满库，烟土满仓，荣誉满城遍及川西一带。日子好过了，总想一帆风顺地大摇大摆地走去，金银财宝，如砌宝塔尖一样，越砌越高，他一个人高高在上，不受任何风险。他深知：从创业到今天，是从血盆里捞饭吃起家的，真是得来不易，也应当享乐一下了。且莫说打冷枪要命的事，就是风吹草动，也是令人担心

撬(qiào)狗儿：小偷。

克绍箕裘：能继承祖业。语本《礼记·学记》："良冶之子，必学为裘；良弓之子，必学为箕。"

的，他心里像祈祷似的说："出不得乱子呀！出不得乱子呀！"

冷枪毕竟是对准了他的背脊，他在随时提防中，也感到生命危在旦夕。怕死与强作镇静相互交织着，更多的是怕死，这又与他枪毙一个穷光蛋偷儿时，含着笑容成了鲜明的对比。

另外在他身上表现出来的是强烈地要求刺激，官能的享乐。吃大曲酒嫌缺乏劲道，改吃干酒，要六十五度的白干；抽鸦片烟前也学到先吃兰州绵烟摆底子，猛然地吃了绵烟，不吐烟子，马上含到鸦片烟枪一气喝下大肚子内，这种吃法叫作"娘送女"，也就更其来劲。他现在有老婆五个，还有几处临时的发泄处，他去了，别人的丈夫就很知趣地溜开了。当他像野兽似的撕吃了一个兔子时，从他那白布裹袋儿随手摸一把银圆，丢在床上一声不响地走了，像他那钢铁爪子抓人一样，同样做得干脆利落。他早已瞩目于嫩豆花儿了，不然他像钓鱼撒窝子一样，把钓饵撒得那样宽呀，他是运用了"如欲取之，必先予之"的手法，最后要把她吞到肚子里去的。

这一夜下着毛毛雨，嫩豆花儿照例到公馆里去看望魏大娘。她想到，天气一变，大娘就喊一身酸痛，要嫩豆花儿去捶腿的。嫩豆花儿也长于此道，她在跑码头的烟馆里看到不少舒筋捶背的，如何在腿上、小腿肚上的捶法，她就模仿着。至于还有一种医治伤风周身酸痛的"大搬打"，她看是看过，没有弄懂，却也无法了。魏大娘喜欢她捶腿的另一个原因，是魏大爷自从讨了第四个姨太太后，根本把她搁置下来，只把她当作一家之主看待，家务归她管，有夫妻的名分。至于夫妻的温暖，早已次等地分给四个姨太太了，何况还有外遇，甚至连四个小老婆有时也搁置起来被忘却了。

　　大娘有些寂寞，她什么也得不着，过的是极度空虚的生活。不愁吃，不愁穿，手边也经常有钱，她需要的不是这些，而是需要填补空虚。正在此时，嫩豆花儿来了，名义是按照大爷的吩咐，是伺候大娘的，大娘有风湿关节病痛。嫩豆花儿也晓得这些窍道，也就完全能察言观色地伺候奉承，把大娘照顾到称心如意的地步。于是大娘送了她些钱，一只金戒指也送给她了。现在大娘简直就离不得她了，可以不要大爷却不能不要嫩豆花儿。

　　在被搁置的大娘外，魏大肚的四个小老婆，也此起彼伏地被搁置着。她们人年轻，一天无所事事，如饥似渴地盼望夜夜有大爷的来到。大爷的应酬多，没有来，只落得空房独守，她们各自望着那蓝底白花罩子上印的图案而夜夜发愁哟！于是，她们似乎也传染上大娘的病了，也在喊一身酸痛呀，筋骨疼得很啦。

　　嫩豆花儿懂得这些名堂，她举一反三地运用她那熟练的手法，分别在五个女人的身上捶捏着，按她们各人的需要，满足她们。这是很来钱的事，她们一把一把的银圆递给嫩豆花儿，年轻的姨太太有时则把她当作一种代替品。嫩豆花儿有她那泼辣性格的一面,因为久走江湖,常跑四处,也带着一些山林野气,这一点在娘儿们眼中看来,更有几分男子汉的味道,因而更悄悄地喜爱着她,何况她还有妙不可传的用处呢。

"你手上的金箍子才打的呀?"年轻的三姨太问。

"大娘给我的——"嫩豆花儿把嘴对到三姨太太的耳朵,悄声地向她说,"是我把她老人家捶舒服了后,她给我的,不要给别人说呀!大爷那里更去声张不得。"

"好!只要你照大娘那样把我医治,我也少不了给你金箍子。"

"这个容易嘛,出在我的手上嘛。"说完不久——大约还不到五分钟,她就把三姨太太弄得眉闭眼合了。这第二个金戒指她就不能再戴在手上了,拿回去放在她的箱子里的铁盒内。

当然,还有第三只、第四只陆续来到,她也照样悄悄地存放起来。

雨越下越大,她来到公馆里,没得人,绕几间房子,来到后客厅。客厅里像所有的客厅一样,中间一个大炕床,炕床中央放着一个小而矮的长条方桌,上面放着瓷盘,倒扣着茶杯。炕床上铺的红布垫子、红布四方枕头。炕床下有踏脚凳,中间有撒了石灰的痰盂。炕床两边放的马架子,一边四张。中央放个圆桌,桌上放了江西瓷盘,盘内摆有蜡制的供观赏的水

马架子:一种活动躺椅,腿交叉,上面绷竹片或帆布,可以调节靠背高低,也可收拢。

果。壁上挂的成都名人书画,有颜楷、余沙园、壶道人的字,此外就什么也没有了。炕床后有个退间,放着一些杂物,平时根本没有人进去,灰尘也多,角落里蛛丝布满了,散发出霉臭味。

嫩豆花儿觉得奇怪,今天晚上这样一个偌大的屋子,怎么没得人呢?人到哪儿去了呢?她猜想,该不是到园子里看戏去了,今天接得有成都的角色来,唔,准是去看戏去了。这时候雨打风吹,她有些疲倦,想到炕床上去靠一会儿,这些屋子她是走熟了的,二十几头的黑夜,伸手不见五指,但她却可摸着进去,绕开中间的圆桌子,摸到炕床上去——她用手一摸一摸,摸到一个人的腿,那人问道:"哪个?"嫩豆花儿一听是魏大爷的声音,他一个人躺在这里,准又是喝醉了。她赶忙回答:"是我。"

二十几头:过二十后的数天。

"你么,来得正好,你给我捶一下腿,我走不动了,她们都说你捶得好,医得了病,你在哪儿学的本事哟?"

她车身要走,但魏大肚已将她拉住了。她迟疑了一会,无可奈何地为大肚子捶着腿。

"你来这里,大家都说你好,老幺烟馆经营得不错,你在公馆,大大小小都说你好,这就难得了。有福大家享,有生意大家做。跑山货,大爷给你搭一股,就够你们吃一辈子了。"

嫩豆花儿没有开腔,手不停地在捶,脑子里也不断地在想:她想脱身,但不好马上走。走,总得有个借口。

　　黑夜里只有他们两个人，魏大肚认为这是个千载难逢的好机会，当然不肯轻易放过去，一下子就把嫩豆花儿的膀子抓住，拥抱住了，嫩豆花儿挣扎着喊："大爷——"

　　大爷用尽了全身力量，不开腔了，翻身起来把嫩豆花儿按在下面，有如饥鹰扑食，饿狼下山。正在这个时候，一股白热的电棒光照着他们——原来是守院子的女人来巡逻，不经意地看见了。

　　人，动作，全看得清清楚楚，电棒光线马上闭了，巡守院子的人，打从客厅外，悄悄地溜走了。

　　这件不寻常的事，也就像闪电一样传开来了。

　　什么人敢于这样大胆地传开去呢？不是别人，正是那个打电棒的女人——东娘娘，一个年约四十还未嫁人的老处女。她的身材矮胖，胖得很不匀称，走起路来，像鸭婆似的。眼睛的角膜翻出来了，就像随时伤心得在流泪，影响了眸子暗淡无光。嘴巴扯起的，且很大，笑一下把嘴角都要扯到耳根去了，何况几个大牙乱七八糟错综着。整个脸是浮肿的，青一块黑一块的，像一块发霉了的广柑皮子。四十多还嫁不出去，固然与她的形象直接有关，但是更重要的是她那外号人称"自开锁"的嘴，是藏不住任何一件小事的，非说不可，说了才痛快，才过得。不说，如鲠在喉，似乎对于她的生存也妨碍了。你不听她说，她就拉着你听，她根本不晓得什么叫利害，有些话该说与

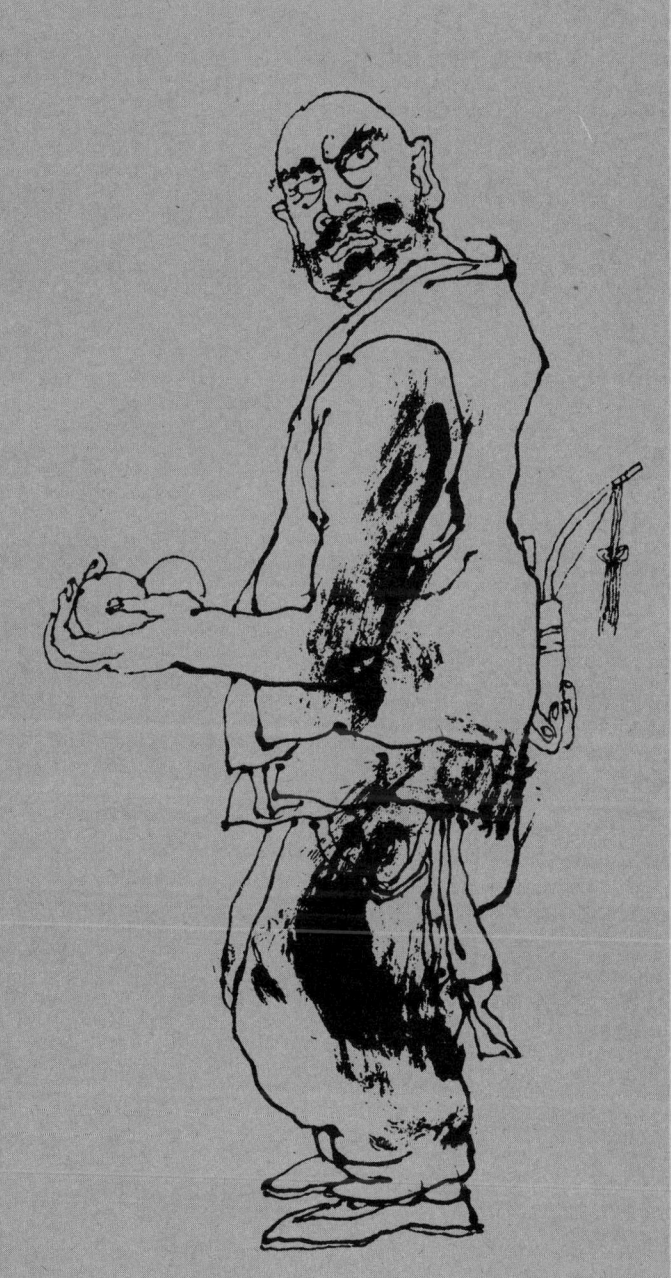

魏大肚,他除了贩卖烟土,坐地收肥之外,设有赌场、烟馆、旅店、红锅馆子、理发澡堂。这位大肚子大爷是灌县的地头蛇。

锦城旧事

不该说。她的生性是如此，或许她的神经系统中，某一部分有些毛病，不然，四十岁还那么天真。她首先在女佣中说出去，然后向伙房、看门大爷、几个跑腿的年轻人说。第二天已传到街上去了。不胫而走，到第二天晚上，几乎大半个灌县城都在扭耳朵，说悄悄话，谈论着这不可告人的事。唯其是不可告人，就带着更大的魅力，爱热闹的就越非听不可了。惹得那些不甘寂寞的人，在传话中又略为夸张或在其中加一点酱醋，他们的习惯"带话总要把话带涨"，如此这般地传开了去，就更在原有情节上加上了传奇色彩。何况，这件事情的本身，就具有那么丰富的内容，有巨大的吸引力，甚至连从不谈"怪力乱神"的魏天命，也感到大吃一惊："他是袍哥哟，他不怕呀？"

"对呀！这是恩拜兄奸淫亲手提拔的拜弟的女人，他色胆包天，袍哥没有法律，也有个规矩呀！"中兴场的舵把子说。

"这件事要找个根据，我主张派人星夜赶下成都去找到刘鸡儿，人家懂得多哦！"

"也要找一找昌福馆内开双龙池茶铺的刘师亮刘大爷，他做过《汉留史》。"

"说那么多捞屎，袍哥干这些事，做得受得，只要有真凭实据，拿到把柄，我肯信他这回抹得脱，除非他有四个卵子两条屎。"映秀湾的马大爷往桌子上就是一捶。

"这回就喊他娃娃吃趸，用不着甩他狗日的冷炮

捞屎：没什么作用，没什么意思。

抹(má)得脱：能解脱干系。

吃趸(tuǐ)：承受不住。

甩冷炮：打黑枪，暗算。

了,这回要拿他公开现世,说得脱就走得脱。"

各公口、码头、大爷及仁义两堂兄弟,纷纷议论此事,想出各种办法,一句话:要大肚子的老命。

他的冤家仇人,更不会放过这一个大好机会,他们磨着大烟熏黑了的牙齿,搓着颤抖不已的十根指头,轮转着充满血丝的眼睛,纵使铁打的汉子,也要在这极度仇恨的火焰下,化为灰烬。于是各码头便开始纷纷议论,研究处置办法,通信往来,忙个不可开交。经过几番讨论之后,他们公推了几位大爷,就在这灌县城中一个秘密所在,把吴老幺请到,摆了一桌家常便饭,三杯两盏之后,话归正题,中和场来的彭当家举起酒杯说:"老弟,先干一杯再说,我先干为敬。"

吴老幺感到有些异样,但他也猜到八九分了。一方面他也第一次感到海了多年袍哥,打了多年华雄烂仗,今天总算是与各码头大爷、头面人物平起平坐了,他顿时感到自己同他们像一下子就拉平了一样,毫不犹豫,端着杯子就一饮而尽。

这个大爷敬半杯,那个舵把子敬一盏,吴老幺满怀高兴,有些醺醺然了。彭当家趁势有分寸地说道:"近来外面传闻太多,都在你们夫妇脑壳上做文章。当然,水有源头树有根,无风也不起浪。据我们了解,这股风是从魏的家里传出来,有人亲眼看到,人证物证俱在,袍哥,兴这个样子么?你觉得怎么样?"

吴老幺一听,酒醒了一大半,他咬了一下下嘴

> 华雄烂仗:混迹社会的一种高级方式。华雄本是《三国演义》中的一员名将,虽败犹存威名。"烂仗"指落泊之人。

皮，若有所思，凭借了还有一半的酒兴，又在众家英雄面前，也只好说出："是，这几天潮得太凶了，有些话也不见得就是真的，有些也像是真的，我都弄得有点麻鲊鲊的。"

"老弟，你欲言又忍，话不分明，这种事，不过已遇合到，魏——他为啥子找你经营他的烟馆，又为啥子叫你们家里头随时到他家里，他果真是为了袍哥的仁义，恩拜兄提拔拜弟么？那去见他的鬼。三尺之童也看得出来，魏——是起了打猫儿心肠，早就打了你们家里头的主意的了，老弟，你还被装在口袋里。你太忠厚了，说得上一个袍哥，我们联峰码头，都很瞧得起你，所以这次才来找你。这件事不说你不好说，哪个也有一张脸。但是，说到袍哥，他姓魏的就做了挨刀挨炮的事，这是一点也不能含糊的。各码头连日商议，我们得到了确实可靠的人证后，大家决定来找你，不说你受不了，凡是仁义两堂哥弟，向圣人磕了头的袍哥，哪个又受得了？这件事已传开了去，成都方面各公口也大力支持，但要求我们这方面弄清真相，才好下手。成都方面说：只要可靠，一出字样，他们马上来人。川西坝子内十六属各县，联络后，他们对你那个枉自披了人皮的恩拜兄，无不恨之入骨，说早就该除掉他了。大家很关心这件事，行动起来也快性。本地、省内十六属各县，都为你不平，要为袍哥争口气。大家表示：要钱有钱，要枪有枪，全力支持，要找姓魏的拿话来说。一切都在顺利进行

潮：纷纷议论，哄传。

麻鲊(zǎ)鲊：不清楚，含混。

打猫儿心肠：整人害人的心肠。俗语说"耗子撇手枪——起了打猫儿心肠"。

快性：快，迅速。

中,不瞒你老弟,今天晚上请你来,就看你的意思了。来,再干一杯,请——"彭当家这一席话,像楔子一样插入吴老幺的心头,他顿时像一个受伤的野兽,低下头去,舐着他从心房里流出来的殷红的血,然后,他也像野兽一样咆哮了:"各位拜兄,只要人证物证齐全,大家这样看得起兄弟伙,各位大爷淘了这样大的神,我当兄弟伙的还有啥子说头?"

"你还不大相信么?我们今天晚上是冒了很大的风险请你到这儿来的哟。人证,就是魏家的那个老女子,她查夜打电棒照看到的,这个人就是将来雷打不掉的人证。再说姓魏的这两天脸色也不对头嘛,这是大家一眼就可以看出来的。当然,他面子上要稳起不偷,人家海到那个地位上去了。不怕他上到九天,袍哥做得受得,这回可要在证据确凿之下,拉他入地狱去见阎王,谁也救不了他的命。何况,他的抵码子到处都有,他带的过太多了,早就应该挨冷炮的了,他杂种命长,这回冤家路窄,谁也让不了谁。砍竹子遇节,他杂种也有今日,这回大家多齐心啊!老弟,我们没有把你当外人,你该相信我们了呀!至于将来,事情了结之后,你的一切,就单是他的一小半财产,也够你吃这一辈子了。"映秀湾的马大爷补充地说了后,最使吴老幺听得实在的是最后这两句,他仔细思忖着。

"我还有啥说的楠,该咋个就咋个,我又不得掉底的。"吴老幺带着认真的态度出去了。

稳起不偷:沉住气,不动声色。在成都,纸牌有一种玩法叫"偷十点半"。玩者自己估算手里牌的点数比庄家大,且不超过十点半,故不再向庄家要牌。

抵码子:冤家,对头。

掉底:漏出底细。

"老弟，我们做事周到一点的好，今晚上就谈到此为止。你回去再问一下你们家里头，把口风探实在，事情原原本本究竟是咋个长起在，弄清楚后，明天晚上三更后仍在这里。千万小心谨慎，不要我们要打豺狼，先给豺狼咬去了。"大家异口同声地仔细叮咛他，他也较为放心地点头而去。

一路上，穿过几条悠长的巷子，听到哗哗的急流水声，狗在叫。吴老幺在这夜深人静里反复寻思，他开始感觉到：魏大肚是不怀好意的家伙，他这个花脚乌龟早已有名，这回居然敢爬到自己的头上来，这教人咋个有脸活下去？况且，袍哥又最注重这桩事。如果，这回软憩台，挖一辈子烟斗子也伸不起皮、抬不起头，二天自己的老婆也要被打成刁拐案了。没得点点的都戴不得绿帽子，何况我们袍哥。想到这里，他腰杆伸起来了，步子也跨得快了，很快地就走到自家门口，轻轻地抬开门，上床去了。

花脚乌龟：与儿媳有不正当关系的公公。花，花心；脚，种猪。

软憩台：软弱。

"你到哪儿去来，这样晚才回来，我到烟馆头去找过你，他们都说不晓得你到哪儿去了。"

"听热闹去了，说舵把子有天晚上在家里搞一个人，按上床去正在行黄事，突然被查夜的拿电棒照着了，看得清清楚楚。你猜，那个打电棒的是哪个？"

"我咋猜得到，黑头黑脑的，咋看得到？"嫩豆花儿感到这句话有些失言，忙掩盖着说，"别耽搁时间了，你快说嘛！"

"嘿，原来是那个瓜娃子，东娘娘，她是她妈个

瓜娃子：傻瓜。

'自开锁'，一下子敞扬出去了。这一向哪个不谈论这件事，连各联峰码头、省上都传开了，这回该舵把子吃趸，但是——那个被搞的人又是谁？是男的或者是女的，他是水旱两道都要搞的。"

"瓜娃子没有看清楚么？"

"当然是看清楚了，只不过这回'自开锁'话到口边留半句，她不说哪个晓得？你说是男的，还是女的？"

"各说不一，我听到是个女的，把她按在床上，裤子扯脱了，女人咋犟得过男人，在这个时候，电棒亮了，他气都不敢出，扑在女人的身上——等电棒熄了没动静了，那禽兽才爬起来，他对那女人说：不要声张出去，大爷对你自会有好处，你要啥有啥，大爷不会忘记你。那个女人后来爬起来穿裤子时，在床上摸到一个四四方方的东西，用小绸子口袋装着，后来打开一看，你猜是啥？"嫩豆花儿说到这里，故意停顿下来。

"格老子你又喊我来猜了，快说啊！不要等老子着急。"

"打开一看，原来是个图章，那个女人把那件东西留下来了。"

"留下来做啥？"

"做啥？用处大，那就是个把柄、证据。"

"看来那个女人还是个有心机子的人。"

"都像你是你妈一个草包，啥子事都不长心机

格(kē)老子：口头禅，多表示不满、感叹等情绪。

心机子：心计。

子。"嫩豆花儿依偎在他的怀里问,"听说被那禽兽糟蹋的那个女人,是他兄弟伙的,袍哥大爷做了这样的事,该咋个办?"

"那还有啥说头,袍哥最忌讳这桩事情,挨刀挨炮,由他选择。"吴老幺回答。

"这个地方,哪个又把他动得了一下呢?"

"嘿,鹅颈项那们长还有下刀之处呢。我给你说:现在事情已传开了,八方公口要算他的总账,何况还有他不少的抵码子,都是有力量的抵码子,要他的命,他这一回算是癞疙宝穿盔甲——蹬打不开了。"

蹬打不开:对付不了。

"真的能够这样么?"她把吴老幺抱得紧。

"今晚上我去参加了这个会,谱子已经念出来了,这回定要把他煮熟。你在公馆走动,这两天该听得有些消息么?"

"公馆头的人咋敢说呀!不要命么——可是当面不敢说,背后都在捏耳朵,不过,我一去他们就不说了,好像要避讳我一样。"

"当然要避讳你呀!"吴老幺说冒了靶,要想收回,已来不及了。

冒靶:超出一定范围,离题。

"啥子当然不当然,我没有做出对不起你的事。给你明说:他要搞的那女人就是我,裤子扯开了,没有搞到,不是东娘娘的电棒救了我,是老娘不给他的。哼,他是你的恩拜兄哟!"

"你为啥子不给我说嘞?"老幺温和地抚慰着。

大嘴老鸹(wā)：贪吃、贪心的人。俗语说"大嘴老鸹飞起啄人"。

"你是你妈的一个大嘴老鸹，时机不成熟，说也枉自，反而有害，说了你一个人也把他啃不动。现在，听你说来，有几分把握了，你要弄实在，再说下文。你们恩拜兄是他妈个九头鸟，你们要当心，误了事就要死一槽槽。"吴老幺仔细听她说，也暗地里佩服她：这几年跟到他打华雄烂仗，她倒把本事操出来了，她真是一个有心机子的人，岁数不大，人很老练，真是有心机子，想得周到。

"你那个图章呢？拿来看看。"

嫩豆花儿下得床来，摸了火柴，点燃了清油灯，他们二人在灯光下看图章。上面是四个大篆字，吴老幺是认不齐全的，头一个是"魏"字，二、三个无论如何也认不出来，下意识地擦了几下眼皮，依然认不得，算好，最后一个"印"字，是在打猜猜的情况下估计出来了。

"收捡好，这就是把柄，活证据。"吴老幺更加自信了。

"这还不算，还有硬是货真价实的、活生生的证据，要他的狗命的证据。"嫩豆花儿把嘴唇送到他的耳边，轻轻地、有力地说着。

"你格老子鬼名堂真多，牙刷子脱了毛——有板有眼的，啥子活生生的证据？拿出来看。"

嫩豆花儿即从包袱里取出一条黑府绸裤子，腰上撕裂的痕迹，一眼就看得出来。而且，那黑颜色的裤子上已弄得斑斑点点的了："这就是那天晚上你们恩拜兄强奸人的证据，该还硬肘哈？"

　　吴老幺一见，从鼻孔里哼出了一口粗气，两眼只盯到闪烁的灯光。一个扑灯蛾儿在火焰中穿来穿去，纵然是给火焰烧死，落在灯盏里给清油浸透全身，它也死得壮烈。吴老幺看得眼睛成一条线了，他这时想得更多，也醒悟得更多，斩钉截铁地发誓说道："老子要他的命——"

　　"啊！你这才像个人话嘛，跟了你这样久，头一次听到你说个像样子的人话。自家的婆娘拿给人家烧了，要伸得起皮，就只有闯过去。老幺，啥子烂仗我们没有打过，怕他个屁，上刀山，下油锅，陪他！我是你的人，有福同享，有祸同当，我是你的——"还未等她说完，老幺已激动得手指拇儿在打颤了，一下子就把嫩豆花儿搂抱在怀，他们比以往任何时候都更加热情地亲密着。突然，她离开了他，忙把黑府绸裤子收拾好，连同图章一起放在布包袱内，吹灭了灯，才上床去了。这一夜他们窃窃私语，说个不休，待到鸡叫头道时，才疲乏地蒙眬地睡去。

　　第二天晚上，仍在原来那个秘密的地方，进行商议。人比昨夜增加了一倍，四处去交涉的人也回来了，气氛更加紧张，情绪更加热烈。吴老幺在一夜之间，却变成另外一个人了，他再也不像头天晚上那么犹豫迟疑，说话吞吞吐吐、躲躲闪闪的样子了。今天晚上他一直是侃侃而谈，也主动得多、激昂得多，何况他是把瘾过足了来的。除他自己以外，今晚他也代

硬肘：确实可靠。

烧：侮辱。

表了嫩豆花儿，他是一身而二任焉，因此，更不敢有丝毫的松懈。他向大家把昨夜回家后的经过，详详细细地说了一遍，在关键地方还把要害的话重复一遍，重复细节地方，不厌其烦地反复说明，如图章大小，上面刻的字（仍然有两个字认不出来，这是很抱歉的）如何等；裤子在进行强奸时撕烂的地方，上面像糨糊一样的东西，以及嫩豆花儿在床上亲口说的一切的一切。千言万语，归结到八个字：证据确凿，如钉钉木。"到时候我们那家子出来当场作证，各位大爷、拜兄，这还有啥子说的，要人有人证，要物有物证，袍哥有规矩，法律有条条款款，该咋个就咋个，总之，当小老弟的，仰仗仁义两堂拜兄大爷，这个……"他用双手举起，放在左边头上打拱。

这一番话，说得所有存心要寻仇报复的各公口大爷、代表等人，眉飞色舞，对吴老幺特别表示亲热。趁热打铁，在今晚会议上就推出总代表。各大爷踊跃地捐出了一大笔数字，作为经费，其中规定先拿一部分给吴老幺，由他去开支。另外各大爷当场自认了一笔数字，先送给受害人嫩豆花儿。两笔数目合起来，有两封银子了。这仅仅是戏的开头，作为吴老幺今天晚上当众表示后的一个初步的报酬。这也说明了他们的慷慨仁义，要路见不平，要拔刀相助。认真说来，这个买卖干得着，花钱不多，等于一场手不顺的赌博，大家凑少成多，看起来就是一笔不算少的数字，这笔数字，可以放心地、恰当地买到如钉钉木的人证物证，将来说不定，也可以不费一枪一弹，就置魏大肚于死命。他们算了一算：买刀客去杀大肚子、请枪手放冷枪去打大肚子费用差不多，但从效果上看，都没有这次收效好，这次要使十恶不赦的魏大爷在人证物证之下，自己拿话来说。他们各人有各人的打算，但有一个共同的目的：要总舵把子的命，把这个肥缺、堵关口的、很来钱的印把子拿过来。目前集中全力，唱好这台戏，大家都提高了调门儿，赌咒发誓要为袍哥匡扶正义，主张公道，除恶务尽，斩草除根，好像从此是他们的天下，而天下也就从此太平。

这一晚上的会议开到夜深，开得很好，散会前，由推举出来的总代表——映秀湾的马大爷出来，带领所有到会兄弟人等，齐向房中挂的关公像跪拜下去，口中喃喃地说道："在圣人神像面前，发下宏愿：不达目的，誓不中止，如有二心——"说到这里，一个小老幺拿来一个酒杯，递给马大爷，斟满了酒，他双手向圣像举起，继续像念咒语似的说下去，"如有二心，神天鉴察，就像这样——"用全力将酒杯粉碎在地。举行了这个简单的近于宗教仪式的宣誓后，各人无言地退去。在深夜的归途上，仿佛有二分严肃的感觉，还依稀地在淡薄的印象中，看到面如重枣，丹凤眼、卧蚕眉的关帝爷在向他们发笑，预祝他们的胜利。

一切由马大爷组成的临时班子，即日起，秘密而又谨慎地行事。决定向川西各码头公口、各位大爷，

全堂字样：邀请某一组织的全体人员开会的函件。袍哥用语。

魌头：便宜。本指旧时出丧时抛在地上的用米面等做成的鬼头模样的东西，旁人捡食后可避邪。因得之容易，便引申出"便宜"之义。俗语说"买些魌头柴，烧了夹底锅"。

空子：没有参加袍哥的人。

相：世故、圆滑、吝啬的人。

脚猪：用于配种的公猪。

打来吃起：据为己有。

发出"全堂字样"：定于二十五日，午前九时，在伏龙观设香台，解决重大事宜……"全堂字样"的内容再由走马投递人口头述说，其实按"好事不出门，丑事传千里"的惯例，不说早已明白，说了更加明白。值此春暖花开之际，川西平原上黄菜花遍地开，香风扑鼻，有些令人醺醺然。在这桃红柳绿的大好季节里，到山清水秀的灌县城去走一趟，也是很有味道的事。何况大爷们酒醉饭饱之余，烟瘾过足之暇，有时也感到想伸伸脚杆，静则思动，到灌县城赶一赶热闹，看看稀奇。更何况有仇的要去报仇，无仇的想去看魌头，要亲眼看一看魏大肚当场现彩。各人有各人的设想，但也有些共同的感觉："他太霸道了，也有今天啊！""他是个拦路虎，内吃空子，外吃相，好话说尽，坏事做绝，给袍哥长脸啊！这回这个脚猪总算是砍竹子遇节了。哎——自有好戏在后头，去见识见识。""听说嫩豆花儿长得很妖娆，一对眼珠子射人，只要看你一眼，就把你三魂七魄勾住了，还有一种说不出来的劲，肥、白……不然咋个会把总舵把子都迷住了呢？女人，祸水！这回把总舵把子都栽弯了，是要去看个闹热。"

另外，还有一个附带的目的：趁这回去，正好干一次鸦片烟生意，可以大干一场，可以保险地说，不会再像过去，为大肚子打来吃起了。人们去看大肚子，人们一个个自己也变成了大肚子了，腰杆上的裹袋儿，不是带的银圆，就是装的大烟，胀鼓鼓地同他们烟鬼似的瘦削的身材极不相称,走得来蹒跚其步,十分吃力,彼此观望,只有会心地微笑了。这微笑中也有相互祝贺的意思在内:彼此发财,大家发财。

也有身上带了两三枝甑子场蓝铁匠打的三十二两净钢的手枪,仿德国货,二十发的大机球,这种枪在绿林豪杰中最受欢迎,早已驰名川西一带,他们拿去,要啥掉啥,这是一笔轻而易举的财产。"全堂字样"请来众家哥弟,也请来了烟客枪客,鸡鸣狗盗之徒,耍假场合的赌哥,提劲打靶,油吃胡说的无赖。其中也有极其个别的烂笔杆杆,斯文一表,如刘鸡儿之流,在这样盛大的场合下,是少不了的人物,要不是出了这种事情,在平时,下全柬帖子也请不到灌县城来的头面人物。

掉(tiǎo):调换。

提劲打靶:豪强霸道。俗语说"提劲打靶揎(xuān)飞机"。

比赶场热闹十倍的这一天,终于来到了,灌县城像节日一样沸腾起来。在伏龙观庙子下的广场里,安了两排座位,每排用方桌连接,长达四五丈,两排对列,中间留出了广场地位,安了五张方桌,这是主座,为今天举行大会的总代表及各大码头推出的代表——极富声望而有地位的大爷、总舵把子的座位。

总代表是映秀湾的马大爷,他俨然以公正的审判者出现,是本地联峰公口推出的,给了他最大的权力。从成都请来的刘兴刘大爷,位列第二,他代表省城各公口,这是有着权威性的代表,他同魏大肚的私人关系一向就好,即彼此利用得合道。大会挑选这个人,是经过精心选择出来的,这样更能增加大会的庄

59

严性，使其站在魏大肚一方的人也认为是公道的。纵然是对大肚子有不利之处，也可以从中周旋一二吧。

显客中请来了文胡子，是一位副官长，在军队方面，海袍哥的总舵把子，也是今天到场的实力派，他可以招呼几千条枪，必要时可以在军长那里奏上一本，出动军队的。军长的军费开支中，一部分是靠贩卖鸦片，文胡子是这方面的外交官，据说拿他一张名片，可以沿着岷江，走到甘肃边境。自从那年他们发动队伍，进攻甘肃的文县、武都遭到失败后，把大烟的通道打断，不可一世的文胡子，险些被回族军生擒活捉，他剃了胡子，化装成伙夫后才跑脱。如今他的字样，只能走到松潘，他仍然动用他那一套法宝，袍哥使不动时，就动用军队，军队达不到目的，就利用袍哥。为了军费，他不惜调动他能够耍出的一切手段，或为拉拢，或为诱降，或为血腥镇压，特别是这个成都省会的文胡子，是以"开红山"斩尽杀绝著名的。他很佩服当年的赵尔丰，想挣个"文屠户"的美名，与"赵屠户"平分秋色，光宗耀祖，名利双收。

今天这样盛大场合中，文胡子之来，比起所有的大爷，都要高几个势头，上通军长，下接袍哥，两片胡子，八面威风。带了四个便衣弁兵，背了四杆"吃蚤笼"的新式枪，排场是摆够了的，何况他还披一件日本黑呢子的大氅，戴着金绿墨片眼镜，口含雪茄烟，手拿皮制马鞭，穿的长统纹皮皮靴，似官非官，

开红山：大肆杀人。

吃蚤笼：指德国造 MP18 冲锋枪。

就其架势、派头看来,岂仅是省上来的,简直是上帝派来的袍哥王了。他这次来之前,是先去见了军长的,军长指示他:"见机行事。那个地方是一道重要关口,需要为咱们多做事的人,你此去不可轻易表示态度,稳扎稳打,运筹帷幄于方寸之中。其他各军动向,要弄实在,不管谁来摇舵,我们要有绝对的控制权。"

河西一带的彭当家,统领平地山区八个场份的公口,在大烟生意往来上,多次与魏大爷冲突,在羊子岭、威州等地都起过冲突。他早已认定把持这个进出山口子的恶狗,非除不可。这次他以八个码头的总舵把子身份来到伏龙观,作为座上宾客,其实他早已摩拳擦掌,存心要撕下大肚子的皮肉来烧烤了。他之来,等于是给魏大肚安的当头炮。而魏大肚根本藐视他,把他从来就没有看在眼里,哪怕是一尊大炮对准他心窝,他也要傲然而视,不管在任何场合,对你彭当家,油是要让魏大爷挖起去的,要永远占个上风。虽然今天处于不利地位的魏大肚,对这个"河西王"是仇人相见,格外眼红,早已从脸上冷笑了。

挖(wǎ)油:攫取别人的成绩、荣誉等为自己争面子。

刘鸡儿是特邀来的,大家无形中认为他是一个法官,他本人虽然瘦削、皮包骨头的小个儿,他是带有省上来的派头,苏缎一把抓的瓜耳皮,珊瑚红帽结子,这可以说在全灌县也找不出的装饰。金丝眼镜,琵琶襟的漏密罗纹背心,请手艺高明的裁缝做了边子,托上高领,穿一身峨蚕青的云林锦衫子,南京缎

瓜耳皮:瓜皮帽。

61

扎鸡绑腿的裤子,脚蹬提督街大江东的双梁青缎鞋,雪白布袜。双手抱着玉带桥陈有为造的苏白铜水烟袋,吃的福烟,一切排场上、外表上应有的零件,这个瘦削的鸡儿是配齐了的。虽然有人说他"全身不带富贵相",但他的这一身穿着装饰,无论如何使本地第一流的绅粮也大为逊色了。单凭他这身打扮,也就像个请来发号施令的、定夺一切的法官了。他此来早已得到一笔不小数字的许诺,待到把魏大肚拿下来后,在他回成都的滑竿儿上,当比他来时,准要大大增加重量了,白的是银,黑的是烟。只要他把那三寸不烂之舌,如意地转动,又根据翻烂了的"袍哥经"而大鼓如簧之舌,把大肚子弄得不能动弹时,这个几根骨头的鸡儿,会变成凤凰一样,被胜利地抬回成都。魏大肚对于他有二分尊敬,也认为他是袍哥中的一张嘴,说得出一篇,道得出一本,就从他多次到成都与他的交情而论,也深信不疑,认定他在这次危难中,会站在他这一边,为他的恶行辩护的。哪晓得这位说客早已在沉甸甸的白银下、香喷喷的烟土中忘掉一切,忘记他自己,变成一匹定好了棋谱上的卧槽马,而与彭当家的当头炮,非常准确地对准了大肚子。他们这次存心要把魏大爷劈下马来,用重炮轰死,打开一个畅通无阻的缺口,以利于各个公口大烟生意的往来,大家发财。

人丛中挤着魏天命与严举人,魏天命从不入流,当然挤不进去。严举人,父子同榜,民国成立后,认定"臣不二君",没有出来任事,赋闲在家,守着一二十亩薄田,过着他那半生不死的生活,似乎与一般的人合不来,性情有些孤傲,自认为是遗老,要是清朝不倒,他不会落得这般光景,至少也是一个县大老爷了。他的失望心情,早已陷于绝望境地,有时不胜酸楚,唯有与魏天命谈得来,有时彼此唱和,少不了以他们本地可以自豪的玉垒关为题分咏,大做其文章了。平时他们很少看闹热,这个县城平时也没有什么闹热可看,纵有也不屑于去看,如魏大肚私设法庭枪毙小偷、干鸡子之类。今天这个场合可不同了,当是灌县场面破天荒的第一次吧?岂仅是看闹热而已哉,两个人还有一个共同的目的,也是今天到场人山人海中每一个人的目的——是要看一看嫩豆花儿其人。他把长有长胡子的嘴尖起递到魏天命右耳边,悄悄地说道:"老兄的看法呢?"

干鸡子:乞丐,穷光蛋。

魏天命顺便地也把他的嘴尖起递到他的左耳边:"吾未见好德如好色者也。"

他嫌魏天命没有懂得他的意思,又悄悄地说道:"你看到过嫩豆花儿么?"

"老弟,未之闻也。听说倒还不错,这条老牛咋个要去吃她的嫩草呢?"

"世间尤物皆祸水也!人心不古!"这样更使严举人看不起今天,看不起淫乱的魏大肚,却想看一看传说中的嫩豆花儿。

广场里一阵骚动,原来是魏大肚被一群人簇拥前

63

来了,他的脸色很不好看,但是却用着一种很不自然的微笑掩盖着。他的头总是向着天空(有时也向着众人),向着河对面高大的赵公山,山色朦胧而空虚,正如他今天的心理状况一样。很显然,他在下了"全堂字样"之下,是来受审的,不来不行,骑虎难下。他也曾想去省上的几个军长处求援,或者是到天主教堂去躲一躲,这样一来,无疑是自己承认。也可以逃跑,但太丢人了,何况还有一家人与全副财产、面子与声誉。袍哥,说得脱走得脱,也有向灯,也有向火,他在这几天尽全力利用了倾向他的一面,让这些人为他奔跑,直到今天他才不得不在"全堂字样"下——表面上若无其事地来到这众目睽睽的广场。他似乎很有信心,但又全然无信心:"未必阴沟头把大船翻了?""抵码子太多了呀!"起眼一看……

> 未必:难道。

他有些头昏。冤家又路窄,谁也让不了谁,平时的尔虞我诈,褒奖奉承,到今天气候一变,成了仇人一见,分外眼红。他们利用袍哥讲大礼的形式,在不动干戈之下,要置魏大肚于死命。

魏大肚自然充分地估计到了,最后他横了心肠地自言自语:"躲脱不是祸,是祸躲不脱,看他们又把老子们咋个。你有来言,我有去语,更何况老子们也有人。"他是被这样的豪言壮语推到伏龙观来的。他不断地抽香烟,猛烈地抽,从两个长毫毛的鼻孔里喷出白色烟雾,傲视一切,而又故作镇静。

这景况却被严举人看了出来,仍然谨慎地、悄悄地向魏天命透露了："我看今天机局,有些不妙,垓下之围乎？"

"唔,所见略同,纵有力拔山兮之势,也难以挽回,他带的过太多了。"

"你不淫人妇,谁敢淫你妻,听说他几个小老婆也有名堂……"

"玩人丧德,一报还一报,古理皆然。"魏大爷大摇其头,不胜叹息。

"他不是出钱修过文庙,施过棺木,发过米飞子,也还做些善事,积些因果么？"

飞子：纸条条。

"怎奈多行不义必自毙,好多被他弄死的穷鬼、冤魂在等着他啊,何况今天在座的这些活的么？老弟,你看出来了,机局有些不对头,你我局外人,有看头。"

机局：场面,情况。

人群中的议论,七嘴八舌,各抒己见。大胆一点的,大声武气、毫无顾虑地说着；谨慎一点的,何妨交头接耳,尚有谈论的余地。平时不能说、不敢说的,今天都一齐说了出来,在已经够热闹的广场上嗡嗡成雷,增加了气氛。

"他大爷说的话,我们一辈子也忘记不了。他说过：戏娃子的沟子搞得,话听不得。"唱花脸的吴大雷向人介绍着,"其实我们说的话,从来都是算数的,他大爷做的班子叫你去,你敢不去么？工钱是说好的,发工钱时,不是七折便是八扣,说的话不算话,我看这张嘴就比沟子还不如了,他太把我们欺压

沟子：屁股。俗语说"光沟子坐烟囱——屁儿心心都黑完了"。

够了。戏卖不得,吃稀饭,他们大娘来亲自掌瓢子,那个滋味,不是你们能够尝得到的,喝西北风下稀饭,我们唱戏的受他大爷的罪,哼都不敢哼一声。"

"灌县城的人,到他开的米店买过米的,吃了他大斗进小斗出的亏的人,哪个又敢哼一声?赚大家的米,倒进仓里去,堆积如山。到年底,拿一点出来施米飞子,周济穷人,你看,面子也有了,又落得个魏善人的美名,他大爷屙尿擤鼻子——两头都要逮到,所以有人说他是九头鸟,倒要看一看他今天咋个下台?"东街上的打铁匠把嘴角垮起很轻蔑地说着。

"说起袍哥,他早就该挨炮火了。那年子——记得是甲子年,天干那一年,他亲自超拔的兄弟伙舒老幺,脸上有颗饭,他不是把他打来吃起了么?"

"哎哟,他这类的事太多了哟!没人撑腰,只有忍受。这一次算是砍竹子遇节疤,吴老幺背后站得有人,都是硬火,要拿话来说的。"

"他要当善人菩萨,要做好事大施棺木,又一毛不拔,向砍青山的老板们灌了一台油大,油大把老板儿们嘴糊到了,就送了十几筏子的木头——毛牛墩子给他。老板又掉转头来对我们说,好事大家凑,说这十几筏子是给魏大爷送去做棺木的。这次放筏子的青龙背上人,老板只供伙食,不发工钱,妈的,这条河凶滩恶水,我们青龙背上走的人,早饭不知晌午事,拿命掉出来的,给他们吃了。那一次是洪水天,路上翻了两筏,死了几个兄弟,喊赔命价,砍青山发财的

屙尿擤鼻子——两头都要逮到:两种不可得兼的利益都要占住。
鼻子:鼻涕。

硬火:能力强的人。本指装上子弹的枪。

青龙背上:江河。船家用语。

老板不冲火,向魏大爷求情,大爷说,死了的送棺木,其他与他无涉。打官司,衙门是人家的,几条命结果白送了。老板、大爷,大爷、老板,他们做的绝子绝孙的事。"一个放木筏的船工,毫无顾忌地说。

不冲火:不负责,置之不理。

"不要开黄腔,你也是袍哥哟!"

"是他妈的丘哥,假场合。"木筏工愤怒了。

开黄腔:说外行话。

到了开会的时候,马大爷只是有力地、大声地说了几句话:"今天本县各联峰码头为吴老幺的事,出了'全堂字样',公推兄弟当总代表,现在在圣人面前,我们秉公办事,国有国法,家有家规,该咋个办就咋个办。请得各龙贵大码头大爷、执事等来到,还望大家公事公断。"

在关爷神像前的桌子上,摆设了香案,由马大爷亲自点燃香蜡,焚了黄表。比平时下"全堂字样"加了一个隆重庄严的仪式,提来了一只大鸡公,一把锋利的菜刀,由马大爷振振有词地一刀举起,向大鸡公砍下,头落地上,鲜血长流:"若有私心,神天鉴察。仁义海湖,英雄归位。"

即由众家弟兄公推省上来的刘鸡儿刘大爷说话。这位鸡儿气派地站了起来,先向关公圣像举手过头,然后向到会的打拱,提高嗓子说道:"灌县城山清水秀,历来出英雄豪杰,无不以仁义为重。人活一口气,袍哥讲个义,天下没有大不了的事。在圣人神像面前,如有弄虚作假,就像这鸡公一样下场;如果事情属实,袍哥做得受得,没二话说。兄弟才疏学浅,不敢在这样盛大的场合下造次。大家既然来到这里，总之要依理依法，凭个公断。袍哥说话算数，说一不二。"

"现在由下'全堂字样'的吴老幺，你来当众陈述。"大爷的吩示，带着几分命令语气，似乎供奉着的红脸关爷命令他这样说话的。

全场突然静了下来，鸦雀无声，吴老幺有些紧张，魏大肚子感觉到自己的心在跳动，每个人屏着呼吸，静静地看着这幕戏的精彩演出。

吴老幺走到手提大刀的关公神像面前磕了头，然后向两列座位的大爷们、仁义两堂的舵把子，磕了响头。站起来时，他那抽大烟青白色的脸，已红透了，两颊红得像柿子。原来早有人给他喝了几口大曲酒，要壮壮他的胆子。哪晓得他今天早饭吃得特别早，到这时喝酒，等于饿肚子吃酒，喝下去就有几分醉意了。"吃了寅时酒，昏昏醉到酉。"既然带醉，就有些胆壮，何况还得到可靠的保证，他想：丢翻了魏大肚，就有一切；丢不翻，滚龙匠，脚板儿上擦清油——开溜，逼到又奔滩罢了。况且今天的情况不是这样，大家都同情他、支援他，又何况道理全站在他这一面，人证物证……他想到这里，就打起精神说了出来。他要说的话，早已经过人安排调度好了的，他自己也认为是经过高手指点过的，万无一失，于是明声朗诵地、一字一句地向大家申述一切。全场好几千人众，听得清清楚楚，魏大肚听得尤其清楚，一个字像

丢翻：打倒在地，打死。袍哥用语。

奔滩：流浪谋生。

一颗子弹打中他的耳膜，发出嗡嗡响声，但他故作镇定，藐视一切。最后吴老幺跪了下去："各位大爷，他魏大爷是我的恩拜兄，今天强奸了兄弟父母之命、媒妁之言的原配女人。我是个袍哥，今天就请各位大爷公断。"

魏大爷向桌上一巴掌，指向吴老幺骂道："放你妈的屁，你那婆娘是烟花之女、众人之妻，啥子父母之命、媒妁之言，你当众说谎！"

"大爷，就依你说，她是我的婆娘，总是我的婆娘啰！你咋能以灌县城总舵把子的身份去亲自强奸兄弟伙的婆娘呢？强奸总是实情啊！我们仁义两堂袍哥中没得这个规矩，请今天到场的各码头大爷来评一评——"吴老幺话音未已，全场哗然，一阵交头接耳，议论纷纷。吴老幺自己也莫名其妙，怎么他会这样迅速而有力地回答了魏大肚子的无理谩骂，有人十分欣赏他这几句话说得太漂亮了，同他亲近的人，也怀疑起来，好像这不是从他口里说出来的话，但明明是从他口里说出来的呀！把人们弄糊涂了。

"大家不要喧杂，雅静！雅静——"马大爷看众人不听招呼，干脆就站到板凳上去，"雅静！他的话还没有说完。"

"我明媒正娶的女人遭你大爷强奸了，你认为烟花之女、众人之妻的女人，就可以随便强奸了？袍哥兴这个样子乱来么？请今天到场的评一评——"

场子里又泛起人潮，认为吴老幺这个反问据理有力，人们不禁有些佩服他了。马大爷等人心中暗喜：像这样出得众、能言会道的小老幺，完全可以提升大爷了。甚至连刘鸡儿也对坐在他身边的文胡子说："这是有力的一着，看来用不着我们多嘴了。"

"看不出这个小老幺，今天要吞大象呢！后生可畏！"文胡子不断地用手摸他两片虾猫儿胡子，"话说回来，道理在人家这边呀！"

> 虾猫儿胡子：稀疏的胡子。

想不到三言两语，吴老幺就把看闹热而不带任何成见的人，拉到他这边来了。特别那些被大肚子铁爪子抓过的人，更是愤怒万分，把两个拳头捏得都快出水了。人丛中有人喊出："喊他拿话来说，咋个？猫儿起不盯呀？"

> 猫儿起：躲起来。

"拿话来说！"

"袍哥大爷，执位呀！"

> 执位：懂规矩，知趣，有自知之明。袍哥用语。

场子里群众，不断发出声音，马大爷趁势向魏大肚说："是该你说话了。"

魏大肚吃力地从座位上站起来，往堂子里一看，然后指着吴老幺骂道："我这个当拜兄的想不到一颗米养恩人，一斗米养仇人，你今天吃饱了，穿伸抖了，受人挑拨，下我的'全堂字样'。好嘛，我问你，证据呢？怎能由你一个人打胡乱说！"

> 伸抖(cēn tǒu)：整洁，漂亮。

"拿不出真凭实据，我吴老幺今天愿意在圣人面前，像鸡公一样，一刀两断，没二话说。拿出了人证物证，你总舵把子咋个盼示？"吴老幺理直气壮地问。

"只要你娃娃拿得出真凭实据，我听凭众议。"魏大肚自己还认为，这句话，可以把对方问死。

正在这时候，从万头攒动中，闪出了一身素打扮的嫩豆花儿，很多人惊异地看着这一个不平凡的女人，多数人第一次看见："哎，这个女人有几手喃，不慌不忙，有点钢火。"

"啊！嫩豆花儿嘛，算是一个女光棍。"

"长得这样俏，难怪人家要起色心了。"

"听，她说话了，咋个跪下去了？"

嫩豆花儿向两列长桌坐着的大爷们跪下去磕了三个响头，算是行了大礼，那油光水滑的黑头发，人人看得清楚，特别坐在近处来评理的袍哥们，看得更为仔细。个别的用着贪婪的眼睛，又惊异，又赞美。

"各位大爷，我没有多余的话说，我女流之辈，也不会说话，我把那天晚上魏大爷魏总舵把子强奸我的时候，撕烂我的那条裤子带来——"她双手交到马大爷面前，再由马传递给两排列座中去了。这些人仔仔细细地观看着，推敲着，研究着。这时也不怕脏了，翻来覆去地看，裤腰确实被撕开了，上面斑斑点点的凝固痕迹，用不着谁多说一个字，完全懂得了。传看完毕后，再由马大爷收回，放在桌上把罪证公开地呈现于人们的眼前。

嫩豆花儿又从身上摸出一个小黑绸袋子，内装魏大肚的私章，也由马大爷先取出来，戴上老光眼镜仔细地看看，然后传观。大爷们中有不少人领教过这方

钢火：厉害。本指金属器具淬火后的硬度。

光棍：袍哥的成员。

图章的妙用，也吃过这方图章的亏。

"这就是那天晚上魏大爷行黄事时丢掉的他的图章，我当时捡到了，这是物证。除我以外，还有那天晚上打电棒巡夜来亲眼看到的东娘娘，可以问她。你魏大爷——吴老幺的恩拜兄做的好事，你是袍哥总摇舵的，有啥话说。请各位大爷公断——"嫩豆花儿哭出声来，伏地不起，不断地控诉，"你亲口向我说过：不要声张出去，大爷对你自会有好处，你要啥有啥，大爷不会忘记你。这是你红口白牙说出来的，你是恩拜兄、总舵把子哟！"她趁势大声又哭又闹。

广场里的人群沸腾了，一阵阵人声如雷，桌上坐的大爷们交头接耳地议论着，大家没有开腔，火色都拿得很老，只等魏大肚开口。他们安排一切，只等看彭当家的脸色、口势，待机而动，当然，首先要防止的是魏大肚一帮人的动作。局势是紧张的，但都按照估计到的布置着：文的早已安好当头炮与撇脚马；武的，耍枪试炮，在暗地里以压倒优势早就以三个对一个地靠起来了，敢于乱动，就先打死大肚子——这景况，魏大肚子当然早有察觉，今天有些骑虎难下，在居于绝对劣势下，也不容许他有所动作。但为了挽回大爷的面子计（这是他历来看得比生命还重要的东西），他怀着一种侥幸的心理，把他的一切孤注一掷。他想到很多不如意的事，往往在九分九厘时——这们逆转一下，就会变成好事，逢凶化吉，遇难呈祥。他一生的冒险事业，何尝又不是从一刹那间得

这们(mēn)：这么。

来,面子要登够,要稳得起,一切可以迎刃而解。这时候,他先发制人,不等众家英雄开口,他站起来抢先一步说话了:"袍哥,做得受得,我姓魏的也不是拉稀摆带的人,任凭公断,我不会使他们两口子吃亏的。"

拉稀摆带:讨饶。袍哥用语。

他希望有人出来拣脚子,事已至此,即便是倾家荡产,也在所不惜,他把他那一向主观臆断的想法,用到今天这样极其不平凡的场合来。完全出乎他的意料,两排列座中不少人喊出:"给魏大爷道喜,真算得海湖中的英雄,英雄做事英雄当——"

拣脚子:收拾残局。

海湖:袍哥界。

在彭当家一个手势下,一串串鞭炮点燃,噼噼啪啪,响声震耳。几个人走到魏大爷身边,给他挂上几道红,只听得掌声雷动。有人喊出:"给总舵把子道喜!舵把子还有啥子吩咐?"

挂红:披上红绸带。

"三山五岳,仁义两堂的码头、公口久候了!"

"袍哥做得受得,魏大爷的话说了算数的,袍哥大爷的话,说了出去,是不掉底的。"

"袍哥不拿来挨刀挨炮,拿去挨屎呀!爽快些——"

也弄不清楚,由哪个带头鼓掌,引起全场观众也鼓起掌来,吆喝起来,把一个灌县城弄得地动山摇。人们的眼睛盯着魏大肚,他也十分清楚、分明地看到,有人在向他用双手伸出大指拇儿,鼓励地或者赞扬地,说他是一个英雄好汉。彭当家带了一群兄弟伙走上前去,长跪在魏大肚的面前说道:"请大爷给个快性！袍哥——执位的！"

魏大肚冷笑了几声，说了一声"好！"——早已有人把一柄犀利无比的尖刀，挂在两列座位尽头处的老槐树上了，槐树前安了一张大方桌，搭了一张板凳。

彭当家向魏大肚进一步刺激道："众家弟兄听候大爷的吩示——"魏大肚对准仇人脸上吐了口水说道："滚开——"旋即自动解开衣衫、汗衣，露出白胖胖的大肚皮来。在鞭炮声中，不断的鼓掌中，这位爱面子的大爷，由十几个弟兄伙搀扶（严格地说是一种挟持）到大方桌前，让他踏上板凳，登上方桌。他耳朵内忽然听到有人打口哨，尖厉刺耳，有人喊好："算得上英雄好汉！""是一架英雄！""对红心！""好呀！好呀！"他在这一连串的赞美谀词中，在放鞭炮的硝烟弥漫中，十分自信地确认为他自己是当今第一架英雄，踮起了双脚，用下腹对准了尖刀，扑哧一声，魏大肚的大肚子剖成两半，刀从肚脐上直插心胸，谁也没有想到，这样庞大一个动物，动也没有怎么动弹几下，便向人众告别了。

马大爷再是嘶破了喉咙，广场秩序也无法维持了，人们都争向尸首近处去看个仔细。这时候吴老幺被嫩豆花儿一手抓住，给他递了一个很厉害的眼色，他们两个从人潮中，急急忙忙地出走。

"东西我早已顺出来了，我们走小路。"

"你是比我精细，是非之地，不可久留，我们走

对红心：对头，对手。

用下腹对准了尖刀："袍哥"规矩是，如犯不可饶恕的罪行，则应"自己挖坑自己跳，自己安刀自己镖"。

到哪里去嘞?"吴老幺有些彷徨。

"先离开这个县境,再说第二步,看来以后这川西坝子县份上、小场上是不能待的了,只有回成都,找个背静地方藏身。"

于是他们沿着岷江下游,绕过每一个场份、县城,走了两天多,才到成都南门外臭水河一家鸡毛店暂住下来。

"很久没有吃到枕江楼的脆皮鱼了,我们今天来干一份。"他从腰间裹袋儿头取出了两个银圆,借了一个酒瓶,向南门大桥方向去了。

嫩豆花儿关上房门,取下腰间沉甸甸的裹袋儿,捏一捏裹袋儿里的银圆、金戒指。又把吴老幺才解下来的那一根也捏了一捏,同她的差不多一样的分量。她想到要好好安排今后的生活,唯一担心的是吴老幺的烟瘾,要劝说他下决心戒掉,不然就会坐吃山空。先搞个什么生意来过日子呢?她那明亮的眼珠凝沉着了。几天来的巨大变化,使她有一些儿消瘦,这消瘦衬托着她那红唇与齐整的雪白牙齿,也就更增加一番风趣,一种情调。

他们一面吃着枕江楼龙云章老师傅做的脆皮鱼,一面摆谈着今后的生活计划:"可惜琵琶没有拿出来!"

"你还想卖唱么?还想出头露面么?那咋行,给他们那帮人看到咋个办?"

"我是说闷倦时也没得个东西散心了。"

"你离开琵琶就活不下去了么?"

"唉——一个东西跟了自己那么多年,总有些心欠欠的嘛。"

> 心欠欠:惦记,放心不下。

"少说废话,今后咋个办?"她也学着呷了一口酒。

"我想明天去打听一下徐小梅老师,给他送一份厚礼,看他们班子上有没有事情可做?总之,见机而行,看看动静。"吴老幺把桥头上买来的牛脷子、酥锅盔分成几块,放在脆皮鱼的佐料里蘸来吃,他感到成都风味的可爱。

> 脷子:舌头。因避讳"舌""蚀"同音。

"万一徐小梅晓得这回子我们出了这样大的事,惹了这样大的祸,他接不接待我们呀?"

"你们婆娘家真是岔肠子多。戏班上的人,就是仁义得很,徐小梅这个唱旦角的,人就是好,极其豪爽,不信我们明天去看望他,你一看就一目了然。"

他们在醉眼蒙眬中疲乏地睡去。第二天早上起来,一早吴老幺就到河下茅草房的小烟馆里过了瘾,然后和嫩豆花儿一起随便进得附近一家饭馆,吃了一顿素早饭,油酥花生米下红油豆花儿,他们感到既好吃而又亲切。

早饭后,在茶馆里吃了早茶之后,他们进了南门城门洞,先在南门大街一家糕点铺买了礼物,随后提了个水盆鸭子,买了四十个鸡蛋,打了一个肘子,直接向天灯巷徐小梅家走去。

第三章 不要钱的女人,我还是第一次遇到,还敢打人

徐小梅是川北盐亭县人，在连年荒旱的一个早上，他同他二老离开了一无所有的家。那时他才七岁，在炎热的红土山坡上拖着吃力的步子，踏着龟裂了的土地，艰难地向成都出发。

在他母亲病死之前，他父亲只好按照逃荒者卖儿卖女的办法，把他贱价出卖了。有什么办法呢？要抢救病危的妻子呀！卖了五个银圆，其中还有两个是假的，只能勉强地当对折用，实际上只能算四块钱。他父亲接过钱时，哭得如泥了，幸好母亲在昏迷状态中，什么也不知道。年幼的徐小梅，只好被人贩子带着，伤心地永别了他的亲人——饿坏了的二老。他走了，他受苦的母亲也恰恰在此时此刻断了气，无力地死去。

小梅后来被卖到川北一个戏班上，学文行唱旦角，他生就一副好嗓子，十几岁时就唱红了。长大成人，过嗓子这一关时，平安地度过，这就算是他吃这行饭走上坡路走稳了。多少同行人，在过换嗓子这一关上失败了，以后这一辈子就一蹶不振、湮没无闻了。

十八岁那年，到成都来第一次登台口，为捧角的发现，愿拿五个银圆赎买他出师，这样他才取得所谓"自由"人的身份，但出师后的两年内，还要在他所得包银内，以百分之七十归师傅。反正一红了，就有人出钱，有人拼到出钱，而且有人把他推介给第一块招牌的永遇乐戏班子，地点就在十分热闹的总府街上

哥老会中所谓理论权威、能言会道之士的刘鸡儿——这个外号对于他这样大的年龄,有些不恭敬。七十左右了,戴上深度近视眼镜,在送往迎来、排难解纷的场合少不了他。

锦城旧事

的群仙茶园。他幸运地看到当时有名的旦角,第一流唱腔艺术家浣花仙,以及杨素兰、刘世照等角色,在偷师学艺中,得了不少本事。加之,在那些酸酸客文人墨士指点之下,把他的艺术更加丰富起来。当然,主要是他自己拼命用功,努力追求他要在舞台得到的一切。为了有个老观众说他翘功还不十分稳这一句话,他唱完戏回家就在两条腿上捆了铅瓦,踩了硬翘,吃力地担了一挑八十斤重的水桶,走来走去,直到头上颗子汗长流,全身打湿为止。这样经过几多的岁月,他的翘功竟然能同他的有名的前辈媲美,从他那苗条的身段上表现出来的形体动作,又高人一筹,博得了声誉,首先使捧他的齐旅长,不惜大花本钱,而那些跟在屁股后面吹捧的人们,也就有口皆碑了。报纸上,《娱闲录》上,《群芳谱》上,既有介绍的文章,也有出的铜版戏装照相,少不了几支笔杆杆写诗填词,伤春悲秋、阿谀奉承,像什锦杂烩一样烩在一起了。

　　齐旅长捧他也捧得特别出色,给他配备了两个打水发的,一个是专门提水发化妆箱子,一个是提着红布包裹,包着朱红漆走了金线的苏州马桶,马桶盖上有万字雕花,描绘成图案,这是专为他到戏园子里扮就戏装时,解便之用。齐旅长不要他进公共厕所,照顾他如此周到者,无他,独占也。于是有人编出了顺口溜唱道:"好个齐旅长,官都不想当,专门提马桶,犹如奉高堂。"小报上也载出了这首顺口溜,齐

打水发:伺候别人。

操漂亮：摆阔。

浑（kún）吞：整个咽下去。

旅长也从报上看到了这个歌谣，他酸溜溜地感到满意，他认为捧小旦是一桩很惬意的事，落得个风流，也可以光宗耀祖。何况他刮地皮的钱太多，大烟收入，在枪杆子下，十分顺手。多余的钱拿到成都台口上来操漂亮，人众看得见的，除了得着面子之外，还有他独作的一面，他几乎是要把年轻的徐小梅浑吞下去了。

小梅在屈辱的、逆来顺受的情况下讨生活，他的心灵被损害了。好容易待到二十五岁那一年，才在天灯巷一个三弯九倒拐的深巷子里，买了个独院，结了婚。在这个偏僻冷静的地方，居住了一十五年。一个忠厚老实的女人为他生了二男二女。他的孩子们长得非常可爱，几姊妹在一块十分活泼，但与巷子里其他的娃儿合不来，他们自己有一种自卑感，父亲是唱小旦的，那个深巷里，那些公馆、门道、院坝里教养出来的娃儿们，对小梅的孩子们是歧视的，不同他们接近。偶尔有时候，巷子里孩子们捉迷藏、玩游戏在一块儿了，如果被他们的家长看见，有的被喊回去，有的被揪住耳朵拉回去，有的被先骂了，拉回去挨上几耳光："妈的，你不学好。"啪啪又是几下，"你给啥子家的人耍，你给唱小旦的家里人耍，老子要打断你的脚杆！"这是一种咬牙切齿的骂声，一拳打在幼小者的背脊骨上，发出响声。这一拳或者是一个巴掌，都把孩子们打出一道鸿沟、一个界限，在人与人之间划分开来。

再也不用任何人指点、说明，徐小梅的四个幼小儿女的心灵，是刻画上丝丝的创伤了，他们像失掉什么一样，空虚地回到自己的屋子里去，依偎在母亲的身前，为他们受苦受难的父亲热烈地拥抱。他们仍然是一家人，亲亲热热的一家人。他们家里的神龛子上，供奉着"天地君亲师位"，是位秀才王楷臣写的。王是齐旅长的食客，对小梅特别表示热心，他是一个外形十分严肃的所谓有"功名"的人，他家门楣上挂有"文魁"两个斗大贴金的字，表示他家得过"功名"，入学中过举。但他的灵魂深处，也极其愿意闻到小梅的脂粉香，当他闻到一股股的香味时，他的诗兴就来了，果然也写了李商隐七律那样晦涩难懂的句子。这个圣人之徒的骨子里是一个色情狂，他把韩偓的《香奁集》读得烂熟了，对于《品花宝鉴》体会甚深，他懂得"乐而不淫"那种猫吃老鼠的方法，去体现他们那种夫子之道。他对徐小梅的献好心，是有一套理论根据的，"名士风流"嘛。当然啰，世间也少不得王楷臣之流的人，他们可以装点门面，帮忙帮闲，力尽士大夫的职能，或为人们写对联、条屏、匾额，包办红白喜事，来几条漂亮的八行书，涂几笔文人画的扇面……这些当然要取钱，而且取得很重，写正楷加一半的钱，写打朱砂格子的，又要加二成——终于名利双收，于是王楷老、楷老、楷翁、王大爷、王老师……不一而足矣。

他也是徐小梅的座上宾。如徐小梅买天灯巷独院时,请他写的红契买约,这位老夫子是严肃认真地从起草到写成,字斟句酌,一丝不苟,诚惶诚恐地完成了。他不会要小梅的钱,但小梅为了答谢他,请他吃允丰正黄酒时,他准会按时提前早到,直到醺醺然之后,紧紧拉住徐小梅的手,几乎要对天发誓,赞美他的演技,认为是从黄金凤以来,直到周慕莲,与徐小梅比较,他们都瞠乎其后的,卑微不足道的。说时他把食指使劲地按在徐小梅的手心里。

当黄酒几十杯,在肠胃里发酵、蠕动、变化之后,王老夫子打了几个酒嗝,飘飘然欲仙,他就更其沉醉了。看到小梅也已桃花上脸,他情不自禁献媚地说:"你的四十大寿,我要给你好生写一堂屏,用四种体裁书写,我在考虑,将来拿给师龙树轩裱,或者给诗婢家去裱?我要仔细斟酌,我要给你留个纪念。"

酒是烫得恰到好处,七十五度的温度,一口一杯,一股梅子味从口里进去,鼻里出来,王楷臣断定不是"甲戌"便是"秋"字的渝绍,分外有股陈年的香味,这样的好酒,下酱烧冬笋,最为得吃,冬笋是刚冒尖子叫作"老鹰嘴"的,就更是上品了,上盖烂肉叙府芽菜臊子,别是一番风味。何况还有叉烧火腿,足足又可以再喝上一二十杯。

菜一道一道地上,酒一杯一杯地送下喉咙,当主人因小事而离席他往时,这位秀才老爷已悄悄地梭下桌子,睡卧在地上了,他口里念念有词地说:"我没

师龙树轩:当时成都一家知名的装裱店。

有醉，笑话，我从来也没有醉过，笑话，你去打听打听，这些人的酒量。"

徐小梅家喂的黑狗"招财"，也来在桌下挑选骨头中带肉的骨头，它闻到王大人口里散发出来的酒菜的余香，馋涎欲滴。它向他的嘴角边舐去，当然这是很不礼貌的举动，但也无可奈何，醉泥了的王楷臣，还以为有人在吻他，他感到异样的舒服，喃喃地在喉头边说道："笑话，我会醉么？"

终于，这一天来到：徐小梅四十岁生日喜庆。头天晚上，在家里吃了寿面，他敬了神龛上的祖先，自己也喝上几杯寿酒，然后他四个儿女给他拜寿，让他坐在披了红的太师椅上。他女人给孩子们慈祥而严肃地嘱咐道："你们大家都要好生听你爸爸的话，他辛辛苦苦一辈子养活你们，你们姊姊妹妹要好好生生孝敬他，要听话，要顺大人的意，他是受苦的人……"说时她的眼圈红了，鼻尖也有些酸了，他受的一切罪和气，只有她才知道，"明天是你爸爸的生日，大家要听说听教，使他欢欢喜喜过个四十大寿，菩萨会保佑他长命百岁的。"

> 听说听教：很听话。

第二天早上——庄严的日子已经来到，当万里晴空里一轮红日出来了时，他女人从围腰里抓了几把花生放在他的枕头前："要起来了么？这是给你的长生果。"小梅感到温暖、幸福，四十年来，他似乎第一次感到成家立业了，儿女成行了，勤劳的女人又这样体贴他。作为一家之长，他非常满意，特别是在今天，把这情绪更加升华了。于是他起来漱口洗脸，照例吃了每天早上保养嗓子的冰糖百合羹。然后按照他们夫妻俩商量的计划进行，今天到望江楼去。

小梅戴着一个玛瑙结子的苏缎瓜皮帽，穿上寿字花古铜色的云林锦，小青团花琵琶襟的背心，鼻烟色条子花的法兰绒的西装裤子，纹皮软底生胶皮鞋，青色桃红花的丝袜。他戴了手表、金戒指，换了龙抬头的袖口。头发梳得光光的，与苏缎瓜皮帽相互辉映。他照了照镜子，在脸上擦了一点进口的西蒙香粉蜜，这样的素打扮，也够算是很得体了。他向镜里嫣然一笑，试一试表情，做了几个样式，完全满意。然后再把一家人的穿戴看了一遍，全家都披上了新装，像节日一样欢乐。孩子们心中牢牢地记着："爸爸他老人家辛辛苦苦一辈子，今天四十岁生日，一切要使他老人家欢喜。"每个人都约束自己的行为，把本来是天真无邪的性情庄重起来，倒反而有些拘泥的了。

九时以后，他们出南门，认为南方是喜神方，讨个吉利。沿江而下，找南河口上游的水码头，去找了一条刚要开发的运客船，顺流而下，穿过九眼桥，一家人以极其愉快的心情，平安地到达雷神庙门口的码头。由小梅女人打发了五角钱的云南龙板银圆，船夫笑眯眯地收下了，并特意把篙杆靠在码头的石阶上当个扶手，目送他们上了岸。徐小梅礼貌地向撑船的频频点首告别。

龙抬头：指袖口上绣有昂首的龙。

喜神：能赐给自己福气的神。成都习俗农历正月初一子时，按当年历书指明的喜神方向，烧香、磕头祈福，拜罢天地之后，向此方向出行。

篙杆：撑船的竹竿或木杆。俗语说"篙杆打水——此起彼落"。

船上的乘客中有人说:"这是群仙茶园唱小旦的徐小梅嘛!"

"啊!红得烫人啊!人家已转到悦来茶园三庆会去了。"

"不过他的翘功不及周慕莲。"

"人家条声吆吆的一副好嗓门哟!"

"他那个《夜归》里丢半眼的戏,那个眼睛斜起给你一盯,啊!神仙走过都要掉蚊帚子啊!"

一上岸就听得雷神庙门口噼噼啪啪一片打锅盔的擀面棒的声音:"坐呀!凉粉凉面,麻花儿馓子。""吃冰糖溜红苕,糍粑凉糍粑。""请坐!来客一位,鸡丝豆花儿、素面甜水面和糖油糕、窝子油糕、椒盐油糕、马蹄糕、糖油果子,要买赶快!""哎,大四门随转。"这是卖糖饼的喊声。"来呀,丢下去就是巧快。"这是卖糖娃娃的。卖玩具的弄出青蛙在发叫,地下拖着娃娃打鼓鼓,纸扎的五彩风车转个不停。而一派青天,一江锦水,把这个热闹非凡的雷神庙门口,打扮得分外喜纳人起来。

在望江楼的进门口,红砂石的对联,有些风化脱落了,但上面的字仍然清晰可见:"此薛校书旧日枇杷门巷,为古天府第一郊外公园。"一进门去,便觉林木遮天,薛涛井周围,竹子尤多,青翠欲滴。小梅深深地呼吸了一口气,感到无比的清新而舒服。那城市的攘攘烦嚣,杂乱的繁忙与无谓的应酬,都忘在身后了,更不用说那些令人伤心的屈辱了。这时候,他

三庆会:当时成都戏剧界的联合组织,包括弹戏、高腔、秦腔、昆曲等流派的艺人。

条声吆吆:唱歌、说话等尾音拖得很长。又说"长声吆吆"。

蚊帚子:多指神仙手中的拂尘,用白鹿的尾毛做成。

巧快:中意。

喜纳:惹人喜爱。

望着蓝蓝的青天，微风摇曳着翠竹，两株古老苍劲的大树，排列在薛涛井旁，古趣盎然。薛涛井旁停放了一辆马车，车上放了腰圆大的木桶，从井里汲起的水，一桶桶地倒在大木桶里，然后装进城去，这是专供衙门里或达官贵人吃用的。

穿过竹林，在"枇杷门巷"的小荷池间，漫步走过，已入南式园林的布局中，他们登上吟诗楼，四个天真活泼的孩子们，早已竞先登上去了。两老留在后面，徐徐地拾级而上，首先看到开阔的锦江，船夫们裸露着下身，吃力地拉着纤绳，逆流而上，他们吼唱着即景生情的船夫曲，由一个人领唱："哎——有钱不摆文书案哟——"其他的拉纤船夫合吼着号子："哟呵——"再由领唱唱："好耍还是五台山哟——"下面又合吼号子，即在每句停顿中发出号子，这号子辉映着蓝天与流水，别是一番风味。

对岸河边有女人在洗衣，船夫又抓着这个情景唱出："妹娃河边来望郎，郎拉纤索离家乡。九眼桥前来相会，郎喝美酒妹吃糖。哟呵——"一船船的盐巴，从犍为、五通桥、乐山的牛华溪一带运来；眉(山)、彭(山)、丹(棱)、青(神)的松柴、青冈满载地溯江而上。空船则顺流向下，穿梭地往来不息。望江楼又是一个饯别的地方，这儿有食馆、茶座，濯锦楼上、滑竿儿亭前，都有人在划拳饮酒，叙不完的别情，卖瓜子落花生和香烟的，围绕着席桌叫卖着："吃金川瓜子，新津红心瓜子。""强盗牌、红锡包吃啰!"

在酒醉饭饱之后,少不了在薛涛井前,拍照留个纪念,然后再行握手告别,送上"门泊东吴万里船",祝沿途平安。

在孩子们的要求下,他们一家人欢欢喜喜地登上了崇丽阁。每登一层,都看到琉璃碧瓦下,川西平原秀丽的景色,一弯流水,几处林木。当他们爬到最高一层楼往下看时,平田一坝,心境为之一开。徐小梅感到分外舒畅,情不自禁地笑逐颜开了。他感到这时候——也只有在这个时候,他才是一个无牵无挂、轻松愉快的人,一个自由自在的人。他女人陪着他笑,孩子们也欢乐着,像心里长了翅膀一样。此时,头上正好有群白鹭,向蓝天飞去,消失在晴空碧落里了。楼顶上临江一面,有一道木匾,上写一首五绝:"山川还蜀国,天地有高楼。一览无今古,谁登最上头。"

看罢了这川西平原景色之后,他们下得楼阁又走到临江的碑亭,这亭子是背江而立,专供游人休息、避风挡雨的地方,却可以看到园林中一笼高大青翠的慈竹与各种花木。亭前挂了谢无量用他独具风格的孩儿体写的一副对联:"古井冷斜阳,问几树枇杷,何处是校书门巷?大江横曲槛,占一楼烟月,要平分工部草堂。"

最后,他们在慈竹林中挑选了一个僻静幽美的地方,竹林把太阳挡着,竹林中像一个小天井,安了一张小方桌。孩子们拖了六把竹椅子,各人一张,舒适地坐着。茶房提来鲜开水,泡上三薰黄芽花茶,这是雨前南路邛崃一带的产品,它比一般茶价高出一倍。徐小梅今天却要换一换口味,要吃青城山、灌县一带的西路茶,他感到清香涩口,对于他的嗓子是大有益处的。

孩子们围着他们夫妇坐着,有说有笑,他感到作为一个父亲,能这样与他们一同欢乐,也有些做父亲的尊严吧!但更多的是他今天四十岁生日的饱满心情,他微笑了。艰难困苦的道路,折磨损害了的灵魂,就让它像一泓锦江之水,滚滚东流去吧!四十年换来今天,多么不容易啊!他非常珍惜这个晴朗的日子——自己的节日。孩子们依偎着他,说东道西,又是亲热,又是敬爱。四十年来他的人格,这一天、这一个时候,算是独立了——

"今天就在这里吃饭了,憩一个时候就去叫菜,各人说一样爱吃的菜,我先说:大蒜烧鲢鱼。"徐小梅呷一口西路茶,"你妈呢,说——"

"我说四喜肉,讨个吉利。大娃子你说。"

"辣子肉丁。"

"肘子。"

"圆子汤。"

一切安排停当,只等中午时吃饭。

正在这个时候,从竹林里走出来两三个人,其中一个胖胖红脸的老头,戴一顶一把抓红珊瑚结的缎帽，留两撮"仁丹"胡子，穿对门襟团花苏缎背心，挂金链条怀表，翡翠玉的别子，南京软缎衣袍。这个阔佬用他那剑阁手杖，在徐小梅坐的椅子背上敲了两下说："娃，走开，我们要坐这个地方。"

徐小梅掉头一看，原来是正府街开碗铺的老板，与他同路的有牛司令官的老太爷、高局长的堂兄。小梅一声不响地站了起来，拉着孩子们，毫不迟疑地走开了。他的女人，四个孩子，一下子黯然失色，有些惊惶，也有些莫名其妙。但徐小梅的笑脸，马上收敛了，他心里感到难受，像一把犀利的匕首刺进他的心胸，这个侮辱比其他的侮辱更其难受，当着一家人(他是父亲)，又恰逢生日。顿时他的脸色苍白，一言不发地、急急忙忙走出了竹林，离开了望江楼。

"回家么？"女人近于凄楚地问。

"娃娃饿了，等他们吃了饭回去。"

他们在九眼桥头大垒春饭馆，随便叫了几样荤菜，让孩子们吃了后，就回家了。徐小梅什么也没有吃，他女人本想问他"吃点寿酒么？"又不便发问，只好冷冷地叹口气，下意识地微微摇了摇头。她想到：万万料不到，就在这一天碰到这样倒霉的事，你有钱人，狗仗人势——总有一天……她气得来无言了。

当他们走回家门时，却见到吴老幺同嫩豆花儿两个人疲倦地坐在门槛上，把打的肘子、水盆鸭子挂在门扣上。

89

主人热情地欢迎他们进到屋子里，客人也把礼物送上，屋子里顿时就造起一股热闹的气氛，把徐小梅今天受的屈辱也压伏下去了。

大人把孩子们打发出去后，吴老幺才把他们这次遇事经过情况，详尽地告诉了小梅夫妇。

"这回祸是惹大了，出事后第二天成都就晓得了，真替你们担心，咋个逃得出虎口。"徐小梅热情关怀地谈论着，这时他脸上气色也恢复红润了，"今后咋个打算呢？"

"要多靠师傅照看，我们自己还有点积存，打算在背角弯弯头做点小生意，找点小吃混过日子。"

嫩豆花儿同小梅女人，在一边也说得很投合，他女人又惊奇、又佩服地盯着嫩豆花儿："你真能干，有本事，要是我，早已吓死了，还敢当着那样多的人，说出那么多话来。"

"气是赌起的，胆子是壮起的。明的，有人证物证；暗中各公口给我们撑腰杆。怕他个尿，他太欺负人了，把人不当人。他龟儿子拉了好多条命债哟！没有死的都是他的活抵码子。万不料他龟儿子那么不经事，扑哧一刀，就挂上去死了。"嫩豆花儿谈得精神抖擞，更加自信了。

"看来还是死在面子上。"

"是呀！他就是一个死爱面子的人。袍哥的规矩，他也滑不脱的。他那天要耍赖，也会被人乱枪打死的，他们早有计划的了，要不然，你说我真有那样

背角弯弯：偏僻的角落。

经事：结实牢固，经久耐用。

大的胆子，敢面对面地去搞他么？要他命的人太多了。"

待到午饭弄好时，徐小梅的精神已恢复了，虽然他今天遭受了侮辱，但他对他们搞死一个大坏蛋，却打心眼里喜悦，对嫩豆花儿其人，也感到是一位了不起的女中豪杰，对她油然起了敬意。在受辱与受气这一点上，他们是同路的人，当然，也就彼此同感，"相濡以沫"了。

他们这份礼物送得非常及时而受用，经女主人烹调，把水盆鸭子用海带清炖，肘子弄成冰糖的，煎了螃蟹蛋，干脆就把送来的蛋糕，弄成八宝锅蒸了。女主人的手艺很不错，安排提调，却得力于男主人。

"吃啥子酒呢，黄的白的？"主人谦恭地问。

"客随主便。"吴老幺客气地回答。

"好！我们就来黄的，叫老大去打。我想你在外面不容易喝到允丰正的。"

不多时，他们已坐在桌上了，热腾腾的黄酒、好菜，徐小梅记起今天还没有吃午饭，他有些饿了，拿起筷子就喊："请——"先来了一块冰糖肘子给吴老幺，然后自己来了一块进嘴，"主不吃客不饮，你不要客气哟！"

"师傅，自己人啰，我在你这里不会客气的。"

酒醉半酣，他们商议了吴老幺今后安身立命的办法。第一，当然不能再弹琵琶了，免得被人发现，好在琵琶没有带出来，算是自己断了自己的路。自然，只要存心做，六律斋、琴瑟斋的手艺也很不坏，不做它，就不去多想了。第二，徐小梅提化妆箱子打水发的回去了，吴老幺可暂时代替这个工作，只是每天出夜戏跟随徐小梅一道上园子，唱完戏一道回来，又不乱走，对于"避豪"来说倒很安全。第三，关于嫩豆花儿的问题，可通过小南街口米店老板王江西介绍，把小南街、君平街寄宿舍学生的衣服收来洗，她有力气养活自己。就这样大体上商议好了。吴老幺即日起，就在小梅家烟饭两开，不分彼此。他又有一副熬烟的好手艺，因而更得徐小梅的欢喜，这下他们可以烧对灯了，而吴老幺的裹烟手艺更好，就徐小梅那边说来，既请了一个打水发的，又请了一个专门裹烟的打匠，一举两得，有何不可。

他们商议得周到稳妥，彼此开怀畅饮，直到黄昏。突然来了一个穿灰布褂褂的军官，大概是个排长的样儿，醉得如泥了，他一屁股坐下来，东说南山西说海，徐小梅虽然有礼貌地招待着，怎奈这位带酒的不速之客，实在过于放肆，举动也十分轻佻，哪像一个军官，无非是喝了尼姑尿的烂兵痞流氓而已。

堂屋里只有他们三个人，小梅、吴老幺陪着这个丘八，不明白他的来意企图，他究竟要做什么?旋了很久之后，这位军官才说出："我今晚上要在你这儿过夜，你，你陪我——"

徐小梅一听，作丝丝的苦笑，只说过一个舒舒服服的生日，却抬来了两场极其难堪的事体。他给吴老

尼姑尿：酒的贬称。

旋：磨蹭。

幺递了个点子，吴老幺知趣地出去了，但就在门外站着未动。然后，徐小梅走到军官的面前客气地问道："你是哪个队伍的，我们好送你回去——"

"混成旅的。"

"我们送你回去。"

"我要同你——"

"这成啥子话哟！你们齐旅长来碰到咋个办？不说你吃不消，我也吃不消呀！"

"这个——"军官一听到说他的上司齐旅长，酒醒大半，扯开喉咙，打了几个酒嗝，眼睛也不那么浑浊了。

"你晓得，我是给他包了的，齐旅长容得下你剪他的眉毛么？你想想看。何况他每天晚上都要到这儿来的，我想，万一碰到了，多不方便呀！我吃罪不起的，军爷。"

军官听后，酒已全醒，什么怪相也马上收敛了，起身来跟跟跄跄正欲走时，在门槛上与吴老幺撞了一个满怀，只听得吴老幺放大嗓子，对徐小梅说："还不准备么，齐旅长要来的时候了，齐旅长快来了。"

烂军官豕突狼奔而去。他们两个却会心地微笑了。吴老幺打心眼里说："妈的，你不拉㞎稀汤汤屎来照照自己，癞疙宝还想吃天鹅蛋。六月间的鸡蛋，你娃娃还没有长醒。"

徐小梅待醉酒汉走后，坐下来长长地叹了一口气，对吴老幺说："我们过的啥子日子？不晓得哪天

剪眉毛：伤脸。俗语说"砍得脑壳，剪不得眉毛""人活一张脸，树活一张皮"。

㞎(pá)：量词，多用以指尿、屎、唾液、鼻涕等。

六月间的鸡蛋——你娃娃还没有长醒：农历六月气温高，鸡蛋易醒(坏)，本句言下之意是指军官还够不上"六月间的鸡蛋"，即还没有坏的资格。长醒，长成熟。

才过得出头哟！唉！不死总有出头的一天吧！"

横(hún)了：豁出去了。

"我也相信这句话，人怕的是弄横了，横了就杠起了，杠起了就什么事情也做得出来的。灌县搞魏大肚那一天，我就是横了，心肠杠起了，啥也不怕了。"

他们说到快打更的时候，吴老幺夫妇才告别主人，回到旅馆。临走前徐小梅叮嘱道："明天就搬到天灯巷来，暂住进独院门的楼上，不过不大方便，上下楼要爬梯子。"

嫩豆花儿的事情，也进行得很顺利，她去君平街、包家巷一带走了几趟，以后就在住学生的寄宿舍(其实就是一楼一底的单间房子，楼上出租给学生们)，收了些衣服回家，拿去洗得又白又漂亮。她为人灵动，见机行事，学生们在"麻酱公司"打牌时，她也去帮到买东西，干些跑腿的事，又不取分文，大家也就乐于把衣服、被盖给她洗了。她一天够忙的，但干得很精神。

麻酱公司：寄宿舍专供学生们赌博的场所，除麻将外，还有纸牌、扑克等。

吴老幺则照例在吃了午饭后，准备化妆的水发箱子，到开锣后，就出发到园子里了，有时也同徐小梅一道走路去。一天，小梅问他："你的工资咋个议法？"

"师傅，你咋个这样说，我们两个，吃你们住你们，我还敢说啥钱。我在'避豪'，你又不怕担风险，这份人情，我一辈子也忘不了。"

"亲兄弟明算账嘛！"

"不，我们还有钱，在灌县积存有一笔数字，足够用到嫩豆花儿生了娃儿以后。"

"有喜啰？"

"唔，大概有两三个月了。"

嫩豆花儿的肚子渐渐大了起来，对于她的洗衣服的事情，就不能胜任了，她只得在寄宿舍给学生们补补缝缝，跑腿走路。得来的钱，供她一个人生活是不成问题的，问题在于肚子再大，上下楼行动不便，何况还有生娃儿的问题等等，他们开始在这方面打主意了。她在君平街彭家机房侧，物色了一间房子，必要时就搬起进去，女主人说："生男育女嘛，又是头一胎，我们会帮你的忙，哪去找你这样灵动的人啊。"

在三个月之后，一个大清早，天灯巷内，突然打了几枪，稍息，又再打几枪，枪声来自东西两面！可以分明地听出，是在对射，打了几十火。吴老幺翻身起来，披起衣服，把脑壳从楼上伸向外边一看，一颗飞子正打中他的太阳穴，一声也没有哼就倒下去，躺在血泊中死亡了。

嫩豆花儿一早走出给徐小梅端牛奶去了，待她回来一看，就伏在尸体上，泣不成声了。小梅一家人都来劝，最后强制地把她拉开："你要朝宽处想哟！你有了娃儿哟！要千万顾全小人，千万不能哭坏身子——这真是活天冤枉哟！大清早来逮棒老二，棒老二开枪，就打响了，打了好几十火，打死了好几个便衣侦探，一个棒老二也没有逮到，饭桶，平时只有欺

棒老二：土匪。

负老百姓,见到真场合就喊墙壁上的乌龟——没抓拿了。老二哥提起手枪,打出天灯巷,真把他们吓死了。"

"师母,丢下我一个人咋个办呀?"

"咋个办,我们是一家人嘛,现在先把人安埋了再说下文,你将来生娃儿一切,还少得了我们么?不要再伤心,看把身子气坏了,还有小人没有出世啊!啥子事都要朝前看,你是聪明人。人不死已死了,往活人身上看,要想开些。"

吴老幺这个意外的死去,的确给嫩豆花儿带来了许多忧伤。几天以后,她到君平街彭家机房侧彭幺嫂那里去商量定了,租她一间屋子,安了押佃,每月付房租五角。这样她一个人安定下来,又便利于她每天去收衣服。白天差不多都在寄宿舍楼上,为学生们缝这补那,同他们关系搞得很好,日子久了,大家都喊她吴嫂,尊敬一点的喊吴大嫂。

不多久,她生了一个女孩子,生活还不成问题,因为两根通带里的银圆,还未用到五分之一,而且非于必要时,她是绝对不轻易动用毫分。至于吴老幺那根通带,还是原封未动,她还把两头都用针线缝死了的,为了这女花花的未来,把这钱为她这小生命储存着,以防不测。

家中事多,事多容易着急,着急容易上火,那天早上嫩豆花儿出街去买小菜时,彭大娘碰见了她,盯了她几眼后问道:"咋个你害了肿浆火眼了嘛?两个

肿浆火眼:眼睛浮肿,流脓的眼病。

眼睛都红肿了,可惜你那双要些人来比的眼睛啰!咋搞起在?"

"是呀,害了肿浆火眼了吧!"她有些尴尬地回答,但也满不在意。

"你去卧龙桥找钟眼科医一医,他的医理很好,是个唱玩友的,去一问就晓得。你娃儿好么?"

"还好,多谢你老人家问。"

"是呀!娘壮儿肥,你看你有些发福了。"

"彭大娘,你真会说话,我们这种人有啥子福哟,只求把命活得下去就是好的了。"

"快别那样说不吉利的话,你这样有个福气的样儿,将来一定会有好日子过,人又漂扎,水汪汪一对眼睛,不,今天可不敢这样夸奖你的眼睛了,快点去医治。走,一路,我也要去买炕豌豆儿。"

漂扎:漂亮。

小菜市场,人多拥挤,两三转她们就走散了。彭大娘一心要买她喜爱吃的炕豌豆儿,迎面来了一个人问她:"婆婆,请问你,刚才同你一路那个吴大嫂住在哪里?"

"就在本街彭家机房侧边,一问都晓得她,你是——"

"我们是同乡,多年不见了,刚才正要招呼她,人太多,眨个眼睛就不见她了。"

"你找,就在这儿,她也是出来买菜的。"彭大娘回答着,一晃那个问话的人也挤得不见了。

在回去的路上,她们又相会了,彭大娘忙说:

"刚才有个人问你住在哪儿,我给他说了。"

"啥样子一个人?"

"男的,三四十岁,说是你们同乡。"

弄得嫩豆花儿有些莫名其妙了,她仔细想了又想,哪有什么同乡呢?随父母出来逃荒,那时还很小,什么家门儿亲戚也记不得了。既把住处给他说了,想必会来找到的,但她又想:不会有这样的人认识嘛!这就怪了。

她照常每天吃了早饭,把孩子弄睡了之后,就去领衣服回来洗,或给人家补补缝缝。寄宿舍另外来了几个学生,他们像是有钱人家的子弟,生活阔气,讲究吃喝,打了牌就喝酒,用钱如流水,说的不三,道的不四。其中一个姓俞的学生,是外县一个大绅粮的儿子,有二十好几了,在读南校场的成公中学,每次当嫩豆花儿来拿衣服去洗时,只要是屋子里面没有人,他都要同她找些话来说,嫩豆花儿也勉强地应付着。这一次他囚皮刮脸地来向她说东道西:"吴嫂,这两个星期洗衣服总共该好多钱?"

她想一想,翻了几下眼珠子说:"两角钱。"

"这,你拿去——"交了一个五角的厂板给她。

"哎呀,我没有找的,我下去换了来。"

他起身拦着她,不许她下楼:"剩下的你拿去用就是了,我送给你,不算一回事。"

他出手拉她坐下,她挣脱了他的爪子说:"我还有事,钱我换了就给你交来。"她车身要走。但已被

家门儿:本家,同宗,也泛指同姓。

囚皮刮脸:老着脸皮跟人纠缠,惹人厌烦。多指男对女。

车身:转身。

那个姓俞的急色儿挡住了下楼的去路，一下子就把她拥抱在怀，像一条野狗似的蠕动着。

"你放开手呀！我要喊了呀！"只听得啪啪两个清脆的耳光，在姓俞的脸上打出了十根指拇儿印，她才挣脱跑下楼了。很快地换了零钱，急急忙忙上楼，把三角纹银毫子，丢在桌上就走了。只见得那个学生无力地躺在床上，若有所思，也不敢再看她一眼。当她下楼后，他摸一摸辣乎乎的脸上，像淋了熟油辣子一样难受。

"唔——"他从鼻子里哼出一声，"世间上还有不要钱的女人，我还是第一次遇到，还敢打人，就更难得了，这种女人，有一股什么劲，我要弄到手，老子有钱，怕你不上钩。她那股劲，倒是女人里头少有的。"

这件事，分明地使嫩豆花儿认识到要想活下去，维护自己的办法，只有用耳光与拳头。她在那悠长的岁月里，一个人挣扎着，好在有她的小生命，也不感到寂寞，洗衣服，带娃儿，一混又是一天。当孩子走得路的时候，一个落大雨的夜晚，彭家机房的侧院，闯进了一个三四十岁的汉子，步入嫩豆花儿的房里。她正在床上喂小孩，当她发现有人近到身边时，那人从身上取出斧头，十分准确地向她的头上正中一斧头砍了下去，弄得一身血迹模糊了。

杀她的那个人，就是彭大娘在小菜市上碰见的那个汉子。他为什么杀死她呢？人们纷纷议论着："怪了,那样好个女人,怎么会落得这样的下场?"

"听说她原先在灌县出过什么事,该不得是那边的人来干的?"

"女人家的事很难说,脸上有几颗饭,打烂条的人就多了,晓得她本人规矩不规矩呢?"

寄宿舍里睡在楼头上姓俞的那个学生也在想:这就怪了,这么干净的一个女人,未必她有什么风流艳事不成?唔,可能有比我还想不到的人下了毒手。

验尸那天,真是人山人海,老早就把街轧断了。当她的全身裸露出来的时候,一个白色大理石的雕塑,像维纳斯一样,睡在人们面前。几个后子门艺术学校学油画的学生大为震惊!认为早就应该请她做模特儿,太可惜了,他们忘记带速写簿来,这样美好的线条,匀称的结实的身段。教油画打大领结一身艺术大师打扮的教授叹息地向学生们说:"我在上海美专读那么多年,就没有看见过这样理想的模特儿,她,你们看,有些像戈雅《裸体的马哈》,太美了,太美了,可惜脑袋砍烂了。"

人丛中少不了那个姓俞的学生,他以贪婪的眼光,从她白皙的身上去看她的一切,他下意识地摸摸自己挨耳光的脸,摇了摇头:"呜呼!美人!从兹永诀。"他带着失望的心情,详尽地看完了全部验尸过程。

也有人信口开河,不负责任地说,这是奸情暗杀,寄宿舍、麻酱公司学生中间,吃醋争风的结果。

脸上有几颗饭:有些姿色,取"秀色可餐"之义。

打烂条:出坏主意。

说她是卖唱的，搞惯了那些水性杨花的风流韵事。也有人持完全相反的意见，认为她很正派，从来不苟言笑，虽然脸上有几颗饭，却不是那种乱找野食的女人，眼睛长得要些人来比，可从不乱盯人。就说本街上，也有迷她那双眼睛的窍的人，那个廖酸酸客不是说过，她那双眼睛在我们横五条街、顺五条街都找不出来了么？并且还唱过：娘子呀！娘子，你左眼价值千金，右眼价值连城……但是人家正派，你再唱赞美诗，跪下去祷告上帝，也是无用的。

说来说去，她的遗孤——这个小生命怎么办？

关于掩埋等事情，由街坊上周街正、徐议正、任保长、彭大娘等人出面料理一切。清理了她的遗产，两根通带的银圆，这就更传为话柄了，人们又从这样一笔大数的银圆中谈开了去，认定匹夫无罪，怀璧其罪，这是她致死之由，至于男女间苟且之事，无疑点。

匹夫无罪，怀璧其罪：本来无罪，因怀揣美玉而有罪。比喻被人诬陷。

彭大娘想：那天早上菜市场那个人来问她，自称是她的同乡，晓得她是吴大嫂……把她弄得莫名其妙！这究竟咋搞起的？总有个来头。

掩埋了尸体以后，由街坊出具清单，动用的一切数目，张贴在公所大门灰墙上，并由周街正、任保长等人出面，在清单末尾上郑重其事地写了八个拳头大的字："若有私心，神天鉴察。"至于中饱、吃雷、动用项目等等，只有永远让"神天"去"鉴察"了。

吃雷：私吞财物。本指连雷都敢吃的胆大之人。

遗产和遗孤的问题，找了徐小梅来，认为死者一小衣：内裤。也泛称"裤子"。

喜封儿：红包。

吃安胎：坐享现成，占便宜。本指怕流产的孕妇在家里休息并得到很好的照顾，可以心安理得地享受。

诧生：怕见生人，在陌生的环境胆怯。

无亲，二无戚，恐怕只有让他来承担后事了。徐小梅也慨然接受下来，当众又写了纸约，登记了遗产、遗物。彭大娘说："这些穿洗衣服，将来为小孩子改来用。那两双鞋子与小衣，是嫩豆花儿亲自向我说的，是送给我的。"一面说，一面她就动手去拿，留下来。徐小梅也不计较这些，他心里想：既然要承担责任，就只有拿出肩膀来，这是义不容辞的事。他女人也认为这是应该做的事，对着小女花花，亲了又亲抱回去了。银圆全部当众点清存到银行头去，写成定期存款，待小女花花长大了继承。对于存款的名字，大家研究了一会，最后由廖酸酸客取了"吴小秋"的名字，开了户头。由徐小梅从总数中取出一个银圆，用红纸封好，送给廖酸酸客，谢谢他老人家给孩子取了个金名，讨了个吉利。酸酸客伸出留了长指甲消瘦的右手，接过喜封儿，从几根虾猫儿胡子里，露出仅有的三四颗长长的牙齿，张大了嘴客气地、甚至有些腼腆地说道："这咋使得，这咋个使得。"很快地将红纸喜封揣进衣服底层荷包里去了。这时他感到读书人的妙用，有些自得，有些矜持，不断地摸他的虾猫儿胡子，打从心里深处，很看不起任保长、周街正之流，认为他们白吃安胎，是为蠹贼。他在回家路上十分得意地想着：六角钱一斤的全兴大曲、红烧肉或是清炖肘子，全由他安排了。

徐小梅一家大小喜爱吴小秋这个小家伙，她已会牙牙学语了，见人就笑，也不诧生，他们把她当作自己人。

"魏大肚子的阴魂不散,他死了,还有他的后代爪牙来下这个毒手,要提防他们还要斩草除根,在小秋身上打主意。"他抚摸着小秋的黄发,小秋向他憨笑,依偎在他的怀中。

"我也这样想过,等孩子长大了,走得路的时候,就更要提防了。你想,她妈住在君平街,他们都找得到,何况我们这里。况且事情又打喝了的,魏家牙牙爪爪,一定会闻到我们这里来的。"小梅女人向小秋说,"小家伙,就凭你的命闯了,你这么逗人爱的小杂种!"

打喝:叫响,传开。

牙牙爪爪:部下,帮凶。

"人之儿女,己之儿女,我们要格外提防,万一有个三长两短,出了岔子,我们怎么对得起他们夫妇之灵、朋友的交情一料嘛。"徐小梅郑重地向他女人说话,他心里发出一种祈祷似的:希望不出乱子,把吴小秋抚养成人。

一料:一场。

第四章 我看你咋个活人哟！你这个不懂事的小杂种啊

他们搬到皇城煤山脚下菜院坝三间瓦屋子里住了下来。房子四周尽是菜园，打篾笆笆的围墙，墙上爬满了峨眉豆、软浆叶。小天井里栽了应时花草，红砂石条子上，放了几盆春兰、夏果，这是徐小梅最心爱的。少不了一株绿萼，一株朱砂梅花树。一方土台上栽了长春花，红得鲜艳可爱，花期久而不淘神——任它自由开放。园中安置了一个大瓦缸，中央放石山，青苔满布，虎耳草下垂，水边海棠露出了笑容。石山旁几根小竹，随风摇曳，小梅取它在日中月下有影，风中雨里有声，闲中闷时有伴，醉中吟咏有趣。他每天早上起来练腿、吊嗓、打拳、品茗，按照他的规律进行。周慕莲师傅送他一株紫色葡萄，他在葡萄树刚栽时，在树根下埋了一根死耗子，春天过后，树子生长得很好，加之他精心护养，在每个节骨眼上，凡是有可疑的、能够生虫的地方，都细心地剔除去了。树藤下有圆石桌、石凳子，都是就地取材，花钱不多，布置得幽雅可爱。从篱门外望去，有宽阔的天空，外面菜园坝子里，空气新鲜，这里是城中心，但却是个闹中有静的小天地。从四川大学侧边穿出去，是皇城坝，就更热闹了，买东西也方便，吟啸楼茶馆隔壁的牛肉馆，各色蒸炒俱全。小吃么，皇城坝一带更多了，有笼笼蒸牛肉，拌肺片，白宰鸡，王胖鸭店的烧鸭子、烧鹅裆、统鸭、腌卤鸭腒肝儿。炉旁一壶壶烫起的老酒，拌兔肉下油米子花生，二人对饮，可以把喝光的酒碗重叠到七八层。倘是在冷天，还有榨板羊

四川大学：当时设于皇城内，围墙外是煤山。

腒(jùn)肝儿：鸡、鸭、鹅等的胃。

糕和葱酱下酒,那就更能使人沉沉带醉了。地下满铺了花生壳壳,走在上面,犹如二月间赶花会走上临时搭的雨后的笆笆桥,不过这比笆笆桥更舒服,因为有几分醉意的缘故。

小梅也经常来这个地方与友人小饮,少不了的要带上吴小秋,抱来坐在他的腿上,小孩子不断喊他"大爹",使他心里更好受。

徐小梅从红照壁天灯巷小独院里,搬到这里来,倒不完全是为了吴小秋。一方面,是他近年来,嗓子没有了,快近五十,他的舞台青春早已过去,进入人老珠黄的境地,早就从挂头牌跌下来,挂二三牌了,工价银子也相应地短少,六口之家,搭上吴小秋,七张嘴吃饭。生活天天上涨,开支也大,他在同老婆仔细研究后,就把独院卖了,搬到这个平田一片的菜园坝来。省下一笔钱,托人放到银号里,取点定额利息,作为平时生活开支,在他想来,这样也可以优游岁月了。把他两个儿子送出去,一个学木匠,一个当泥工,假使到了他完全没有嗓子时,就凭他的全副行头把子,成套的戏装,出租出去,也可以过活的了。何况他还教了几个徒弟,看来其中两个很有出息,虽不作为将来的靠山,也可以聊以自慰,把他的艺术传了下去。几家票社也请他教戏,大家都找他,是因为他的戏路子宽广,除本行旦角的外,其他各行当的戏都很熟,他自己差不多就记得六七十个大本子戏,单凭这一点,他就可以在这九里三分的锦官城中,吃一

挂头牌:将名演员所演剧目悬于显眼之处。

辈子戏饭了。何况他为人本朴，教戏仔细而耐得烦，伺候各个品味不同的玩友，都是毕恭尽致。生活教育了他：唱小旦的在人面前要低人一等，见人低头。他对别人绝对恭敬，人们也就以为他是一个小旦中很可以的"师傅"了。

他住在这煤山脚下，僻静的地方，与从前那一些脑满肠肥捧他的人隔绝了，他一家人省吃俭用，落得个清闲。他自己一心想把吴小秋抚养成人，尽他一份责任，虽然他还有两个女孩子已逐渐长大了。

他们在这里过了好几年日子，吴小秋也渐渐长成一个天真活泼、聪明伶俐的小姑娘，扎了两根立起的朱红头绳的毛辫，像她妈一样，眼睛鼓鼓的，一张樱桃小口，脸微短而圆，长了一头黄发，大家都叫她"黄毛"。见人就笑眯眯地喊出名字来，一点也不诧生，叫她黄毛丫头，她一下就扑在你的怀里了。经常跑出去到煤山上同一群孩子玩，每当吃午饭时，总要叫她几次，才得回来，有时大人喊厌了，回来时也要挨上几下，可是徐小梅从不打她，就他自己的女儿来说，也从来没有打过，他是一个慈祥的父亲，比更多的人够得上当父亲的。

一天，君平街彭大娘来接她去玩，一住就是好几天。她从宽阔的菜园坝，到热闹的街上去，觉得又是一个天地，孩子们更多，玩得更有劲，把她学会的儿歌，唱了出来，她那悦耳的声音，压倒了所有的孩子。她玩了几天，又学得更多的儿歌，于是成天唱个不停。这彭家机房的大杂院里,没有哪个不爱她,她一天这家穿进,那家穿出,累得彭大娘时时关心。

这天午饭后不久,街上突然在关铺子,人们飞快地跑回自己的家,大家交头接耳,形色惊惶。有人说:"皇城坝一带戒严了,后子门一带也是一样,双方的队伍,看来要打燃的样儿。"又听说:"皇城坝一带的队伍,把街上的石板全撬起来做了工事,只争把枪一扣,就打响了。""后子门那边的队伍,也是一样在做工事。"不久枪声大作,像放鞭炮一样,不断地打下去,双方的队伍,争夺着皇城坝的制高点——煤山。成批的烟灰兵、老瘾哥,在重赏之下,撑上去又倒下来,倒下来的尸体,遍地皆是。后来送命者,从他们的同类的尸体上搜去冲锋卖命的银圆,血染的银圆,加上他们刚才领到的银圆,又贱价卖命地冲上,看来,倒有一股劲儿,烟瘾是过足了的。双方的火线上、掩体下面、战壕中,有卖鸦片烟的,价钱昂贵得可以,超出一般烟馆价钱的好多倍,五角钱一杯的南土,可以卖到五元钱,还有卖牛肉肺片的,卖干酒的,瓜子落花生的。他们为了赚钱,舍命而来,也有当场被流弹送命的。

"后子门那边是田冬瓜的队伍,皇城坝这头是刘老幺的队伍,水精猴子在中间假装好人,暗中使坏,老百姓遭殃!"的确不错,老百姓首先遭受到痛苦与死亡,煤山一带首先被打烂了,挨近煤山的房子,也化为灰烬了,迫击炮、白克门、机关枪,从新式的屹

争:差。

撑(cèn):冲。

田冬瓜:四川军阀田颂尧的绰号。

刘老幺:四川军阀刘文辉的绰号。

箩筛：一种筛粉状物的细筛子。

挨轮子：依次序。

蚕笼到刘存厚那里剩下来的九子火，直到原始的国粹大刀……每种武器，发挥了它们的威力，或者穿肠而过，肝脑涂地；或者断肢残腿，血肉横飞；有的打成箩筛了，一身都是枪眼；有的身首异处，砍成几半截。

煤山以北的田冬瓜，在他的军部里，正大开宴席，召集了他的三军将领，发誓要消灭对方，斩尽杀绝。

煤山以南参加争夺战的刘老幺的队伍呢？比田冬瓜的好一点，可以多给几个卖命钱，供应了大烟。如果说田冬瓜的队伍像一群苦力，刘老幺的队伍就像一群骨瘦如柴的饿鬼了。敢死队每名是十四个大银圆，你说是命么？应征者却十分踊跃，眼面前就是打死了拉下来的血淋淋的尸体，而等待着挨轮子冲上前去的大无畏的英雄好汉，大有人在。什么是血的教训，痛苦与死亡，在他们充了血的眼睛里视为草芥，因为猝然地死亡，比之于漫长岁月的折磨，来得更其干脆利落。

战争进行了两天两夜，煤山的南北两方，山的斜坡上，涂满了殷红的人血，东歪西侧地仰俯着瘦骨嶙峋的尸体，还是野狗伟大，往来于穿梭交织的流弹中，若无其事地去选择它应该饱吃一顿的午宴，腥臭味很浓，到处是凝固了的鲜血……

内战毁灭了一切，也毁灭了在煤山脚下的徐小梅一家，剩下的只是硝烟弥漫中的败瓦颓垣，他的一嫩豆花儿验尸那天，真是人山人海，老早就把街轧断了。当她的全身裸露出来的时候，一个白色大理石的雕塑，像维纳斯一样，睡在人们面前。

锦城旧事

家，彻底地荡然了，甚至连一个伤心啼哭的人也没有——唯一的幸存者是吴小秋，应当感谢彭大娘，把她事先从死亡中救出来了。

战事一停止，彭大娘听说，未死的受难者，各自在火厂坝上，一片瓦砾中毁灭了的家园，去掏拣灰烬后的一切。还剩有什么呢？烧焦的黑木柴，几颗铁钉，烧焦了的断手残脚。伤心、血泪、哀号，捶胸顿脚呼喊苍天！

> 火厂坝：建筑物被炸、被烧后形成的废墟。

彭大娘也把吴小秋带回这破灭的家来了，她原想来掏几个银圆的，一看之下，石头瓦块早已为其他的拾荒者来抄翻过几道了，但见新痕掩旧痕，伤心人对伤心人。彭大娘看到这番凄凉惨景，连小梅一家人的尸首也找不着，不觉悲从中来，向着什么也不知道的吴小秋说道："连你大爹一根骨头也找不到，真是死得太惨太惨了！可怜呀！一个好人呀！你娃娃的命苦！生身父母，死尽杀绝；养生父母，啥也没有了，我看你咋个活人哟！你这不懂事的小杂种啊！"

小秋听到说大爹，她就喊出要她的大爹，一下子就把彭大娘的腿杆抱住，放声大哭，要她的大爹来！不断地悲声叫喊："妈妈！大爹大爹！我要，我要呀！妈妈！"

彭大娘的眼泪顿时一下子就像泉水一样地流出来了："你还有啥子大爹啊！走！我们回去了。"

小秋不走，哭得更加伤心，彭大娘只有哄着她，十把鼻涕九把泪地牵着她向君平街走去。

齁（hōu）包儿病：哮喘病。俗语说"齁包儿咳嗽——莫得痰（谐谈）头"。

从此，吴小秋跟着彭大娘生活。她能够扫地、洗碗，帮助有齁包儿病的彭大娘，做一些轻微的活路，这样也减轻了大娘的负担。大娘是个孤人，小秋的活泼可爱，正可排遣她一些寂寞，久了，她们就更加难割难舍了。

有时小秋想起在煤山脚下小梅的一家人，她向彭大娘说："我要回家去——"

彭大娘唏嘘惆怅地回答："你这个苦命的娃娃，还有啥子家哟！"

于是小秋陷在怅惘的泥潭里，眼泪簌簌地落了下来。

彭大娘的眼睛红了，鼻子酸了，却使劲地一针针地穿她的鞋底，为吴小秋做小鞋儿。

第五章 酸酸客吃早茶吐酥痰,谈论起一鸣惊人的吴小秋

蒲顺，是个琵琶能手，也弹得一手好月琴，除会弹一些流行的琵琶曲调外，也还记得一些窄路子的勾、马、寄、荡各种曲调。跑江湖二十多年，操得一手好手艺，到哪儿也很受欢迎。当他牵着盲女艺人四处卖唱时，也经常到君平街、包家巷一带学生寄宿舍的地方来，或钻进其他院坝，到过彭家机房的大院子。

　　彭大娘别无嗜好，唯对琵琶月琴，爱得要命，每次蒲顺来卖唱，都少不了彭大娘这位热心的听众，总要从她的荷包里掏出比别人多的钱，放进蒲顺的瓜儿皮帽里。蒲顺记得她，这位出手比较大方的大娘，是个好买主。

　　蒲顺来这里卖唱几次后，就发现了吴小秋的形象及声音，他认定吴小秋是个可以造就的人才，是一个不可多得的人才，可以继承他全部手艺的人。他仔细地看见小秋扎了朱红小毛根儿，非常活泼地在玩皮球，玲珑小巧，他想：要不是左喉咙，那准会是一表人才，准会唱出个名堂来的。

毛根儿：辫子。

左喉咙：跑调的嗓子。

　　后来，他每隔十天半月，总要牵着盲女艺人来这里卖唱，实际上是在窥察吴小秋的眉眼指爪，一举一动。于是他斩钉截铁似的认为吴小秋是他的理想传人，他的全部手艺，也只有吴小秋才能配得上接受。

　　每次唱完后，蒲顺总要借故停留下来，同彭大娘聊天，或者特意为她唱一小段，讨好彭大娘。她是酷爱这玩意儿，怎么消受得了蒲顺分外献出殷勤的歌唱呢?于是彭大娘感到分外高兴。在众人面前,蒲顺一再向她献好心,趁此机会对吴小秋进行细心的观察。他也想尽办法,讨小秋的欢喜,给她几块糖,教她唱上两句,久而久之,吴小秋也能哼上两句,似乎也爱上琵琶小调了。

　　蒲顺不知道从哪儿打听到彭大娘六十岁的生日,他居然买了一只红鸡公送去,又给小秋买了玩具:娃娃打鼓鼓、不倒翁、万花筒等——这样一来,少不了彭大娘借钱也要招待一番,鸡杀来清炖,打了酒,还请了盲艺人文雅儒。他们又特为大娘唱了几曲,说是献给寿星的。蒲顺还要彭大娘点一折琵琶,彭大娘心头喜欢得发热,活了几十岁,也过了几多生日,都是冷冷清清,唯独今天六十生日,喜气洋洋,还要她亲自点戏,她也从来没有玩过这个格,于是她更加容光焕发,想了一会儿说:"就唱个十二月的《忆我郎》吧。"

玩格:闹享受,讲摆场。俗语说"玩了些格,丧了些德"。

　　于是蒲顺拨弄琵琶弦子,聚精会神地弹将起来,盲艺人文雅儒用着那缠绵悱恻、如泣如诉的声音,从正月唱到十二月的《忆我郎》。他嗓子像今天的碧蓝的天色一样,清花亮色,非常流畅自如。因为嗓子好,腔也来了,很多小节地方,即兴生情,增加了行腔讽咏的韵味,唱得人人点头。彭大娘的两眼笑成豌豆角了。这是艺术的魅力,把一个六十岁的老妇人,弄得更其年轻,更加快乐。人们相信,如果彭大娘每天都是这样快乐地活,她的高龄也不会亚于彭祖八千

115

岁为春、八千岁为秋的了。

蒲顺每次来看彭大娘，除了给她不少的礼物外，照例要送小秋一份隆重的礼品，还要把她㧯在肩膀上，去转少城公园。进门右手，先去看看公共体育场踢脚球的，又到辛亥秋保路死事纪念碑下面小广场学洋马儿，也看看射德会射箭的人们，他们站了丁不丁、八不八的脚步姿势，手上套有碧玉扳指，动用气功，站了姿态，正在学那百步穿杨之法，一心一意要射中红心。军阀水精猴子也偶尔来到这里，"与民同乐"，射上几箭，影响之下，一群想从射箭中得到好处的人，都趋之若鹜了，他们不想射出一个武状元来，却想从"射以观德"中捞到一官半职，从猴子的脚底皮下爬出来。也有那么几个什么也不要来附庸风雅的人，他们在川西坝都有良田若干亩，希图来此接近宦场，可以抬高身势，给他们万贯家资保一个险。或者是几个有钱的大烟灰，烟色上脸，来学射一两箭，给专门拉烟灰的警察局的侦缉队员们看一看，他们也在官交之列，至少有个臂腰，有个靠山，有些关系，你几个官卑职小的侦缉人员，不要弄不清楚，乱出黄手。

他们又转到动物园去，吴小秋更是乐不可支，看得出神，她像爱丽丝漫游奇境似的，喜欢得手舞足蹈了。蒲顺趁势又塞进一块硬垛糖在她口里，又教她唱琵琶小曲：

㧯：扛。

洋马儿：自行车。

扳指：射箭时套在右手食指上的指套，以减少摩擦力、保护皮肤、帮助瞄准。

郎去花结果,

而今花又落。

花开花又谢,

比花差不多呀——

　　用不着教几遍,五六岁的小秋,已能随着蒲顺的教法,圆转自如了。最使蒲顺感到奇怪的是,小秋唱得比他出色,有深一层的韵味,她自己还在珠圆玉润的唱腔之外加上一层光彩,不能不使蒲顺爱之若宝,发誓要把全套手艺传给她了。他想:这样好的人才,将来定拿钱,定然是一举成名。但是,现在怎样把这个人才接过手呢?他惶惑不安了。他知道自己的病,由于过往的流浪饥饿,早把身体弄坏了,他想有个传人,把他的本事教与一个像个样儿的徒弟,那就是他死了,也安心了。这是他的私心打算,在他久走江湖,常跑四外多少年来,就存心要物色这样一个人,不料今天在吴小秋身上发现,他心里甜甜地好受,把坐在他肩膀上的小秋举得更高,尽情使小秋欢喜他,也使小秋尽情欢喜。

　　游罢公园归来,小秋已侧在他肩头睡去了,两个脸蛋红得像烂熟了的苹果一样,她的棒棒糖、五彩纸扎的风车车、娃娃打鼓鼓,全都交给蒲顺,却去梦游快乐的玩具世界去了。

　　要从彭大娘手里把小秋接过手来,那是太不容易的事。彭大娘看过瓦砾场的悲惨局面,聪明伶俐的小秋绝望地哭啼着要她的爹爹，她恨那些混世魔王造成战争的毁坏，凡此等等。她感到她有责任把小秋抚养成人，况且她本人又是一个无依无靠的孤人，虽然她是彭家机房这一家族的同姓，占有一间房子，除此之外，与彭家可以说完全无关了，即便是她马上死去，也没有一个姓彭的本家出来惋惜的。相反，她的存在，在彭家人们看来，有些多余。当一个人，一个孤人感到多余时，也是倍加凄凉与伤感的，恰恰正在这个风烛之年，从毁于兵燹的瓦砾场上，把小秋接过手来，已然是她一种神圣庄严的义务了。小秋也无依无靠，也只有在彭大娘家里跟着她生活了。

她开始觉察到，蒲顺特别爱这小孩子，也奇怪，这小孩子特别巴他，隔不上几天，蒲顺手提一大包东西，前来看望她们一次，也教小秋随意哼几句流行的时新小调，如"月亮弯弯照楼台""鲜花调"之类。

巴：亲近。

蒲顺他这一段时间，在老西门外正发店设馆卖唱，他就把小秋接去玩个半天，到黄昏前收活路后，再送回君平街。这样落得彭大娘轻松半日闲，而小秋也十分满意于东走西走，去看更多的世面，茶馆，人群，进进出出的城门洞，她第一次看到这样大的门洞子。城楼上有兵在吹号，少城里那些没落了的人户，女的穿着长长的旗袍，有些女的拖着鱼尾巴鞋子，露出白布袜子的脚溜根儿来。老妇人吃长叶子烟杆，手提了雀笼子，里面喂的百灵鸟，在沙盘上走动着。八哥在叫，四喜叫得更多，他们喂了很多安不出名字的

鱼尾巴鞋子：烂后跟的鞋，其形状与鱼尾巴相似。

脚溜根儿：脚后跟。

小鸟儿，太使小秋高兴了。

从君平街出去老西门，打从长顺街经过，长顺街由南向北直端一条大路，两旁小巷子排列，活像个蜈蚣虫脚脚。这个西城区域里，住了不少老爱新觉罗的后裔，他们的生活，一眼看得出来，与汉人大有区别：只消一说话，北京的京腔，像音乐一样鸣奏起来。辛亥革命后，他们先前所受的皇恩浩荡的尔俸尔禄，一切光了，那种饱食终日、不事生产的生活，一下子就现了原形，完全干瘪了。但是他们却很聪明，为了要在民国成立后活下去，他们发挥了聪明智慧，从耍鸡养狗养鱼喂雀，到栽花种树，无不精通。对于这个有五六十万人口的成都，二千年来没有改名换姓的成都，却增加了极其丰富多彩的小玩意儿。

最使小秋感兴趣的是带她去转商业场，匹头铺，洋广杂货店，京帮的三泰祥，广和参，宝龙玻璃货架子里，陈列着北京的料货，打着巴黎招牌，实际上是在上海法租界里制造的化妆品，日本的玩具，女人用狐狸皮做的围巾，两个眼睛用玻璃料子做的，像真狐狸一样。他们上楼去一家一家地看，这市中心一带繁华商业区，陈列着许许多多她从来没有看过的东西。他们转到福兴街去，这一条街全是卖瓜儿皮帽子的，出售帽子的商店，也就是工作坊，匠人把瓜皮帽放在木盔子上，用一块方形木头捶，家家捶打，全街在响，很像东御街打铜壶的，用铁锤打铜皮，一条街都响了起来。

匹头铺：卖丝绸布匹等纺织品的店铺。

转够了，就去吃一碗粉子醪糟儿，或者是买个鲜花饼，为满足小秋，使她带吃带包，尽兴而归。

小秋对于蒲顺也分外亲热，只要几天不来，她就要问彭大娘，当大娘被诘问得烦厌时，却也希望蒲顺早点来解她的围，减少她难于对答的麻烦。

一片彩霞满天，一群乌鸦从天空飞回去时，黄昏似从乌鸦的翅膀上掉下来了。蒲顺对彭大娘说："这女子有根底，一教就会，没有教她，也会唱，外表也很有发办，要是吃我们这行饭的话，我看准了，一定会红。大娘，你就拿给我带行么？"

彭大娘犹疑了一会说："有啥子不行，我早已看出，你这样惜疼她，喜欢她，她也巴你，不过她是女花花，去学卖唱……"

当时弹琵琶月琴卖唱，被认为是最下贱不过的事，同修脚擦背一样卑微的职业。特别是唱琵琶的，认为唱的是伤风败俗的东西："情郎呀去，妹子过来"。甚至把它贬低到听了都要生干疮子的可怕地步，可怕极了！尽管他们反对，他们又爱听，甚至还要哼两声，至于大街小巷，茶房酒肆，则有它广阔的天地，受到广大群众的欢迎。当晚上来在那悠长而寂寞的深巷里，拉着二胡，弹着琵琶，有人打开小门，招呼进去唱上几曲。然后又从这条巷子穿到那条小街走去，在清油街灯微弱的光照下，弹弄出来的那种缠绵悱恻的声音，把这古铜色情调的古老都市，弄得更加惆怅了，更加浓郁了，像喝几杯陈年老酒一样，使人

发办：出息。

带：抚养。

沉沉带醉。当人们听到：

> 西宫夜静百花香，
> 钟鼓楼前恨更长，
> 杨贵妃，打坐在沉香阁上……

哀怨带愁的歌唱，它的若断若续、情意深长的音乐过门，把每一个人不同的情绪挑动。静静的夜，寂寞的陋巷，悠扬的二胡声音，使多少人惝恍迷离，如醉如痴。

"大娘，不会的，你放心好了，我待她如我亲生女儿一样，说实话，我要选一个好徒弟很久了，都不能满意，如今我在小秋身上发现，她将来定有发办的。"蒲顺十分严肃地说。

"你说得那么准，你又不是金口玉牙。"彭大娘把嘴嘟着笑。

"我的眼睛不是槵子安的，我的耳朵没有长蒙子，我们靠这一行吃饭，看走眼还行？要坛子头捉乌龟——十拿九稳。大娘，将来你我都要在这娃儿身上享几天福的。"

槵（huàn）子：槵子树结的球形果实，用果皮煎汁，去垢如同肥皂。

"你是不是看相的啊？"

"不是，我是看饭碗的，看不准我蚀不起这个本，我饿铓铓的哟！"

铓（māng）铓：小孩子对饭的昵称。俗语说"隔壁杀鸡又炖髈（pǎng），我家还在饿铓铓"。

"啊哟！你说得来天上有地下无哟！你凭啥断定她将来有发办，又凭啥说将来我们要在这娃儿身上享点福呢?"

"大娘,你看她这样聪明伶俐,一教就会,唱出来的这些都是你老人家亲眼看到的,咋个,我空口说白话么?你我将来享福是十拿九稳的了。"蒲顺抚摸着小秋黄色的头发、发辫,"来,我给你扎个立毛根儿。"小秋也听他的话,依偎在他的膝前了。

"蒲师傅,你要晓得女大十八变啰!"彭大娘又相信他的话,却偏要持相反的意见发问,可以说对于蒲顺是紧逼的。

"像她这样的材料,孬死也有八成。怕的就是将来换童那一关,只要大人带得好,女娃娃不像男娃娃那个样子,女娃娃是容易闯过这一关的,在我们这个行道,一般说来,女娃娃是比男娃娃换童容易闯过去的。我说她是一个宝,就是一个宝,既然是个宝,她还跑得了!花好,全在花儿匠的栽培嘛。没得办法都要想出办法来,何况她本身条件太好,只要用心栽培,那是坛子头捉乌龟——手到擒来,是人才她还跑得了么?是个人才不拿出来现世,那就太可惜了,太可惜了。"蒲顺一席话,说得彭大娘心悦诚服,而蒲顺的真诚态度,也使大娘心动了——终于放心地把小秋交给他了。

这是吴小秋新的生活的开始,她像一匹骏马,驰骋在川西平原;像会唱歌的黄莺儿,翱翔在成都坝子的天空上,发出美好的、令人欲醉的声音,最后使人人沉醉在她的歌声里了。

换童:换嗓,由童声转变为成年嗓音。

蒲师傅教她一句，她就把一句当成一百句唱，教一段的词儿，她一天到晚地在咬这一段的曲子，直到咬烂，咬细，咀嚼得稀烂地吞下肚里，经融化、酝酿后，再从她那婉转的歌喉中唱出来，当然通过配上蒲顺娴熟的琵琶，那就分外生春了。蒲顺自己也觉得，他这几十年一手的琵琶技术，指法手法，在吴小秋的声音下，带动得向前飞跃了一大步，好像有一股魅力，在他的手指拨弄间增加了新的东西，创造出新的生命，以及更多更其美好的伴奏的方法出来，妙不可言。这在他心中产生了说不出的快感，给人卖唱，自己也享受；供人娱乐，自己也受益，他在心灵深处，得到慰藉，飘飘欲仙。他把这种无声的快乐，高一层境界的美妙处，珍惜得像绣花一样精细，注意小秋的饮食起居，每天三次练唱，到季节变化时，分外注意于夏练三伏，冬练三九。他自己呕心沥血地为小秋贡献一切、提供一切，无他，"春蚕到死丝方尽"，他也说不出来是为了什么，或者是为了艺术，或者是为了生活，或者是为了其他……

小秋每天跟他们上茶馆卖唱，感到很好耍，人们也都很爱这小孩，她在唱台四周穿来穿去。最使她欢喜得了不得的是，新近给她买了一双小人皮鞋，这在当时是很阔气的，要大户人家的小孩才穿得起。蒲顺为了打扮她，不惜花钱，他爱小秋甚于爱他自己。

台上在唱什么，她在台下就哼什么。只要有新开的戏，唱不了几次，她就能照样唱了出来，就韵味说，比她的前辈都高得多，一切唱腔，到她口里，流走自然，她把原来的唱腔丰富了，虽然她是还未登过台的小姑娘。

蒲顺暗地里在观察她，待她的情绪好时，总有一天，要把她抱上台去试唱一段。他以为开台这一炮，定她的终身，要一炮打响，使她一唱就红，一红就红到底。

一个雨后初晴的天空，像翠玉一样上穷碧落，八月的太阳，纵是中午，也不那么厉害了，何况已到秋分，正是已凉天气未凉时。听众也增加多了，除堂子满座以外，门外还站了所谓"外五层的内五层"，大群的人在站立起，在聚精会神、心满意足地听着。这些听"战国"的人，严格地说，才是他的基本群众，也决定于他当天的生意好坏。生意好，场子扯得圆，听"战国"的多，使堂子空气热烈，增加了气势，不说卖唱的，就是茶馆老板看见，也心欢意俏。这些站起的听众中，有城门洞口割肉的刀儿匠，卖素面凉粉的老头儿，馆子里跑堂的幺师弟，药铺里来的抓抓匠，各色人等，应有尽有。他们熟悉每一个歌唱者，伴奏的师傅，他的生活细节，小掌故；也懂得她的唱腔，她们在上面唱，有个别的"战国"先生，就在人丛中和唱。有的表示自己是内行，为了炫耀自己，居然不顾左右而大哼特哼起来，影响周围的人，于是有人轻轻地、几乎是恳求地向那个"内行"耳朵边说道："老兄，轻一点好么？大家都要……"

堂子：演出的场所。

听"战国"：站着听。"战"谐"站"。

场子扯得圆：场面很大。

124

"内行"哑然了,怎奈他旧性难改,不久又哼出声来,遇着不那么客气的人说话了:"小声点,听你的嘛还是听她的?"

"内行"又哑然。这种人,总是不甘寂寞的,往往在台上唱到精彩地方,他又照样地死灰复燃,那种又黄又凉的嗓子,刺进他人左右耳膜里,刺得再有涵养的人也发气了,怒不可遏了。倘是遇到火气旺盛的年轻小伙子,马上就给骂出来:"龟儿假洋盘,屁眼儿痛,不听招呼。"

> 又黄又凉:很外行,很不受听。
>
> 假洋盘:无知、逞能、追逐时髦。

在这样场合下,也不会因斥骂而打起架来,一般是骂自由你骂,哼自由我哼,哼——毕竟只是在鼻喉之间,并不涉及扯开嗓子唱,事实上也不可能。同样,骂也不能破口大骂,不然,你再有理也成为听众的对头了。因此,操先人与操祖宗,龟儿子与假洋盘,实际意义都不大。一个真正要存心当假洋盘的人,在任何场合下,他照样是个假洋盘,打之不惧,何况骂乎?

这一天吴小秋被师傅抱上台唱了几句来自下江一带流传的《月亮弯弯》小调,蒲顺选这个段子,是人人一听就懂。他拨弄着琵琶,小秋开唱:

> 月亮弯弯照楼台,
> 打个呵嗐瞌睡来,
> 瞌睡虫,快上床来,
> 哎哟!哎哟!

> 打呵嗐(hōhài):打呵欠。俗语说"癞疙宝打呵嗐——好大的口气"。

瞌睡虫,快上床来。

一唱完,台下鼓掌声不断,要求再来,她那么婉转的歌喉,在激烈的掌声中,一再受到欢迎,人们一听她唱,简直是到了狂热的地步。特别是茶铺外站起听的那些基本听众,更是欢喜若狂,鼓掌最为激烈,他们的掌声,压倒了在茶铺里坐着听唱的人们。大家在极其美妙,从来也没有听过的歌声中惊叹了,降服了!假洋盘与骂假洋盘的人,在这悦耳的歌声中,无条件地和解了,彼此亲热地、欢喜地交谈着,评论吴小秋这了不起的歌喉。他们好像梁山泊的兄弟,不打不亲热,而一当和解后,马上以肺肝相见,不约而同地倾吐了对于吴小秋艺术的赞美,他们以听了几十年的"战国"作证,认为这是一个了不起的人才,从来也没有听过这样好的嗓子,唱得那么有味道。岂仅是悦耳动听么?她的艺术魅力,可以化干戈为玉帛,骂假洋盘与假洋盘挨骂之间,这种快要成为仇敌关系的对立,不是被这初试锋芒的几声轻歌,弄得自化脓血了么?

她征服了今天所有的听众,包括最挑眼的掺茶的茶堂倌青麻子,他掺了几十年的茶,听了几十年的琵琶、月琴、扬琴,各式各样卖唱的,他的权威的评论是:"从反正前后到今天,我这个耳朵,还没有听过这样受听的琵琶小调。"

青麻子的评论在这样的场合,具有举足轻重之

反正前后:四川辛亥革命前后的一段时间。

势，所谓"一经品评，身价十倍"。人们把他这话，马上闪电似的传开了，从铺里到馆外，从内五层到外五层，人人兴奋异常，就像今天晴朗的天空一样爽快。

你惊喜若狂么？扎了两根双毛根儿的吴小秋在掌声中若无其事地唱完下来。马上有人给她的糖果，向她围裙的小荷包里装满了瓜子、落花生，赞美她，奉承她，夸奖她。她极其平常地跑出茶铺外玩去了。因为对面天井坝里，还有几个小朋友等着她玩呢。

当然，今天最满足，最在心灵深处感到喜悦的，却是蒲顺，他想了很多，想到小秋的将来，如何再加强对她的教练。对于唱琵琶，她虽然是绝顶的聪明，但旺盛的炉火，仍然需要良好的通风。"师傅引进门，修行在个人。"他认为他有责任，对这个天才循循善诱，使她不仅发出光彩而且发出五色缤纷、火树银花、使人眼花缭乱的光彩来。

那个时候，成都的书场，鼓楼街的芙蓉亭，已开设好几十年了，其后有提督西街的贾家楼、东大街的包官驿、提督衙门斜对门的协记扬琴堂子、北打金街的香荃居等等地方，都先后开辟成书场，几乎全为扬琴堂子占据了。另有好几十处说评书的茶铺，唯独就没有唱琵琶月琴的，他们由于习惯的歧视，已被贬低到不能在这个锦官城里占有一席地位，照例是被赶出城去，在老西门外的正发店，北门外的迎恩楼，南门外的肥猪市、臭水河，东门外的牛市口、水巷子一带，这地方是吴小秋的父亲吴老幺同她的母亲嫩豆花儿的结识处，说文雅一点，他们在这里的水巷子定了亲，以后生了小秋。直到现在，他们这一行，仍然被迫过着吉卜赛流浪人的卖唱生活，不准进城——虽然没有明文规定，但由于世袭的传统观念，他们也不敢越雷池一步。

就说城里吧，不久前的川戏戏园，正统的华兴正街的三庆会悦来茶园，总府街永遇乐班子的群仙茶园，湖广馆玉清科社，新街头的锦新大舞台，他们的观众，也是"男女有别"地分开了，女的坐楼上，男的坐堂厢，也只有钱少票价便宜的普通座，男看客才坐在女宾楼厢下，男观众限于经济，无可如何，常常听到他们自我解嘲似的说道："妈的要霉人，出钱坐普通座，戴肉毡窝儿，妈的头上顶的尽是牝货。""老兄，相因无好货，只要肉毡窝儿臭不下楼来，你我得安安心心地戴着，不要说噻话。听，贾培之的《马房放奎》要来了。"

比较时新一点的电影院，如基督教青年会开办的新明电影院，群仙茶园改的智育电影院，昌福馆内刘师亮等举办的昌宜电影院，也是男女分坐，界线分明，在这样一个顽固保守的、封建军阀统治下的成都，自然就说不上唱琵琶的地位了，何况是听了也要生干疮子、脓泡疮的下里巴人呢？

你城里头歧视么？他却在城外面占领了他的广阔天地，拥有广大听众。这些听众就偏偏喜爱看这不能

戴肉毡窝儿：男下女上，本指性交时的一种姿势。

相因：便宜。

噻(sái)话：与主题无关的话。

登大雅之堂的月琴、琵琶。你们像城墙一样，把阳春白雪保护起来，他们却似溜缰的野马，无挂无碍地奔驰于川西平原，随滔滔江水奔流而下，在泸州、在重庆、在万县，洪流冲出夔门，使上江与下江交流。他们跌倒了、踢伤了，又站起来，怀抱琵琶，搀扶着自己的同行，在褴褛的破衣下，拖着鱼尾巴鞋子，走遍天涯，去寻找生活，在凄风苦雨里，在"鸡声茅店月"中，去寻找睡梦中的丁冬。只要不为贫病饿死，他们总是为生活歌唱，为知音的人送上一份情意深长的礼物，朋友，干一杯吧！"明日隔山岳，世事两茫茫。"收拾行囊（也仅仅只有琵琶)，又向江湖的另一隅流浪去。

他们的生活，似沧海中的浮萍，给微风吹聚了，又被那狂浪漂分。就说仅有的一张琵琶吧，有时为了难以忍受的饥饿，也不得不把这个同生命一样宝贵的东西暂时典当出去，或为人扣押。在这样可悲的情况下，他们只有像乞丐一样，吃了饭没得钱给，为了要偿付饭钱，只有自己乖乖地把卖饭掌柜的板凳拖一根来，顶在头上，跪在地下乞求，乞求路人的施舍，解救他困窘的境地。还有那使人受折磨的鸦片烟，无休止地把他们个别的同行，常常摆弄得"吃尽当光"，到了堕落不堪的地步，有的就只能悄悄地死于沟渠之中了。不是琵琶断了弦，却是民间艺人断了命！

不准他们进城在白日里公开设馆卖唱，但在夜里他们却可以在城内钻格子，进出旅馆、茶房、烟馆、陋巷、十家院坝，或叫到人家去。往以后走，大约在民国十几年的时候，成都的电影院堂厢里男女同坐了，戏园子也相继效法，开通起来，不能归功于时代，但毕竟还是进了一步，使这古老的、毫无生气的城市，风气为之一新。也开始看到，华西坝上，谈情说爱的男女，手牵手地在散步了。春熙路上偶尔也有男女牵手并行，后面跟有身上挂盒子枪的弁兵，倘是在下午上街，穿灰色军服的弁兵，还要挂一根上海货新到的五节电棒，荷包里放有太太要吃的水烟袋。风气开启那些喝过海水的有钱人，华西坝上的洋学生，一些从而效仿的青年男女。在这样影响所及的情况下，琵琶才开始在黑夜里，到城里头设馆卖唱了。最初，几家分布在御河沿街、鹅市巷、城墙边几个烂茶馆。因为是新兴的玩意儿，听众特别踊跃。兴拿折子下堂子，请买主点戏，这样又出现一些被女角迷窍的人。比如玉君，长得还不错，嗓子也可以，她的段子特别多，她就被点得戏多了。兰芳嗓子不好，但长相很看得，又加身体结实丰满，胸部高耸，她就为重色而不重艺的买主们纠缠不清了。也有吃"飞醋"的情况发生，兰芳是我捧到的，你要来点出戏么？我就点两折，你点两折，我就打个滚，你四折，我再翻一番。双方在展心机子劲中，进行拉锯战。公爷有钱，公爷就得仗财行凶，在这样的场合来表现自己的阔气。人们是欢迎这样斗劲的，越斗得凶，戏越点得多，大家就可以过饱瘾了。一点十折的也有，实际上

吃"飞醋"：莫名其妙地醋意大发。

在唱时，她们会"扯萝卜"，十去其三，轻松容易，点戏的公爷、歪人在于迷窍，也在街头众人面前炫耀自己，你就扯掉二分之一的萝卜，也满不在乎。

扯萝卜：演唱时抽掉一些本该演唱的内容。

吴小秋又长一头了，她每夜既在台上，也在台下。在台上为他们送烟点火，打一些小杂；在台下，有时也下堂子拿折子找买主点戏，她也认识了谁是公爷，谁是歪人，谁劲仗。质言之，谁是来钱的，谁是听闹热的，她都全能识别了。她不时用她那清脆声音喊道："李大爷点两折，谢呐！贵妃醉酒、绣荷包。李大爷点的，道谢呐！"因为人小，长得聪明，口齿又十分清楚，使得人人都喜爱这个小鬼。又因她偶尔又试唱一两段，那悦耳的歌声，给人以难忘的印象。人们听了她的试唱后，说她"唱得随，唱得派"。也有个别知音，认为她唱腔除珠圆玉润外，别有一番与众不同的情趣："这女娃子将来未可限量。"

歪人：横行霸道，蛮不讲理的人。

劲仗：有劲头，厉害。

有一天晚上在鹅市巷一个楼上唱了几段后，皇城坝一带人谈论得更起劲了："这是压倒一切的人才，前无古人，后无来者。"

"老兄，你说前无古人，我还相信，你说后无来者，太把话说死了，不见得吧。"一个年纪稍大的人说。

不见得：不一定。

"我敢打赌，一定后无来者，是一个空前绝后了不起的人才。"

"打个啥子赌？"

"我愿飘脑壳。"

飘：打赌。

气包卵：有疝气病的，也指爱生气的人。

咬卵犟：固执己见又蛮不讲理的人。俗语说"十个诸葛亮，当不倒一个咬卵犟"。

卵米子：睾丸。

扎劲：起劲。

啬味儿：分量很少。

撒粉火：川剧中为增加剧情效果所撒的燃烧的粉末，常用于"变脸"或"阴魂"出场时，但很快就会消失。

因为把话说死，使得争论的对方无言了。对方有点涵养，也就退让一步，不再还击，可是心里不服，在嘴里暗自嘟哝道："你说哪个的屎，你那脑壳是你妈个气包卵，值不到半文钱，龟儿子咬卵犟。"

也有人同情地说："他就是他妈咬到卵子不放的人。"

"好说，咬到卵米子牛肉包子都掉不下来了？"

"你我都是听战国的，挣那些干劲做啥？挣饿了肚子，还是回去吃自己。"这是一个折中主义者的调和论调。

"不过小秋是唱得好，你看她一开腔，她的师傅老蒲弹得多扎劲呐，把脑壳都栽到琵琶里头去了。"

恰恰在这个时候，玉君病了，只有另外一个女角丽华顶着，丽华的嗓子不好，引不起观众的兴趣，何况她平时是作为陪衬玉君的助手而出现的。一台戏必须要两个女角，在这样一个情况下，只有叫吴小秋来暂时顶上了。她已记得到一二十个段子，虽然是短小的段子，却段段可听，正因为短，就使人更加感到好东西太啬味儿了，美中不足。

"是呀，二月间赶花会的凉面，为啥子那么好吃？下面一簇簇绿豆芽，上面只是盘几根数都数得清的凉面，因为啬，越吃越好吃。"听众议论纷纷。

"小秋的东西，像撒粉火一样，刚刚亮一下，就没得了，要是再多一点多好呀！"

"人家才上台试唱，你们的要求太高了。她的东西,百听不厌。图堆头多,皇城坝去吃剩娃子差不多,五黄六月天吃一碗还送一碗,东西倒是多,就是味道馊了的。"

堆头多:体积大,分量重。

"小秋的东西多巴适哟!牛肉肺片夹锅盔,美味得很!吃起满口钻,安逸得跋!"

巴适:好。

跋(bǎn):跳跃。

你来我往的议论中,小秋连续几夜的代唱,竟使得鹅市巷茶铺楼上,有人满之患。到第四天晚上,人数陡增,楼板发出扎扎扎的响声。胆子小的怕楼垮,赶快梭下楼了;下了楼的仍然不走,在楼下对街阶沿下站起认真地、津津有味地听了下去。有一个耳朵不大好的老头儿,把右手掌着耳朵,吃力地——可是非常满意地听了下去。

吴小秋登台一呼,已使皇城坝、御河边街一带的知音,欢喜若狂了。他们相互转告,都在每天夜晚开唱前去茶铺楼下占个位子,有的坐在阶沿石条子上,有的背靠着门板,有的顺手找两个砖来做凳子听着。楼上挤得满满的,街上挤得水泄不通。这鹅市巷又是少城经过皇城通往大城、中心区必经之路,弄得点清油灯的黄包车夫,老是不断地喊:"得罪!得罪!请呀,请让呀,看撞到,得罪……"

突然,楼上跑下来一大群人,有人从人头上、肩膀上踩过,面无人色地抢先跑下楼来了。马上,楼上小秋的歌声也停止了。

"我一听到楼板扎的一声响,我就不管三七二十一,从人脑壳上踩了下来,你看,我的岔子也扯到抬

133

> 连二杆：小腿的前部分。
>
> 舅子：对不满意的人的贬称。本指妻子的哥哥或弟弟。

肩上来了。"一个琵琶迷说时犹有余悸。

"我的连二杆也整脱一网皮，腰杆也拧到了，要去买一张金不换的狗皮膏药来贴一贴。这个舅子好凶的劲仗呐！当时如地动山摇一般，好不杀法厉害！"

"刘舅母儿还给人摸了一把。"

"你咋晓得？你出手摸的？"

"舅母子在骂哟，大家都听到了的嘛。"

"楼板响的时候，吴小秋的师傅琵琶都不要，就抢先把她抱着了，生怕伤了她。"

"是呀！吴小秋是个来钱货，是老蒲的命根子。"

一场虚惊之后，书场停止下来。每到黄昏，当成群的乌鸦向南门文庙、南门外武侯祠的森林里飞去时，不少知音，若有所失地彷徨于鹅市巷的街头，失望地踏着街中间一块一块的红砂石板，怅惘着。相识的人打个招呼，不相识的熟脸貌儿，也彼此相望，会

> 熟脸貌儿：常见面但又无交往的人。

心地微笑，到头来也不免在失望中过去。有的知音在阶沿上踟蹰，或者站立不动，大概是在追寻幻想中的歌声吧！他们感到这是多么寂寞的黄昏呀！当一股冷风从皇城墙上送来几声号兵练习吹军号的号音时，人们就更其难受了！加上又飘来随风的细雨，他们想到吴小秋用那如泣如诉的声音唱的"梧桐叶落秋光冷"，就更其难受了。有人不耐烦地叫着："走，去喝烧醪

> 烧醪糟儿：即"烧老二"也就是"烧酒"。

糟儿去。"这一些失望的知音，去寻找花生老酒打发他们的寂寞去了。雨却越来越大了，随着冷风送来的

军号声也更其凄厉了。

其中有人喝得较多，一杯又是一杯，直喝到快打更时，也拖着沉重的步伐，不断地打着酒嗝，嘴巴里哼着小调回家去。刚一走进门，女人就问："你到哪儿去来?都打更了。"

"你管得老子们的。"醉酒汉干脆发作了。

这是听不到吴小秋歌唱后的不满与发泄，因为是男权社会，满可以失之东隅，收之桑榆，在女人身上出气的。

本来是轰动皇城坝一带的事，可因小报的采访(那时还不叫记者) 写了一则消息，加上编辑想了一个标题：

歌声震瓦屋，韵味垮楼台

卖报的老枪再加以烘托渲染地喊出："看看看，吴小秋出马不利，鹅市巷垮楼的惨剧! 看看看，几十个人受伤，几十家人在哭啼!"烟灰老枪只图取得烟钱，在捕风捉影、似是而非的吼喊下，能过得一顿饱瘾，他们有时夸张的喊法，却苦于编辑老爷搜索枯肠的笔法，比他们更有蛊惑魅力。实际上有几个编辑老爷就是大烟鬼，每天出入于春熙路上的卡尔登、白宫等卖鸦片烟的售店里，在烟盘子上去推敲他们赚得几文稿费的秀才文章。

只有一个人心里欢喜，就是蒲顺。他为吴小秋庆幸，更为她的前途庆幸，也为他自己庆幸，不枉自用了一番心血，终归是选中这一个大有发办的人，了不起的天才。鹅市巷的盛况只是一个开端,给鄙薄琵琶、轻视琵琶的人们一记响亮的耳光,打开了在城里卖唱的一条出路。

吴小秋的出现是个奇迹,她一炮打响了成都省城,小报帮了她的大忙。这几天茶房酒肆、街头巷尾,人们谈论着这件事情,大家都想看一看这个小小的琵琶歌手,究竟是个啥子长相?哪副音凡什么味道?上河的?中河的?下河的?泸州、重庆一带的文三文四,能敌得过她吗?她究竟是什么人?是个小娃娃,还不到十岁的小姑娘,这还了得?至于五老七贤、卫道之士的论调是:"这是淫乱之声,蔓延首善之区,早应由治安当局驱逐、禁止,不然,此风日下,不知伊于胡底了。"不过这种声音太微弱而且无力,他们嘴里这样说,心里却想看一看小秋其人。他们中也有个别的漫步到鹅市巷茶馆去看一看,结果大失所望,茶楼并未压垮,可见造谣,定然是报贩子哄烟钱乱喊的。他们在失望中哼着《登楼赋》优哉游哉而去。

那天临时有人从眉山来接去唱几天,钱先给一半,来去路费在外,由眉州城关码头包接包送。这使吴小秋最欢喜不过,她第一次出门,第一次坐船东下。

吃了早饭后,蒲顺、玉君、丽萍,还有一个拉二胡的化德,连小秋共五人,来到东门外大码头,上了一条空的揽载盐船。他们上去后,各人把铺位安排好。然后,到船尾去细看沿河景色。从东门大桥起,一直到南河口,沿江两岸,木船鳞次栉比地排列着。

音凡:音色。

从下水来的满载船,载的青冈、松柴、杂柴;还有五通桥的盐巴,那是一种黑色的、很好吃的锅巴盐,炒过后做过年腌肉分外生香,运到云、贵两省去,就更加值价了。上水放下去的船,一般载货不多,以客运为主,他们就坐在这样的木船上,穿过九眼桥,打从风景如画、视野开阔的望江楼前经过,一笼笼翠竹,随风飘动,一坝平原景色。吴小秋看见,心里觉得很宽敞、舒服而又自然。

过了黄龙溪后,就进入到丘陵地带,她第一次看到红色的泥土与泥土上的浅山。

洪水天,他们第一天就划到岷江内外江汇流处的江口,这地方从北岸回首西望,一片空阔的原野,远处有密林。一群雪白的鹭鸶掠空而过,白云里衬着蓝天。北岸一带丘陵起伏。林木畅茂,江口场上沿岸,不少吊脚楼、茶馆酒馆、红锅炒菜馆子。就在这吊脚楼上,从窗口西望出去,一泓江水,秀丽山河,顿时使人心胸开阔。顺江望下去,江流浩渺,往来着木船,不断地打鼓送号,一段段船夫曲,随着江风漂流远近,小巧玲珑的鱼老鸹船,在平静的江面上,轻快地划来划去。照说这天然图画里,应该说是很自由自在的了,但船夫们却提心吊胆地在江面上讨生活,生怕拉夫的、拉壮丁的来拉去了。

他们船一靠岸,便约着同伴,钻到酒馆里去,吃冷啖杯儿去了,炒花生下酒,既方便,又痛快。在那成日的辛劳里,只有酒馆使人感到温暖,三杯两盏之

鱼老鸹(wā):鱼鹰。

吃冷啖杯儿:成都的一种在街头路边的小摊小店喝酒闲谈的吃法,其食品多为便宜之物。

后，才可以把一肚子的东西发泄出来，尽管墙壁贴有"休谈国是"的纸条子。

场上挤得来水泄不通，农民的脸是那么朴实，三天一个场，三天的劳动，匆匆忙忙地进行交换后，在场头买个斗糕、黄豆面糍粑来吃了之后，又匆忙地回去了。

蒲顺牵着小秋在人丛中穿来穿去，他们好容易才挤到一家炒菜馆子头去，选了一个临江的吊脚楼坐下，放眼望去，川西坝在一望无垠中与天际一同消失了。炒了出门人离不了的回锅肉，江口这一带的猪，是以膘厚肉嫩出名，红锅上的掌瓢儿师傅是懂得的，在他们江湖艺人身上，略略下一点功夫，把几片肥而且厚的猪肉，炒成灯盏窝的回锅肉，承献在他们面前，接受他们用着悦耳的歌喉，来尽情赞美。化德与蒲顺却醉在白干中去了，剥着汉阳坝来的花生，恰恰在这个时候，卖钵钵鸡的来了，这个钵钵鸡从上源头新津渡口沿江而下，直达江口，又由江口流到眉山、青神，到出产花生的河滩沙地的汉阳坝。这里农民家家户户喂鸡，鸡又放去吃收获了花生的田里的"漏网之鱼"，因此鸡嫩而肥。乘船东下，到了汉阳坝，不在靠码头船头吃几块钵钵鸡，那将是你一大损失！这种用烧房的瓦钵钵装着，鸡是宰成大小相等的块子，那时候还没有味精，农民们也不知道用味之素，但凭他们那种凉拌的手艺，红油淹着的白嫩鸡块，却使人一见就有些情不自禁了，何况多少年来，在这条河

烧房：酿酒作坊。俗语说"捡到高粱就开烧房"。

上，对于汉阳坝的花生鸡，无不加以赞美。人们到了这里，当然更不会放过这个大好机会，来大大地饕餮一番了。

江湖上的辛酸，江湖上的甜头，一浪盖着一浪，向滚滚东流泻去，在无边的浩渺中，带着酒兴发作的蒙眬醉眼，一开一合，听一曲船夫歌，打几场瞌睡，这回当不放过货真价实的好鸡肉。船一靠岸，一钵钵凉拌好的鸡就端上船来了，抓几把花生来，就在船头船尾干起了。江口的干酒，尚未完全挥发完时，汉阳坝的鸡又填下肚子里去了。夹一块鸡，卖鸡的人就用一个小钱，在船板上记一个数，吃好多块，记多少个小钱。请放心，朴质的农民，不会因为你的晕醉，给你多算的。卖炒花生的姑娘提起兜兜上船来了，花生也大颗，炒成油米子，丢进嘴里满口钻，又香又脆，和到酒吃下去，对此青山绿水，有些飘飘然了。

他们在眉山上了岸，当晚，就在十字路口的大茶铺楼上开唱了，说来还是有点歧视，为什么不在楼下呢？楼下是路当孔道，四条大街的通街，也是本县地方上面子上的人吃茶聊天之所；况且，这里又是三苏故里，读书人与酸酸客颇不乏人，他们自己认为是继承了三苏父子的衣钵，且以文曲星再世出现，点缀这古城的晚年。可以数得出来，有好几个人在省上做事，又有几个人在南京当京官。也还有一个留学比利时的桥梁建筑的专家，去留学八年，家里卖田卖地，维持其八个年头的留学费用，真是不惜工本，去投资一个将来要捞得回来的镀过金的、留过洋的、货真价实的洋博士回来，当然也给全眉州的人，添上几分光彩，上追祖宗，也无愧于"一门父子三词客，千古文章四大家"了。不幸得很，也使眉州人最伤心的是：这位洋专家，八年学成归国，去那乌烟瘴气、漆黑一团的南京城报到，东问西问，问到铁道部去，部里的官员们，有礼貌地接待了这位异邦归来的人，一个扎扎实实用过功的留洋学生。文凭、证件、手续，样样皆有，唯独没有带有决定意义的介绍信，况且他又是个十足的书生，十足的洋派书生，不懂得中国行情，不懂得没有臂膀，也要有包袱，当然更不会通过袖里财去打开通道。于是我们八年寒窗苦读的留洋学生，开始在铁道部宫殿建筑的接待大厅里彷徨起来，他真不相信他的头脑，南京同布鲁塞尔，差距竟有如此之大。几经交涉，官员们告诉他：黄河铁桥已发现偏差，请先生暂时荣归故里，待到有朝一日，铁道部决定要修黄河铁桥时，再请先生来京，施展一切上好手艺，为国家出力。

留洋生听罢这一番动听的言辞后，一身都酥麻了，四肢骨头也垮架了，他想到黄河铁桥从出现偏差到动工修建，会等到何年何月！这一个吓人的未知数，也许等到头发发白，牙齿脱落，老死家乡。根据他学的这一专科的全部学问的知识判断：等个一世纪的二分之一，也还有希望吧！他弹指算一算不行，就打他能等待，再活五十年，那时他已八十二岁，正是

臂膀：后台。

包袱：用以贿赂人的钱或物。

打：表示退后一步，此处可作"算"讲。

梁颢发奋之时的年龄。不行,梁颢老先生恐怕有特殊禀赋,身体健康,能够在八十二岁耄耋之年而努力上进。我们的留学生就不行了,他今年三十,早已戴上深度近视眼镜,身子瘦小,背微微躬驼,幸好早年的结核已经钙化,但,谁能保险他在铁道部得的大好消息,对于他来说,不是一个噩耗。他感到有些疲乏、失望和悲哀。从铁道部不得要领地出来,他几乎病倒在旅馆里了,每天面对着七百多亩宽的莫愁湖而发愁。这位书生气十足的留洋生,终于在南京下关,买舟西上,他想,在下关到对岸浦口这个重要地方,修个铁桥多好,如果有朝一日修建,那他正可施展大好才华,贡献他的一切。可怜,自从他回川后,一直等到死,一直是春去也,尚无消息——眉州人谈到这件事,都很难过,也很不平,绅士们除了在十字路口茶铺里发发牢骚而外,终于随着时间的遗失慢慢地淡漠了。不过,这大茶铺是他们品茗会友谈天论事之所,下九流的东西要少来,要打点行事,至于琵琶月琴之流,只有自行知趣上楼了,而且只能在黑夜里卖唱。一切没有明文规定,一切得照规矩办事,不得逾越。自诩为"文风"很盛的眉山城,哪能容许不正之风的"咿板儿哟呀板儿哟"来占上风呢?

楼下的上等人愈加歧视,而楼上的下里巴人愈加热闹。他们开唱以来,连夜客满。吴小秋已开始唱大套的曲子,如连续唱十二个月的《忆我郎》《秋江》和改成反西皮的《法门寺》等。极平常的段子,到她

> 梁颢:宋人,太宗雍熙二年中进士第一。俗传他八十二岁及第。

的口里,都要唱出不同凡响的声音来,何况她唱成套的大曲呢?以她的天赋才能,她平时的听功,一经她那樱桃小口唱了出来,当然要使举座皆惊,轰动眉山城了。这个轰动,非比寻常,它使真正懂得琵琶的知音人,叹欢止笑,认为眉山城,从来就没有来过这样好的歌喉,一个小娃娃,出口成韵,腔腔有味。在抒情的地方,加上她那独自创造发明的哈哈腔,流走自然,宛如大珠小珠落玉盘。人们听来,犹如心生羽翼,飘向太空去了。

> 哈哈腔:四川曲艺清音的一种唱腔,因唱词腔中有"哈哈"音得名。

绝大多数不懂琵琶音乐的人,他们只要听到她的发音,一转动歌喉,就十分满意了,啧啧赞美之声,不绝于耳。首先,她使每一个字送入顾曲者耳里时,做到清楚明白,何况她在艺术加工上,凭她的才能,又使得每一个字韵味百出,像给唱腔上涂上了全粉胭脂,平白地添加了光彩,人们无论从哪个角度去听,都能得到极大的满足。不仅是字正腔圆,把人带到一种情怀跌宕中去了。人们在听后,也照样去哼着她的唱腔,那无非是东施效颦,只有愈唱愈糟,对于这位幼小者的唱腔艺术,那简直是一种亵渎。正如在成都街头,经常有人学唱着玉清科社玉福的《空城计》,萧楷臣的《奔途》以及他那一派创造性唱腔中的《红衲袄》的唱腔,贾培之《马房放奎》中的"明亮亮灯光往前照""倒叫我、杀他的、好来呀,放他的妙……"等脍炙人口的名句。人们终年累月不断地哼着他们的唱腔,你听到哪一个人稍微能唱出这些大师们这是吴小秋新的生活的开始,她像一匹骏马,驰骋在川西平原,像会唱歌的黄莺儿,翱翔在成都坝子的天空上,发出美好的、令人欲醉的声音,最后使人人沉醉在她的歌声里了。

锦城旧事

的味道呢?广大听众中的学唱,且不去管他,专门讲唱腔唱板凳儿戏的玩友呢?他们不是竭毕生精力从早到晚地模仿着、学唱着,在朝露里练习,在黑夜里骂街,也可谓勤学苦练了,可是又听得到哪一个哼出来的像玉福、萧楷臣、贾培之呢?

> 板凳儿戏:玩友戏,唱时多坐在板凳上。

吴小秋每到一处,不上三天,她的唱腔,便在当地流行起来,她来自民间,很自然地为民间所接受。用不着吹捧与分外地另加赞美,事实上她的唱腔,只要一出口,就不胫而走,走遍岷江两岸,川西平原——最后她征服了眉山城里,卖唱茶楼下一些酸酸客,他们也居然在一个吃早茶、吐酥痰的大清早上,在茶铺里谈论起一鸣惊人的吴小秋来:"这是哪里来的怪物,这几天简直把眉山城小伙子些弄得疯疯癫癫的了,这个哼两句郎呀,那个唱两声妹呀,太不成话了。"

> 怪物:奇怪的,不正经的东西或人。俗语有"灵房子走路——怪屋(谐物)"。

"哼得像都不说,哼得来学猪叫就令人难受了。我们隔壁的那个刀儿匠,一回家就学吴小秋,嗓子又黄又凉,且左得可以,给老婆骂得狗血淋头。愈骂他愈有劲,使人听了真倒是他妈的龙灯的胡子——"谈论者故意在这里停顿下来。

"此话怎讲?"

"龙灯的胡子——一股一股的麻哟!"

"不错不错,拾人牙慧者,等而下之矣。"酸酸客摇着脑壳有所自得。

> 龙灯的胡子——一股一股的麻:感到一阵阵地肉麻。过年节时耍弄的龙灯,胡须一般是用若干小束麻粘在嘴上的。

"我们今天晚上何妨听一听,听他们伤风败俗到什么程度。"

当天晚上几个酸酸客先在楼下吃茶，侧耳细听，当其吴小秋开唱时，堂子一下静了下来，加之她吐字清楚，楼下的也听得实在。想不到这个伤风败俗的淫词滥调，居然有如此魅力，竟将几个最顽固的"老而不死"的也弄得动摇了。酸酸客中之一的张秀才，借故耳朵背，要弄清楚究竟唱的什么，于是离开座位，步上楼梯，手扶着栏杆，挤在上楼入口处的楼梯上人丛中，站着细听。其实他在楼下听得清清楚楚，明明白白，为了彻底过个耳瘾，才借故登楼，但又不敢直接上得楼去，那是有失身份的。他以为采取这个手法，可以掩盖他内心深处不可告人的东西，可是恰恰在这个时刻，楼下原座未动的酸酸客们开腔了："这成什么体统，枉为名教中人！"

"在楼梯半中拦腰站起听，那还不等于上了楼同那些滂汗臭的人一起，枉自是个秀才读书人。"

"没得啥子稀奇，张秀才粉壁墙都跳得过去，还怕爬楼么？爬灰的事他都干得来，爬楼的事也就不在话下了。读书人啷个？阴到专干哈事。"一个陪酸酸客吃茶的半罐水，除了附和言语而外，还揭露了他人的阴私，借以博得那几个满罐水的一笑。

张秀才以他老弱带病之身，居然听完了才下楼梯来，回到原来座位，捏了拳头，轻轻地在腿上、腰上捶了几下，然后自言自语地说："真是了不起！这条河我也走遍了叙泸渝万一带，早年在沿江两岸码头，

滂(pāng)：很，非常。

爬灰：公公与儿媳妇通奸。本指从灰上爬过必污染膝盖，故谐称"污媳"。

哈(hǎ)事：傻事。

听过一些好角色，都没有这个女花花唱得如此其流走自然，应该说是一表人才。"

"唱的东西下流呀！秀才大人。"

"大调里头也有规规矩矩的、乐而不淫、哀而不伤的东西，也不能一概而论哟！"

"秀才大人，你入其彀矣！"

"说不上，说不上。"他感到对方的话有些分量。

"明天晚上，看来你要上楼了？"

张秀才无言了，趁这时正在打更，他顺势拱手与大家暂时告别："我要先告辞了。"

第二天晚上，酸酸客的茶座中，少一个茶客张秀才。人们议论纷纷：认定昨夜他怄气了，言语中伤了他的面子，他又是一个小气人，再说家道没落了，他总还是个秀才，在眉山城总算是一支笔杆子，不能因他爬了一下楼梯，用话中带刺的隐蔽语言，伤了他的心。半罐水以爬楼的事与爬灰相比，他本人当时又没有听到，也不会气得今天晚上不来吃茶呀！况且他是这茶馆座上客中从来不缺席的一个人。这使茶客们有些惶惑不安了，人们猜不透他的心思，下意识地望了一下楼梯，连他的影子也没有，这就更加奇怪了！

还是半罐水好事，悄悄地上楼去看看，临于靠窗子的角落里，也就是壁头与窗子拐弯直角的地方，正坐着张秀才。他把手插在袖子里，头微微低下，正在洗耳静听啦！他这个出乎人们意料的离经叛道的举

> 入其彀(gòu)：落入他人所设的圈套。本指唐太宗在端门看见新进士鱼贯而出，高兴地说"天下英雄入吾彀中矣"。"彀"是使劲张弓，"彀中"指箭能射及的范围。

动,一则是他对于昨夜对他不恭敬的言辞,给予一种还击;二则是他本人以礼学名教者的身份,今夜向吴小秋的嘹亮得出奇的歌喉投降了。如梅里美在其有名的《西班牙书简》中写的那个天主教神父,被人强拉去斗牛场看斗牛,神父发誓不看这场不人道、不道德的人与牛斗,他用双手蒙着他的两眼。可是,在人声潮动中,震耳欲聋,神父试从他的手缝里,谨慎而小心地去试看一看,不看则可,一看从此便合不拢手指,从而放下双手,也就成了斗牛场中一名看客,以后,也变成了狂热的爱好者了。

　　这事情首先在茶客中传开去了,认为张秀才太不登品,甚至否定了他秀才的名分,大有开除名教之势——至少应开除茶会。可是,谁又来执行呢?只不过成了茶余酒后的冲壳子而已。张秀才本人呢?倒来得很干脆,根本不予理睬,每天晚上在原地就座,而且在未开唱以前就去等候着了。因为他是秀才,在这样的场合里出现,就分外为人敬重,茶座左右的人,在未开唱以前,都同他聊聊,听他解释琵琶唱词中一些费解的地方,如"杨贵妃打坐在沉香阁上",什么是"沉香阁"——

　　"那是皇帝宫中用沉香木修造的华贵的楼阁,也只有得到唐明皇宠爱的杨贵妃才能上去,那上面金雕玉镂,阵阵西风吹来,发出香味,那种滋味,也只有身在燕飞不到之处的人才能享受得到。"张秀才谈得津津有味,对于细节地方,由他的书本知识去肆意加

冲(còng)壳子:吹牛,聊天。俗语说"乌龟打屁——冲壳子"。

工,虽然谈得漫无边际,却是人们闻所未闻,倒反觉得秀才老爷的肚皮是渊博多才,毕竟是喝过墨水的。而且眉州人比其他县份的人有一些分外的自信,就是认为他们县里出过三苏父子,特别是苏东坡,好像他们县里文曲星特别当头,文脉不断,延续至今。而有张秀才之流,却也能为本县增加一些光彩,一些自信。因此,他的语言、他的议论,就带上一些庄严的色彩。何况他是从上九流降低了身份,梭到这下九流的大千世界里来,无论怎样说,也要高这楼上任何人一箆片儿。张秀才也以此而自恃,他这时以遗老身份出现,口讲指画,自成文章,于是滔滔不绝,自我陶醉蹒跚其步了。

> 高一箆片儿:高一筹。

他继续说道:"吴小秋是个了不起的人才,倘使东坡再世,一定要为她填几首词,像赠歌妓一样,这是可以断言的。"

吴小秋他们最后三天临别卖唱的牌子挂出来时,使得眉山城里的听众有些哗然不安了。这三天对于张秀才说来,简直是一种苦难中的惊喜,"才是相见,又将别离",他干脆一不做二不休,每天晚上先到楼上,在头一排正中的好位置上坐下,他已经撕破了礼教中的袈裟,名教中的冠冕,粉碎了秀才的招牌,自甘堕落于低下社会中去当那九流相公去了。至于楼下茶会中那几个虫豸们的嘀嘀咕咕,实在不在他的话下了。相反,他们倒希望这三天临别唱快点,唱完好使他们茶会中不可缺少的主角——张秀才快点从楼上回

> 九流相公:乞丐,另说为下等男妓。

到楼下来。

最后一天晚上,又出现了在成都东鹅市巷茶铺楼上的惨剧,楼被压垮一角,有几个人从压断的楼板中滑下去,幸好下面是夹层木板挡着,不然真的要酿成流血惨案了。张秀才被吓得面无人色,狼狈不堪地离开了他的头排好座。他那文绉绉的遗老躯壳,怎么跑得赢那些下九流的人们。事实上最后一个下楼的,正是他。当即为他那一批原来的茶客迎接着,似为久别重逢,背后把他骂得狗血淋头的一些不干净的语言,也一变而为阿谀奉承,生怕他还在斗气,不会回到茶会里头,那样,将使他们难受的。

张秀才在这样的盛情接待之下,也就通融让步,不予计较。于是一连几个晚上,只听他一人设坛说教,专题谈论吴小秋的唱法,从吐字念词到抑扬顿挫,在行腔讽咏中韵味十足,他还引用了陈子昂一句"前不见古人,后不见来者"的诗句,去赞扬已经远离了眉山城的吴小秋。

秀才有些失落,娘子已经走远,为了弥补他心灵上的空虚,只有在茶铺里发泄其一切,滔滔不绝地连扯到第八个夜晚。

第六章 鸡公咋个吃得过人,只有人才吃鸡公

祷牙：一年中最后一次吃肉的日子，即腊月十六或二十六日。"牙"指"牙祭"。旧时成都店铺一般每月初二、十六才吃肉，称为"打牙祭"。

镔铁铺：白铁铺。

呜嘟嘟：年号吹出的声音。

菜籽：油菜。俗语说"菜籽开花花，疯狗咬娃娃"。

　　成都平原好几年没有下雪了，今年却瑞雪纷飞，腊月十六"祷牙"不卖肉后，过年的日子一天比一天近了。街上有卖闹年鼓的、吹过年号的了，这种过年号是东御街一带镔铁铺里用亚细亚洋油桶改装下零后做成的，有长号短号两种，长号约四尺长，身体好、肺活量大的人，一口气可以吹二十四个呜嘟嘟，这就是很好的本事了。每天晚上街头巷尾，围聚了年轻人在比赛吹年号。也有人特别讨厌这种号声，说听到这个声音，账主子便要来要喊还账了，吹吹吹，吹得离年三十夜，一天比一天近，债主上门，怎样打发？有钱人家的娃儿吹号作乐，希望早点过年，穷苦人家的一听到便心如刀绞，极为难受。

　　大雪之后，田里的菜籽与青青的小麦，分外新鲜地成长，七八斤重一窝的大青菜，也就更加好吃了，青菜头经了霜雪，分外嫩气，无论煮连锅子、生烧肉，都是应时可口的好菜，如用鸡油和金钩白烧后，可以上席了。川西坝子要过年的青菜头，比四川哪个地方的品种都好。同肉的价钱差不多一样的蒜薹，也登市了，这是成都人吃年饭、请春酒、包春卷时少不了的一样蔬菜。

　　祭灶之夜，家家户户都买了一张卧龙桥、学道街一带用木刻板印出的灶马、灶神老爷夫妇的像，神像两旁，总是刻有一副对联："上天奏好事，下地保平安。"这日子以后就开始以不同的格式吃年饭了。每家又得买上街上卖的龙凤钱码、喜神、门神。吃年饭杀鸡时，把鸡血淋几滴于龙凤钱码上，扯几匹鸡毛粘在血上，把它挂在神龛子供奉着，一直到年过完时才焚毁。

腊鼓频催，残年更近，穷人的日子也就更加不好过了。这时候鸡公山码头上来了办交涉的人，找着化德，商谈接他们全班人马，上山唱春台，一路上往来，码头上拿了字样，包接包送，每人每天三个袁大头银圆，伙食住宿在外。码头上的舵把子吕鸡公来了口信，一切照办不误，唱齐破五为止，先发十元安家费。这对他们说来，简直是喜出望外的事。约定吃年饭前两天起程，头天歇金堂的赵家渡，第二天就上山，正赶上二十八吃年饭，工钱从当天算起，以八天计，每个人可以得二十四块银圆，何况过年在山上又一文不花，净落二三十个袁大头回成都，可以过个顶丰富的年了。玉君、吴小秋、蒲顺、化德，四乘滑竿儿，闪悠悠地抬起他们上路了。他们每人还抱了一个烘笼儿，打从迎面吹来的北风，对他们却无寒气逼人的感觉。过了北门外迎恩楼，还不到将军碑，已有人在滑竿儿上，沉沉地打鼾睡去了。

他们在天回镇停下来打尖，吃了有名的天回镇的豆腐。抬滑竿儿的一个个钻进搭有破旧布门帘子的烟馆里去了。

吃完了饭，由鸡公山码头派来的外交付了钱，每人倒了一碗河水香茶，摸出了双刀牌纸烟，同大家应酬起来。说是这一次山上大办春节，是要答谢当地驻

办交涉：洽谈。袍哥用语。

拿字样：拿出字条名片。袍哥用语。

破五：农历正月初五。过去一般商店多在破五后才开始营业。

烘笼儿：烘篮，一般用竹篾编成，篮里放陶钵烧炭，用来取暖。

军,军民联欢,大闹一场。驻军是营长,同当地舵把子是本家,可以凭借他一营人的兵力,掩护他在鸡公山方圆几十里的山地上,不当路的背山沟里,大种鸦片,大家都有利。去年他们合作得很好,大赚其钱,今年码头上欢迎吕营长入社,把关系扣得更紧,因此,在吕舵把子的精心设计下,要大闹一场。除接了吴小秋他们这一班人马而外,还在成都接了几个有名的川戏玩友老师,去唱板凳戏,其中有"南方圣人"称号,擅长弹戏兼皮簧两开的徐鉴安,有四川第一把胡琴之称的鞠子才,还从灌县城请了"卫生打鼓匠"王瑞臣,一干人等,浩浩荡荡地渡过了赵家渡,爬上了鸡公山。

鸡公山的顶峰叫云顶山,森林密布,其中松柏尤多。当北风吹来时,密林里发出松涛之声,把高山顶峰显得更加雄伟。这一带山峰秀丽异常,放眼一观,千里平原展现在眼前,菜籽田里早出的一两朵油菜花,摇曳在寒风里,云顶山庙子里的早开红梅,已伸出墙头来了。

被接来的客人,由码头上的招待,引入庙子里的客房里,安排妥当。吴小秋同玉君一间小房间,隔壁就是她的师傅蒲顺和化德了,他们彼此都有照应。白天就到场上茶馆里——特设的唱台开唱,入夜则灯火辉煌,锣鼓扯开,摆了几处板凳戏,就该弹琵琶的回到庙里休息了。

客伙:客人。

这样闹热到破五以后,从省上接来的客伙,川戏玩友，纷纷抢着滑竿儿，坐起回成都去了。最后剩下了吴小秋他们一帮人，办外交的人来说："舵把子很喜欢你们这个玩意儿，特地要把你们留下来多耍几天，就在这庙子里清海，食宿及一切开销由码头上包干，吕舵把子吩咐说过，要使你们安心，他要来亲自看你们。"

清海（hāi）：闲玩。

当天下午这鸡公山上的吕舵把子吕鸡公就带了几个背盒子枪的、跑腿的贴心豆瓣儿，来看望他们，特别称赞了吴小秋唱得好。又极其仔细地端详了她的一切，顿时，这个鸡公雄起了他的头上鲜红的鸡冠，他磨着被鸦片烟熏黄了的牙齿，跃跃欲试，情不自禁了，要不是面前有人妨碍，他就根本用不着客气了。

贴心豆瓣儿：心腹，亲信。

这情况为玉君、化德所看出，更为蒲顺老师傅看得一清二楚，他们觉察到事情有些不妙，这个有名的色鬼，将不会放过这年轻轻的吴小秋。留下来，是为了吃掉她，在豺狼面前，还会有什么好的征兆么？

黄昏，他们三个人谈论这件不祥的事情。玉君用不着忧虑的，她已人老珠黄，说唱的方面，她是从配角而出现的。当然焦点在小秋，蒲顺一想到这里，心子像几片刮胡刀割裂一样难受，他咬紧牙关，猛烈地从鼻孔里吐出两股白色的纸烟烟子，愤怒的激情荡漾着，他想怎样带着他们三个人逃跑。但是，不行，吕鸡公的几个狗腿子，已在庙子里竹林边上，围墙的四周，走来走去地监视着他们了。

玉君吓得流出了眼泪，这眼泪的一半也是为吴小秋流着。她什么办法也想不出来,吓得来老是说一句话:"只有死了算了。"

化德也在想逃走的办法,但当他看见竹林中站有带盒子枪的人时,他向蒲顺递了个眼色,用嘴向那人支去,蒲顺早已瞧见,他心乱如麻,来回地在屋檐下强作镇静地踱着。

三个人忧心如捣,面容顿时憔悴了许多。唯独年轻的吴小秋,什么也不知道,她手里拿着一张白纸,还天真、若无其事地在学折裹肚儿、宫印、蝴蝶、小鸭子,还折了一个鸡公脑壳,两片尖尖的鸡嘴。蒲顺看见,一手就把折的鸡公脑壳抢了过去,擦燃了火柴,烧掉了。弄得吴小秋很惊异,这个突然的举动,如此严厉,是蒲顺老师傅从来没有在小秋面前表现过的。他对小秋总是百依百顺,关心她、保护着她,有时有些近于溺爱了,连玉君也多次说:"蒲师傅,你把她太打惯适了。"在平常蒲师傅听到这一类的指责,总是笑而不语。小秋也感到师傅对她的温暖,她有时故意向蒲师傅闹点别扭、顽皮、不听话,蒲顺总是一笑了之。相反,蒲顺对她在生活上的照顾却无微不至,一则对她希望太大,二则她本人实在也太乖了。

这回,蒲师傅的反常动作,使得这个年轻的姑娘莫名其妙。我折纸折得好好的,为什么要一下子扯去烧了呢?难道做错了么?她也感到由于太突然像受了侮辱一样,有些难受。蒲顺见她心里头不大安逸,忙将

打惯适:娇惯。

安逸:高兴。

154

她拉到身边，用手抚摸她的头、臂膀，给她以安慰，她也依偎在师傅的身旁，把这不快意的情景打发走了。

蒲顺今夜老是盯着她，分外亲近她，好像母鸡用翅膀护着小鸡儿，生怕天空中老鹰一个倒栽桩冲下来，把小鸡儿啄去了。他的心头战栗、难受，是否着凉了，为什么身上有些发冷，起鸡皮子？

小秋伏在他的膝上睡去了。云顶山上凉风四起，乌云遮盖了新月，一阵阵凄凉的松涛，使其人们更加难受。黑压压的大地，山雨欲来，将要发生什么可怕的事。这预感在每个人的心里酝酿着，盘算着，折磨着。

一夜之间，蒲顺老了许多，玉君的眼圈有些黑，化德没有什么变化，只感到口干舌燥，喉咙管儿有些不舒服，在吞口水时有些困难而已。

吴小秋一个钱的事也没有，依然活蹦乱跳，早上还跑出去在松林里捡松果。也碰到过一两个挂盒子枪的便衣，大清早他们已在屋子外面逡巡了。

一个钱：极言其少，微不足道，相当于"一丁点儿"。本指一文钱。

"小秋，你唱得好安逸呐，我们吕大爷看上你了。"

"留你在这儿做压寨夫人，有福给你享啊！"

"我们大爷迷了你的窍，害了相思病呐，只有你这个才医得好他的病。"

她听了一些似懂非懂的话，感到有些异样，也有点害怕，拿起松果就跑回屋子里去了。玉君一手把她拉着说:"你大清早起来咋个乱跑,你不怕雄鸡公把你吃掉了?"

"你哄我,老虎才吃人嘛,鸡公咋个吃得过人,只有人才吃鸡公。"小秋若有所思地回答。

玉君一把手将小秋拉过来,亲切地向她说道:"女娃子,你还小,你晓得啥子哟!这世间上偏偏就有那个恶毒的鸡公要吃人呐!不是别个,就是这里不放我们走的吕鸡公、吕大爷呐!"

"玉孃孃,你哄我。"

孃孃(niāng niāng):阿姨。

"我哄你做啥子哟,想我十三岁那一年,就生拉活扯,给恶毒的鸡公吃了。"

"你哄我,吃了你,你还活到今天?"

玉君一面抚摸着她的黄头发,一面想到自己那悲惨的、伤心的过往——当她十三岁那一年,同另外两个唱琵琶的,由一个师傅带着,打从广汉、什邡、彭县交界的三界场回成都,他们在旅馆里就被三界场的地头蛇强行挽留下来,当天晚上就把她们三个强奸了。从此她便得了一种难以医治的病,直到如今,折磨着她的身子,毁损着她的健康,长久地不断地与药罐罐打交道。她一想到过往,就咬牙切齿地痛恨,到了今天,她的不幸遭遇,又转移到年轻轻的吴小秋身上来了,给她说,她又不懂,暗示她会有什么不吉利的征兆出现么,玉君本人又找不到适当表示的手段与方法,于是只有干着急!眼睁睁看着又一个同命运的姑娘,立即要遭受不幸。她的心被撕碎了,极度难受,她用上嘴皮使劲地咬着下嘴皮,恨不得一下子咬破,直到分明地显出几个上门牙血印为止。她分担着小秋行将到来的不幸,但,无可如何。

她最后想到,只有往后拖。

"长长无了期,拖到哪年哪月?他杂种倒拖得起,我们可拖不起呀,再说过一天照发一天的工钱,这个活路,不好胎呀!你看,蒲师傅这两天像伍子胥过昭关一样,须发都急白了。"化德不主张拖,但也想不出其他禳解之法。他不断地按到脑壳抓,白色的头癣,落了他一身。

胎:接受,做。

夜深了,他们三个人,还未商量出一个对策,如何逃跑,跑不脱又怎样走下一步,下一步看来是极紧逼了,三个人焦虑得只是摆脑壳,一筹莫展。

忽然听得外面松林里打了一枪,回声应到深远的山林里去了,他们三个人不约而同地马上意识到:这是警告,吕鸡公要来吃人了。三人顿时紧张起来,只有吴小秋睡得很熟,两个脸颊像红了的苹果。

玉君更加激动,她站了起来:"他杂种要出黄手,只好我去代替小秋了。"

出黄手:下毒手。

蒲顺拉她下来坐着说:"弯弯路,曲曲为,到了那时再说罢。"

化德心里在想:要是吕鸡公看上你玉君,就没得今天这场戏了。妈的,软禁了好几天了,把人眉毛胡子都皱到一堆了。

在枪声打过了半个小时之后,吕鸡公派了一个码头上的人来找蒲顺,把他约到松林下去谈话,目的和要求,说得清楚:"大爷的脾气是这样,历来是说一不二,说了算数。大爷因应酬太忙,来不及专门找你商量这件事情。总之,喜事过了,不会怠慢吴小秋,也不会怠慢你们每一个人。你们要多耍两天,也很欢迎,工价照发,烟饭两开。不过,大爷的意思——袍哥的性质,你师傅是晓得的,图个快性,了一桩事情,大家都方便,就这两天行不行?对吴小秋挂红、送钱,吕大爷绝不会吝啬,只要她高兴,他是会大出手的。过去来我们这里的大爷给开苞,至少送两石米钱,挂红礼在外。我受吕大爷的吩咐,一个字不敢多,半个字不敢少,望师傅裁怀,给我这个中间跑腿的人一个方便。不然,他大爷的猫儿脾气发了,我也吃不消的,诸事要望你师傅打个让手。"

蒲顺听了这一番话后,一身都垮了,拖着吃力的脚步,回到屋子里,玉君、化德早已在门外等候了。他们在悠悠不明的清油灯下,坐了下来,细听蒲顺把那个狗腿子的话,重述了一遍,然后自言自语地说:"这拿来咋办?这拿来咋办?"

化德猛力地抽着纸烟说:"鸡公山上的鸡公,点头杀人,这股水是有点凶呐!"

"我们今夜就跑。"玉君抖擞着精神。

"要跑前两天就该跑,他到处安的眼睛,你朝哪儿跑?跑不脱,拉到田里头给挨排子枪么?"化德把一股白烟吐向油灯火焰,想用烟子把火焰压住。

开苞:旧时指幼妓初次接客。

裁怀:定夺,评判。

打让手:退步,让步。

"我咋对得起这个小女花花,咋个对得起她惨死的父母,咋个有脸皮去见彭大娘?"他简直要哭出来的样儿。

玉君望一望酣睡在床头的吴小秋,她感到一股一股的寒劲冲击了她的全身,顿时人就不舒服起来。她摸出了金灵丹和白开水吞下去,也在两个太阳穴上擦了万金油,但人仍不见得好受,她也无力地倒在床上睡去了。蒲顺同化德回到他们同住的房子。

这一夜,他们都睡不宁静,蒲顺通宵没有睡着,一闭眼就是噩梦连天,玉君几次叫喊出来。

就在这一夜,他们也清楚地听出来,门外不时有脚步声往来,有人在说话。玉君想:逃跑困难,展翅难飞啊!化德半夜起来打开门去外面小便,在微弱的月光下,看见了不远有人影子,在黑夜里燃起豆红的纸烟之火,他骂道:"日你妈,半夜屙屎都要碰到鬼。"

他回来把这情况,悄悄地向蒲顺说了,只听得蒲顺又长长地叹了一口气——一切又在万籁无声的黑暗里平静下来。

第二天下午,来了两个带枪的老幺,把蒲顺与吴小秋说是"请"起去了。玉君与化德吓得在屋子里不敢出来,他们悄悄地谈论着:这回是凶多吉少。

夕阳在西山染红了冈峦,一抹红霞出现,一群群寒鸦归林,把难过的黄昏叫得更加使人难受。好容易等到蒲顺回来了,他没有一句话,进门就不大站得稳，倒在床上去了。

玉君轻脚轻手地上前问他："不安逸么?擦点万金油不?"

蒲顺摆一摆手，他闭目沉思。玉君只好让他闷片刻，待到点燃了灯火后，他们才说话了。

"究竟咋个的?师傅!"玉君十分关切地问。

"还用说么，总之，我对不起她，我我我……"蒲顺从床上爬上起来。

"这咋能怪你，就是小秋将来长大了，也绝不会怪你的。"化德安慰他说。

"她只有恨，恨这个鸡公山，十恶不赦的鸡公。雄鸡公逃不过吃年饭，到头来还是要给人杀掉的，那时候，千刀万剐，现眼现报!"玉君咒骂出来。

"这狗日的，做的绝子绝孙、损阴丧德的事呐!不是不报，日子未到，鲢巴鄺把那些泫泫跋完了，就喊骡马市倒拐，离羊市不远了，这种人没得好下场的。江湖上我们看得太多了。"化德也毫无顾忌地说了出来。

第二天吃过早饭到半晌午时，吴小秋回到屋子里来了，一钻头就钻进玉君的怀里，哭得如泥似的，玉君也伤伤心心地想到她的过往大哭一场。

蒲顺低下头去，怕见吴小秋，他老是沉默着，老是一言不发。实际上他该说个什么，又有什么可说的呢!浪迹江湖几十年，过的悲惨潦倒的生活，要哭么，老早已把眼泪哭干了，同化德一样，连挤也挤不

鲢巴鄺(lāng)：鲢鱼。

泫泫(xuán xuān)：浓稠、滑润而黏糊的液体。

骡马市、羊市：成都市区街名。两条街相邻。此处"羊市"谐"阳世"。

倒拐：拐弯。

160

出来一滴眼泪了。就以化德而论,他感到不是泪,而是痛,经常被歪人打得皮泡脸肿,周身疼痛。到气压低要下雨的天气,他的骨头骨节就随着天气变化而变化,痛得更加厉害了。这时候他的痛,又是一种感觉,是敲骨髓似的痛,带着强烈的仇恨,不可遏止。

这样极其难受的日子,一共过了三天,折磨了他们三个晚上。在第四天上午,吕鸡公打发码头上的管事来,把每一个人的工钱发了,假惺惺地每人还外送了两个银圆。叫了四抬滑竿儿,当他们坐上滑竿儿时,在吴小秋的滑竿儿上放了一个大红鸡公,表示送个吉利,另外送了一封银圆,放在吴小秋坐的滑竿儿上。一切事就像做买卖一样,了清了手续,把他们放行了。管事送他们出山门口时说:"明年子春台酒还要请你们上山来玩哟!"

玉君在滑竿儿上简直不能自禁地骂道:"日你先人板板!你把银子钱堆成一座山也不来了,老娘屙尿也不朝你这个方向屙。"

日你先人板板:操你祖宗。"先人板板"本指祖宗牌位。

化德感到出了这么多门,坐了这么多的滑竿儿,唯有这一次坐上滑竿儿才有这么轻松,巴不得抬滑竿儿的快些走,赶快离开这个云顶山、鸡公山,这个吃人的魔窟。

吴小秋坐在滑竿儿上若有所失,感到在一种压抑下出不过气来,痛苦把她弄得消瘦了,两个眼圈微陷下去。在他们三个人的面前,羞涩更多于痛苦,她感到太突然,太奇怪!真像鸡公,在一群母鸡中猎取对象的雄鸡公一样，把身子一偏，把翅膀打开，斜放起走路，追逐对方，直到把它需要猎取的对象——母鸡践踏后为止。他们把女人有时当成啃鸡腿腿那样，一口一口地撕碎，有时如狼似虎，生吞活剥。

翻过一座山顶之后，走了二十里，在一个幺店子上停下来息肩了。玉君赶快下来，到吴小秋的滑竿儿上把红鸡公取下来，放在自己的滑竿儿上，免得惹起人们的注意。抬滑竿儿的钻到烟馆子里去了，他们却在茶铺里面坐下来。

蒲顺总是把他的眼睛避开吴小秋，他生怕见她，更怕他们师徒二人的眼光相对。一种不安的心情，老是折磨着他，他总觉得他有责任。像做了一件大错事一样，对于吴小秋的照顾，总算是失职，虽然他无能为力。

小秋喊到他一声"师傅"，他顿时感到心如刀割，极度难受。他在鼻孔"唔"的一声回答了她，赶忙埋下头去喝一口热茶。这时他才感到好受一点。茶，在这个时候，确实起了沁人心脾的作用。他是多年的老茶客了，唯独这一次吃茶，感到不同于往昔，于是他放手喝了几口，才把不安的心情扭转过来。

小秋也感到需要喝点水，把师傅的茶碗端起，把酽茶倒在茶盖子里，一口吞下。她本不吃酽茶的，到这个时候也感到苦涩的茶水有味道了。从此以后，她同他们的同行一样，爱喝茶，喝酽茶，以后也成为一个专吃酽茶的瘾客了。

再走二十里，到山下一个小场份停下来。别小看这个场份虽小，上九过后出龙了，龙灯狮子正耍得热闹，戴笑头和尚的反穿着羊皮马褂，拿着白毛拂尘，在川北锣鼓中，随着它的节奏而动作。狮子打了滚，抛了绣球，生了小狮子后，耍笑头和尚的，引着狮子，挨门挨户去贺年。跟在狮子屁股后面的执事，拿着喜盘，挨家去收喜封。街上闹热异常，他们好容易才从人丛里下得滑竿儿，进到饭馆。

刚一坐下，打金钱板的土地师傅，上前热情地招呼他们，首先把茶钱捡了，然后招呼饭钱，这一顿饭钱，他一定要承担下来。蒲顺看他一身褴褛不堪，大概这一向生意不佳，当人们都去看一年一度的狮子龙灯时，谁还来再听你的金钱板呢？这几天土地师傅的确有些狼狈，但尽管他穷，他对同行仍然是满腔热情地招待，尽其身上所有的都拿了出来。

"土地师傅，我们才挣了唱春台的工钱回去，身上有的是，你就不必再花钱了，自己人，不要客套。"化德递了一支香烟给他。

"笑话，谁先到谁就是主人，我再穷，当裤儿也该我招待，少找二话说。幺师，这一桌我招呼了。"

"道谢了——"幺师大声地吼着，"土地师傅敬了，吃啥子？酱爆肉、盐煎肉、辣子肉丁、圆子汤、啥小菜——啊，小菜拿齐，道谢了。"

过年，家家有吃的，饭馆生意并不拥堂，可是跑堂的幺师，却喊得热闹，借此以广招徕。喊堂的喊得

上九：旧时以每月的初九为"中九"，十九为"下九"，二十九为"上九"。

出龙：龙灯狮子出门为人贺喜。

土地：此处相当于"当地"，尊敬的意味较浓，视其为一方的"土地菩萨"。

幺师：旧时旅店、饭馆里跑堂的服务员。

招呼：招待。

拥堂：顾客挤满店堂。

明亮大声，买主来吃的什么，要交代清楚，而且在对答中，要变换花样，比如买主喊："拿盘凉拌大头菜来。"他就马上叫喊出："啊，拿盘黄丝来！"你喊："拿盘油菜薹来。"他就回答："啊，拿盘紫菜来！"你喊："要个牛肉豆腐。"他就叫出："拿份小荤灰毛儿来！"喊堂是一种艺术，能使满堂热闹，增加气氛。又因他对顾客和气，大有宾至如归之感。高明的喊堂师傅，酒馆饭馆是要争着聘请的。他们也懂得江湖上的规矩，比如今天土地师傅请客，他身上钱不够，土地师傅先过来说了好话，把言语拿顺，答应不足之数，待客走了后，当天归还。只要是跑堂师傅认识的熟人，他完全可以买这个账。像土地这样常来常往的卖唱艺人，那就更不成问题了。因此他在喊堂时，就俨然从顾客的角度，代表他们，大声武气地向东道主的土地师傅喊出："给土地老师道谢呐！火爆腰花儿上呐！""得罪！菜来呐！啊！又是土地老师敬的野鸡红。""让开，得罪呐！看烫到人呀！肉片汤来了，菜齐呐，给土地老师道谢！"

> 灰毛儿：豆腐。因"腐"与"虎"同音，讳"虎"。

　　仅凭他那三寸不烂之舌，却把一个并不十分热闹的堂面，喊得来热气腾腾，把主人厚重的情谊，客人满意的答礼，一一表现出来。待到算账时，这种喊堂师傅，还要分外买个硬彩，一口气把菜钱、饭钱、酒钱报完，每样菜多少钱，饭是好多，添了饭后又是好多，总数相加又是好多，报得一清二楚。以他那训练多年，操之有术的伶俐口齿，像舞台上的韵白一样在

"报个快",喊堂的声音也有抑扬顿挫,使指弄琵琶音乐的人,也有音乐的感受。

这一个午饭,吃得个热热闹闹,宾主尽欢而散。当热情的土地送走他的同行以后,急忙回身转来,向喊堂幺师再办交涉,说马上归钱,不得少下分文。

土地急忙钻到肥猪市坝上,摸出三块金钱板,打起《花儿开》,先唱几段取笑的,把圈子扯起来,然后进入正文,唱段《武松打虎》《孙二娘开黑店》这类来钱段子,大约不到一两个小时,他急急忙忙地把钱送到饭馆里去,双手交给喊堂师傅,再一次表示他守信不渝,是一个江湖上讲信用的人。

扯圈子:人群在空地围成大圆圈。俗语说"卖钱不卖钱,圈圈儿要扯圆"。

他们这种送往迎来的应酬,经常碰到,但都是满腔热情地对待,虽则他们身上有时确实一个铜元也没有,拿他们的话说:"硬是干得要燃了!"

他们被社会抛弃了,践踏了,像烂草鞋一样,乱丢在垃圾堆里。但是,当其他们相聚会的时候,热情奔放,不能自拔,把情感凝结在一起了,所以有时是慷慨激昂,拿出肺腑相示。当其三两杯干酒、烧醪糟儿吞下肚里,在肠胃上发酵时,他们就指天画日,更加激情动荡。由于受的侮辱与苦难太多,太深,在江湖艺人豪饮中,也有吃起酒病,甚至有狂饮后醉死的。

这一回吴小秋不知怎的,也端起了酒杯,呷上几口,玉君首先发现,没有制止。蒲师傅发现了,把他那沉重的头低了下去。当他昏花老眼都怕见吴小秋时,还会去制止她么?还是化德口直心快地说了出来:"姑娘!你喝吧!喝吧!本来你这样小是不该喝酒的,可是……一醉解千愁嘛,你就尽量地喝吧!喝醉了,啥子事情都不晓得了。"

这一回吴小秋算是开始撇上了两副瘾:吃茶与喝酒。很快地又学会了抽香烟,不久又成了瘾客,她几乎是拼命地抽,猛力地吸,后来居上,超过了她的师傅和玉君的纸烟瘾。

春暖花开时,他们在青羊宫场背后的茶铺卖唱,这时正逢一年一度的花会。从新西门到青羊宫、浣花草堂一带,车如流水马如龙,红男绿女摩肩接踵地赶到了花会会场。花圃里玉兰花盛开,小桃红带笑,铁脚海棠庄重地迎接东风,迎春花最后一批还算赶上了季节。那种重瓣桃花,风流极了,它好像在卖弄着艳丽的色彩,与春光争艳。黄蜂在温暖的阳光下乱舞,出新西门一带田野里过人高的黄菜花,发出闷人的香气,还没有到会场,已经有些使人疲乏了。当其一入会场,各人便找茶馆坐下,泡一碗香片、西路、三熏黄芽。茶馆里放出留声机,那种带有大喇叭管百代公司的老样式,放出谭鑫培的《庆顶珠》,刘鸿声的《战太平》,汪笑侬的《马前泼水》,梅兰芳的唱片也盛行起来。每家茶铺都不断地放出钻石留声机,分外增加了花会场热闹的气氛。在会场卖唱的,只有郭洪、洋耗子、叶兰章、称铎、李德才等人的扬琴。这种成都的大鼓扬琴,被认为是一种雅乐,可以入花会场,至于琵琶、月琴,则被赶到会场外去了。

吴小秋她们虽然在花会场外,青羊宫场背后,确实生意兴隆,堂子内挤得水泄不通,茶铺外站满了人群,大多数是包白帕子的乡下农民,近郊的菜农,老西门外马家花园、回回坟一带的花儿匠,附近场上早上割了肉到中午走班休息的刀儿匠,一榻横陈给鸦片鬼裹烟的打匠。也还有些无赖,人们称之为八洞神仙,衣衫褴褛的伸手大将军,他们拖上了仅还有半截鱼尾巴、没有了后跟的烂布鞋,耳朵上夹了吃剩下的半截纸烟,所谓衣服也者,早已穿成了油蜡片,可以分明地看出虱子在他们那污黑的皮肤上爬来爬去,"虱多不咬,账多不愁",他们这些被人称为"烂龙"的人,每人都能依稀仿佛学着吴小秋的歌声哼上两句:

包白帕子:川人在头上缠一长截白布,可御寒冷。俗传是给诸葛亮戴的孝。

伸手大将军:叫花子。

油蜡片:被汗迹浸透、污垢布满的衣服。

越思越丧气,
越想越着急。
有几回我要打你,
你见面还在笑嘻嘻呐——

被人们学唱得最多,最为人们欣赏的是她唱的《忆我郎》中一句:"四月望我的郎,麦子颠颠儿子齐",在"颠颠儿"与"子齐"之间,她天才地加了一个用舌头弹的声音,嫩而且美,声音翻腾着,像"九连环"中的翻腾一样。因为在翻腾,很自然地也要露她那整齐洁白的牙齿,舌头在红破樱桃的小口中,急剧地转动,这声音在歌唱进行中,分外增加上了一层光彩。每一次唱到这里,台子下全场掌声雷动,轰震瓦屋了。场子外那些被下八洞层层围着的人群中,一刹那间,喜欢得快要达到疯狂的地步,又是鼓掌,又是顿脚,又是啧啧于口的赞美,又是迂迂缓缓的叹息,有人还吹着刺耳欲聋的口哨,用右手指拇儿在嘴上做了哨子,一声声的哨子吹了出来,似乎把这尖锐的哨声甩上了琵琶唱台。这时候听众情绪高涨,达到了疯狂的地步,"烂龙"也好,"神仙"也罢,一齐被吴小秋的歌声收进罐罐头,或弄到云里雾里去了。他们之中有人今天有没有晚饭吃,且不去管他,反正此时此刻是彻底满足了。吃饭与听吴小秋的琵琶,哪个重要?看来也大有人舍弃前者而去就她的婉转歌喉。

从这一年起,他们决定:不出去唱春台,再是银子把人堆住,也不去。从秋天起,他们写了一个新的台口,在新东门内花街上大茶铺里卖唱,这个特殊的地方,白天可以唱个上、下午两场,到下午就收工。晚上是这里的黄金时刻,他们只好停了下来。

写:租赁。

这条花街,成都人又叫"心花街",是清末民初开始兴办的。当初由劝业道道尹周孝怀下了一条命令,把成都市公开卖淫的娼妓集中到这条街来,按门牌编号,每个门牌上写的是"监视户",以后这个"监视户"就成为娼妓的同义语了,且为成都人后来一直沿用着这样喊了下去。

街的两头有卫兵荷枪站岗，花街范围内不准点电灯。据说最初是点的电灯，陆续发现好几桩被迫卖淫的少女触电自杀后，从此就在黑暗的世界里更加黑暗了。每家都点上煤油灯，那个时候叫作"洋油灯"。"洋油"是由英美大公司垄断了的一笔来钱的生意，每天下午有一个瘦削而精神十足的老头儿，挑了两个"美孚煤油"白铁桶子，沿街卖油。监视户的家里，每家当街的铺面，都点了一盏煤油灯，里面屋子内，就同平常人家户一样，点的清油灯了。

黄昏以后，到了万家灯火时刻，每家铺面门前，就坐了三三两两的姑娘，擦鹅蛋粉，打了红嘴皮，用锅烟子画了两道黑黑的眉毛，头上也包了白布帕子，缠成了一个包头圈，插上一朵桃红纸花，由鸨儿监视着倚门卖俏，勾引从各方面来的客人。

> 鹅蛋粉：成都老字号玉槐轩出售的胭脂粉。

晚上点灯时，就喊"上市了"，街头热闹异常，来寻花问柳的人，各自用着他们那双锐利而光亮的色情之眼，正向每一家铺面里，猎取他们的监视户。只消看上了，就喊出去转街、消夜。街上有卖川北凉粉、拌牛肉肺片、糖醋豆花儿、甜水面的，虽然只有三四条街，却集中成都市街头小吃之大成。晚上，特别打开了红锅馆子，馆子里热闹非凡，都是一对对临时过夜的"夫妻"，他们三杯两盏，未雨绸缪，尽了卖弄风流之能事，在花街范围内，谈情说爱，拥抱亲吻，是家常便饭。

大市是花街的中心地区，有几个大十家院坝，住的是人老珠黄，不大卖得出去或者很不容易卖出去的年老妇人。个别的已有四十好几了，也有老太婆，她们只有拼命在化妆上下功夫，奈何，胭脂花粉实在掩饰不了刻在脸上的丝丝皱纹了，每一根皱纹里，都刻画着十分辛酸、令人难以忍受的痛苦与折磨，即使没有了电灯，也经常有人用其他方法自杀。

　　花街里生活的本身，就是慢性自杀，年纪稍微大点的，都染得有花柳病，有的已到了第三期，头顶上生了杨梅疮，据说最厉害的是嘴角上生了这个足以致命的杨梅疮，"口含一枝梅，死亡在近期"。在花街死了，一床烂席子，烂棉絮一裹，就抬到新东门外猛追湾一带荒丘上去埋了。

　　浪子们都知道大市的毒气大，有经验的嫖客都不到那里去光顾。可是她们要生活呀！于是她们就认真地打量来到大市的每一个买主，如果是单身嫖客，又是从外地来的"乡广广"，东门外府河一带船上来的各路船客，她们只要打量实在，就向这些外地人扑去，估倒拉他们进屋子。被拉的来客，有些惊慌，竭力想奔脱，他们身体结实而有力气，人又年轻，但是，再凭你是条英雄好汉，一经她们几个人拉住，很少跑脱了的。这方法十分巧妙，用不着好大力气，就能在以柔克刚的战术中，置对方于彻底打败的地步，可以说浑身缴械投降。几个老年的娘儿们，轻轻动手，完全使我们的英雄无用武之地了。

乡广广：旧时对乡下人不尊敬的称呼。

估倒：逼迫，强迫。

你是铁打的壮汉么?好,先来两个老的监视户,把你左右二手拉住,你不走么,办法就来了,再来一个老手,一下就逮住你的下身的全部,你还不走动么,又来一个强者,在英雄的臀部的中央用指拇儿一扣,于是前拉后扣,左右推扯,再是盖世英雄,也只有在几个年老的娘子军运筹帷幄下,不用吹灰之力,克敌制胜了。

拉进屋子后,她们把身上的钱财,一齐搜光,如果你需要的话,也可以给你的需要;如果你太乡坝佬了就干脆把你推出门去了——这也可以说是一种变相的抢劫,但花街里是无法告状的。当然,从来也没有一个被洗光了钱财的外乡人去告状,一告状首先可能就成了被告:你为什么来到这里来寻花问柳?难道你还是正派人么?哪有不花钱的嫖客?嫖客不丢钱,监视户喝风呀?这是啥地方?……一连串的诘问,谁也没有去碰闯过,因为这是第一次转心花街的常识,何况这是个特殊的地方——有人叫作"成都的租界",是被法律保护着,保护着卖淫,保护着嫖娼,保护着杨梅成天成夜使成千上万人传染开去,保护着——一直到他们全部死亡。

年轻的监视户呢?她们是由人贩子拐骗来的,多少贫穷的、濒于饥饿境地的妇女,被卖进了这个人间的活地狱里面来,侥幸的还可以被人赎买回去,绝大多数是在这里折磨殆尽,周身长满了疮,像出麻子一样,辗转床上,痛苦地想见她们的妈妈,年老的父亲，他们流离分散的一家人，最后在绝望的一口气下，流尽她们最后一滴眼泪，溘然长逝了！

昨日桃红柳绿的花街，今朝新坟累累的荒郊，就是死了，她们也成了屈溺的灵魂，死也不会瞑目的！

他们在这样的一个环境里卖唱，就要分外拿出一副精力来对付这里的"歪人"。吴小秋一天天地长大了，也长出了姿色，加上她那独特无二的唱法，就更加把那些轻薄少年捉弄得更其癫狂了。有的向她献好，有的仗财行凶地点她的戏，一点就是五折、十折。追逐者中，相互炫耀自己的金钱力量，有的点二折，只要她唱一半，也可以马虎过去了。

吴小秋的琵琶早已脍炙人口，用不着什么人来捧场，现在既有那些醉翁之意不在酒的人来尽想达到他们寻欢作乐的目的，玩弄着抛掷金钱的游戏，对于吴小秋说来，也只不过是锦上添花而已。她也根本不在乎你这几个胀头风在台下一掷千金，只不过是按习惯地虚与委蛇，在递折子的化德喊"二十折，汪五哥点的，道谢呐！"的时候，吴小秋偶尔不经意地向仗财行凶人，作一个毫无内心活动的嫣然一笑而已。

> 胀头风：爱出风头、不考虑后果的人。

她们是卖唱的，有别于花街上的监视户，琵琶歌女"卖艺不卖身"，虽然在烟花场中混生活，却有她们一定的界限。守卫花街的赵排长、李连长享有一种权利，叫她们去吃酒，她们在这样一种特定环境下，也不能不去，因而她们在李连长、赵排长保护下，去陪陪酒是可以的，反正在饭馆里，内堂雅座中，但她们也谨守着陪陪吃酒的界限，与吃花酒有区别。当然，这种场合下，在座的还有蒲顺、化德。有了李连长，也还有赵排长以及司务长、文书、上士等人，即便是他们喝多了，也不能、不便于动手动脚。内堂雅座以外有不少人看见他们，充其量甩一两句怪话："啊! 拿给排莲花儿去吃酒了。""酒字底下那个字，危险呐! 猫儿请耗子吃饭，还有啥好心肠啊!" "她们还不等于就是监视户见钱倒，还不会那样。" "很难说，唱又唱得好，脸盘盘儿又长得逗人爱，那几个龟儿子的口水早就流出来了，有个舅子好心肠!"

酒字底下那个字：即"酒色"的"色"字。

脸盘盘儿：脸面，泛指容貌。

正因为镇守一方的排连长请她们吃了饭，这消息传了出去，也相应地使那些流氓、胡闹的下九流人物，不得不在他们的清唱堂子里规矩起来，否则便要"破坏公共秩序，以军法论罪"的了。

清唱堂子：正正当当演出的地方。

赵排长是有心想把吴小秋弄上手的，但他却不敢明目张胆地下手，一则有李连长——他的顶头上司在；二则，从名义上讲，他毕竟是派来维持花街这个区域里的秩序，官阶、"堂威所在"，也不敢乱动。因为他不敢乱动，因此也不许别人乱动，有敢于在她们卖唱的茶铺里狂呼乱叫者，一概以烂兵流氓、地痞无赖治罪。有了这样一种不成文法的规定，茶铺里的清唱，进行得很顺利。原先她们以为到花街找钱吃饭，不晓得要发生些什么稀奇古怪的事，每人心里都有些担忧，哪晓得一到了今天，一切都很平安，堂子里还没有发生过扯筋闹架的事。虽然流氓地痞很多，

扯筋闹架：吵嘴打架。

他们还是怕吃派来守秩序军人手中拿的军棍——叫作"红烧鲢鱼"的。

她们在这种庇护下，一直唱到十月小阳春以后，才离开花街，被人接到茶店子一家楼堂茶铺去卖唱去了。因为在花街唱了好几个月，大家都积累了一笔钱，在立冬以前，都把新制的棉衣穿上身了。今年也冷得早，到了小雪，下了几天雨，又是雨夹雪，手寒脚僵，虽然天气这么坏，可是茶楼上他们的生意，却很好，仍然是座无虚席，人们都争着去听吴小秋唱两句，借以打发他们的寒冷与忧愁。

大雪后刮来了干风，冷得透骨，每天早上都结了一层凌冰儿，这在成都是少有的严寒。早上卖汤圆的鼻子冷红了，清鼻涕不住地流下来，卖和糖油糕的冷得缩作一团。街上流浪的乞丐，年小的叫花子，把全身壅在草灰里取暖，只露出一个脑壳出来，找不到草灰取暖的乞丐，只有冷死在街头巷尾了。当然，有钱人例外，他们穿得厚厚的，狐皮袍子，丝棉绑腿裤子，毡呢鞋子。愈是寒冷，愈是显露出他们在穿着上的豪华讲究。

这一天，一个大清早，天刚刚亮，冷冻得特别厉害，街头人们的手指脚尖都冷痛了。加之在飞碎雪，路断人稀。在祠堂街口来了一个穿大火皮袄的人，头戴貂皮雪帽，围着纯毛围巾，披上一件黑缎子大氅，结实的棉裤，扎了鸡绑腿，脚蹬抱鸡婆缎子棉鞋。一个人早起来打从祠堂街到少城公园去吃早茶，拜会他

凌冰儿：薄冰。

抱鸡婆棉鞋：一种鞋口较浅，成八字形的棉鞋，形如孵卵时的母鸡。

蒲顺和吴小秋一行五人在眉山上了岸,当晚,就在十字路口的大茶铺楼上开唱了,说来还是有点歧视,为什么不在楼下呢?楼下是路当孔道,四条大街的通街,也是本县地方上面子上的人吃茶聊天之所。

锦城旧事

难得聚会的朋友。他走到公园人行道旁，站在公园池塘边上，看一看残荷败柳，池塘里结了一层凌冰儿。他难得来成都，一切都感到新鲜，虽然是在凛冽的寒风中，他仍然兴味很浓。这人正在凝神欣赏公园冬天的早晨景色，他后面来了一个人，眼巴巴地盯着他。仇人一见，分外眼红，化德看得清清楚楚，站立的这个阔人不是别人，正是鸡公山上的吕鸡公——吕大爷。化德毫不犹豫，扯起一腿，就把这个十恶不赦的鸡公大爷打下刺骨髓的冰冻池塘里去了。

　　凌冰儿像打碎了的玻璃，吕大爷虽然穿得厚实而阔绰，但这时候却成了落汤之鸡，下半身全陷在池塘里去了。塘底是污泥，他想起来而不可自拔，当时寒冷攻心，周身打抖，脸色很快地变成苍白色，嘴皮也冷乌了，他大声地喊："救命呐！救命呐！"

　　大约隔了几分钟后，当他冷得快到不能支持的时候，才为一个早起提雀笼子转公园的过路人看见。吕鸡公求饶似的哀求道："请你老兄帮个忙，把我救上岸，我不得亏待你的，快一点！我实在遭不住了。"

　　"咋个上岸？四面没抓拿，你拉我的脚……不对，谨防连我一起扯下去，你走几步行不行？"

　　"我走得动还求救你老兄呀？总之，越快越好，救上岸我重重地酬谢。我实在遭不住了，快啊！"

　　"是呀，总要有个抓拿稳当才行呐，这样对不对，我把这树子抱住，把脚伸下来，你把我的脚抱住，这样一扯就上来了。我的雀笼子又挂在啥地方喃？"

遭不住：受不了。

谨防：恐怕。

"老兄呀，快点呀，要我命了，雀笼子就放在地上不好么？值得到几个钱呀，我完全赔你，救人要紧啊！"吕鸡公冷得说话也在不断打抖了。

"我这个百灵子已经站在台上开叫了，少说点值三四十个银圆，闭到眼睛都要卖出去，我花了好多心血，才站上台去开叫哟！"

"我不行了，你救我起来，要好多银子我也给你……"吕鸡公说话舌头也僵硬了，看着就要完蛋的样儿。

提雀笼子的人，开始慢慢地把池塘边上的槐树根子抱住，矮下身子，把右脚伸得长长地递给快要冷硬的吕鸡公。移动了两步，才把他扯到岸边来，然后用手拉将起来。这时候，吕鸡公已不能动弹了，他只是喃喃地、十分吃力地说出："我身上有钱，赶快送我回去，在陕西街刘公馆。"

当落汤鸡被送回刘公馆时，已冷冻得话也说不出来了，一切由提雀笼子的人说明经过。

当即由他的朋友请了南门上著名的中医曾彦实来诊治。据说，由于寒气攻心，加之本人过度亏损，真阳不能归位。在第三天早上，这位鸡公山独霸一方的恶霸，终于罪有应得地死去了。

化德把经过向吴小秋、蒲顺、玉君说了好几遍，他们还要化德再谈下去，特别是在细节地方，要求说得更详细些。化德绘声绘色地谈论着：他早年学过北派拳，至于北派拳中的脚功、起腿方法，用劲在什么地方，他都能一一完全运用，这回踢吕鸡公一脚，是从他膝盖骨的横侧面踢出去的，这一脚踢得实在而且有力，不仅仅是北拳起腿的方法与功力，却是带着仇恨像铁棒一样踢了出去。据化德十分自信的判断：这一脚，百分之百地首先将鸡脚杆踢断了，即便是不冻死，也要叫他痛死。

玉君听得出神，用手去摸摸他的腿肚子："你这是飞毛腿么?这么厉害!"

"他这一脚踢垮一座山，一座鸡公山，真了不起，我请客。"蒲顺抬起头来，对吴小秋说，"这下总把气出了，踢死了这条恶狗!"

"师傅，该我请客，今天晚上就去吃个痛快。"吴小秋说了之后，他们四人，再加以研究，决定今夜的吃法。

就从暑袜南街南口吃起，先在东华轩茶铺门口称了半斤油米子花生，再到对门口子上去切五角钱的砂仁肘子、红肠肠，拿起到叶矮子斋内堂去，叫了矮子斋的当家菜有名的红油辣子排骨，外叫了豌豆儿烧蹄花儿、大蒜烧肚条，在隔壁全兴大曲烧房去打了一斤大曲，他们开怀畅饮起来。

"来，我敬你一杯。"小秋举杯过头，"师傅、玉君，干啰!"说着她呷了一口香味扑鼻的全兴大曲，这样的名酒，倒在杯子里，早已满座生香了。

"那天早上我踢他狗日的下去后，我一看四下无人，赶快开小跑，从半边桥倒拐跑掉了。"

清汤：多用老母鸡、鸭子、猪骨、火腿片儿等加清水熬制成清澈、味美的汤，可用作川菜的调味品。

抄手：馄饨，包时面皮抄在一起，如人双手抄在袖笼之中。成都人又将此动作称为"卖抄手"。

"在鸡公山那几天，他也不见得就认得到你，他认得的不是我们，是吴小秋，你用不着跑，等一下，你还可以大胆地走过去，装作救他的人，看看他杂种落水后是个啥样子。"玉君端起杯子，"总之，你是有功的，除了祸害，大快人心，干一杯。"

最后他们各吃了一碗矮子斋的清汤抄手，然后再走到北端口子上，去吃有名的荔枝巷的红油水饺。荔枝巷的水饺铺子，顾名思义，应当在暑袜街倒右手拐的荔枝巷才是，为什么又搬到暑袜街北端口子上来了呢？原来，大约在反正前后，荔枝巷水饺确实在荔枝巷，最初是几个家庭妇女凑合起来的，包的成都小水饺，它的特点是皮薄肉细，以其做法特殊、作料讲究而闻名。以红油为例，红海椒是专门买牧马山的海椒，这种海椒尖端长得有一个小弯钩，红而且辣，煎成红油，分外发生光彩。红油水饺子吃完后，碗里还剩了一小半碗作料，还可以把油酥锅盔撕成小块，和红油作料仔细咀嚼，别有一番滋味，妙就妙在这里，绝也绝在这里——这一夜对于化德的庆功宴，大家都吃了个痛快，花钱不多，又得实惠，吃得舒服。在成都不少街道，都以其各具特点的小吃而著名，如少城里焦家巷东口的烤红苕，长顺街治德号的小笼蒸肉，将军衙门对面的夫妻肺片。大城里头就更多了，骡马市口子上的圆子抄手，南门大桥早上的肠肠儿粉，耗子洞的鸭子，盐市口夜市的牛杂汤，北新街口的牛肉臊子面、豆瓣鲢鱼面等等。倘是饕餮者，你就用全中国的胃口来吃，也可以满足你的食欲，填满你的肚子，得到价廉物美的成都小吃。

第二天晚上，蒲顺请客，他们找了一家卖老酒的小酒店，这种老酒是属于热酒类，它没有允丰正的重庆绍酒高级，但作为市民夜饮，花钱不多，却可以使人在寒夜里一直温暖上床，一个晚上胃子都十分好受。这种老酒吃下去后，是慢慢地醉人，最初是醺醺然，有二分醉意，待到你出得酒馆后，冷风一吹，酒味就更浓了。回家后，依然沉沉带醉，倒在床上，一股股暖气从背心升到头部，完全可以保证你热烘到半夜而有余。

酒馆的地下，是铺了一层厚厚的花生壳壳，下酒菜是先剥花生，成都人喊的"吃花生老酒"，然后下豆腐干，凉粉兔肉丝，兔肉块，干牛肉，烧腊肉。老酒大锡壶装起，放在炉子上，一碗一碗地倒来喝，一个人面前，总得重重叠叠地放七八个酒碗。吃这种酒同吃渝绍一样，要吃通就好了，吃通了不断地小解，然后一碗一碗地从喉头灌将下去，这酒的热力走到全身，上到天灵盖，下到脚底皮，舒服极了。要是寒冷的风雨之夜，一些出卖气力的人都来喝上几大碗，吃得周身出些毛毛汗后，大约在打二更到三更收堂之前，每个瘾客才在醉意阑珊中回去。能够哼上几声的，总得要借酒兴而大发作一番，哪管夜深更静扰人安定，他们正是过瘾"骂街"的时候。

蒲顺频频为化德敬酒，他今夜兴头很高："来，大家来喝，主不干客不饮，我先干为敬——小秋，你也喝呀！喝他个痛快。"他这时想到"一醉解千愁"的句子，不便说出，只好再喝一大口，和酒吞下去了。

"你收拾恶人真有本领，我敬你一口。"玉君把碗端了起来。

"砍竹子遇节疤，这叫作不是冤家不对头。"化德有些矜持。

"万一他看到你咋个办？"玉君反问。

"看到我他不一定认得我，即使认得到我，他也下塘洗冷水澡去了，我们是没脚海，他又哪儿去找我，他还记得起我做啥子的？你们婆嬢家真是岔肠子多。"

没脚海：没有职业、行踪不定的人。

"我们岔肠子多？我才问一句，你就说了一串串，你比婆嬢家的岔肠子还多多多！"玉君反驳了化德。

"人是死了，一死就了。你是做了一件好事，给我们出了一口怨气。喝一口。"蒲顺长长地叹了一口气。

"我们是过的磨了骨头喂肠子的生活，我们怕个屁，死一个少一个。"化德大喝一口。

二更过后，他们在醉意蒙眬中，各人带着较为安逸舒服的心情回去了。

吴小秋想到吕鸡公这个恶人，仍然愤恨多于痛苦，然而她今晚上也是高兴的，她是带着深深的创伤在喊"干一杯"。她这个创伤在心灵深处，永远难于合口，当创伤发生阵痛时，也就是她仇恨得更厉害的时候。

第七章 成都周璇今天到了华西坝！听得洋人哈哈大笑

成都新南门下大桥倒右手,有一家竹棚搭的茶铺,面临锦江之滨,沿河边走去,通往南虹艺专学校、南虹游泳池一带。锦江对岸是江上村、竟成园以及在竹林深处的几家茶铺。锦江里有红绿布扎的花船,顺流下去,直达望江楼。每天有不少红男绿女,在船上打发他们的日子。每到黄昏前,也有华西坝上疏散来成都的五大学的大学生们,坐船乘凉,荡漾于锦水之上。

茶铺的正面对下桥的正街,通往华西坝。这个茶铺的地址选择得很好,正在气口上,是双流县人周连长开的,人们叫它周连长茶铺。

周连长身体魁梧,为人豁达,一嘴南路口音。他是在抗日战争初期,第一批出川抗日的队伍中的一分子。那时他当的是排长,立了几次战功,升为连长,以后调到山西,在黄河边上待了一些时候,大概是因为守卫河防不力,被解职回川了。于是他带着他的女人、娃儿,来到这新南门大桥侧,经营这个茶铺,他感到这风景如画的锦江两岸,实在比那个黄土高原上守河防的差事好到哪儿去了。回到故乡来后,他对于一草一木,都刻意经营。茶铺临河边一面,栽了美人蕉、指甲花、胭脂花之类,临街一面,栽了夹竹桃,为了保护树子的成长,他在树脚下栽了蚍麻。

抗日战争初期,新南门一带大桥正街上,两边都搭起了竹棚棚茶铺,这些茶铺都是从城里面疏散出来的,自有他们一套经营的本领。十字路口马四爷茶

倒右手:往右拐。

气口:好口岸。

蚍麻:荨麻,茎和叶子上的细毛接触时能引起刺痛。俗语说"惹不起蚍麻惹秧子"。

园，就聘请了贾树三。贾瞎子他卖唱的老窝子在城内少城东城根街锦春茶楼楼上，布置得典雅大方。贾树三的竹琴，自开了一派，叫作"贾派竹琴"，他变几个人的坐唱为他一个人独揽全局，一个人唱一台戏，且表现每一个人富于个性的唱演与说白，刻画出人物的思想感情，艺术造诣之深厚，可谓"前无古人"，因此在这九里三分的锦官城中，他是首屈一指的"竹琴之王"。他的出名，也得力于最初捧他的一批文人墨士，为他改唱本，校正错讹的字，因为他双目失明，这方面更得力于捧场的知音。每场点他的戏，也只能点一折，如有人多点一折，便有穿得很苏气有地位的人上前轻轻地、客气地劝告点戏的人说："请替贾老师的身体设想，他只能担负一折，明晚上再来点好不好？"因为是有礼貌的劝说，往往劝住了好事的点戏人。贾树三在台上为他的捧场人无微不至的照顾、爱惜而保护着。但是贾树三在台下，回到家里，却性好渔色，喜欢干直接破坏嗓子的事，却半点也不爱惜他自己的身体了。这些事即便是锦春茶楼上的琴迷知道了，也无法向贾老师进行劝说的。

如果说贾树三是"竹琴之王"，那么李德才就是近几十年来成都的"扬琴之王"了，他拥有更多的听众，因为扬琴音乐好听，加上李德才的声音美好，相得益彰，于是就吸引了更多的琴迷。他在城里鼓楼街的芙蓉亭、玉带桥的陆羽茶楼等老扬琴窝子，都长期地设馆卖唱。人们十分喜爱他的艺术，叫他为"德娃

老窝子：老地方。

苏气：漂亮，好看。本指以苏州为代表的地区具有时尚之风的习气。

子"。不仅他是这样，凡是唱戏的，名角他们都不直呼其名，以示其身份不同，把川剧中有名人物第一流的艺术家、唱小生的康子林，喊成"康二蛮"或"二蛮"，萧楷臣喊为"玉娃子"。戏曲中的什么"红甘蔗""尸水""易麻子""豆芽""秤砣"等等。这些人为了疏散，都被请到新南门外茶铺中来了，一时热闹异常。有人成天就跟着贾树三屁股追赶，白天从老西门的茶店子追到新南门，晚上又追到锦春茶楼，这样来打发一天的生活。这些琴迷中，人人每场必到，风雨无阻，一听就是几十年，台上唱错一个字，一句唱词，他都知道，他们吃饭的全部寄托，都放在这上面了。当然，还有掺茶的"青麻子"，掺了几十年茶，他也听成内行了，台上唱错一句，他也知道，有时他还给台上背唱词，提示台上人忘记了的唱词。

这些茶铺请来了这些名角，再是周连长茶铺地点气口好，也逼着不得不想办法请来卖唱的便于竞争。而且请来的要能与李德才和贾树三相互匹敌，打对台人物，否则，从做生意赚钱的观点上来看，仍然要做蚀本生意的。

周连长茶铺算是很幸运地请来了吴小秋这一班人马，一撑上阵，不但与贾、李等名角平分新南门一江锦水的春色，有过之而无不及，因为她那特殊的歌喉，特殊的唱法，唱词的通俗易懂，它把最底层的人物，全都吸引来了，拥有它的绝对听众。这些赤诚的、热心的听众，就远比听竹、扬琴的更为坚决、更加彻底。他们偷了一些闲，来到周连长茶铺栏杆外站起听小秋唱，无论雨打风吹，或是五黄六月、三伏天的穿腰太阳，人挨人，挤得紧紧的，像装在马口铁皮罐头里的沙丁鱼、凤尾鱼一样，气都似乎透不过来，汗流浃背，彼此散发出热腾腾的汗臭气味，相互熏蒸着。但是，这些琵琶、月琴迷者，却泰然自若，感到身心愉快。差不多天天碰到的都是那几个熟脸貌儿、老相识，有的虽然未通过姓名，却是有礼貌地相互点头、打个笑脸招呼，或者做个会心的微笑，今天又来听不出钱的吴小秋。这类听众最为忠实、虔诚，你若谈到吴小秋唱得好，好在什么地方，他可以马上同你对答如流，披肝沥胆，谈个痛快，甚至由一个陌生的路人，一变而为琴迷中的知己。从牛皮盒子里取出一杆叶子烟敬你："请，老兄，这是金堂独桥河的，味道好，小秋这一向嗓门更好了，真是句句有味。"

"那还了得，说嘛又说我龟儿子爱吹牛皮，自从盘古王、扁古王开天辟地以来，请问你哪个又听到过像吴小秋这样的琵琶？不错，你这是独桥的金堂柳叶，你来尝一尝我这支什邡的，口劲要稍大一点。"

"是啊！少说一点，几十年以来，在川西坝子也没有哪个唱得过小秋，将来呀，要唱红。"

"将来？现在就已经红得烫人了，将来要红得发紫，你我长起眼睛看，吴小秋这副嗓子、唱法，要吓死一槽槽人，你贾瞎子又啷个？那些捧他的有钱人，

穿腰太阳：快要落山时的太阳斜照在人腰上。

扁(biǎ)古王：俗传为盘古王的父亲或弟弟，有"盘古王开天，扁古王辟地"之说。

口劲：烟劲。

一槽槽：一长串。俗语说"一竿竿打一槽槽"。

啷个：怎样。

都是他妈的胀头风。你这个烟味是不错,再拿一杆来。"

"你简直说得对,干脆——你拿两杆去。"

假若你说吴小秋不行,那定会有极其不愉快的场面出现,定会受到鸣鼓而攻之的当众围剿。所幸在吴小秋走过卖唱的地方,没有出现过任何一次那种不愉快的场面。

听众、琴迷中的赞扬、奉承、一切的一切,反正吴小秋是无所谓的,你为她呼万岁,她仍然是照往常一样唱,只要她嗓子好,不扯拐,拿出去总是令人心旷神怡,使那些迷了窍的人,神魂飘荡,不能自已。她嗓子有时也要扯拐,出点小毛病,由于她爱吃油酥花生下夫妻肺片之类燥火的东西。十月有个小阳春,毛牛肚火锅上市时,她总得有几次唱不出来。惊慌异常的听众,若有所失,彼此谈论着这件事,为吴小秋而担心。有的送上清丸、清宁丸;有的送清导丸、牛黄解毒丸;有人给她献上若干单方;有的带着恳求的声音,向她要求道:"小秋你这两天少抽两支纸烟行不行?"而且语重心长地,"你要好好保护你的嗓子哟!"

也有人劝她爱护嗓子时,拿他用纸包的两支大炮台香烟送她:"来,你那个小大英就不要吃了,喏——你吃这个,刚才人家开大炮台听子,我给你要了两支。看!这里还有两支开普斯顿、蓝炮台。吉斯菲尔、骆驼,美国烟是万万吃不得的,太燥辣了。"

扯拐:出问题。

燥火:上火。

这些献殷勤中,最为吴小秋接受的,还是上等纸烟,她根本没有顾及她的嗓子,她的确也不知道如何爱护她的嗓子,总是那么拼命地抽着香烟,哪怕咳到白泡子都吐出来时,喉咙充血了,嘴巴冲烂了,说话都嘶哑了,但她仍然抽着,哪怕是明天没有了嗓子,她也满不在乎。听众为她担心死了,甚至发生这样的情形:当有人向她递上几支好烟时,另外的人马上站出来——甚至是谦恭而卑微地哀求道:"老兄,为了小秋这样难得的好嗓子,加之她正在咳嗽,此时此刻,可否不再给她抽烟?老兄能办到,功德无量,功德无量。"

苦苦哀求,往往也得到效果,不过,当你在这儿哀求,人家不拿烟给她抽时,她又伸手在那儿接受了别人的馈赠了,何况她自己也拿钱买烟抽,她的纸烟瘾一天天地大起来。隔不了几天,她那黄金样的嗓子,又复原了,又发出光彩来,照常使人在洗耳静听中拜倒在她的唱台下了。这时,每一个听众听得发笑,而周连长更其笑得合不拢嘴来,露出他一排雪白整齐的大板牙,一口南路人的口音,他也不知道他究竟说了些什么。首先,他是一个小秋迷,这也是人所共知的事了,包括他的老婆在内:"你呀!你一天只晓得哼小秋的唱法,你懂个啥子,你配唱人家小秋的唱腔,左喉咙偏爱唱。死鬼子,真讨厌!"

周连长对着他的老婆憨笑,仍然露出他那一排雪白整齐的牙齿来。

新南门茶铺里出了吴小秋，也并未使其他茶铺里的早已唱出名的李德才、贾树三等人逊色，可是吴小秋却赶上来了，与他们这些老前辈平分秋色成为鼎足之势。若就最下层的听众而言，她在这一点上，比起他们更有宽阔的天地，下九流、下三烂，下到底层里的人，百川归海，都归到小秋这儿来了，所以她拥有的听众是绝对的。何况她在新南门的桥头，一来就建立了牢不可破的阵地，占领了桥头堡垒，征服了一切过路的人。其中包括每个礼拜从华西坝进城到四圣祠做礼拜的外国人，他们打从这儿经过时，也要侧起耳朵听一下，把那硬颈项车一下，对着周连长茶铺看上一眼，然后直挺挺地过去了，见他们的上帝去了。

也还有这一种吴小秋迷：这个老头儿已五十多近六十岁了，他每天在新街后巷子一带，担起担子卖甜水面，一年四季勤勤恳恳地做他这个仅仅够维持生活的小生意，穿一件棉背心，早已因油渍浸得发亮了，当然还散发出一种气味，尤其是气压低、空气潮湿的天气，那气味更是特别。不过，这些对于这位卖甜水面的老头儿说来，是根本无所谓的，反正他这件发光的陈年棉背心，既代替了围腰与他的工作服，又暖和实惠。他每天上午开始在南新街、春熙西段卖，卖到午后就把担子停在新街后巷子内去了，这条巷子里全是住家户，每一家的女人们，特别爱吃他扯的甜水面，红重宽酸的素面，他一直做到下午三点钟左右，他的儿子前来接他的班。他在这时也开始兴奋起来，然后

扯：拉。

红重：多放辣椒。川菜术语。

宽酸：多放醋。川菜术语。

从煮面的铁锅内捞出几个鸡蛋，这鸡蛋是他每天在购买时，经过严格挑选的，又新鲜又大块，准是川西坝子上好品种鸡九斤黄下的，才能入他的选。然后包在手帕子里，尽管他穿的背心那样脏，成了油蜡片了，但他这张包两个九斤黄鸡蛋的帕子，却是洗得白白生生、干干净净，他放入衣包里，立即快步如飞地、笔端端地向新南门下大桥周连长茶铺去了。茶铺里早已座无虚席，他照例是在茶铺外站起听。要是没有轮到吴小秋唱，他以兴奋心情，招呼他左右的熟人，客气几句。要是吴小秋正在唱，他像钉在地上一样，一动不动地聚精会神地倾听着，有时是闭目遐思，有时是凝目注视，有时他微微摇头，或者用他的脑袋挽上几个圈子，表示实在听舒服了，不得不如此挽几下颈圈儿，借以舒张他一天的疲劳，使他得到最高的艺术享受，又便于他第二天重新回到小本经营的岗位上去。

九斤黄：良种鸡名，羽毛为黄色。

他从三四点钟，一直站立听唱到日落黄昏，人们都散去了，他还依依不舍地一个人站在茶铺栏杆外，一双老眼不住地看着吴小秋的动静，观看她一举一动、一颦一笑。小秋的笑，在他看来，是最美不过的，笑开了红唇，笑破了樱桃小口，露出雪白整齐的小颗牙齿，他着实地想着：普天之下，也只有会唱的吴小秋这一张长得极其巴适的嘴和牙齿，也才够得上吃他揣在衣包里这几个鸡蛋。

老头子忠心耿耿地等待着，等他们同周连长结了当天的账，然后他们分了钱，喝了最后一道茶后，走出茶铺来。

老头子三步拿来两步走，奔上前去，摸出雪白的手帕，眉毛胡子笑成一团了，接着清楚地喊出："小秋!"——把鸡蛋送给她。

吴小秋呢?漫不经心地回答道："做啥子?"话犹未已，鸡蛋已拿到手了。

老头子完成了当天一件重要的大事，吴小秋却理所当然地、连谢都不道一声地打来吃起了。

老头子并不因为她不讲礼貌而太多其心，他不会这样寒酸，他唯一的希望是，吴小秋接受他的馈赠，他就心满意足了。虽然他每天那样俭俭省省，连茶都不敢倒一碗地站在茶铺外听"战国"，而实际上几个鸡蛋的价钱，也抵得上几碗茶钱了。茶铺里那些捧吴小秋，拼着点戏的人，无非是仗财行凶，在那里你争我夺。这位卖甜水面的老人，每天默默地站在茶铺外面，默默地做工作，鞠躬尽瘁，听而后已。老头子是不是懂音乐的，人们无法知道，但有一点却是可以肯定的，他对吴小秋唱法入迷的程度，确实可以感天地而动鬼神。一天几个蛋，十天呢?一个月呢?人家是从日晒雨淋中、不避酷暑严寒，辛辛苦苦得来的钱呀!只不过是迷了窍，多花几个罢了。

他儿子知道他这种癖好，可一点也不吭声，老人家辛苦了半生，又别无嗜好。况且他每天回到家里，都是欢欢喜喜的。要是天下雨，他又听不到吴小秋唱，那一天他准是磨皮擦痒，这儿不生肌，那儿不告

磨皮擦痒：烦躁、不安静，百无聊赖。

口地发着脾气，要骂人。

骂人，首先是他儿子倒霉，其次是他那慈祥的老伴，再次就是他家里喂的心爱的猫儿——其实是一种失望之余的发泄，又有谁知道吴小秋的歌喉，这样折磨着一个无辜的老年人呢？又岂止是一个卖甜水面的老年人呐！

平心而论，吴小秋吃了这几个鸡蛋之后，也并未想下次再吃，当其下一次老头儿又喊出："小秋你下来了。"又递上几个鸡蛋时，她也按照接纸烟一样习惯地顺手接过来，照例也不道谢。可是老头儿就满足于这个毫无表情、意味深长的时刻。好在吴小秋从不拒绝他的盛情献礼，没有存心使一个老头儿绝望，否则，他会跳入锦江，"宁溘死以流亡"了。

最初他是爱好她的歌喉，久而久之，成了习惯，这习惯在他挑担子卖甜水面生活中，灌注了新的生命力。他每天把担子放下来扯面时，总是要发出老而苍劲的叫卖声："甜水面，素面呀甜水面。"

近来由于受吴小秋唱法的影响，他的叫卖声在抑扬顿挫上也有些变了，自然而然，潜移默化地把吴小秋那个有名的花腔唱法中哈哈腔加进去了，喊出："甜水面、素面呐甜嘿嘿嘿水的个面呐哈哈哈……"

人们也感到有些异样，老买主欣赏他的新喊法，比以前他的老一套的喊法加了一些花样，听来在感受上分外舒服。原因大家都找不出来，只有他的儿子知道其中奥妙，知道他老汉儿迷了吴小秋唱腔的窍，而

> 这儿不生肌，那儿不告口：感到这也不是，那也不是，到处都不对劲。生肌，伤口痊愈生长肌肉；告口，伤口痊愈。

且迷得深沉。他有时在扯面时、浇作料时也低声地把吴小秋的唱法哼了出来。有些观察细微的买主，当他在哼唱时，向他献好，对吴小秋大加赞美。他听到有人赞美吴小秋的，无不心情愉快地引为志同道合的朋友，在捞面时、放作料时，分外照顾，而为你捞得多，作料为你放得足。

"多一点红油。小秋的《青蚬叶》才唱得安逸啊！"

"对的，没说头，熟油辣子给你浇上呐！"

"多放一点青颠儿，她比百灵子还会唱啰！"

"对头，给你来一点豌豆颠儿，嫩的。"

个别买主掌握了老头子的脾胃与规律，来吃面时，对小秋大加赞扬，那你这一碗面的分量，总得比别人的多。有时他太高兴了，吃两碗给你捞出三碗的分量来……他这样的大方，不会做出蚀本的生意来，"失之东隅，收之桑榆"，他会在其他那些碗里捞甜水面的分量中耍点抽扯，稍微带点手，就把什么大方、慷慨都捞回来了。一切出在他的手上，做生意的不会吃亏的。事实上那些女人们来吃这个担担面，目的不在分量或者图他的堆头，一心地在想吃他的作料，经他特别加工过的红酱油，味甜而香，它很浓，像藕粉一样浓。他的熟油辣子也是精心制作过的，在牧马山上的红海椒中加上那自贡一带的朝天椒，看来是色彩鲜红而味道够辣。川西坝子的菜油，还有什么说的呢？但是他在煎油时，也耍了一些花样，把油煎

青颠儿： 青叶菜。川菜术语。

耍抽扯： 玩弄花招。

带点手： 忍着点手。

朝天椒： 一种极辣的辣椒，果小，簇生于顶端，其尾朝着天空长。

好后，看稳火候，把煎好的熟油倒在海椒面碗里，熟油下去要使一部分海椒面发出焦味，这样才能在吃起来时，更香更美。拿稳火候是一关，既不能使海淑面在滚油里烫坏，也不能放过火候而使它发不出香味来。"膏药是一张，看各人的熬炼。"老头子是深懂此理，也就专会如法炮制，想方设法，在他的甜水面上打主意，勾人食欲，把附近几条街爱吃甜水面的，都吸引到他的这个担子上来，因此，他的生意兴隆，一家大小的生活，就乐在其中矣。

这一天老头子得到最大的幸福，他几乎不大相信他自己的眼睛了，下意识地擦了几下眼睛一看，哎呀呀！来吃面的不是别人，正是吴小秋同玉君，这是天大的买主，老头子喜出望外，笑得眉毛胡子都分不开了。

"啊！是你在这儿卖哟！煮两碗甜水面来。"玉君说着，"你不是天天来听我们的唱么？"

"是呀！是呀！你们唱得太好太好了！红油重点吗？"

"你大爷的面是卖出了名的，我们是听说才来的。"小秋赞美了他，"我也要红重点，还要点芝麻酱。"

吴小秋这一句话在老头儿听来，就是一句极其受听的歌唱，使得他心情动荡、魂飞天外。他喜欢得只有把豌豆颠儿抓一把，一根一根地挑出来选择，选那最嫩最嫩的那一部分，选了一大把，放在甜水面里了。把装面的碗,也特意先拿在面水里烫过,然后擦干装面。筷子本来是装在竹筒里,由买主自抽,但他却先动手去抽出两双,用帕子抹了又抹,然后恭而敬之地递给小秋、玉君,他高兴得说不出话来,但又不能不说,在激动的情怀下,他终于说出:"今天硬是神仙风把你们吹到这儿来了。"

吃完了面,他不等她们开腔,已把第二碗端了上来。最后她们给钱时,他坚决不要,并且希望她们经常来,只要她们爱吃,他可以无条件地奉送,纵然是倾家荡产,看来也是在所不惜了。

他想,过去只是给小秋送蛋,今后也要适当地给玉君送蛋了。老头子存心要收买玉君,以便她们经常来吃他的面,接近些,使他的老花眼更其能把吴小秋看得清楚些,看到她那圆圆的小脸,那么会唱的樱桃小口,小石榴子似的整齐的牙齿。他想更靠近些听吴小秋说话,不管什么话,只要是她的发音,都是极其爱听的。老头子甚至想到:就是给吴小秋那样的嗓子,骂上几句,也是最舒服不过的了。

第二天他在送鸡蛋给吴小秋与玉君时,趁势问道:"昨天你们吃的面味道咋个?"

"安逸,很好!"玉君带笑地回答。

"你们以后尽管来吃,我给你们煮好。"他笑开了缺了门牙的嘴,其余的牙齿,早已被叶子烟熏来黑得发亮了。

"你大爷贵姓啰?二天来才好喊呀。"吴小秋问。

吹神仙风把你们吹到这儿来了:难得来的尊贵客人来了。俗传一年一度的成都青羊宫花会上,只要一吹风,多为神仙化装成乞丐前来度化人。

他听到这一句问话,情不自禁地喜悦:这简直是琴弦里拨出来的美妙的音乐。

"嘿,姓邱,你们要来顶好是上午来,下午两三点钟后我就走了。"他停了一下,有些腼腆,"一到下午还不是来听你们的了。"

当他向她们表达了他的心情后,他乐滋滋地走上新南门大桥,向西一望,两岸垂杨,远处是古老的万里桥,西方的天空一抹红霞,一群群乌鸦,从锦江尽头处飞去,飞向城外古柏森森的武侯祠,或者飞向城内文庙里文翁石室学校内的林木上。老头子觉得今天这个黄昏特别不同,他走起路来,也轻快得多了,似乎年轻了一些,他把他记得的吴小秋的唱腔,一一回味起来,悄悄地不断地哼着,快乐十分,十分快乐地回到他的家里去了。

谈过了话,吃过了他的甜水面,经常接受他的馈赠,但吴小秋对他仍然是如此一般的听"战国"的听众一样,并没有什么特殊好感。因为像邱老头这样向吴小秋献殷勤的听众,实在太多了,只不过他们各人送的礼物不同而已。有的送上几支好香烟,有的送上一块兔肉夹锅盔,有的送上几个味虞轩的绿豆糕,走马街口子上聋子亲手煎的牛肉焦巴。有时她简直是应接不暇,把多余的东西分给她的同行,她的老师蒲顺。

她有时也感到非常疲倦,点戏的人从不饶恕她,无休止地向她进攻,虽然她还年轻,却因成年累月地唱，使她有时感到沉重吃力，甚至烦厌起来。何况还有那些追逐她声音以外的人，向她跃跃欲试，从青年到老年的猎人们，都向她随时瞄准，要猎取她，据为己有，或者是达到其官能的享乐。她在这被围攻的场合中，有时虚与委蛇，有时是含情脉脉，有时完全是一种对等地应酬了。

人们除爱她唱得好而外，还爱她脸上有几颗饭，明眸皓齿，小巧玲珑地十分逗人喜欢。就不说唱吧，说几句话也是甜蜜蜜的，有双重使人迷恋的地方，无怪新南门一带的徒弟、师哥，水湿行道的人，穷苦的力行，划船的船夫，城墙边上住茅草房的棚户以及三姑六婆，都对她发生了狂热的爱好了。并且花钱不多，只消一碗茶钱，就可以听到她的唱，站到茶铺外，根本不出分文，也照常可以欣赏她的唱法。

> 水湿行道：对卖鱼虾、担河水卖等沾水行业的称呼。

那些醉翁之意不在酒的人呢？拼命地追逐她，欺骗她，获取她乃至玩弄她了——有一个诚德慈善会的董事，宽仁字号经理，王胖鸭，五十多岁了，家里有两个老婆，第二个老婆长得很不错。可是这个脑满肠肥的王经理，却偏偏喜欢吴小秋，他有钱，一心要获取她，并且设下了一些陷阱，发誓要把吴小秋从周连长茶铺中，从各式各样的捧场者的手中夺过来。一则他不惜工本，二则他挖空心思，最后他以另外一种姿态在这个茶铺里出现了。

他一来就把崭新的黄包车停在茶铺外，车上有毛毯，绣花蒲团，漆水闪闪发光，车铃叮叮当当。王胖鸭呢？头戴表示身份的獭皮帽，华达呢大衣獭皮领，狐皮袄子，团花马褂，在马褂的前胸纽扣上，挂了一根赤金表链，青色苏缎抱鸡婆棉鞋。手上戴满了么二三的金箍子，瑞士朗生手表，托立克的眼镜。总之，他这副打扮之后来到周连长茶铺，总是可以把下九流的捧角者，踏在他的脚下了。何况他又是仁和公口的大爷，警备司令部稽查处几个专办案子的公事人又同他挨手，其中有一个又是他的同乡，早年且打了儿女亲家。就势头而论，王胖鸭是袍哥大爷中很有实力的硬火，就是城内外各码头公口的大爷，也要在某种程度上仰他的鼻息而从命。虽则他的外表看来，面团团如富家翁，永远是笑眯眯的，对人十分谦恭而有礼貌。加上他出手大方，在交际应酬上，特别是在周连长的茶铺中，他的手是打伸了的，一来坐下之后，首先听到茶铺堂倌喊："王大爷的茶钱李五哥敬啦！"当他坐定了之后，以后来的熟人，又听得茶铺堂倌一一喊道："王大爷敬了。""王经理敬了。""董事长敬了。"

最初他是大清早坐起包车来到周连长茶铺吃早茶，目的是先同周连长认识，从周连长口里对他们卖唱这四个人的一切情况熟悉熟悉，不消说，重点是放在吴小秋身上，从她的身世、嗜好、生活、性情、习惯，都做了细致而周密的了解。他是以一个慈善家的慈祥和气的面孔出现的。周连长当然看得出来，但周连长却十分欢迎像他这样阔气的有声望的大爷、有钱

挨手：关系密切。

手打伸了：指用不着他自己掏腰包付茶钱。

敬茶钱：先到茶馆喝茶的人为后来的熟人付茶钱，是成都茶馆里的一种特殊礼节。可据此衡量人们之间地位的尊卑、权势的大小和关系的亲疏，又称"喊茶钱"。

堂子野：规矩混乱。

歪武爸：凶恶霸道之徒。

撇脱：简单，干脆。

争：差，少。

人来衬他的堂子。他这样一来，就觉得原来他这个茶铺为一些地痞流氓占据了，虽然还不会到吃茶不给钱的地步，但也显出他这个堂子实在太野。他很担心，总有一天为吴小秋争风吃醋，要在这个茶铺大打出手来的。茶铺打架，茶碗倒霉，损失自然在老板一方。王胖鸭在这种情况下来到茶馆里，就凭他的几个头衔，也可以使那几个歪武爸打点行事了，何况他背后还有警备司令部稽查处那帮人。

他也问到周连长本人经营茶铺的前后，问来问去，最后问道："你我都是一家人，撇脱点说，你近来还争好多资本，要好多？开个户头吗？"

周连长露出整齐的大板牙回答了他："准备在茶铺周围再栽点花草，换一堂江西瓷碗，这簸棚大下大漏，小下小漏，还要盖点麦草，算了一下，要百来个好川银圆才过得了关。自从小秋来后，堂子是卖熟了，有你王大爷的赏识，这茶铺也要像个样儿才行呐。"

周连长知道，千言万语，他的目的在吴小秋。王胖鸭也很能理会，你只要说到点子上，大爷就肯出钱。这一点他们彼此之间，心照不宣，各有各的一本经。

"对，就这样算数，你明天来字号上透支就是了。至于桥下死的讨口子，你给地方保甲上说一下，他们打的条子我已看过，叫他们马上到善堂头去领施舍的一副火匣子，条子我已批了。但是有一个事情要给你老弟说点儿在脑壳上,就是明年子这条河涨大水时,漂下来的杉木条子,你老弟要设法拦住,找几个会水的人就行了。做做好事,修积儿孙,善堂头需要杉木条子、毛牛墩子做火匣子。打杂运客,善堂头出,这是做好事,结善缘嘛!"

说点儿在脑壳上:找点麻烦。

"王大爷,你大爷做善事、好事太多了嘛!你呀真是……"周连长奉承得说不上来了。

"我这个人在社会上几十年,就是栽花不栽刺。银子钱,生不带来,死不带去,我找好多,用好多,做善事积德,儿孙积福。我们善堂专办这些事,如今天道矮,多行点善,免得遭劫。前几天善堂头飞鸾楼上乒乓声,张翼德显了圣,飞鸾的桌子为张翼德的钢鞭打得粉碎了,还写下'大劫难逃'四个大字。"

天道矮:世道混乱,人心不古。

周连长及一些听热闹的茶客,听了王胖鸭郑重地谈出这一场稀奇古怪事情后,似信非信。最后周连长完全相信了,他不得不相信,他完全懂得要赤诚地相信这些鬼话,明天到宽仁字号去透支一百个好川大银圆时,才能打下结实可靠的基础,白晃晃一百个大洋,那是多么有用处的呀!他心里头想:只要有银圆可以弄到手,不说你叫我相信张飞再世,你王大爷说张飞来到新南门大桥大吼三声,我也得出来作证,亲眼看见,确有其事,而且我可以赌咒地说:张飞大吼这三声,比当年在当阳桥前大吼三声的声气还要大,耳朵都震得嗡嗡地发响了。

对于吴小秋,王胖鸭转弯抹角地谈到了她:"老

199

弟,你看她有啥困难没有?这样好一个人才,你我都要大力扶持,花好还得要绿叶扶助呀!"

"哪个不晓得你大爷专做好事,城里头成都大剧院的芙蓉花不是你大爷栽培出来的么?小秋能得到你大爷的照顾,算是走运了,有福气,该她吃碗饱饭。"

在几个大清早早茶的闲谈中,由周连长出面,把吴小秋给王胖鸭做干女儿,引了吴小秋来正式见面。当场由王胖鸭决定:明天在河对门江上村竟成园包一桌席,收小秋这个干女,是他存心要把这件事打响。对小秋来说,可以抬高她一下身价,也可以给她保二分险;对周连长来说,求之不得,通过这个渠道,今后还有文章可做;对王胖鸭来说,在某种情况下,他可以独占吴小秋,把她撕成块块,一口吞下。事情提得如此明白清楚,事情也要按照安排好的进程,按部就班地走下去了。

第二天,是一个晴朗的天,锦江上彩船往来,江上村竹林中坐满了茶客,竟成园内楼上的小客厅里,摆了一桌颇为讲究的席。为什么要讲究呢?王胖鸭安心要在第一次见吴小秋时,摆一个堂而皇之的场面,也是吴小秋有生以来第一次接触到的宏大的场面。

席桌铺上了白布台面,先上应时四色水果蜜饯,四个对镶冷碟子,这里面有云南火腿配叙府糟蛋,辣味香肠配金银肝片。单是这四个对镶冷碟,在色彩香味上,足够使人垂涎三尺了。以后上了葱烧海参,蚕豆虾仁，鸭腰鸽蛋，鸡淖瑶柱，豆腐鲫鱼，冰糖银耳羹，最后上了一个虫草填鸭。一桌人吃得嘴角流油，张牙舞爪；被请的客人中有饕餮者，他们也就丝毫不客气地用全成都的胃口在吞食了。

座上客请的有警备司令部的军法官，稽查处的几个公事人而兼袍哥大爷的，另外还请了两位银行界中的人，也兼管着他们的慈善事业。周连长是当着中间介绍人而出现的宾客，把这一个小羔羊——吴小秋交给王胖鸭保护起来。得亏王胖鸭富有而仁慈，作为她的义务监护人而出现于新南门一带，这就告诉了人们：吴小秋的一切，属于了她的干爸爸——王大爷主宰一切，何况世界上的爸爸都爱女儿的，名正言顺，这样既可以细吃，也可以浑吞。

吴小秋身不由主地被带到这样富丽堂皇的场合来，来见见世面。场面很阔气，她也换了一身新衣服——阴丹士林布的旗袍、丝袜、皮鞋，她是第一次穿皮鞋，走起路来，总是感到那么异样，也有些不大自然。嘴上擦上了蔻丹，那整齐的牙齿，显得更加洁白而匀称，樱桃小口化妆成像蜜桃似的红唇了。王胖鸭把她介绍给每一位显赫的人物时，她的微笑早已使在座的人，没有沾一口酒而先醉了起来，惹得这些没有抢先当上爸爸的宾客们有些忌妒了："老王真是有眼力，这回该他够受了，这个老狐狸。"

"没得锅巴吃，还往锅边转？怪不得他天天在新南门旋来旋去，物色到这样好的人儿来，那还有啥子

旋（xuàn）来旋去：带有某种企图转来转去。

说头,给大王上菜了。"

"他狗日的阴倒做真活路,有几手。"

阴倒:私下。

军法官干脆把墨片眼镜取了下来,要存心切切实实地看个仔细,但又觉得这个举动不大妥当,于是摸出手帕子在眼镜上慢慢地、慢慢地擦着,一面擦,一面端详。这时,他那坐大堂杀人的威风,不知道到哪儿去了。

菜一道一道地上,酒一巡一巡地饮,当其吴小秋在周连长建议下给每一位斟酒时,每一条狐狸都摆弄着尾巴,贪婪地把酒一饮而尽,几乎连吴小秋也一齐吞了下去。

"今天给你干爹恭恭敬敬地斟上一杯。"在周连长的示意下,吴小秋给王胖鸭斟满了一杯。

她是陪王胖鸭坐在一块儿,俨然以父女相近,与众不同,这样就使其他没有当成干爸爸的人更加羡慕、更加嫉妒。宾客们在失望之余,只有借酒发泄、借酒发愁了。于是彼此相互划起拳来,在醉意阑珊之中,敞开喉咙,放杯痛饮了。

王胖鸭举酒了,吴小秋也被硬逼了两杯,脸颊上现出红晕。在雪白的桌布下,王胖鸭把吴小秋的手拉着,在她的手指上套上了一个金箍子,是东大街陕西帮天成亨金号打的十足赤金。吴小秋的心咚咚地跳,王胖鸭顺手在她的腿上捏了一下——这应当是干爸爸的见面礼!

金箍子:金戒指。

王胖鸭一计成功,二计又生,他叫她每天上午到字号的经理室去找他,解决她要解决的问题,比如需要钱,只要开口,就完全办到。她的衣着打扮的问题,如何给她物色一个正式对象问题,为她今后储蓄一笔款子的问题……凡此等等。他说要从长而细致地研究、商量,一句话,要为她的今后设想、打算、安排,这是干爸爸义不容辞的事,也是干女儿必须如此的事,也是天经地义,要一竿子插到底,把她的生活以及她本人的全部管起来。

周连长对于王胖鸭的一切企图、打算,是完全能够心领神会的;对于小秋进行吹嘘,下功夫当好说客,那就更是无所不用其极了。"小秋,你今后算是找到了一个金子打的靠山了,只要你在你干爹面前孝敬得好,听话得好,这一辈子你就够穿够吃了。你想,又是银行经理,要钱有钱,只要你开口。清水袍哥海封了顶的大爷,又给司令部的关火人士挨手,哪个还敢再欺负你,除非他不怕身上垮三层皮。又是有名的王善人,专门办善堂,施棺木,发米飞子、钱飞子救济穷人,单是这一事情,做的就是积德积福的事,老天爷也会保佑他的。你看他心广体胖,多么有福气的样儿。你得了这样一个干爸爸,这一辈子就算是享尽清福了,小秋,我们二天还要沾你的光啊!王大爷没儿没女,他既然爱你,就一定当他的亲生女儿看待,你要好生体贴他,一切顺他的意,你今后还少钱用么?你可以叫他在银行头给你立个户头,搞个存款折子,那以后单是这一项事情,也够你吃一辈子了。这是你

封了顶:等级最高,权力最大。袍哥用语。

关火:能起决定作用。

红运当头，趁人年轻，条件又好，顺水推舟，只要使他满意、受活，不说你今后的日子好过，你们那一帮人，也要沾你的光，我这个垮杆儿连长也要沾光的。"

> 垮杆儿：垮台，破烂。

吴小秋经常听到这些话，她没有什么表情，实在说来，也没有什么值得表情。她有时想道：这个胖鸭不过是鸡公山上鸡公的变种。那个是估倒干黄事，这个是用耍的手段，办法很文明，好像有一根看不见的索子套在她的颈项上：要她走东，她只有向东走；要她向西走，她也只有朝西面走了。竟成园一桌席，规定她今后的命运，走了第一步，第二步也就被胖鸭牵着，走了三步，以后走四步。在王善人的善良德行下，受到全部教育、感化、抚爱。

她每天上午都去经理室，王胖鸭特为她预备了大炮台的听子烟，并教她在烟里加一些吗啡，这样可以提神聚气，应付她每天下午的场面，这件事不要几次，就很快地上瘾了。凭现在吴小秋挣的卖唱钱，是不会够她吃吗啡、梭梭的，以后她就更加依靠王经理这个活财神，而财神爷也就更能驾驭他的干女儿了。

> 梭梭：白面。吸食时多以锡箔纸盛放，底部对着烟灯加热，滑入口中。

每天在门口紧闭的经理室内，足够这位善人老爷享受到他要享受的一切。有人要进来会经理么，先要按电铃，这预先发了的声音，有足够的时间，可以为经理从容地收拾一切，当吴小秋最后涂好口红照好镜子时，才听得王胖鸭懒洋洋有气无力地说出一声："进来。"

吃上了吗啡、梭梭瘾的吴小秋，更加驯服在王胖鸭的面前。小秋卖唱挣的钱，仅够维持她的生活，这新的烟瘾是不饶人的，她不得不想尽一切办法，为她的烟瘾做出充分的准备，因此，唯一可靠的靠山，只有这位一生爱做好事、爱做善事的王善人了。对于干女儿来说，他有父女之情，既怜惜她，又要以慈父般的方法控制她，使她百依百顺，俯首帖耳地来到干爸爸的膝前，使他得到绕膝承欢之乐，加倍地爱惜他的干女儿了。一句话，他把她玩弄于股掌之上，完全要使他的兽性满意而后止。

因为这位干爸爸的疼惜，人们也在背后里谈论这样事情了，从宽仁字号到新南门外锦江之滨，哪个又不交头接耳地、热烈地谈论这一桩新鲜的事情呢。

"他的婆孃也长得很不错吗？咋个他会干出这种事情来？"

"这有啥子稀奇，色中一点，牌中一张。老头子都是性好渔色，爱耍点新花样，君不闻老牛吃嫩草乎？"一个老头子摇摇头。

"听说，他有采术？"中年人发问。

"啥子叫采术？"年轻人问。

"采术者，采阴补阳之术也。"老头子又摇了一摇头。

年轻人实在没法懂得，只有在似懂非懂中去作一些非分之想了。当他怀着好奇心，去请教了几个人之后，这个年轻人才懂得，有些老头子比年轻人怪得多，因为他们在这方面的经验阅历比年轻人多到哪儿去了。

王胖鸭为了掩盖这一事实，他心里头琢磨着：要找一个替代，给吴小秋找个男人，名义上是他的干女婿，要起着挡住人们视线的屏风作用，他在其中要收到作为干爸爸的实际作用，他玩弄着这一石二鸟的手法，得到实惠，好不快乐。

他把这一打算先告诉吴小秋后，赓即进行一切布置，俗话说"钱能通神"，很快地物色到一个干女婿，这人在诚德慈善会里当会计，也不过二十一二岁。当他前几年从苦旱的川北来到成都时，他父母谆谆地告诫他："你好容易到省上找到好事情，在那儿要听主人的话，听话是第一的天大好事，切不可忘记了。你要晓得，你从此到省上去，就天天吃白米干饭了，再也不吃红苕杂粮了。娃儿哟，记到老人言，不得受饥寒。将来你穿衣吃饭，成家立业，也在这一个听话上，你千万要记牢，你去吧——"

对于吴小秋来说，这一个生拉活扯搞拢来的男人，无可无不可，况且由不得她做主。最现实的问题是：这个吗啡瘾，确实比什么还钻筋透骨，它控制了一切，在烟瘾发作时，不说嫁给这个年轻而老实的川北人，就是同她干爸爸明媒正娶，当个小老婆也是可以的。不，不当小老婆，干啥也可以的。

红爷找得最为合适，就是周连长，按照他的语言来说是："我乐于为王经理跑腿，经理咋说咋好。"

红爷：媒人，因"媒""霉"同音。又称"红爷大人"。俗语说"红爷公，红爷婆，红爷的儿子吃抹和（mǒ hó)"。

王胖鸭把吴小秋的手拉着,在她的手指上套上了一个金箍子,是东大街陕西帮天成亨金号打的十足赤金。

锦城旧事

于是按照一般的程序，介绍、看人、说媒、成亲，诸事齐备之后，就在竟成园楼上那间小屋子里，包了一桌海参席，使吴小秋与川北人在红烛高烧之下，成为夫妇。虽然没有吹吹打打，过礼迎亲，但这一次王大爷的大出手，也使得这一对新婚夫妇满意而归。给吴小秋扯了四季衣料，拿出一百大洋用红纸封好，作为贺礼送的。在年轻的川北人眼里看来，简直是在做发财梦，他心头首先想到要给他受苦受难的二老，汇兑一笔钱财回去，也不枉父母养儿一场，借以报答够劳养育之恩了。虽然没有举行什么仪式，但这白晃晃的四川厂造的大银圆，一次就有这样多，使得这个年轻的川北人眼中看来，比什么还要亮眼睛的。还没有下席，作为红爷吃三百杯的周连长，已翩翩然了："我说小秋，这算是你的福气，王大爷的栽培，王大爷为你呐，用尽了心血，比对自己的亲生女儿还要十倍地喜爱。不要说结了婚了，就把最心爱你的干爹丢在一边忘记了，你是聪明绝顶的人，你要那样，我们也不答应的，你不要使我这个当红爷的脱不到爪爪。不、不会的，你是个最重情感的人，说老实话，你这个干女儿又在哪儿去找哦？又聪明，又懂事，又最会体贴人。说你的唱，压倒这通城九里三分，围城四十八里，敢说川西坝子里十六属的县份，哪个及得上你，我说小秋呀！你硬是高高山上打锣鼓——四远闻鸣（名）啊！也不枉自王大爷对你花了一些心血，你也争得气。来，我敬你一杯，愿你们百年好合。咋个，

够劳：多劳。

吃三百杯：俗传在婚宴上，新郎、新娘应敬媒人三百杯酒。也代称为别人说媒。

脱不到爪爪：推脱不了干系。俗语说"老鹰抓蓑衣——脱不倒爪爪"。

新郎官儿：新郎。俗传平民百姓一辈子就当一次官，故县官看见娶亲的轿子都要避让。

令名：美名。

欢喜禅：佛教密宗塑像中有一像两身者，男天为大自在天之长子，女天为观音化现，象头人身，如夫妇相抱，故又称欢喜佛。

新郎官儿不开腔喃？啊！你们川北人老实，不像我们南路人，水性硬，一根肠子通屁眼儿，有啥说啥，我这个红爷说得不对头，你要包涵包涵。说错了罚酒三杯，我先干为敬。"

周连长这一番祝酒词，在用字遣词上是考虑得相当周到的了，但是话中有话，与其说他在为吴小秋与川北人的结婚咏祝酒词，不如说他在为吴小秋同王胖鸭祝贺更深层的关系。王胖鸭在觥筹交错之中，也欣然地对于周连长的话，颇能心领神会，感到内心快愉、舒服。他感到这一种耍法，又是一种别开生面的花样，有些像猫儿吃老鼠，不一口吃下去，而是欲擒先纵，将欲取之，必先予之，慢慢细吃，很有味道。他认为这样做，丝毫无损于他那善人的令名，况且他在诚德慈善会附属真诚阁的銮楼上，也代替过显圣的张飞，安慰过不少的善男信女了。而且他秉着神的旨意，通过一贯道附属的各个名称不同的道会，做了坛主、点传师，直接收了金童玉女，设坛传教。他还采取了在佛教庙子里头闭关的办法，在童贞的信女中挑选对于神信仰最真诚的，作为闭关修炼，关在封闭了的屋子内，按照神的意旨修炼七七四十九天，向她们宣讲说法，只要诚心，便可迎得神来，受到神的照顾。要她们在入关之前，要沐浴净身，以便在七七四十九天中，有朝一日，迎接神的来到，接受神的恩赐与抚爱，从而过渡到与神相通的境地，那就——据说是妙趣无穷了。佛不是讲过参欢喜禅么？在他们的道友中，也可以借神的光临，享受比参欢喜禅更其花样百倍的玩法。在他收干女儿吴小秋的玩法上，又是另一种花样，也只有他们这一种人，才想得到的办得到，有钱有势有方法，捧小旦，捧坤角，在人们谈论中取得特种的感受，有些飘飘然的舒服。

在所谓结婚的第二天，上午十点钟左右，王经理正坐在经理室漆皮的长沙发上，泡着一碗云南普洱酽茶，等待他干女儿的来到。他今天分外兴奋，精神抖擞地期待着一种满意的时刻来到。

十点过五分，吴小秋来到经理室，照例喊了一声"干爹"，有几分腼腆地坐在长沙发上去了。

王胖鸭今天特为她开了加立克香烟的听子，取出第一支香烟递给了她，然后把他的肥而且厚的嘴唇，挨近吴小秋的耳朵，轻轻地说道："把昨天晚上的情形，详细给我摆一摆，要越详细越具体越好。"

突然，电铃响了，连接二长一短，这是有重要事情马上来见，他不得不收敛了他那一副垂涎欲滴的嘴脸，郑重地说道："进来。"

"司令官请经理马上去，说车已来了，看来是有什么紧急要事。"

他马上起身，飞也似的直向汽车门冲去。

吴小秋仿佛从浩劫中挽救过来，她如释重负地移动她那穿玻璃丝袜子着便鞋的脚，顺便摸出了烟盒子，装了几支加立克，随后出了经理室，蹒跚而走——她想，下次这个时候见面时，咋个对付？该咋个说才好？又从何处说起呢？这狗日的死老汉硬是怪得可以了。她在这个时候，比别人多一层体会，什么叫披着人皮的豺狼，什么叫人面兽心。

在周连长茶铺外，每天有一个过路的听众，他骑了自行车，在下大桥倒右手时，顺手把茶铺外的木条子抓着，停下车来，要细听吴小秋唱一曲后，才又沿着锦江之湾飞快骑车而去。当他黄昏进城时路过这里，听的人多了，只要是吴小秋在唱，他总是要停下车来，细听一番，然后满意地哼着吴小秋的调子而去。

这个人是住在一家旅店的后院，他从小就在旅店里，每天夜晚听惯了来来往往的卖唱的声音，从扬琴到琵琶、月琴，他听得太多了。

年轻小伙子，他自己也懂一点音律，学会了胡琴，能自拉自唱；喜欢川剧，也是京剧迷，更爱到各大小书场，听书说唱。鼓楼街的芙蓉亭，少城公园对门的协记茶铺等等都少不了他的足迹。当时还写了一些唱词，供给艺人们说唱之用。

他长年累月来，在听的日子中，发现了一个值得引人重视的问题，即吴小秋、玉君她们这样无休止地唱下去，会把她们拖垮的，每天都有那些仗财行凶的人，拼着点戏，使她们每天被弄到力竭声嘶的地步。这样好的唱法、气术，在新南门外河边上的竹棚茶铺里就断送了，实在可惜！像吴小秋这样了不起的人才，无论如何应当与贾树三的竹琴、李德才的扬琴并列起来，应当在这古老的芙蓉城成为鼎足之势，不能埋没在那沟旁河边上了。

他也深深地知道，除卖唱以外，她们过的是什么样的生活。他看到这些情况，似乎产生了一种责任感，要把她们弄进城，在市中心的书场占上一席，凭吴小秋的唱腔，完全应该在城里头几个大书场来登台表演。他断定：一唱必红，必然轰动成都市。

但是，要把她们弄进城来，从何处着手呢？这样就使他踌躇了。习惯势力把琵琶、月琴列为下九流不堪入耳，对他们歧视、轻蔑；乃至在同样卖唱的艺人中，也对他们这一行，仍是看不起，认为他们只够钻鸡毛店，钻水格子，不配进到城里来，何况是要到市中心的书场呢？

钻水格子：到茶馆卖唱。

这个不甘寂寞的人，偏偏地就要做他不甘寂寞的事，他只要立下志愿，就会不顾一切，迎着困难、迈开他的步伐无所畏惧地走去了。

周连长认识他是记者，是在一次茶社业请求减免苛捐杂税的招待会上认识的，他们也谈到吴小秋。他向周连长问得很详细，包括她们的生活。

周连长也告诉了她最近结婚的事，但这些都不是他所要关心的，他唯一关心的是如何想方设法把她们弄进城。

由周连长的介绍，他先认识了化德、蒲顺、玉君，然后才是吴小秋。听周连长说：认识一个记者是有好处的，可以为他们在报纸上吹一吹，使她们出

211

名。

"我早就看到你先生经常骑起洋马儿在外面停下来听我们唱了，以后还望你先生多多指教，我们这个玩意儿，实在说不上啥子。"化德客气地应酬着。

"以后要仰仗你先生的地方还多，只要不嫌弃，随时请来指教！"蒲顺也应酬着。

吴小秋对于记者，实在有些陌生，只晓得是在报馆头做事的人。又听人说过：新闻记者、律师、医生这三行人得罪不得，得罪新闻记者要使你身败名裂；得罪了律师要使你吃官司、坐班房；得罪了医生要你的命。她仔细端详了这位欧长歌新闻记者，却又与一般人并无二样，感到比较和气，虽然同这茶铺里听唱的人有所不同，是个读书人，但又同他们说得来，没得什么架子，一屁股坐下来，就同他们打拢了。这茶铺里经常来听书的高老夫子，也是读书人，手拿鹅毛扇子，扇把子上还坠了黄丝结的翡翠玉的牌子，玉色绸衫套上了漏底罗纹的背心，扎的鸡绑腿，脚蹬玉堂春做的双梁鞋，说话是之乎者也，文屁儿冲天。他不是那种读书人，他是另一种，在吴小秋看来，还算是第一次接触到这样的人，她感到有些异样，穿的白衬衫，短腿裤，有点像华西坝上读书的学生哥。

文屁儿冲天：讥讽人爱引用古书词句，卖弄才学。俗语说"孔夫子死了倒起埋——文屁儿冲天"。屁儿：屁股。

有一天黄昏了，欧长歌同唱川戏的周可可，华西坝上一个中学校长吴后乐，在锦江上坐着小船乘凉，船在周连长茶铺前靠岸了。由欧长歌引导进入茶铺柜房里，周连长特地泡了茶热情地招待。几句应酬话之后，正是轮到吴小秋唱了，全场静然，只听一曲清歌，从吴小秋口里脱化而出，那宛转的歌喉除把每一个字咬得实在外，格外还有一种韵味，是她自己独有的韵味。这韵味欢乐着每一个听众，这韵味十足的美妙声音，飘扬在锦江之滨、新南门大桥一带，有时在隔河对岸的竟成园、江上村一带，也听得到她那嘹亮而美妙的歌声。

"这个唱法了不起，你听尽是过板过眼的唱法，该落板的她不落，板过了才开腔，有时在头眼过了才开腔，在中眼也在起腔，唱得多么灵活自在，真是了不起的人才！"周可可一听就大加赞美了。

"怎么我在新南门往来，就没有听到过这样好听的唱法？"吴后乐校长有些感到意外。

"你们听的是贝多芬、莫扎特，圣诞节唱的弥赛亚，那些东西高高在殿堂里头，不关下里巴人的事。校长，你还是应当来这些地方听一听，这里头有些了不起的东西啰！"欧长歌笑着说，"只要你久听，她的妙趣无穷。你看，那桥上不是来来往往华西坝上的男男女女的大学生么？他们喜欢听的、唱的不同，就打从这儿走过，也根本感觉不到什么。"

吴后乐校长完全接受了欧长歌的意见。吴校长早年相信无政府主义，为了追求他的理想，曾经去学过裁缝、种过田，以身体力行去实践他的理想。大概感到有些行不通，自己也无能力了，才仍然回到这个教会学校当校长。为人十分洒脱，也很乐观。是个川剧的狂热爱好者，经常在欧长歌他们那个报上，发表介绍川戏的文章，同周可可交道莫逆，尊重周可可的表演艺术。他还特地请了华西坝上的外国人，经常到悦来茶园去看川戏，戏目是由他点的，其中，必然有他的好友周可可的《秋江》《大打飞龙寺》等拿手好戏；还翻译了不少剧本，介绍到他们遥远的国度里面去。

他今天来听吴小秋，确实感到异样而美好。他在听了之后，有一个打算：把他们这一帮人介绍给华西坝上的一些外国人，他想听听他们的意见，与川戏相比，又是怎样的看法。

"校长，你这个想法，我完全赞成，可以拿到庙堂里去唱一唱，我来主持，先教一教他们的规矩，把穿着举动调整一下，他们现在这个样子是不行的，你看化德穿的鱼尾巴鞋子，卤漆的脚杆，要去那该穿上袜子，穿双新草鞋都行。"欧长歌颇为兴奋地说。

"要去当然要讲究一下，鱼尾巴鞋子，万万是来不得的。"周可可郑重其事地参加了意见。

"对，这方面你去负责，坝子上我去负责，要搞就在郝飞院那个大教室搞，音响效果，可能也是好的。"吴校长说了之后，由周连长介绍了吴小秋她们，她们也早已对周可可闻名了。

"校长同欧先生在打你们的条了，要把你们接到华西坝上去请高鼻子听，这样对你们是大有好处的，二天说不定要喊弄个世界驰名。"周连长说着掉头向

郝飞院：华西协和大学为纪念捐赠者美国人郝飞所修的一处建筑物。

打条：打主意。

喊：让。

欧长歌，"你们二天成名了，我这个茅庵草舍的茶铺也要沾光出名的啊！"

这一次会见后，他们就分头进行到华西坝去演出的事。吴后乐校长心中有数，等于扩大的请一次他的外国朋友看一次川戏，对他说来是不难的。在欧长歌方面，事情就多了，他首先想到要趁此机会，在报上第一次介绍吴小秋，要一炮打响，大造舆论，为她们将来进城打下基础，要使全成都的人，先有一个鲜明的印象，吴小秋是何许人，干啥的，要做什么？尽管她在新南门外或者是川西坝子各个场份、码头有名了，但在城内还不为人知道，特别几个书场，更没有她们的席位，即使在同是挣钱卖唱吃饭的新出道人中，他们也受着歧视与排斥。

头炮打响是一个难题，这难题首先难倒了当记者的欧长歌，他在深夜里，不断地抽着纸烟，喝着酽茶，搜索枯肠地想给吴小秋取个代号，这代号要使人一听就懂，也要恰如其分。已经打三更了，他还在清油灯光的摇曳下，觑起眼睛，对着镜子，看着自己常见的面孔，猛力再吸一口烟，向镜子里自己的影子喷出白烟去。在九转回肠之余，终于在呕心沥血中想出了一个有标题性的代号，给吴小秋取个——"成都周璇"。消息的标题就是："成都周璇吴小秋，怀抱琵琶上庙堂。"当他仔细推敲，确定这个标题后，已快鸡叫头道了。但是他仍然睡不着，他还在思索，要使人一目了然，给读者印象较深，必须请南虹艺专学校

觑：眼睛眯成缝。

烂铜板：用腐蚀法制版。

教油画的张漾波，来为她画一张速写，烂一个铜板，配合这条消息的内容载出，那样就两全其美了。

第三天的上午，他约好了张漾波、长于漫画速写的谢趣公，走到周连长茶铺。吴小秋、化德他们也已来到。欧长歌介绍之后，就请吴小秋坐端正，开始为她画速写像，几笔勾勒描绘，一个活生生的吴小秋已跃然纸上，不但酷肖，连她本人的精神面貌也表现出来了。张漾波的结实功夫，谢趣公的神来之笔，的确名不虚传，也不由得打从他们心眼中自我欣赏起来。一方面他们也感到吴小秋的形象，却也长得不错，小巧玲珑，眼睛活像她妈嫩豆花儿，又是一对水汪汪会说话的眼珠子。

"简直把吴小秋画得活灵活现的了。"周连长稀开了他的大嘴巴发笑，"化德，你看嘞。"

"简直是一模一样。"化德惊喜地回答。

吴小秋本人也看了一会，无话可说，只是在一种拘谨而有礼貌的笑容下，微微开启了樱桃小口，露出了不完全的、整齐的牙齿来。

张漾波说道："守到这样近，我们天天打从这河边上走过，却没有发现这样一个人。"

"你们讲的是那一套学院派嘛，老师，你们还是要请到这些地方来，可画的东西多呐。"

"是嘛，成天地关在学校里画画画，可以说与世隔绝了。"张漾波向欧长歌低声地说，"我在考虑给她画一张油画了，在构图上我想取个犹抱琵琶半遮面,就画这样的情调,什么背景也不要,唔——"他认真地、若有所思地凝神起来。

欧记者接着发话:"老谢,你的速写也可在你们报上登了出来,反正你有的是每周画栏,由你安排,最好能够配合我发消息时一齐拿出来。"

"当然可以,听你吹得上了天,我们还没有听过她的唱,今天正好领教领教。"谢趣公要欧长歌回答。

"对,今天中午我请客吃走马街的乡村,下午听她们唱。就是这样,走,化德、吴小秋,我们马上就动身。"欧长歌直率地回答。

化德悄悄地问吴小秋说:"你最爱吃那黑的红烧鲢鱼,今天又要过瘾了。"

"小声点,看人家听到。"吴小秋向化德叮咛着。

乡村是走马街一家红锅便饭馆子,老板是老西门外犀浦的人,专门聘人,会仿做犀浦有名的红烧鲢鱼、碎滑肉之类具有地方风味和地方特点的菜。它要在市中心区热闹的地方来登记,没有几样看家本领的菜,是不行的。这一带红锅馆子特别多,有早已卖出名的城守东大街李玉兴的豆花饭店,名为豆花饭店,实际上是红锅炒菜馆子,以火爆肚头、炒腰花儿、辣子鸡丁有名。春熙路上果尔佳的香糟肉、樱桃肉、炒双脆,也能独树一面旗帜。另外还有几家的螃蟹蛋、红烧狮子头、野鸡红等炒菜,都是各具风格,互不相

217

让。乡村是新近才开设的馆子,它没有几样拿手好菜,无论如何是不敢来在这些热闹中心拼本钱的。

正因为它有着这一些别具一格、特殊做法的菜,可以换一换人们的口味,在烹调作料上、炒菜的火候上,配合着高明掌瓢儿师傅的手艺,弄出的菜肴,就格外生春,勾人食欲了。谢趣公几乎每天都到这儿来吃饭,这馆子隔他的报馆很近,从跑堂的堂倌到红锅上的瓢儿匠师傅,他都是很熟的了,他们也晓得他是报馆里专门在报上画娃娃的那个记者老师。

这类红锅馆子,有一个最大特点,不怕再人多拥挤,就在吃饭拥堂时,只要你一坐下,点了菜,落座不久,热腾腾的炒菜便端上来了;实际上热菜还没有上,早已由精明伶俐的堂倌给你摆上了各种不同的碟子小菜,有芝麻酱凉拌红油青笋、青笋丝和猪鼻拱凉拌的小菜、鱼香紫菜、油酥花生、油酥胡豆、芝麻油酥豆腐干、姜米菠菜、炒豆芽等放在桌子上了,吃一碟算一碟的价,价廉物美,丰富多彩。

他们五个人吃了下来,也不过一块多两块银圆,欧长歌做了东,他也十分乐意请这么一次客,因为他刚才得到了一篇文章的稿费。他认为这一顿吃得非常有意思,将是他存心做好一件事情的开始。他希望把第一件事情做好后,紧接着做好第二件事,一步一步地走下去,诚心要把吴小秋她们弄进城,先入庙堂,后登宝座。要在城里头与贾树三、李德才平分秋色,打出一个五彩缤纷的天下来。

猪鼻拱:鱼腥草,可作蔬菜或药用。

他十分准确地估计了吴小秋独树一帜、富有创造性的唱法，流利自然的行腔，在广大下层社会里，经受了这么多年的考验，无往而不胜，走到哪儿红到哪儿，癫狂了不少真正的知音，为她那珠圆玉润的歌喉赞美不绝，把那些肩挑背磨的痛苦，忘个一干二净，她给人们更多的快乐。只要吴小秋在哪儿出现，那儿的人们便趋之若鹜，带着欢乐的心情聚集起来，忘掉一切。欧长歌想：她既能征服成都平原，难道不能把所有的成都听众收进罐罐么？何况它比起扬琴、竹琴起来，更有它广泛的基础呢？主意已定，势在必行，他要实现他的愿望，只有勇往直前。他还想道：如果任随他们就这样在周连长茶铺无休止地唱和折磨下去，加上生活的腐蚀，只能把她们弄到油干灯草尽的地步，对吴小秋这样的了不起的民间艺术歌唱者，实在糟蹋得太可惜了。何况自从有琵琶以来，在这川西坝子上，只发现过吴小秋这一个人，仅仅她这一个人，唱得有如此美妙。

当吴小秋的速写像烂成了铜版，印成报章之前，欧长歌又急急忙忙地去街头、烟馆、酒馆里找着了卖报的四大金刚，首先抓到了他们之中的头子吴烟灰，外号"成都鲁迅"的报贩子，给他进了酒钱，向他说明："明天报一发到手，便要请你们在春熙路总府街一带，大吼特吼，凭你们的本事，完全可以多销几百份报的，标题是成都周璇吴小秋。"

"啊！——小秋么，那是无话可说，人家本来就硬是唱得好呀，欧老师你出面来，那还有啥说头，喊算我们的，来干一杯。"吴烟灰一饮而尽，欧长歌也举杯为敬的了。

"总之，一切拜托，请你给他们说明。"

"对头，就算是。"吴烟灰斩钉截铁地回答。

这一天上午，华西坝有高大的宫殿式建筑的郝飞院，第一层楼大教室里的讲台上，放了一张方桌，扯了红缎子的桌围，上方坐了吴小秋与玉君，她们今天格外端庄地坐着，有些拘束，因为在事前欧记者特别为她们关照过：要正起样子，不能像在茶铺那样随便，也不能吃纸烟，要求她们无论如何要忍耐几个小时。也不能随地乱吐口痰，实在要吐，只有吐在自己的手帕里头……如此等等。一些清规戒律，弄得她们实在是不大自然了。

正起样子：做出十分严肃的神情。

"总之，你们熬过这一两个钟头，就谢天谢地了，吴老师、玉君老师！"欧长歌半开玩笑地叮咛着。

"哎呀，我们是啥子老师，你才是老师嘛，这几天把欧老师真累坏了。"玉君客气地回答，"我们一切当心好了，龟儿小秋有点乱吐口痰，我监视着她就是了。"

爬：滚开。

"你爬哟！哪个要你监视，老子自己晓得。"吴小秋反驳着，心里想：洋规矩真多喃，怪不安逸的。要不是欧先生一番好心，这样淘神，真不愿到这个鬼地方来。

吴后乐老师忙着招待应酬，说着流利的英语，东来西往。当他把吴小秋介绍给加拿大人苏木匠时，使吴小秋感到非常意外的是：这位外国人居然也说着成都话："你们唱得很好，在新南门大桥那个茶铺，不错的。"

玉君睁大了眼憨笑着：怪，外国人也会说成都话！

化德也有些感到异样，他觉得这个洋人，没有在雅安传教那个夏洋人的成都话说得好。那个夏洋人，还加入过当地的袍哥，一口江湖话，海的夏大爷，下乡传教，到处拜过码头。

吴校长请了十几个外国人，还请了坝上的名流学者，从西装到长袍大马褂，他们彬彬有礼，像礼拜天进教堂做礼拜一样。他们一个个端庄而有礼貌，慈祥而且善良，彼此有礼貌地点头招呼，一个个涂上了圣洁的灵光。他们今天的来到，一方面是为了吴后乐校长的请客，同时也想试着接触一下中国民间的音乐，看是个什么玩意儿。其中有一个行将到美国去留学的医生，他想把这个玩意儿，学得弹上几下，可以到外国去到处表演，仿效他的前辈，卖门票，增加意外的收入，不正好是一笔生意？异日学成镀金归国时，又可以把这张琵琶卖给他们的博物馆，达到名利双收的目的。

吴后乐用着半中不西的话作了简短的介绍，说吴小秋她们的琵琶，唱的是几个短调，有独特的地方色

> 苏木匠：加拿大人苏威廉，时任华西协和大学建筑总工程师，负责校舍的修建和维修，为人谦和，时人呼为"苏木匠"。

> 拜码头：拜见某一地区的袍哥首领。

> 坝上：华西协和大学所在的华西坝。

彩与地方风格。

来宾有礼貌地倾听着，没有什么表情，他们有的从遥远的西半球来到成都传教几十年，还是第一次听到这样美妙的歌唱。高等华人呢？是不可能接触到这些玩意儿的，会拉几手小提琴的，自然会认为这些东西是微不足道的了，怎么值得一顾呢？演唱完毕，居然也得到了掌声欢迎，这有礼貌的掌声像风一样地一刮就完了。为了上帝的缘故，他们带着轻微的笑容，鱼贯而出，由吴校长谦恭地送他们到郝飞院的阶梯门口。

周可可喜悦地对吴小秋说："不管怎样，我们总算是来到这样的地方肇过了，自从盘古王开天地以来，琵琶进到这样的地方，还是开洋荤第一次。"

> 肇：捣乱。此处为谦词。

"他们来中国宣传西洋文化，我们到华西坝上来宣传中国文化，相得益彰嘛。"吴校长郑重其事地说。

欧长歌听了后，笑而未答，今天名义上是吴校长请客，又专门请的是西洋文化使者，对客人来说，是一个可以接触中国文化的机会——欧长歌本人也是在利用这次机会，不过他的出发点不同，他一心想利用这个圣殿或者是庙堂，为吴小秋她们唱琵琶这个行道造声势、扩大宣传，打开一条出路。一切按照他的计划进行，他欣赏着每一步胜利的脚印，一步一步地要把这个玩意儿弄进城去。

当他们下午进城时，刚走到春熙路口子上，就听得烟瘾过足的"成都鲁迅"和其他几个报贩子们，大声武气地在喊："看看看，成都周璇今天到了华西坝去见外国人！"

"嘿！看稀奇呀，琵琶调唱到外国人家里去了。"

"看新闻，华西坝洋人迷上了吴小秋的琵琶调，新闻呐！"

"嘿！买报买报，万不想咿板儿哟呀板儿哟，今天唱到华西坝子去了，听得洋人哈哈大笑，快来买新闻看！"

"吴小秋一步登天，琵琶调升堂入室，外国人拍手欢迎，看看看，今天轰动华西坝的新闻呀！"四大金刚之一的袁老枪提高了嗓门，高举着报纸，在十字街口大叫着。他们还即兴地喊出了名种花样的叫卖声，从大烟馆、旅馆到每一条街、每一个角落，一夜之间，喊遍了牛市口这头的九里三分天地，把整个成都搅动了。

人们也都好奇地谈论着，有的问："吴小秋是啥子人？"

"是新南门外下大桥那个茶铺唱咿板儿哟的。"

"有那样的毒气呐，外国人都欢迎呐？"

"总是有毒气嘛，要不然会把高鼻子都迷住了么。这个年头新闻多，你我长起眼睛看，有看头。"

"我们哪天到新南门外去看一看，那个'成都周璇'究竟唱得咋个？明天就去行么？"

有毒气：有魅力。

"对呐,去见识见识,人见稀奇事,必定寿缘长。老兄,你明天下午大桥头见,哪个先去哪个等,总之,在那个河边上茶铺,不见不散。"

舆论把吴小秋他们介绍给成都人了,以后隔不到几天,欧长歌又在报纸上发了一则消息,就连进出于新南门的华西坝五大学的学生中,对于周连长茶铺,也有些侧目而视了。如果是碰到吴小秋在唱,他们也要侧耳细听一番,或者看一看所谓"成都周璇"究竟是个什么样的人,是"天涯歌女",还是十字街头的卖唱人?

不久,欧长歌在他朋友谢趣公家里举行了一次坐唱。谢趣公的家就在这锦江河边,隔周连长茶铺,不过半里之遥的上流地方,正对着对岸竹林深处的江上村。坐落的附近,与华西坝相接,进门是一个小天井,左边是一间客厅,可以坐两桌人,安置了藤子编的沙发,屋里简单朴素,极富艺术趣味。客厅后面套间,是他的画室,再后面便是寝室了。右边竹篱内栽有花木,安有水泥做的石桌石凳,一切都非常讲究。原来这地方是城内一家匹头铺老板修的疏散小别墅,有警报时,跑出城来在此休息。谢趣公与这位老板打的儿女亲家,这院子平时就送给他住了。

这一天,屋子的主人,预备了烟茶,由他的同业兼好朋友欧长歌请了客,主要是请几家报馆的同业,记者和编辑等,还特别请了鼓楼洞街有百多年历史的扬琴书场的周老板,希望他来听了之后,接洽他的书场接吴小秋来演唱的事。

吴小秋整顿一下穿着,把头发烫了,擦上了口红,无须怎样打扮,早已使作为美术家的谢趣公称赞不绝了,他悄悄地对欧长歌说:"可不可以编她给我做一次模特儿,我画张油画?"

"给她商量一下,看可不可以,总得征求她的同意呐。"

"要画裸体的模特儿。"谢趣公直率地说。

"这……我咋好出口,她会答应么?她懂得你这些洋花样么?"欧记者怀疑着说。

编:找理由说服别人答应某事。俗语说"吃竹子屙箩篼——肚皮头编的"。

"你去编一编再说。"

"今天不是谈这些事的时候,以后说吧。"

吴小秋唱了她最拿手的十二个月的《忆我郎》,未待唱完,她那动听的歌喉,早已把全屋子的人,唱得闭目摇头,有的人用手轻轻地在他自己的膝盖骨上,敲打拍子;有的人跷起二郎腿,脚在不住地颤抖;有的人带着微笑,在微吟低叹;有的人就干脆放低声音喊出好来。在上有天楼、下有地板的屋子里,把吴小秋的声音显得更其圆浑有力,在一些知音者的耳里听来,比之于在大河边上棚里的声音效果,好到哪儿去了。就听觉上说,分外得到一种舒服、好受,给人带来一种特殊快感。

天楼:阁楼。

接着又唱了几个小调,《芦花词》《青蚬叶》等,玲珑透剔,人们赞叹不已。

欧长歌把周老板拉到屋子外面去问他:"何

如？"

"不错，名不虚传。"

"有没得卖相？"

"当然有。"周老板想了一下说，"一定有。"

"到你的书场来行么？"突如其来的一问，一下子就把周老板问来憨痴痴地定住了。

憨痴痴：傻乎乎。

"欧老师，你难道还不晓得行情么？我们那里的扬琴、竹琴，还有曾炳昆的相书口技、楼外楼的相声，那么几方人，要先把话说好，把他们的言语拿顺才行。"

方：方面。

"你回去试试看如何？决定权在你，你是老板嘛。至于宣传舆论方面，我是包干了的，老实说，这样好的东西，放在城外实在太可惜了。"欧长歌继续说道。

"当然！当然！不过，……是要先回去试探一下，他们只要搁得平，那是好办的。"

搁得平：没意见。

"那就隔几天再听回话了。"

"算事。"周老板应允着。

周老板回去之后，先向唱竹琴的贾树三老先生探听了口气，贾老认为是可以的，有卖相，而且进城登书场，保险一炮打响。可是当问到扬琴其他方面时，李德才没有意见，打扬琴的阚瑞林却说："那都来得？没要把堂子弄糟了，我们这几行是清品，咿板儿哟咋能来。"

清品：高雅的艺术。

说相书的曾炳昆也不赞成："那个东西名声太坏

了,咋个来得我们登的堂子哟!莫把水给搅浑了。"

反对论者也感到有些为难,听说是新闻记者欧长歌在为她活动,欧记者多次在报上写文章介绍过他们的艺术。而且每当税局要增加抽娱乐捐时,他总是站在艺人这边,在报纸上发表消息,为他们呼吁,指出艺人生活太惨,特别是盲艺人的生活,更加困难。他还写了短评,指出:增加抽娱乐税,不啻是断了艺人们的生路,构成新的社会问题。

欧长歌听得这类反对意见后,便亲自出马,钻到烟馆子里去会见了曾炳昆与阚瑞林,向他们说明:艺人都是过的受苦受难的生活,找点吃点,朝不保夕,被人们歧视、看不起,而不应当自己人看不起自己人,应当共同找钱吃饭。他进一步向他们指出:"你看,现在单独一个形式的书场,正在向多种形式的书场发展,人们吃一碗茶,可以听四五种玩意儿,将来再加上琵琶,又多加一个花色品种,敢保险,又会增加一股听众,这对老师们、书场老板、听众都有好处嘛。一个人每天唱几个书场,也可以在节目上、时间上抽扯活动,这对你们自己本身拿钱吃饭,大有好处,不应当歧视。再说等她们进城来登书场,看一看嘛,对就唱下去,书场老板不会做蚀本生意的,曾老师、阚老师,你们说何如?"

"是倒是啊!经你老师一说,又使我茅塞顿开了。"阚瑞林说后又自言自语地低声说道,"不应当自己人看不起自己人,这句话有道理,妈的,都是吃

> 抽扯活动:灵活机动。

受气饭的人嘛!"

"曾老师以为何如呢?"

"我有啥说头哦,你老师出来,横顺都要弄巴适,只要书场老板挂牌,我们各站脚步,同财共事,大家都好嘛。"曾炳昆从鼻孔里吐出了浓烟,他正在过瘾,"欧老师,来一口。"

"这个东西我隔行了,吃酒我可以奉陪,今天中午我请客,去吃竹林小餐,二位老师,吃允丰正,全兴?"

"客随主便,我们先道谢了。"然后他们一同从烟馆里出来,才知道天气早已放晴,一轮红日,高挂在蓝蓝的天空上了。

"吃人的嘴软",在这样的场合下,有它的一定作用与分量,当他们吃得红脖子涨脸时,吴小秋她们进城登书场,已成为必然的了。酒精进入血液循环系统以后,它的发酵作用,又准确地使先前的反对者,一变而为拥护者了。何况这位东道主在敬酒钱之前早把烟钱也敬了。曾阙二位还有一个想法:即使二天再被当作吸毒贩关进南门外衣冠庙去,他们的名字也不会在报上出现的,何况还有一些地方,要借重欧记者的。

堡垒从内部攻破了。于是欧长歌按照他的设想,稳步地施展他的计划。他想到芙蓉亭的周老板是一个摸到石头过河的生意人,怕担风险,暂时放弃他。另外再去找总府街智育电影院对门新仙林餐厅楼下新世

说头:意见。

横(huán)顺:无论如何。

界书场的老板孙四爷,来打听一下。新世界地处成都市中心热闹地带,每天演唱节目中,有扬琴王牌的李德才一帮人,竹琴之王的贾树三,曾炳昆的成都口技相声,楼外楼与戴质斋的京口双簧。第一流的演员,第一流的书场布置,攻克了这个堡垒,其他书场就可迎刃而解了。

他从前中学的同学赵胖子,现在在春熙路上开设了大双间的匹头铺,在成都市商场上也算是一个头面人物。欧长歌去给老同学一说,赵胖子一口答应:"就在我的那个花厅中举行,我同罗经理请客,我倒要听一听,你吹得天花乱坠的'成都周璇',究竟何如。"

"时间?"

"就定在后天,找蓝二爷包一桌荣乐园。"赵胖子凑近欧长歌的耳朵说,"听说不单是唱得好,脸上还有几颗饭?"

"你看了再说,我不敢对她再说什么了,不然你又会说我吹得个天花乱坠的了。"

一切按照约定的如期在赵胖子公馆里的花厅举行,厅的内部安了一堂楠木家具,中央放着一张大理石红豆木雕花的圆桌子,六根桌子腿是镂空花的盘驰雕刻。桌子中央还放了一个宣德炉,檀木座子,燃着广东来的檀香,古色古香。花厅内厅安放了炕床,挂着名人字画,一张是张大千四尺宣的杨贵妃戏猫图,两边配着谢无量的对联,写的老杜的现成句子:"锦江春色来天地，玉垒浮云变古今。"正花厅中还挂了些字画，张书亚的花鸟，岭南画家黄君璧的秋山枫叶，赵子昂的几笔大写，谢趣公的时装仕女。还有昌尔大、林山腴、李昶、萧泽溥的一堂屏。这样一些字与画，把这位暴发了的匹头商的客厅打扮得有了几分雅气起来。厅外的阶沿上放着十几盆兰草，春兰、夏蕙、秋素各有二三盆，花盆是宜兴造的，并特地在兰花盆上搭了架子，不使兰花为烈日所直射，他本人就精心照看着，表示他在铜臭之外，尚有雅气的一面，或者是在雅气之中多而不少地带点铜臭气。

邀约的客人，如期而至，谢趣公是最先到的一个，在他那黑纹皮大皮包里，早已预备好木炭笔、速写纸，专待吴小秋一来，就给她描画。过去速写的吴小秋，虽然在报纸上发表，但他还不够满意，那不过几笔的描画，只求酷肖而已，今天他存心要细致地、好好地为她速绘一张。因为他郑而重之地拉着吴小秋坐下来画，他穿着西装，打的黑湖绉的大领结，头发蓬松，很像当年的贝多芬。这样的洋打扮，在吴小秋看来，还是第一次，既感到新鲜，也有些异样，她想：就是华西坝那些穿西装的外国人，也不像他这个样子打扮嘛，真是有点古而怪之的了。

当谢趣公在动笔之前，对着她凝神注视时，竟使她有些腼腆，最后愕然了，她觉得他的眼珠子像针一样直刺着她，使她回想起鸡公山上吕鸡公那对刺人的双眼。当她同谢趣公四只眼珠对视时，使她不安了，

多而不少：多多少少。

但她又想道：他们这些先生们是读书人，都是报馆头做事的人，自从欧长歌为她介绍了许多报馆头做事的人以来，对她都很客气的，而且都是平等待人，尊重她的艺术，尊敬她的人格。这就使她对这样一些人发生了好感，她认为他们这些人，不是她曾接触的另外那些人，那些人恨不得咬她几口，或者要想方设法把她吃掉。因而，她就放心了，也不再忧虑了。于是她也就端庄地坐定了身子，由在谢趣公看了又描，描了又看。她只听得围在谢趣公背后的那些观众的称赞，啧啧之声，不绝于耳。她此时也感到高兴，准是画得像！她很想要看一眼。谢趣公觉察到被画者的心情，停下笔来，把刚描好的头部的上半截拿给她看，只有头部同前额、眼睛、两耳。

由在：任凭，听凭。

"像么？"谢趣公有礼貌地问了一声。

吴小秋什么也回答不上来，她只是嫣然一笑，笑开了红唇，露出那排雪白整齐的牙齿来。谢趣公想到，将来一定要给她画张油画，画她的笑容，当然，她不会是蒙娜丽莎的那种微笑，她是另外一种带上几分吉卜赛女人的风情，柔媚的、水汪汪的眼睛，黑眼珠、白眼儿有些蓝。她的眼波里看不出什么聪明智慧出来，但，纵然是长期生活在粪土里，也是一朵开出来鲜美的奇花，不同凡响。她的美不全在于一双眼睛，而是在于善唱的歌喉。谢趣公在他行将着手的油画构思上，在用心思考、安排了。既要画她的外形之美，也要画出她是一个著名歌女的本色来。有些俗气，但不失其为民间艺人的本色；有些风情，但又绝不是那妖冶的卖弄。她就是那么毫不隐蔽的语言和行动，她似乎从来也不会玩那一套虚伪的动作，虽然她久经风霜，却仍然像九秋尽后的枫叶，高挂在树梢上，临着蔚蓝的晴空，招展着、飘摇着，"乌桕红经十度霜"，何尝又不是对她的写照。

　　谢趣公从欧长歌口中早已听了不少关于她的介绍，感到非要给她好好地画一张油画不可，这已似乎是他的一种艺术责任了。今天的速写只是一个开端，他没有想到进行得如此顺利。他的熟练的技巧，抓住她的特点，一一描绘于纸上，从形似到神似，惟妙惟肖。谢趣公自信，对于存心要为她画的油画，至少有几分把握了。他回味着完成一个艺术构思上的快乐。

第八章 饿老鸹也不打岩下食，吃桃子也要分个杆杆嘛

> 庄客：旧时公司、店铺等派往外地的推销、采购人员。也称"水客"。

> 风车斗转：十分圆滑，八面玲珑。

东道主赵胖子，这几年趁国难发财，派了他的庄客，北去漯河，东下三斗坪，南到金城江，远而至于滇缅道上，以及加尔各答、仰光、香港、上海等敌伪占领区域。为了发财，何分敌我，在运用投机手段上，他在市场耍得风车斗转，人们说他："赵经理、赵大爷，这几年福至心灵，红运当头，在匹头业中，红得烫人了。"行市的涨跌，他了如指掌，有不少人还要看他的颜色行事，他可以与资力雄厚的山西帮来上两下。不仅仅是经营匹头、百货，凡是有钱可赚的，他都要去抓上几手，而且是一抓不放。在通货膨胀之下，他抓的是实物，任随波浪起，他稳坐钓鱼台，左右逢源，他的财产像滚雪球似的越滚越大，如同他那肥猪似的身体一样，臃肿起来了。

春熙路上开了双间匹头铺，又暗地吸收存款，出的利息也比较大，主要靠他在市场上的声势与信用，当别人债台高筑时，他却是一本万利，无往而不至了。新近，他又与财政部的副部长，打成了儿女亲家，飞来飞去于成渝两地之间，不仅是商界中，就是警备司令官严苗也要对他少不了奉承几句了。

他在得意之余，最喜欢的还是酒字下面的那个字，不过他有些过于贪婪，不仅是人，就是他对于有女字旁的字，也要多瞧上几眼。今天他看到吴小秋，如此其娇小玲珑，早已忍不住要笑了。又看到谢趣公这样的新闻记者，能与她郑而重之地画像，他感到另外有种什么东西在刺激他，勾引他，使他冲动，心痒痒的。他已是几个川剧坤角的干爹了，他对她们从来没有感到厌倦，但是，今天一见吴小秋，万不想在唱咿板儿哟中有这样漂亮耀眼的花朵。他已然是炙手可热的了，他想在油大之后，来碗酽茶，在饮酒之后，来碟酸汤，换换口味嘛。

"趣公，你真画得不错，硬是把小秋画出神了，像月份牌上的美人一样啊！"他意在借吹谢趣公而捧吴小秋，哪知道他这句话，却使谢趣公听来很不是味儿，谢趣公没有开腔，只是在心里嘟哝道："你这个铜臭味的暴发户，说你妈的啥子哟！"

欧长歌接过来说："我们赵老同学的评语，多么内行，趣公你不单是画得比月份牌的手艺还好，你的绘画也比照相还像啊！"

谢趣公干脆停下笔来，把眼儿珠子从眼镜框子的上边望了出去，斜视着欧长歌："我看你比你的老同学的评语还要内行，佩服佩服。"

欧长歌不开腔，他们二人会心地微笑了。可弄得赵胖子有点儿莫名其妙，但他有些矜持，又一向是从好的方面来宽慰自己，他认为这两个记者在赞同他的评语，似乎他也懂得了艺术，他把眼睛凝视着他客厅里悬挂的名书画，他想：只要有钱，什么也可以买到的，书呀，画呀，商品而已。一个有钱商人的屋子里，应当买到这些东西来点缀点缀，装饰他有钱的门面，以示不俗。他新近还请了谢无量写了一堂四尺宣的《朱柏庐先生治家格言》，花了比别人高出三四倍的价钱,他要求用浓墨写,加一倍;打了朱砂格子的,又加一倍;要求盖图章,再加一倍。拿到羊市街诗婢家去裱白装潢,他要加上如意头、宋锦镶边,又花了不少。总之他玩的东西,要比别人不同,多花上几文,是微不足道、满不在乎的,等于手不顺,码一场牌赌输了一样。失之东隅,收之桑榆,赌桌上输的,他又可以在日益高涨的价钱上拿回来。不久他同民航公司勾搭上了,往来于香港、上海等地航班的飞机上,少不了他的货,你《朱柏庐先生治家格言》花钱再多,算得什么?五打尼龙袜子的价钱就买回来了。再说,哪个画家开画展,又不请一请我赵经理呢?谢趣公几次画展,都请得有他,而且他是慨然地买了画,够了人情的。

他看到吴小秋在面前,馋涎欲滴,于是他向谢趣公打趣地说:"趣公,你画吴小秋这幅画,要是开画展的话,我首先来订了。"

"对呀!那我定价很高啊!"

"你喊个价钱喃。"赵胖子按照他习惯,把手缩到袖筒子头,伸了过来。他马上感到很不合适,又缩了回去。

"二十个硬洋。"

"算事。"

弄得被当作模特儿的吴小秋,摸不着头脑:咋个的,画几笔就这样值价呐?这个胖子同王胖鸭也是他妈的一路子货色呐!总要在人面前亮他们的财富,仗

> 手缩到袖筒子头:旧时讲价的一种方式。为保密,彼此袖筒相套,在里面互捏手指表示价钱,讨价还价。

财行凶!

其实赵胖子是想在吴小秋面前亮一亮,他买什么画哟,醉翁之意不在酒。他看到这个小鸟儿,一看就爱上了,他有他的鬼打算,将欲取之,必先予之,放长线才好钓大鱼:"我看小秋要是穿上一件印度绸大花的亮膀膀的旗袍,趣公给她画一张画,那才更其美好。"

"她哪儿去找印度绸呢?赵经理。"谢趣公反问。

"这一件旗袍算什么!赵经理送了。"欧长歌说,"小秋,你还不赶快道谢么?"

吴小秋笑而不答,腼腆地凝目微笑了一下。

赵胖子骑虎难下,终于最后说出:"明天到号上由你去选,今天有加尔各答来的班机,有新花样,就算是送你的见面礼。"

吴小秋笑了笑,赵胖子若有所得,谢趣公专心专意在速写,欧长歌在打算下一步怎么安排。为了把她们弄进城,他近来是挖空心思,无处不在动脑筋,又要面面俱到,还要八方弄好——他只有一个目的:不弄进城,誓不甘休。

谢趣公把像画完后,用图钉把它钉在漆了偷油婆颜色的木质壁头上,分外增加这件艺术品的光彩,客人们都来看这幅肖似逼真速写像。有一位刚从海外归来的庄客,请吴小秋站在画像前,取下他带回来的德国货蔡司依康的新式照相机,给她拍了照。于是客人

偷油婆:蟑螂。

们都纷纷要求这位庄客多加印一张，弄得这位西装革履的庄客应接不暇，取出他那发光的金黄色壳子的笔记本，一一登记了要加印相片的名字。这样也可以在他往来交易上记下了一个名字，增添了一桩生意。

一切事都要占上风的赵胖子，在人前更不放过这个机会，他向庄客说："请你给我放大一张，我要挂在这个客厅里。"说完了他笑眯眯地斜视了吴小秋一眼。众人陪着发笑，不笑也不行，主人包的是荣乐园的席，为了饕餮，也只好凑趣。

客人中有一位新世界书场的经理孙四爷，他既认识东道主，也认识欧长歌，他之来，也特意是为了欧长歌的邀约，约他来听一听吴小秋，看看能否搭上他的班子。

当客人们到齐后，吴小秋他们就坐下来，开始唱起来。当其一曲《忆我郎》唱完第一个月时，人们惊喜若狂了，彼此交头接耳地谈论着，特别是在间歇时，有人叫了出来："是不错，名不虚传，成都周璇！""是呀！名下无虚嘛，我们这位记者，不会乱吹的！"

她又泰然自若地接着把第二个月唱下去，唱到了第四个月："四月望我的郎，麦子颠颠儿子齐"时，人们要疯狂了。这种疯狂，是不会在这样的场合里手舞足蹈，而是在他们的心里发生着激动。他们经常听到川戏里会唱的竞华，也捧过会唱的不少坤角，但今天第一次听到琵琶中的吴小秋，觉得是另外一种十分长于漫画速写的谢趣公,走到周连长茶铺。吴小秋、化德他们也已来到。欧长歌介绍之后,就请吴小秋坐端正,开始为她画速写像。几笔勾勒描绘,一个活生生的吴小秋已跃然纸上。

锦城旧事

悦耳的新玩意儿。他们做生意时，也到过叙泸渝万一带，听过长江边上的名歌女文三、文四，但与今天的吴小秋相比，不啻是天上地下。小秋这种极富创造性的韵味，比起她的所有的同行来，在格调上，不仅是艺高一筹的问题，而是高山流水，压倒那些呜咽的流泉，使她的唱腔艺术，自成一派。她的唱腔韵味，又能使每一个人听来，闭目遐思，或者是摇头甩脚；或者是有着一种飘然凌空之感，能使程度不同的听众，各自得到他们最满意的东西。

  赵胖子在爱上吴小秋形象之余，又骤然听得如此格调高致的唱法，他简直是入了迷了，不可遏止，也为他今天操漂亮，请这一堂客增添了光彩。

  从第四个月一直唱到十二月，一曲终了，人们几乎是屏着呼吸细心地听下去的。刚一唱完，烧茶炊的曾大爷马上就递一张热帕子给吴小秋："小秋，你今天唱得硬是不错，再打一张帕子给你，擦擦手。"原来这位老大爷也是经常在新南门大桥头周连长茶铺外，站着长期听吴小秋唱的"小秋迷"。她的忠实的听众，对于她的信仰是不可动摇的，因为入了迷，便成绝对的了。哪怕是吴小秋对于他们的怠慢、不客气、缺乏礼貌等等，在她那些忠实信徒的面前，也成了特殊的荣宠。

  "你龟儿子当胀脑壳，你送了盒骆驼牌，她谢都不道一个，就拿过去了。"一个老头骂道。

  "她把老子唱安逸了，老子倾家荡产也心甘情

胀脑壳：出风头的人。

愿。"

"妈哟,你有啥子产业?你还不是只有那一个担了几十年的甜水面担担。"

"色中一点,牌中一张,少管闲事。"卖甜水面的老头回答后笑了,"老子要一直送下去,她就是骂人,那声音也是甜蜜蜜的,你娃娃懂得啥哟。你是你妈一个双料老坎,一文不花,白听一场。"

> 双料老坎:既是土包子,又是吝啬鬼。

最后两个白发老头,都在互骂中发笑了,也算是他们在听得舒服之余的一种发泄、一种表示。

这一些情况,欧记者早就看出来了,他曾经在一次谈话中,给吴小秋说过:"一个人艺术要长进,只有对人要更加谦恭。你们当开口生的,要对人和气,人家诚心诚意地送你东西,怎么谢都不道一声呢?你看唱竹琴的贾树三老先生,他瞎了一双眼,无论对任何人,都永远是那么谦恭和气。他的听众对他的帮助也很大,唱错一个字,也给他指出来,还有人专门给他打唱本,送他的本子。他尊敬人,别人也尊敬他,加之他在艺术上很虚心,所以他的名气就更大了,在唱法上也大大提高了。他走到哪儿,他的听众就跟到哪儿,白天跟在新南门,又跟到老西门外茶店子;晚上又跟进城,到他唱竹琴的老窝子东城根街的锦春茶楼上去了,大家跟着他的黄包车屁股后面跑。他老先生成都唱红,可不是一天的工夫,可他对人的谦虚,确是他成名的一个重要原因,你懂么,吴老师?"

> 开口生:靠嘴吃饭的人。

"欧先生你咋个这样喊哟,把我折死了。"她脸上有些微红了，"是呀！贾瞎子——"她感到不对头，马上改口："是呀！人家贾老师是对人那么和气，我们这些跑江湖跑惯了的，懂不倒城里头的规矩，要请欧先生多多指点哟！"

因此她今天对烧茶炊的曾大爷，也分外地有礼貌了，并且向这位老人说出"谢谢你"三个大不顺口的字。

曾大爷听到这一声道谢，有如心生羽翼，飞上九霄。因为天气大，他也就不断地给她送脸帕子去。他在想：无论如何要去买一块檀香胰子，买一瓶花露水，一心要讨女王的欢喜，当她接到香喷喷的洗脸帕时，她会唱得更好的，只是使她心头舒服畅快，她就会唱得好上加好，自己花上一点私房钱，又算得了什么呢？川戏、京戏、陕灯影、京韵大鼓、河南坠子……都听过了，又哪有吴小秋的琵琶这样受听呢？在成都听了几十年，听来听去，还是只有吴小秋杀得到瘾，特别是她的小段子，干脆利落，直刺人的心胸，纵然死去，也是值得。当其这些老年人把吴小秋听上瘾时，正如他们吃惯了多年的叶子烟瘾一样，此生此世，不能丢掉了。

新世界书场的经理孙四爷听得比任何一个人都仔细，因为他今天的被邀请，东道主欧长歌是希望他能够在听了之后，有所表示。如果在他的书场有卖相，他应当怎样回答呢？如果他验不上，又该如何对待？因此只有先行认认真真地听，并且要察言观色，看形

天气大：气温高。

胰子：香皂。

谱谱：大致的标准。

拿铜：赚钱。

七嘴八牙腔：七嘴八舌。

帮帮匠：帮工的人。

象、举动、风度等等。他在听完了吴小秋歌唱之后，在心里头大概有个谱谱了：他首先认为有卖相；其次认为唱得引人入胜，嗓子也好，清脆甜嫩，行腔中唱得随，唱得派。他自言自语地说："声容并美，稳定拿铜。"可是当欧长歌问他究竟怎样时，他却毫不犹豫地说道："拿不稳，要看一看书场头那几方人的意见，还要征求一下几个股东的意见嘛，他们还没来听过。"

"你本人听后何如嘛？"

"我么，有啥说头，你老师赏识的，那还有啥差错。"孙四爷一说一个笑。

"四爷，你就是那么疑疑迟迟的不洒脱。"赵胖子在一旁开腔了。

"我的经理大人，我是为他人做嫁衣裳，后台老板多，七嘴八牙腔，我这个帮帮匠，一个人能做得到主么？"孙四爷近似于哀求似的说着。

"有啥了不起，你们那里有好多个座位？"赵胖子发问。

"三百多。"

"只要他们登台那天起，我每天包五十个座位，这下你该放心了。"

"当然啰，有你这个财神爷，还有打不开的局面么？不过，也得要把几个股东请到场听一听，免得二天找话说，经理大人你老人家替我想一想呀。"

"好，这样，后天在我这里包两桌，把你们那几个股东都请来，请客帖子由你四爷去下。长歌，你看新闻界还请不请几位？比如那个专写俏皮文章的丁老坎。"赵胖子听了吴小秋的歌唱之后，心里痒得要发狂了，"由你去再请几位，今天吃的海参席，后天升格，吃鲍鱼席，他们正从香港运来了听装日本鲍鱼，要找曾国华做，他是擅长这一手的。"

曾国华：川菜著名厨师。

时间逼促，事情就得很快地进行。赵胖子是新世界市场的常客之一，他爱听贾树三，对书场那几个股东，他全都认得，有两个还是匹头帮上人。他这样大方地请客，主要是为了吴小秋，其次在请客那一天，他准备提出，为吴小秋码一场牌，既然要说进城的话，也应当给她缝几件衣服，换一换门面。仅就她现在这一身阴丹士林布的旗袍，那是有些太寒碜，也有些太俗气了；况且那一双花布鞋，也不能登这大雅之堂，至少应当换上一双皮鞋或者是大江东的直贡呢便鞋，不过便鞋也不大合宜，她身材矮了一点，还是穿皮鞋、高跟皮鞋要好些。他想道：给吴小秋制几件衣服，相应地也要为玉君换上一身，只一身就够了。总之，要集中力量打扮吴小秋，事实上她也是他们的台柱子。她像一盘棋上的重要棋子，把她安好，全局就活起来了。本来他可以一个人为吴小秋捡了的，但这太显痕迹了，免得人说他饿虾虾的，因而他只好用上一番心思。这样一来，客也请了（使吴小秋知道是专为她而请的客），来客中每一个人也小有破钞，又为吴小秋他们打了头，名义上是成全了他们，落得个面

捡了：安排好，收拾妥帖。

饿虾虾：十分贪吃。

243

面光生。而且他断定：他们不听便罢，只要一听吴小秋的唱，准定同他一样，要上瘾的，一听就入其彀，谁也跑不脱的。赵胖子打从心里承认他被吴小秋的唱收进罐罐了。

为吴小秋的事，他要在他的同学欧长歌面前也表示积极赞助，一则是欧长歌、谢趣公等人，在新闻界有了一定的地位，一个能写，一个能画，通过他们，还可以认识更多的新闻界中的名人，这对于他将来的竞选大有好处。他想第一步把商会主席拿过来，至少也要弄个参议员到手；其次进而去取个"国大代表"，他想跳一跳加官。他是一个热衷于名利的市侩，按照他的人生哲学，应当走的路子，也必然会那么按部就班走下去。

第二天上午欧长歌在周连长茶铺，同吴小秋、玉君、化德等会面，他向她们专门谈谈在演唱时应该注意的几件事：不要抽烟，不要互相谈话；再是口渴，也不要在唱的进行中，在台台上喊"拿水来"；也不要在唱的进行中招呼人，要集中全力于唱，不东张西望："你唱啥子，心头就要想到啥子。你们已经看了京韵大鼓、河南坠子，看人家在台上的规矩、风度，一丝不苟，我们要向他们学习。吴老师你们办得到么？"

"办有啥办不到，只不过是要学规矩嘛。"玉君接过去说，"不过，欧先生，只要你不再喊小秋喊吴老师，她也是要把规矩学起来的。年轻轻的喊吴老

跳加官：旧时戏曲开场或演出中遇显贵到场时加演的节目。多由一个演员戴假面具，穿红袍、皂靴，手拿"天官赐福"等字样的布幅向台下展示，表示庆贺。有时也作为取悦观众加演的节目。俗语说"戴起碓窝跳加官——费力不讨好"。

师，她消受得了么？"

"是呀，我也给欧先生说了多次了，不要这样喊人家，我咋是老师，化德他们嘛才是老师嘛。"

"你们这样好的艺术，岂有不尊敬之理？喊惯了，改口就难了，难道我给你们当个徒弟还不收么，老师们？"

说得大家都哈哈大笑起来了。

周连长也凑趣地说："不以规矩，不能成其方圆，你们二天进城，登大场合了，哪像在我这个茅草棚里。那时遇事都要讲规矩，欧先生说得都在道理，他在外省走的地方多，见了大世面的，他说的话，你们要好好地记着！进城去就抬高身价了，就更不能随随便便的了。"

玉君悄悄地向吴小秋身边凑近地说："你那套嘴边上经常挂起的鸡巴、卵子、屎，要收刀捡卦了。"

"妈的，大哥不说二哥，我们大家都要注意才行，化德呢？还不是一样嘴巴头不干净么，只有蒲师傅才不乱说。"

"才在说不要带把子，你看你又骂了出来。"化德向吴小秋说，"我嘞？人家作揖我躬腰，总而言之，统而言之，大家都把嘴巴放干净些，跟到好人学好人，跟到端公学跳神，我们这些跑码头搞惯了的，是要架一把势才行。我看哪个抬花，以后就罚她一包烟。"

"也不必，各人自己多加检点就行了，习惯习

收刀捡卦：约束自己，不再胡作非为。本指收拾行头，不再装神弄鬼。"刀、卦"都是跳神时的法器。

大哥不说二哥：互相不要指责。俗语说"大哥不说二哥，两个都差不多"。

带把子：说话夹杂粗话秽语。

架势：使劲，努力。

端公：男巫。

抬花：说话夹杂粗话秽语。

惯，一习就惯，我从来就没有听到贾树三嘴头说过不干净的话。你再听那些老师傅、老前辈，如说评书的钟晓帆、白超脱，唱川戏的康子林，他们都是不乱说话的，人家懂规矩呐！总之，自己心中有个数，随时注意到就行了。"蒲顺庄严地、微笑着说。

玉君接过来向吴小秋说："听到嘛，跟好人学好人。"

"你龟儿的。"吴小秋要打玉君的样儿。

"是不是硬要罚一包烟，你心头才过得？"化德正起样儿地叫了出来。

"你在挣啥子?开水烫到吗咋个?轻轻说话不费力气嘛，你龟儿一向都是他妈假洋盘。"小秋按捺不住地骂了出去，恰巧这时候欧长歌到茶铺外面去买纸烟去了，"抱鸡婆打摆子——你又扑又颤。"

要骂架，当然化德不是吴小秋的敌手，况且吴小秋年幼，论理要让她几分，她又是这个小小班子里头的台柱子，理所当然要让她占个上风。他们的骂，有时并不是动了感情的真骂，有时的骂是表示一种亲切，你骂过来，我骂过去，骂的花样繁多，也就更加痛快淋漓，有时是十分机智而敏捷，好像用着那三寸不烂之舌，化作舌剑唇枪，把对方的利嘴都封闭了，割断了对方的咽喉，使其回答不上来，弄得来只有招架之功，没有还手之力，到了完全失败的地步。如化德用打火机吃纸烟，老是打不燃，他着急地骂道："尿哟——"玉君电闪似的马上接过去说："是你的

> 抱鸡婆打摆子，你又扑又颤：爱出风头，爱表现自己。打摆子：害疟疾；又扑又颤：浑身哆嗦。

脑壳。"

化德被骂笑了,也未尝不可以说是被骂服了,他一言不发地仍然打他的打火机,就有那么凑巧,老是打不燃火,使他陷于双重窘迫的境地。

欧长歌从新南门大桥桥头,买来了几包大前门,同一个年约三十岁,长得丰满而漂亮的女人,走到茶铺里来了。

这个女人烫了发,穿的雪青印度绸短膀膀,高衩子硬领旗袍,领口上戴了一颗镂金丝的翠绿领花。玻璃丝袜子匀称地贴着她那肥胖的大腿,从高衩子旗袍里亮了出来,是一种风流,也是一种韵致,自然而然地要惹人看上几眼。何况她手上还提了一个黑得发亮的玻璃皮包,金膀圈,五克拉的钻石戒指,瑞士浪琴牌手表,一切都是时新的、华贵的东西,虽然有些俗气,却也更加使人注目。她的手肥而且嫩,手背上几个酒窝窝,好像看到五克拉的钻戒在发笑一样。

这个华贵女人的私包车,放在桥头河边,私包车上有镀了克罗米的踩铃、车灯。车身漆得发亮,车轴与每一根钢丝,都被那勤快的黄包车夫擦得干干净净。车上有南京缎做的鸭绒车垫,周围还有色彩鲜艳的花边。另外还特别在犄角上放了湘绣的凤穿牡丹的靠背垫,够富丽堂而皇之的了。车子上插了一把乌黑鸡毛掸帚子,威风凛凛地在迎风摇曳。她的这部漂亮的私包车,并不亚于赵胖子的,或任何一家大银行、大钱庄的经理的。为她这一部私包车出力的,是她精心挑选过来的车夫,一个二十几岁、精强力壮的大汉子,宽大厚实的肩膀,两个粗壮的铁拳头,紧握着漆黑透亮的车杠子。穿的青府绸圆领黑色短膀上衣;同样颜色、同样质料的大脚脚短裤子。脚蹬蓝色丝线扎的草鞋。凭他这一副扮相,除了没有画花脸以外,有几分像《芦花荡》里的张飞。从性格上说,他是不同于张飞的,有些腼腆而诚实,眼睛鼓鼓的,笑的时候,同周连长一样,一排雪白整齐的牙齿就露了出来。人虽年轻,眼角却有丝丝的皱纹了,可能是从他那贫瘠的山区的老家带来的。半饥饿状态,过早地折磨了他的年华,当他逃荒出来到了成都不久,吃了白米干饭后(在他家乡人只有吃红苕。吃米么,除非逢年过节。倘遇天旱年辰,连红苕也吃不上啊!),很快地就长变样了。自从他当了这贵妇人的黄包车夫后,容光焕发,散出了茁壮的年轻人的活力,真有些像希腊雕刻里的力士一样,充沛的精力,完整而庄重,跳跃着生命的活力。在成都拉私包车的车夫,何止千百?独有他的造型,带着大方的朴素的健康美,分外地漂亮而标致。

别人拉黄包车,是一步一步地过走,而他拉黄包车,双脚飞蹬,有如行云流水,一种踏实的、轻快的步伐,有节奏地向前滑去,姿势优美极了。他同漂亮的包车,一同惹得人们的注意,何况上面还坐着一个打扮得不同凡响的非常艳丽的女人,她的玻璃袜子,肥而匀称的大腿,红色麂皮高跟鞋,不断地踩着镀了

过:用在动词前,突出其状态、方式。无实在意义,只起强调作用。

克罗米的车铃,这样的有声有色,更加惹得马路上的人们,把两只眼睛贪婪好奇地盯着她了。

她同欧长歌进了茶铺,记者即向小秋他们介绍了:"这是大名鼎鼎的雪如玉老师,你们都晓得,是成都大戏院的台柱子。"

"欧老师你咋个这个样子捧我,我算个啥子哟,黄瓜才在起蒂蒂,你晓得,我们师傅陈照华,他才是台柱子,三庆会有数的几根台柱子呀!"她一说一个笑,一笑一个酒窝。从玻璃皮包里取出镀金的香烟盒子,里面装的开卜司登纸烟,给小秋、玉君、化德每人递到面前,打燃了浪生打火机,又给每个人点上,一丝儿也没有名演员的架子,大方随便,一下子就把彼此的感情扣得紧紧的了:"都是自己人嘛,欧老师早就向我介绍你们的这个了,我也久闻大名,早也就想来领教领教,今天碰见了欧老师,拉我到这里来见到你们,真是有缘分。"

> 黄瓜才在起蒂蒂:事情刚开头。

"对得很,请你来,给她们说点在台上的规矩、身段、手法、眉眼指爪,今天当面说明,就拜你为师,你们从现在起就喊老师,我的介绍人。"

"哎呀呀,快没要折死我了。"她赶忙把嫩而肥的手,举起来放到红唇上,钻石戒指碰到从簋棚里射进来的阳光,发出了五色的闪光,她笑得如泥地说,"我当徒弟都还没有够,还说得上啥子老师,好好好——这样,只要我懂得的,你们要我做啥子,我就做啥子。欧老师,你是内行,你咋说咋好。"

一阵客气寒暄之后，她们约定：一个礼拜去雪如玉家里学四回，先教一些舞台上最起码的东西。

雪如玉慨然地接受了，她就有这么大方洒脱，这同她那明快开朗的性格分不开。在川戏圈子里，内行人也知道她那独特的性格，有几件事早已脍炙人口，流传开去了——

她最初同唱小丑的木头同居了。木头是小川北第一次上省来演出的无名小丑，穿的麻布背心，背了一个小包袱，被人们叫作"磬锤儿包袱"，形容其小如磬锤，生活可想而知也就够寒碜的了。要上成都来"登台口"，却也要一些本事，他拜名丑傅三乾为师，脚下有一些功夫，能下矮桩，也有些袍带功架，他自量是可以到成都来唱红的。临行前，他去辞别他的师傅，傅三乾老人告诉他："娃娃，你这次去省上登台口，我是替你担二分心，说到丑里头，三庆会那几个地头蛇，你要分外注意。唐广体老了，可人家有威望，年轻一辈有周可可，人家眼界宽，路子又正派，不过他没得袍带，脚下功夫也不及你，但是人家脱俗，省上的买主就是要看他的脱俗。你娃娃就是一个跑江湖的烂龙味道，来得不高，所以我替你担二分心，就在这些地方。"

"依师傅之见呢？"木头真像一块木头站在他师傅面前。"给周可可送个大礼，拿师傅的言语问候，要他们看照，嘴嘴放甜些，恭恭敬敬。更老一辈没有唱戏的，我们这一行道的老行家，如刘育三老爷爷，

下矮桩：使身体矮下来，一种表演功夫。

买主：观众。

味道：样子，模样。

你也要走到堂，去磕个头，提师傅的名。人不亲行道亲嘛，只要你懂得规矩，遇事求教省上的前辈，会有你一碗饭吃的。再说：恶龙难斗地头蛇，你在遂宁河算得一条龙，是你好一条恶龙，到省上去，你就要遇事矮起说了。台下让三分，台上不让人，你记住这些诀窍，保你烟饭两开，有吃有穿又拿铜。"

"师傅的话我谨记在心。"

"还有，成都看戏的那一批酸酸客，五老七贤，专门看漏眼儿，拈过拿错。我们最怕的，是他们在唱词说白中，拈字眼，找唱错唱别了的字。妈的，我们都是白火石，一字认棒槌。咋个经得起他们来挑漏眼儿。真是他妈的五个烧火佬，七个讨人嫌。对这号人，你更要恭而敬之地伺候他们，总之，拿烟倒茶，手脚勤快些；在大街上人多的地方，见到他们，你先就笔端端地站在一旁，双手下垂，脑壳低下去，招呼他们。你晓得，见官加一级，小人喊大人，他们喜欢那一套，你就给他舅子来上几手，多灌些米汤，喊得他几爷子头昏脑涨，处处放机灵些，一踩九头翘。你娃一副烂嗓子，班子上的事，耗子洞要少打，你是爱拣相因便宜的，先给你打个招呼，少去闻些骚，你那个脚猪脾气要改！师傅的话，就是这些了，听也由你，不听也由你，成龙上天，变蛇入地，那你就去吧！"

木头按照他师傅的话，一步一步地走去，虽然道路坎坷，东方不亮走西方，在成都也居然逐步地走出

走到堂：拜访到家。

矮起说：低声下气地说话。袍哥用语。

漏眼儿：漏洞。

拈过拿错：吹毛求疵。

白火石：没有本领的人。

烧火佬：与儿媳有不正当关系的公公。成都习俗，忌讳当着公公与其儿媳的面说"烧火"。

灌米汤：说奉承话。

一踩九头翘：聪明伶俐。只要点拨某一方面，便能举一反三。

脚猪脾气：好色性格。

了一条道路出来。最初他当配角，因为他的戏路子宽，勉强能够应付。他打听到排戏是一位烟灰司爷，他天天就去给他裹烟、捶腿、倒夜壶，见啥做啥。他把他学得的几折看家戏，告诉了烟灰司爷，马上就给他排了出来，如他的《顶灯》《五怕》《跪门吃草》等。久而久之，也为人所注意了，因为是独家经营，便能够自立门户，居然在成都——他们称为"品仙台"上亮一盏灯，登稳了台口。加之他对那五个烧火佬与七个讨人嫌的无微不至地献媚和伺候，把这七五一十二个腐烂发霉的老家伙，一齐装进他的口袋里，一任他东簸西荡，运用自如。

他初进城穿的那一件麻布背心和磬锤儿包袱，早已丢在东门大河，随着一江春水向东流去了。他一个人，挣来的钱吃不完，加之他本人不烟不酒，天天存钱。一身穿得也十分苏气了，云林锦的狐皮袍子，团花缎子背心，鼻烟色鸡绑腿，黑大绸樟棉裤子，大江东的呢毡鞋子。从商业场京货店三泰祥买来一顶獭皮雪帽，戴在那肥大的脑袋上，走到街上，若不晓得他是唱小丑的木头，人们会把他错认成团团富家翁了。

团团：肥胖滚圆。

有了名，有了钱，当然派头也就出来了。也就在这个时候，他拼命向同台的雪如玉进攻，以求爱的手法，泼辣而大胆，他给她跪下去好几次，哭了若干回，抱着她的脚杆不放。她确实感觉到：他那伤心的、潸潸其来的眼泪，打湿了她腿肚子上、脚背上的玻璃袜子。她懂得，都是唱戏的，说到流眼泪，洒几点马尿水，大家都能来上几手，要说到像他这样，把一双玻璃袜子都打湿了半截的眼泪水，这不能不使见多识广的雪如玉的芳心有几分动了，后来她向人说："这个龟儿子天天死皮赖活地囚到你，你走到哪里，他龟儿跟到哪里，憨痴痴地把你盯到，涎眉搭眼把你死盯到不放。常言说得好，贞节女怕囚皮汉，我就这样拿他给弄到了，他啥都敢……"

"那你们为啥不结婚呢？"

"我要再看看他，再说，结了婚，也不方便。"

雪如玉早已在少城头红墙巷买了一个小独院，像所有少城头的小独院一样，漂亮而干净。一道小龙门子，天井里栽了各种花草，在金银花架子下，养了一盆金鱼，架子四周放了四盆兰草。靠墙那一面的花台上，放了从西门外马家花园买来的几盆盆栽，盆子样式各有不同，或为江西名瓷，或是宜兴盆子，也有两个邛窑罐子，色彩就更加古雅了。小小园林的布置，是经过那些献好心的人——正确的说，是那些向她流口水的人的精心结构。其中也有赚了不少钱的盆景专家齐漫板，也经常来看看这几盆盆栽，他已是五十开外的人了，不是到雪如玉家里来迷窍的，他之来只是为了表示他的关心，通过雪如玉家的几盆盆栽，可以扩大他的业务，拉上那些达官贵人、女媛名士，抬高他生意上的地位。

花园中一排三大间的房子，后面靠东西墙角有厨房、厕所。中间又是一个天井，搭了七里香架子，靠

马尿水：眼泪。

囚：纠缠，多指男对女。

涎眉搭眼：死皮赖脸。

龙门子：院子的大门，也指门道。

墙一面有较大的假山，是齐漫板亲手布置的夔门入峡图，分明可见夔门前的水八阵，堆山后重叠布局，弄得来山重水复，在小天地中布出了变化多端的玩意儿来。山上有五色烧料烧的水阁凉亭，尖塔花榭。在水阁上挂有一副一寸长的牙雕对联，集的唐人句子：

六宫粉黛无颜色
万国衣冠拜冕旒

这副对联使好几个戴老光镜的老头子、五老七贤之流，很不高兴，但又不好公开出来挑剔，骂唐人么？骂开出来反而骂了自己。事实上这一些活宝贝，不正是为了迷窍，拜倒在雪如玉的石榴裙下么？他们看到了这副带刺的对联，酒糟鼻子尖尖有些发痒，腮帮子像噙了苦杏子一样，无可奈何，很不是滋味儿，摇摆着脑袋，取下五六百度的老光眼镜，像黄犬一样，夹起尾巴走了。唯独能飘上几笔兰草的高少芝赞美道："好呀！好对子！"

写家昌尔瑞反问道："好在哪里？"

高少芝笑容满面地回答："好在集唐人句，多古雅！"

昌尔瑞毫不客气地说："好个屁，唐人的锤子，到你高少芝老太爷的嘴里，也会变成冰糖鸡巴。"

高少芝听到这句毫不客气的话，不但面不改色，反而满脸皱纹波动，笑得眉毛胡子都分不开了："老

> 锤子：男性生殖器。作骂人语，表示强烈的不满或否定。

先生你咋说咋好，能讨你的骂，也是三生有幸、无上光荣，前辈嘛! 前辈嘛! 没得尊卑长幼，还成世道?我高少芝平生没有啥子本事，谈到挨骂，我却能做到: 禹闻善言则拜。"

昌尔瑞没有理他，一则他仗势他的岁数大，七十开零了; 二是他的书法在成都也是呱呱叫的，哪条大街上，没有他写的金字招牌 (就在这雪如玉家里，就挂得有他写的一副条屏); 三是他儿子在军校当官，不少将官又是他教过的学生，且常与儿子和二三层将领花来酒去。他自表清高，不为民国做官，刘甫臣送他个闲官头衔，他也不要，连信也不回，他自认为比荣县的赵熙就高明得多了。高少芝呢?一个土绅粮而已，逢人就吐寿字，吐盘金寿字，吐得来使对方受之不了，只有当面骂他了。

二三层将领：军衔处于第二三等级的将领。

绅粮：乡绅粮户，多指地主。俗语说"半夜不盖铺盖——身凉(绅粮)"。

有时骂他也会倒帮他的忙的，他向人自我介绍说: "陈将军昨天骂了我一顿，说我的兰草越画越退步了，怎么跟到刘豫老去学，真是等而下之的俗气货色。刘豫波嘛，写黄山谷不成，画也没办展，学他捞屎。训了我一顿，嗨嗨……我茅塞顿开，硬是把我骂得淋漓痛快，像这样的爱护我，不说是骂，就是打我一顿也有益处，人家毕竟是将军，将门将种，人家见得太多了。"

他的忍受与他的见人说好话，还有一层深深的用意，即八方不得罪人，以一种市井的庸人哲学，去换得他百多亩田产的安全，巧取豪夺之余，又可以在社斗方名士：以风雅自命的无聊文人。本指在一尺见方的纸上作诗画的小名士。

骂的风吹过，打的铁实货：骂所造成的影响不如打所造成的影响厉害。

当尿腾：顶屁用。

盖面菜：头等的人或物。本指放在碗面上做面子的质量最好的菜。

坤角：戏剧女演员。

闲头儿：闲耍之徒。

打欢蛋儿：说奉承话。

会上沽名钓誉。就说个斗方名士吧，总是别人来求他的字画，他也无求于人。虽然有时受了那些带刺的话，最初也有些不大好受，久而久之，也就心安理得了，何况"吃亏、耐烦、忍气、让人"的古训，把他教养得"万物皆备于我矣"，"骂的风吹过，打的铁实货，当尿腾"。

在雪如玉看来，她不管你是什么五老七贤、斗方名士，她认为只要你捧她的场，吟诗作赋也好，台下喝彩也罢，她就双手欢迎，一律看待。她听师傅陈昭华说过："这些人是烂笔杆杆，能言会道，得罪不得。你看筱卿卿，背后站的有张大千；黄听泉，背后站的有林山腴，还有保黄党的实力派向二爷那一批盖面菜，哪个坤角后面没有几个大靠山？靠闲头儿来钱，靠笔杆子墨人吹捧，靠小哥跑路，要在这个社会上登，就要你处处打欢蛋儿，把这些人耍得风车斗转，搞尿得个云里雾里的。云头驾得越高，你的办法越大、好。你听师傅的话是不会错的。师傅也是过来人呐，要不是年轻的时候认得那些老相好，能会有今天么？你要像饿老鸹一样，抓住一个就不放一个，把你需要的、有用的，都装进你的口袋里，怕他舅子跑得脱么？"

她运用了她师傅这一套卓著成效的办法，果然把一个坐落偏僻的红墙巷的小独院，弄得热火朝天，每天都有几部私包车停在门口，偶尔也有小汽车停下来，或者是雪佛兰，或是小型英国货奥斯汀。青出于蓝而胜于蓝，她比她师傅更其飞黄腾达的，是她年轻的色相，一身好肉，又善于打扮，且莫说还有那一套交际手腕。与其说她舞台上的艺术，倒不如说她舞台下的处世哲学——她就是招呼街上的打更匠罗大爷，也是那么甜蜜蜜的："罗大爷，米飞子和钱飞子你老人家拿到了么？算不上孝敬你老人家，天天晚上熬更守夜，多辛苦啊！"

"你真是一座观世音菩萨。"罗大爷感激得手打颤说。

"你天天晚上打更，就晓得到时候醒呀？"她好奇地问。

"要吃饭啊！敢还有懒觉么？"

"来，我再给你一张。我们都是一家人嘛，大爷。"

这样，她就很自然地把本街上打更匠收进了她的口袋里了。以后只要罗大爷有病有痛，到她那儿去都是靠得住的。街坊上那些实在吃不起饭的人，只要找到她，不用多说，都是有求必应。她懂得，在她那过往的岁月中，在当小娃儿的时候，饿肚子的滋味，对她说来，是一清二楚地受过的。虽然她今天住公馆，登包车子，但她却与同样住公馆、登私包车的人有所不同，何况她还有她的善良的一面，心慈面软的一面。当然，若得其反，她也是非常的泼辣，说得出做得出的女中豪杰。

她收有两个女徒弟，一个叫花果，一个叫花香。

花果今年十一岁，是她父母噙着眼泪把她送给雪如玉的，当个徒弟。她的家住在城墙边，拣死猫儿烂耗子为生。死猫儿从渣子堆里清出来，剥了皮，经她父亲炮制过，就可以拿到海会寺皮货店里换钱了。死耗子拣来，首先是把鼠须扯下来，细心地一根一根地放进玻璃罐内保存着。要在出太阳的天气拔鼠须，晒干后装入瓶里，专门卖给画家。张大千手下做笔，就要专买鼠须做笔的，也给得起价。不过，一根大耗子也拔不了几根鼠须下来，何况还有个别废的，选材是极其重要的，首先选长得有劲道的。她父亲为了养活一家六口，成天地埋头在肮脏龌龊的烂垃圾堆里拣他的破烂。霍乱症大流行那一年，几乎把她父亲的命夺去，有钱的送进医院去了，而他呢？上吐下泻，人事不省地倒卧在破烂的城墙边，吃了几服水药，算是侥幸地活下来了。四个娃儿天天张口吃饭，难于养活儿女的父亲，在仔细认真地考虑后，终于把他心爱的骨肉，送到雪如玉这里来学唱戏了。他知道那时候戏班子唱戏的是过的何等受屈辱的生活，尤其是女花花……想来想去，总比饿死的好，所以他最后横了心肠，就这样决定了花果的命运了。

劲道：挺拔有力。

花香呢，九岁，长得比花果更漂亮，圆圆的脸，荷包嘴，长长的睫毛明亮的眼睛，一看，就晓得她将来有出息。她家住在东门外莲花池落魂桥边一间快要倒坍的破旧茅草房子里。父亲的职业有些特殊，不大安得出名字来，反正是跟死人打交道的，几乎是任何一个穷人也不愿干的职业，穷得没得裤儿穿的人也不愿干的职业。

莲花池，成都人叫它是"砍颈项的地方"。到了莲花池刑场，就要过落魂桥，这个桥先前也并没有什么名字，不过是一条臭水沟流过的小石桥而已。因为它隔"砍颈项"的地方太近，人们就给它起名叫落魂桥。当然啰，那些赤手空拳，被撕衣上绑，背上插上标子的被杀者，到了这个地方，早已如泥了。但也有不屈服的硬汉，眼睛充了血，不开腔，只有恨、仇恨，恨恨而死；也有骂上几声："老子日你严苗司令的妈哟，你们坐不严了，拿老子来抵命。""你们抢得，老子就抢不得，滚你妈的蛋！"

早已在刑场人丛中站了一个用衣服裹着马刀的宰把手，他不同任何一个人说话，他也永远不会说话，据说他生下来就没有说过一句话，他们都叫他"哑巴"。他的职业是专门杀头——"砍颈项"。这些年来，他究竟在这莲花池杀了好多人，他也无法知道了，但他明白，每杀一个人，他可以吃喝好几天，维持他一个礼拜的生活吧。来得快时，三五天又是一个、几个；来得慢时，十天半个月，反正饿不了他。不砍脑壳的时候，他那把马刀也另有出息。有些人家的孩子，晚上发梦天、夜哭，有的孩子出麻子，退不了烧，于是焦急的父母，便买起香蜡钱纸，到哑巴家里，恭恭敬敬地向他那摆在神龛子上挂了红的马刀，秉烛焚香，化钱烧帛。然后吹熄了敬刀的蜡烛，送了

坐不严：弹压不住。

宰把手：刽子手。

哑巴一个重腾腾的红纸钱封，把蜡烛拿回去点燃，在发高烧的婴儿通红的脸上照了又照，据说，这样做，马刀就可避邪，把依附在孩子身上不吉利的病魔赶走。当然有时赶走的不是什么病魔，恰恰是小孩子的生命。在那无知可怜的情况下，报纸上载出过一个统计数字："婴儿死亡率，百分之六十"。

　　单靠杀脑壳是不大养活得了哑巴的，他这份杀人的职业，还有些外快的收入。一个被判处死刑的人，如果他的家里有钱，就可以事先到哑巴家里，送上一笔可观的数字，说明：求他（当然，同哑巴说话要打手势，也有哑巴的邻居为他做翻译的）在杀头时要带个把子，不要一刀下去，身首异处，而是一刀下去带一点颈项皮子，恰恰把脑壳连在皮子上，这样就不致身首异处了。在死者的家属看来，似乎也就算得到是一副"全"尸了——这样的杀法，当然是要考专门砍脑壳的手艺的，既要细心，又要准确，不能失之于毫厘，岂能差错于万一？哑巴别无所长，唯有"砍颈颈"这门手艺在川西坝子上是要些人来比的，"砍颈项"而又能带把子，这在川西坝子上是绝无仅有的了。据说民国初年，也有过会带把子的刀儿匠，当其有一次，接受了别人的包袱后，一刀下去，一个大意，把人头砍下地后，从此，那宰把手便一蹶不振，再也不敢在事前接受人家的钱财了。

　　这事业中断了很久之后，才由哑巴担当起来，他是眼明心快，干脆利落，马刀下处，咔嚓一声，人头带皮斜挂在死者的肩膀上，一股鲜血像喷泉似的喷了出来。哑巴在杀人之后，看也不看一眼，从万头攒动的人丛中消失了。他不往别处，直端端地进东门，到城隍庙卖肥肠豆汤的摊子上，来半斤干酒，抓一把油米子花生，沉醉在他那默默无言中去了。有一些年轻小伙子向他比大指拇儿夸奖他，赞美他；有的以一种羡慕的眼光，欣赏他这英雄的业绩。于是我们这位杀人的英雄，只有报之以无言地点头微笑了。

他一杯又一杯地喝着，两眼发红。曾经有人把他当作刀客，以重金聘请他去暗地干掉别人，他毫不迟疑地拒绝了。用他那粗壮的手向来交涉的人摆两摆，就扬长而去了。

花香的父亲，却是干着哑巴杀人以后的清理刑场的职业。当无人收尸，身首异处的尸体被装进火匣子去掩埋时，他父亲把没有脑壳的尸体先装进火匣子，最后把砍在一边的人脑壳捡起来，也装进火匣子里，安放在死人的颈项上，放的位置，大体差不多，有时也把人头放来侧起，有时把人头随便丢进去，放得与人体成相反方向，成为《封神演义》上的申公豹了。

把尸体装好后，在火匣子外面，钉上蚂蟥钉子，然后由善堂执事给他一块厂板银圆，作为例行的报酬，装一个人一元，两个人两元，全部按死人脑壳点数。他的职业正确地说：是完成哑巴砍脑壳后最末一道工序而已。

他同哑巴干的行道一样，都是独家经营，再也没抢(qiāng)行：以不正当手段去挤顶别人的行当。

吃独食子：独占利益。

有什么人抢行，去同他们竞争。在那个你争我夺的社会里，最会做生意钻格子的人，也都让他们去走冷门、吃独食子。倒不是为了谦让，而是他两人干的行业太独特了，一个是把胆大视为平常，另一个则把平常放在大胆上。干久了他们无所谓胆大胆小，平常与异常，人要吃饭呀，要生活下去，什么活也得出来干。

　　花香的父亲被人好奇地问过："大爷，你为啥干起这门行道来？"

　　他毫无表情地回答说："要喂脑壳。"

喂脑壳：吃饭。

　　谁会想到，要喂脑壳的人，偏偏又是干的那搬动脑壳的工作。

　　他的独特职业中，还有一种特殊的工作，就是有些被砍了脑壳的死者家属或朋友、同乡，要使身首异处的死者得个全尸，他们出大价钱，请花香的父亲给死人缝合脑壳。这个缝合脑壳的工作，非常不简单，规矩也分外的多。先将砍下的脑壳，找剃头匠剃光，这个工作比一般剃头的价要高个五六倍。然后由花香的父亲，用针线一针针地缝在颈项上。这工作确实有点麻烦，因为人被砍掉脑壳后，颈项马上就缩下与肩膀平齐了，要缝上就必须把缩下去的颈项皮提起来，然后一针一针与脑袋缝合。自然，缝合时那凝结了的血，已经由红而变紫，由紫而变成乌的了。有时要遇到凝固成一小块的黑血，一股腥臭直冲鼻尖，要是天气大，那滋味就更其够呛了。缝一个脑壳，总得取上三四块银圆，酒钱在外，另外还要几角元把钱去进大塘泡个澡，洗掉一身秽气。再到东门城门洞口，剃头担子上去剃个头，舒舒服服地挖个耳，用银针小圆球洗个眼睛，至于会不会传染沙眼儿及其他眼病，那就根本不知道了。

缝脑壳的事，不经常有，无怪花香的父亲有时失望地叹息："一年难遇几个火烧天，这日子咋个过下去。"因此，他早就打过花香的条了，把她送去学戏，这女子长相又好，人也机灵，虽然他明知道这行道是个火坑，也只有等她去被燃烧吧。不是有句话么："与其饿死，不如造死。"就这样花香便被送到雪如玉家里来了。

可是雪如玉对待花果、花香这两个徒弟，都像母鸡维护它的小鸡儿一样，她深深地知道，干她们这一行，受尽侮辱与损害，戏班子——特别是一批食班子，搭连肩铺，翻个身也要翻来重起的；演文行的，师傅要教，师傅也往往就是第一个享有初夜权的人。女孩子找女师傅，当然可避免这一重灾难，但在防不胜防下，总得时时刻刻留心着天上飞下来的饿老鸹。

哪晓得这饿老鸹已从她家里把两个小鸡儿抓去了。当她确实弄清楚这件事情以后，一个深夜，她把木头、花果、花香喊到卧房里问了个明白。有啥说的呢？木头脸色发青，全身抖擞，他一下子给雪如玉跪下去了。

花果、花香一边抱着雪如玉一只腿，哭得如泥似的。

造(zào)死：找死。俗语说"茅厕(si)头打电棒——照屎(造死)"。

批(pēi)食班子：找一顿才能吃上一顿的戏班子。

连肩铺：肩膀连肩膀的铺位。

伸(cēn)皮：生活改善，日子开始好过。

牙牙造造：絮絮叨叨或使人生厌。

抹平：处理好。俗语说"泥水匠做活路——抹平了事"。

　　雪如玉咬紧了牙根，从牙缝里咬出声气来骂木头："你像个禽兽，你穷心未退，色心又来，你想你刚到成都是啥子光景，刚刚一伸皮，你就牙牙造造地乱来了，你狗日的，做这样损阴丧德的事情，叫老娘咋个有脸去见人家的亲爹亲娘，你日你先人哟——"

　　在咒骂中，她一脚就给木头踢去，木头也就趴在地上，像一条死狗，加重了哭的表情，也不敢吭一声。真是把雪如玉气得牙齿切切作响，就从这一夜起，她叫两个受伤的徒弟陪伴她睡。木头也很知趣，各人到耳房里睡去了。

　　第二天雪如玉没有戏，她跑了一天，晚上才回来，她把木头叫到房子里头说："后天刘大爷、米大爷、昌尔瑞老太爷，他们来吃酒，你去荣乐园订一桌鲍鱼席，加四个对镶碟子的。"

　　木头看到事情已过去，烟消云散了，他暗地眉飞色舞，一心想到后天请客，他一定要很好地跑腿跑路，为她招待好客人，至于说拿烟倒茶，安杯把盏，就更不在话下了。他想，只要讨得她的欢心，这件不光彩的事抹平，日子就好过了。后天请客是一道关口，只要把客为她招待好，就活得出来了。

　　请客这一天，大清早木头就起来打扫一切，他扫地扫得很轻，生怕把雪如玉惊醒。雪如玉哪里睡得安枕，天不见亮就醒来了。

　　她把两个小徒弟叫了起来，安排了她们各人的工作，今天不练嗓练功，要她们打些小杂，招待客人。

她自己打扮完后,也给两个徒弟打扮了一番,像过节日一样的一身新。

请客券上写明是十二点正,宾客们到齐入座,已是下午三点过了,就只有能言会道的刘鸡儿刘大爷还没有来——最后,吃过中点后,刘鸡儿终于来了,木头赶忙上前搀扶,左一个刘大爷、右一个刘大爷地喊叫不停。因为有丰富的酒席,刘鸡儿也不得不夸奖木头几句:"你近来的戏大有进步,像《跪门吃草》这样费功夫的袍带戏,我在成都看了几十年的戏,哎哎,就说从民国初年鼓楼街的葛园,新街头的锦新大舞台,老郎庙的三庆会,总府街群仙茶园的永遇乐,都没有看到你这样过硬的功夫,好生搞,你在成都丑角中,要算首屈一指的。我从来不随便夸奖人,是咋个就是咋个。辛亥反正前后,出了些好角色,现在都凋零了,轮到你们来出台亮相了,这倒是可喜可贺的。"

"你老人家栽培嘛,在成都这个品仙台上来登台口,不得到你们这几位大爷的点头,还能唱得红么?我们近山靠山,傍水吃水,大爷们是我们唱戏的衣食父母嘛。他们都来齐了,就等你大爷入座了。"

刘鸡儿刚一进去,就听得刘兴骂了出来:"鸡公大人,十回请客你九回迟到,弄得大家等你一个人,你少烧两口不行么?"

"刘大爷,公事人,你饶了我好不好,当到你大爷面前,我还敢抽大烟?气气都不敢闻啊,我怕你把　气气:气味。

退箍：推卸掉答应的事情。本指退掉桶上的竹篾箍条。

我弄到南门外衣冠庙去，那才回不到太原府呐！说袍哥，兄弟伙要退箍了。来迟了，罚我三杯。"他端起了席桌上的酒就往喉咙里倒了下去，自斟自饮，一连三杯。雪如玉要来为他斟酒，也被他挡住了，罚酒是要自己斟，别人斟的不算数。

南门外的衣冠庙，说是供奉张飞的庙子，那里有一座两三丈高的大坟包，据说这个坟包里埋的是张飞穿过的戴过的衣冠。这个庙子早已破败不堪了，却被军警宪联合办事处拿来做专门关抽大烟、吗啡、红丸、白面的一所大监狱。监狱长是个肥缺，可以贪污受贿，从克扣囚粮到公开要钱，只要你有钱，照样可以抽大烟、吃梭梭，有打匠给你裹烟，有舒筋捶背的给你捶腿、捏脚。要是你不舒服，还可以给你来个大板打，从头到脚，把你捶打一遍，给你做一个全身柔软体操，你根本不用动一下，全由舒筋捶背的给你做了。这玩意儿也叫作按摩，它会使你凡是有感觉的地方，给你一种快感，专为这些好吃懒做的人，进行一种消痰化食的运动。

登：顶点。

你出一两倍的价钱，可以买到红锅馆子里蒸炒俱全的好酒菜，烟鬼们爱吃的各种甜食，只要肯出钱，这里面除了女人以外，什么也可以给你买来。如果是穷烟鬼，那就只有死路一条，首先是瘾发登而死，其次是病饿而死。反正每天要死那么几个人，人死了，由狱卒们剥去身上仅有的衣服，赤条条地用草垫子一裹，就抬到乱葬坟去软埋了。

刘兴的女婿正是衣冠庙里管囚犯的监狱长，刘鸡儿在回答他的话中，暗暗点了刘兴的题，略略刺了他一下，这个刺也并不能把刘兴刺痛，反而当着人众给他撒了一把葱花儿，使他能够全部接受，暗地佩服刘鸡儿真会说话，不愧是他们袍哥中一个能言会道的人才。他不仅能够说话，而且善于在烟盘子里打烂条，出烂主意。他在袍哥中别无所长，专门靠说合六国，说反六国，混得生活，烟饭两开，混了一辈子。

> 撒葱花儿：说奉承话。本指撒切碎的葱节，可增加菜肴的色泽与味道。

荣乐园名厨做的引人食欲的菜，上了一道又一道，好酒过了一巡又一巡，东道主的雪如玉，斟了又劝，劝了又斟，木头也跟在后面不断地喊："请，干，干杯，请——"

在酒醉饭饱后，待到席上上最后一道菜的时候，雪如玉不慌不忙，轻言细语地向客人们说道："今天请各位大爷、老爷爷到这里来，有一件事情请教，我这里先给大爷们磕头了——"说着说着她就跪了下去，叩了一个头，翠绿色黄花的东方绸缝的崭新的硬领、短膀、高衩的旗袍，她也没有顾惜了，"请大爷们来，是为我这两个女徒弟——过来，花果、花香，你们给大爷爷们磕头。"

花果、花香叩头下去，早已唏嘘地哭了起来。

"我这两个徒弟，花果她才十二岁，花香九岁，我带她们如亲生女儿，哪晓得木头这个禽兽，短嫩颠儿的，背着我把她们两个都坏了，今天没有别的，请大爷们吩示，咋个办？"

> 短嫩颠儿的：短命鬼。

一时全屋子肃静下来,一切动作都停止了,只有木头一个人听得到他的心跳得咚咚咚地响,要跳出腔口来了,他脸上顿时惨白,呆若木鸡,把头低下来。

约莫静止了一两分钟,刘兴开口说话了:"木头,我看你就不要再在成都这个地方登台口了!"

将将:刚才。

"嗨嗨,我将将夸奖你在成都算首屈一指,哪晓得你竟做出这样伤天害理、骇人听闻的事情出来。人人有姐妹,个个有六亲嘛!人之儿女,己之儿女,亏你下得了手,一箭双雕。我看刘兴大爷的话就算数了。"

其他来的客人,交头接耳地谈论着。昌尔瑞在醉眼蒙眬中摆了几下脑壳:"哎,人心不古,人欲流横。好,就照刘大爷的吩示,去吧!这些事情,你跑码头、登台口吃饭的,千万做不得呀!妈哟,做多了

谨防:小心。

谨防将来自己生娃儿没有屁眼儿,你不淫人妇,谁敢淫你妻,我就奉赠你这两句话了。"他说完,又感到最后这两句话,当着雪如玉说,也不大妥当,有些说冒靶了,于是再喝上一杯,作为对自己失言的惩罚。

木头一个不吭声,也不敢说什么。他想:死硬了,这回倒饭了,只有马上打铺盖卷,滚出这九里三分的锦官城。

倒饭:丢丑。

第二天,细雨纷纷,道路泥泞,他出了新东门上小路向小川北的道路走去。一路上,他自言自语,不时长长地叹一口气。晌午了,走到一个幺店子,在一家炒菜馆子坐下来,打了二两跟斗儿酒,坐在上八

跟斗儿酒:散装白酒,含酒精度较高,喝后易醉,走路易栽跟头。

268

位,自斟自饮。他想来想去,真想不到雪如玉会来这门一手,真够厉害的了!在成都登台口正登了上去——哦呵,千年道法一沉香拐又打下去了,这一下打个万劫不复,算是从头到尾输光了。

  二两跟斗儿酒下肚后,也使他有些醺醺然的了,再来二两,就算是借酒消愁,何况外面雨也下大了。他吃得脸上发红,眼睛充血,这酒的魅力,使他从鼻孔里哼了几声,冷笑了几下,在心里骂道:你几个地头蛇,吃尽天下无敌手,你刘鸡儿是好人,妈的,好人里头挑出来的,你把你填房婆孃的女儿打来吃起嘛,你的亲侄女也没有跑脱嘛,你这骚棒骚得很有名气嘛。你昌尔瑞,是你妈好人么?你儿子出门去了,你在家把媳妇打来吃起,你屋头请的那些张嫂、王嫂,你这个有名的脚猪饶得过她们么?你杂种喝了尼姑尿时,是坤角你要过摸,是旦角你要抱在怀怀头,你有一次吃醉了提过劲,说啥子"生我者不日,我生者不日外,都要日。"你是你妈的一个十足的色鬼嘛,你们都是他妈一路子货,你刘兴就搞过雪如玉师傅嘛,你搞过的小旦捋得起几桌人嘛,哄老子不懂。你们今天给我卖劝世文,说了一些漂亮话,满口仁义道德,一肚皮男盗女娼。你刘兴掌红吃黑,仗着沾了公事,八方拿铜。你也有毛病嘛,你喊你的车夫搞你,你是袍哥大爷,哪个又敢把你这个袍哥搁下来?啊!他似乎悟了过来,居然说出声来:"和人哄人,烟杆儿脑壳烫人。你几个今天把老子赶出成都,老子

哦呵:表示惊异、惋惜的叹词。

骚棒:痞子,流氓。俗语说"眉毛黑一杠,必定是骚棒"。

和(hō)人哄人:欺骗人。

烟杆儿脑壳烫人:不动声色中骗人。铜烟袋烧久了很烫人,但不易察觉。

总有一天要打转来,仍然要给你们平起平坐,长起眼睛看嘛!……

当雨下得落屋檐水时,他带着七八分酒意,在一家鸡毛店睡下了,他想:今天落得一个人这般光景,好不凄凉人也!又想到雪如玉,花果、花香……他终于睡去。睡也摸着他的钱包,这是一个跑滩匠必须注意的事。

半夜,他被成群结队的虱子咬醒,他在半醒半睡的状态中,呢喃地骂了出来:"你几个好狗日的,麻老子不懂。"

这一夜他尽做噩梦,梦到刘兴带了他的侦缉队员,四出捉拿他,紧张、胸闷,弄得他走投无路。

木头走后,雪如玉家里的应酬多了起来,几乎每天都有人来打牌吃酒,抽头的钱像一股银水往她的家里流。赌具有上海空运到的树胶(塑料)麻将,进口的扑克(打几浪就不要了),彭县的纸牌,染房街黑牛骨头的牌九。绝对用不着担心,谁敢到她的家里来抓赌博的,穿一身黑色制服的警察,有时也要到她家门外面巡逻,似乎是在暗中保护,因为有时警察局长也在里面赌了起来,偶尔也要过夜的。

极个别特殊有势力的公事人,像搜山狗一样,除吃酒打牌外,也把嗅觉放得十分锐敏,馋涎欲滴地凝视于她那一身好肉。到这里来玩的人,一个个都是来寻找刺激,有的咬了她一口,有的摇尾乞怜于芳菲,有的如斗方名士高少芝之流,虽然外表道貌岸然,好

浪:圈。

吴校长请了十几个外国人,还请了坝上的名流学者,从西装到长袍大马褂,他们彬彬有礼,像礼拜天进教堂做礼拜一样。他们今天的来到,一方面是为了吴后乐校长的请客,同时也想试着接触一下中国民间的音乐,看是个什么玩意儿。

锦城旧事

话说尽，其实从他那眼镜框框边上斜起看出去的视线，在他那穷斯滥矣的骨子里，也早把雪如玉吃掉了。

穷斯滥矣：意为小人一穷则无所不为。语出《论语》。

雪如玉每天唱完戏回家，对这些川流不息的客人，也亏她巧于应付，也不能不应付，不敢不应付，她敢得罪任何一个人么？她十几二十岁搭班子到德阳，住在旅馆里，一个地头蛇跑到她房间里来，东说南山西说海，她不认识这个人，只有用着一种不大自然的笑容虚于应酬，哪晓得这个恶人，啪地就给她一耳光，在她那红嫩的脸上，打出了五根指拇儿印："日妈的，老子天天晚上在捧你的场，你认不到老子们。"打了后扬长而去。这类的教训，给她留下了深刻印象，不断地敲起警钟：对他们要小心谨慎，八面玲珑，满足他们的要求。她听前辈说过：薛月秋长得如花似玉，在当时成都的舞台上，可称是艺色双佳，红透了半边天的名角，也不知道在什么地方得罪了人，结果她的脸上被人用瓷瓦子划得血淋淋的，叫作"划盘子"，把脸颊全划坏了。从此，便不能再登台卖唱，一蹶不振，以后便流落于十字街头，终于在新西门的水洞子里死去。也还有比薛月秋的命运更惨的人，给人用镪水泼在脸上，洒了一身，弄得双目失明。那悲惨的结局，也就比"划盘子"更其惨痛了。

瓷瓦子：碎瓷片。

走了一个木头，来了一群饿狼，她每天在狼的嗥叫中与张牙舞爪中讨生活，虽说是也来钱，却被生活撕得支离破碎。花果、花香的遭遇是第一次，她想她的过往，比她这两个徒弟更其伤心，因而对于她们更加爱怜，像保护眼珠子一样，保护着两个幼小者。有时她是师傅，有时她是慈母，也都是共同命运中挣扎的人。

她在这个屈辱的生活中，有她一个看法：身受百般侮辱，那是没办法的事了，你内盘自己人则万万不可，饿老鸹也不打岩下食呀，吃桃子也要分个杆杆嘛。幼小者，还没有醒事，就破了人家的身子，那更应该诛杀了。她脑子里有了这样一些看法后，对于木头这一手禽兽行为，当然恨之入骨！

她师傅对她不是如此这般的么？但那时候，她早已不是处女了，比花果、花香的凌辱，更具惨痛十倍，也只有在贫无立锥之地的破烂人家，才会遭遇到如此悲惨的生活，几乎是人所不能忍受的侮辱与损害。想到这些，她就骂了出来："你木头穷心未退，色心又来，吃不得饱饭的东西。唱戏的就没得好人呐？有康子林呐，人家从不接近女色，更不说去打耗子洞了。"

没有了木头，她并不感到寂寞，她们师徒三人，相依为命，踏着满地丛生的荆棘，走将过去。

内盘：内部成员。袍哥用语。

醒事：懂事，明白人情事理。

第九章 他有他的一招,要结婚;我有我的打算,权且打个平伙

这一天，雪如玉家来了一位重庆豪华大舞台的代表曹建华，拿了重庆几位大爷联名写的信，给她送来了五色彩礼，配了五色时新样料子，说明这家戏园是几位大爷同几个银行经理打伙做的，愿出重金聘她到重庆去。她现在在成都的工价，到重庆可以加一倍，住在大梁子后面坡上的瞰江宾馆，这项费用也由园子里负担。一路上两天颠簸的成渝公路，另包小汽车接送。

"我这两个徒弟咋办？"

"全由园子头包了，希望马上动身。这回园子接过手来，油漆得辉煌壮观，择吉开张，就等省上接人去。"

"还有哪些人去？"

"琼莲芳、江上峰、杨云凤，还有天籁。"

"天籁脾气大哟！"

"东家肯出钱，出大工价，还把老师们请不去么？我那边早已有张二爷、魏香廷、美艳亲王他们了，这回各路人马会齐，等于成渝两地名角大会演，有睹头的。这头把交涉办好，宰子落盘，我马上就发电报，那头就好登广告，贴海报。至于你们初到重庆，怕热的还可以住下半城，总之，吃住方面的生活安排，要做到人人满意，特别是初到重庆码头的贵客。"曹建华这一番话，说得来面面俱到，使平时对问题考虑得比较周到的雪如玉，也深信不疑的了。

几天以后，一个晴朗的日子，雪如玉带了她两个

睹头：看头。

宰子：决定，拍板。

徒弟，琼莲芳、杨云凤、江上峰外搭肖克琴，包了一部小汽车，由曹建华带队，直往重庆开去。

她们到了重庆，演出的盛况，据说与当年三庆会初来重庆时，在颐园演出情况差不多，只不过比程砚秋初来重庆时稍逊一筹而已，但也算是旗开得胜，出马就打个漂亮仗。一时轰动山城，都说"几个成都崽儿来就一炮打响了"。

一切都使雪如玉满意，她身体较胖，怕热，第三天就从瞰江宾馆搬到下半城聚兴银行漂亮的大楼去了。

但是，有一件事情使她不高兴，这园子里头有木头，丑角里头挂的头牌。她在鼻子里哼了一声："嘿！猴子充霸王。"这样一来，势必要同台唱戏，必然会有所接触。其实，当其他们来到重庆那天，到车站去迎接时，木头也伙到大家去了，木头还争到去为雪如玉拿行李，处处献好，雪如玉就是一个不理。她想：这里头一定挽得有圈圈，坤角里头，我能比杨云凤、琼莲芳她们么?比肖克琴我都还要差把劲，为什么偏偏要加一倍的工资来聘我呢?木头眼眨眉毛动，这里头一定有板眼儿。不管，任随波浪起，稳坐钓鱼台，各唱各的戏，各拿各的钱。先叮咛花香、花果，绝对不要同那个坏蛋接触，她自己也要注意提防。总之，她这次来重庆，一切都使她高兴，就只是一看见木头，她嘴里像嚼到了一颗烂花生米子一样的不安逸，但也无可奈何。

挽得有圈圈：有阴谋。

眼眨眉毛动：十分机灵。

她们来演出半个月之内,天天有应酬,从银行经理到码头大爷,卸职的军阀们,投机市场的暴发户,第一流的正命夫人和第八流姨太太,他们都围绕着这些初来重庆的名角身旁,送这送那,贡献一切。男旦角,男人看他是女人,女人看他是男人;坤角,男人看她是情妇,女人看她是代用品。他们在过腻了的生活中去各取所需,换换胃口。正如每天在盛大筵席快吃完时,给油大腻倒时,来几碟泡菜蘸熟油辣子一样,使口味最后为之一开,增加新的刺激。

　　这样频繁的应酬,雪如玉早已感到有些吃不消了,最初闹胃痛,然后拉肚子。在一个闷热的晚上,她穿了全身盔甲,演完了《桂英打雁》时,一进后台,连装也来不及卸,就昏倒在化妆台前了。

　　当即由曹建华亲自送到宽仁医院去挂急诊,虽经打针吃药,仍然是昏迷不醒,医生说:要隔绝观察,马上就抬进了山洞子里的隔离病房去了。

　　经过了一段观察时间,确诊为伤寒,严格隔绝观察。但在这个时候,木头却自告奋勇,什么也不怕地为一个半死尸状态下的病号看守一切了——当然这是经过策划后而安排的一个步骤,也只有木头才适合于照顾这个病号,他们毕竟有过一段时间的同居关系,对于病人的起居饮食,洗屎洗尿,也较为方便,至少现在没有人代替他,也就权作她的一个近亲而照料她的一切了。

　　好多日子以后,当她的病有好转、烧也退了的时候,眼睛才慢慢地能够张开了。她第一眼就看到木头在为她抹身,用热帕子一次一次地为她全身洗擦,累得他满头汗珠,天气又大,一身也为盐渍的汗水浸透了。她有些厌恶,但也觉得自身的体力太弱,无能为力,对他的这种照料,由厌恶转为感谢,进而只有依靠他了。

木头呢,似乎以一种忏悔的心情向她求恕,期望得到她的谅解。他不顾一切地甚至于说有点牺牲精神地去同一个不可接触的人接触。她也可能在昏迷不醒中死去,失去他忏悔的希望;他也可能被传染,那也就顾不得许多了,救人是第一,弥补罪过是第二。就这样日复一日地照顾下去,直到她逐渐恢复过来、清醒过来。

"这是从江津给你弄来的广柑汁,你喝。"

"这是奉化水蜜桃子汁水,吃了就会好的,冰过的。"

"要尿么——好,我来拿尿盆。"

病人始终没有说一句话,而木头在自我嘀咕着,他发出的问话,用不着回答,他回答的话,也不用发问,总之他在这半个月来,可以说是鞠躬尽瘁的了。这样,就使一个暂时无力开口的伤寒病患者,在九死一生中,在心眼里头对他改变了看法。

一天,当她能开口时,她腼腆地且有些愧赧地问他:"哪个喊你来的?"

"你老人家不开腔,人家也要孝敬你嘛。"木头以他丑角式的表情，暧昧地回答，"你那几天真够危险的呐！都给你老人家准备后事了，谢天谢地，你又缓转过来了。"

"死去的好。"她有气无力地说。

"快没这样说，你死了人家不是守活寡嘛？"

"龟儿的……"

"你们成都人骂人，就只晓得骂龟儿子，成都龟儿重庆崽，安岳乐至妈卖麻。成都女花花骂人的口音也是好听的。"木头趁势把空气弄活泼起来，由于他习的这一行，也长于这一手。

雪如玉微笑了，把手递给他，要他搀扶着起来，她想起来学走路，刚走两步就吃力地倒在木头的怀中了："我要是死了才划不来，枉自走人世一遭，新故亡人，脚板儿端灵。"

"岔肠子多，你老人家翘跟儿了，我就给你披麻戴孝，孝子孝孙道谢，我是要说到做到的。你现在活转来了，这回棒棒都打不死了，阿弥陀佛呀！"木头把她安放在病床，向她耳边轻轻地叫了一声"冤家"。

"啥子冤家，不是冤家不对头。"她闭目假寐，也感到有些疲倦了。

木头也多次向她谈到结婚的事，她说："你这个花脚乌龟，哪个敢当你的婆娘？"

"莫把人看死了，人有诚心，神有转意，菩萨。"

麻：女性生殖器"麻屄（pī）"的省称。

脚板儿端灵：没有后代。出丧时本应由后代端着灵位，若无端灵之人，则将灵位放在棺木上脚的一头。

翘跟儿：死亡，多含贬义。

"吃屎的狗，断得了那条路么？"

"你的王法严，钢板紧，办法多，哪个敢犯上你的法，除非他想找死，不死也要脱一层皮。"木头又是严肃，又是一副憨笑的表情，一面不断地递茶递水，服侍得极为细心而周到，多少天以来，确实感动了雪如玉。

她想，这次大病，要不是有木头的照顾，恐怕早已死去。这种病又要隔绝，而他竟不顾一切……好，就算是人有诚心，神有转意吧。他有他的一招，要结婚；我有我的打算，权且打个平伙。

他们不断商议结婚的事。雪如玉提出要大办酒席，她是第一次正式同男人结婚，首先要求富丽堂皇的明媒正娶，在她看来才算有个把柄，也可以防止木头乱来，才算是正式作为女人的一生。这样打着堂堂之旗、正正之鼓结婚也可以给木头更多更大的约束。她是有更深一层的考虑，特别是对木头这样一个花脚乌龟式的人。

病情逐渐好转，人毕竟还年轻，恢复也来得快。当医生说可以出院时，木头、两个小徒弟来把她搀扶回聚兴诚银行的大楼宿舍去了。曹建华首先来看望她，说是代表园子头各位经理、股东，并为她们安排到南北温泉去多休息几天："木头有戏就不去了，让花果、花香去，另外我找得有一个本地人王婆服侍一切。"

这样的安排，是很适合她们三师徒的口味的，她们第一次来这个热闹的山城,还要第一次去洗温泉,花果、花香还盼望着由北温泉回来第一次坐上汽划子呢。她俩对一切都感到新奇,她们好像入于爱丽丝漫游奇境中去了。

关于结婚的事,也由曹建华从中出力,既然大办,面子上的人都要请到,他算了一下,要坐二十几桌。又将收支也估算了一下,收入可抵支出而有余,且可大赚一笔。先把她拿去拜寄给陈师长当干女,陈师长只消拿一趟走上海的船,为他干女儿带上一船人和货,那就什么也都起坎了。何况介绍人又是曹建华,对他本人也大有好处,他是给陈师长办这些内差最得力的一把手,就连陈公馆内外上下的人,也把这位会办事的曹襄经,另眼看待了。

一切进行得都非常顺利,结婚的宴席安在小洞天,礼堂中央用红绒花扎成一个大红双喜字,后面衬了彩绘的喜帐,上面绣的是海棠富贵花及一些对称完整的异形图案。正中央桌子上点有盘龙大彩蜡,放了十几个大大小小的银盾,讲究地用着玻璃罩罩着,上面用金黄色的大字镌了"永结同心""爱的结晶""爱神之心"等。两边耳桌上,放满了礼物,有现金、支票、衣料。最使人注目的是陈师长送给干女儿的金项链、金膀圈;主婚人李司令官送的翡翠玉镶赤金盘龙的领花,碧绿透亮,闪闪发光,放在定做的玻璃镶宋锦的盒子内,用的那橙黄色的缎子做底衬,如此这般,就把这件珍贵的礼物,十分耀眼地展现在每个客

面子上:有脸面、有地位。

拜寄:拜认干爹、干妈。

起坎:得到或索取非分之财。

襄经:帮办。

人的眼前。女宾们看了又看，左顾右盼，十分羡慕，称赞之声，啧啧于口不绝。有的看得舍不得离开，不忍离去，如痴如迷地凝视着，如胶似漆地被粘连着，心里想：雪如玉真有本事，不知道用的什么迷魂药，把李司令官灌昏迷了。她们每个人都把对付男人的手段与经历通通回忆了一遍，不得不从心眼里佩服这个成都来的坤角，舞台下的一手，比舞台上的演唱还够厉害得多了。

这个光彩夺目的领花，也压倒了陈师长送的金项链、金膀圈，虽然是十足赤金，相形之下，就显得见拙了。

当乐队奏出了结婚进行曲时，新郎与新娘分别由经过挑选后的男女傧相陪伴，在音乐的节拍中，徐步进入礼堂，丈多长的白色素纱，为花果、花香扮的花童牵着，两个孩子打扮得像从天堂里飞下来的灵童一样，圣洁而光辉，但，谁想到她们过早地为新郎——这个衣冠禽兽侮辱过了呢？圣洁的灵童，比别人有着多一重的心事，她们不敢看到新郎，羞涩地凝视着那白色的婚纱。

新郎在得意中似乎忘记了一切，他昂首阔步，穿着从专供结婚礼乐服装店里租来的燕尾服，打的领结，金色的领针，白手套，戴着一顶像马桶一样的大礼帽，蹬着黑色光亮的皮鞋，鞋上面脚踝处套有灰色呢子的护脚套。燕尾服的左边大领上，戴了一朵大红鲜花，他微笑着，比他在舞台上神气活现得多了。一

> 吃对时饭：每天只吃一顿饭。对时，头天与第二天的同一时间。

个在小川北一带批食班子上讨生活的，打了不少华雄烂仗，也吃过很久的对时饭，到今天，居然能在重庆这个码头登下来，在丑角这个行道中，也很有点名气了，他想到这些，又怎能不心旷神怡、容光焕发呢？何况他第一次真正做了新郎，又加之宾客临门，何况这些贵宾中，又都是重庆城的盖面菜。

一个唱戏的、根本没有社会地位的底层人物，居然能够得到今天这个样儿，在木头想来，哎呀呀！真是创业艰难呀！从下层爬到上层，真是不容易啊！不管怎样，这一天终于来到了，就算是托雪如玉的福吧，他总算是得到了明媒正娶，成家立业，他想得更多更多，似乎都是得意的，所以满面生辉。

雪如玉也有一些与木头相同的想法，除过他们有着类似的想法而外，也有她自己的：要不是这次来重庆病倒，得到木头的照顾，她决不会同木头这样的人重归于好，更说不上结婚成家了。

以她现在的地位、名声来说，要在今天这样的婚礼场合中，来找一个如意像样的对象，是不成问题的。没哪个不喜爱她，从六十八岁的干爹陈师长，六十岁的主婚人李司令官到二十来岁的年轻小伙子，除了名分以外，可以说她要什么有什么，事实上，她也是他们之中的情人、外室，或者叫作临时的"甜心"。同木头结婚，就合理合法地把名分问题解决了，不管怎样，总算是一对夫妻了。久居沙漠的人，渴望绿洲；野外放牧的人，总有一天希望得到定居；哪怕是形式上的慰藉吧。要不是她唱红了,她对现状想也不敢这样想。

主婚人致辞后,在一阵激烈的掌声中,欢迎新郎说两句。木头说了些什么,谁也没有听清楚,他在舞台上插科打诨,灵机应变,若论抓沙抵水,那就更是他擅长的一手了。可是,在今天这样正式、严肃的场合下,他反而别扭起来,东拉西凑,不知说了一些什么,话在喉咙头打转转,音量由沙而变暗,连呼吸也有些局促起来。愈是不想说下去,愈是结束不了自己的语言,弄得来窘相毕露,简直成了一个极为拙劣的演员了。

气得雪如玉在心里头直骂道:"真是你妈个上不得阵的门槛汉儿,你哪及人家周可可,出口成章,多出得众呀。真是你妈个乡班子出来的乡广广,见不得大世面,这样看来,端公班子你也吃不到铜了。"

木头好容易才结束了他疙里疙疸的语言,向来宾恭恭敬敬地一鞠躬之后,手端着大礼帽,呆若木鸡,站在他原来的地方,只听得更其响亮、更加热烈的掌声"请新娘谈谈恋爱的经过"。

雪如玉不慌不忙,向大家鞠躬后说话了:"说到恋爱么,话长啦!最初我同木头同居过一段时间,只因他做了损阴丧德的事,我就同他一刀两断——吹了。我来重庆,得了一场大病,人事不省,得亏木头看照,他向我表示了悔改决心之后,我们今天才正式举行这个结婚仪式。我有啥子说的嘞!我非常感谢司

门槛汉儿:只敢在家里称王称霸的人。也称"巴倒门枋狠的"。

端公班子:不正经的班子。民间认为"端公"搞的那一套都靠不住。

283

令官来主婚与亲朋好友的动步。我今天还要当到大家说一句话：木头你嘛，有个那种毛病，如你所说的，改了嘛就无话可说，要是我再发现，那就各行其道。我们今天当到大家，先说断，后不乱。我的话简单明了，不再多说了。"

话犹未了，而木头已汗如雨下，心头忐忑不安了。他像噙着酸果似的在微笑，不，是苦笑，谁也看得出来，这个表情非常不自然。

雪如玉的话音刚落，来宾中哗然了，人人交头接耳，问东问西，有的知道这回事的，就成了问话的中心，在回答时，也就不免加工润色，夸大其词的了。

雪如玉这一席话，是经过她那缜密细致的脑筋思考过来的。客到齐时她不说，开餐时她也不开腔，酒醉半酣时她仍然按兵不动，当客人们酒醉饭饱之后，她突然地、晴天霹雳地、有如山洪暴发，一泻千里地把木头的罪行说了出来，使对方只有招架之功，没有还嘴之力地全部地、彻底地败北。这是她的一个不常使用的、有力的杀手锏，得意的杰作，也真实地体现出她的性格。万万料不到她这一天在小洞天的大楼礼堂上，众多的来宾中，在人们认为最吉利、最喜兴的场合，又来上这样一手。这种威力强大的冲击波，首先冲击了木头，把他冲得来像一根柴火棒槌了；从而又冲击着各个不同角落的来宾，弄得他们目瞪口呆。知情的人，若有所失，失而复得；局外人，弄得犹如堕入五里雾中，简直是"雾失楼台，月迷津渡"的了。就是连两个牵纱的女孩子，也再一次震动微弱的心弦，感到有丝丝的隐痛——看来在今天这样的场合，她的这一番话，就完完全全有其必要的了。第一，等于她再一次当着人众给作为新郎的木头打个招呼；第二，要保证婚姻的长久，只有当众打响这一炮。她认为说了比不说好，有话明侃，决不含糊，而且善于选择时间、地点。

她仅凭这两手，把成渝两地不知道好多人的嘴巴与耳朵的积极因素给调动起来，成天地谈论着，倾听着，况且人们吃饱了饭没事做，借此正好消痰化食。而她这种略施小计的手法，又把她推上传奇英雄人物的宝座，甚至连专门开烂条的老政客，作为主婚人的李司令官，也不得不称赞她这一手是"指挥若定失萧曹"，连连说了好几个"了不起，了不起"。

总之，她这一席话，在婚姻史上应当大书一笔，是自有新娘以来的讲话中惊人的篇章，是一曲不同凡响的高歌。无怪重庆的小报上，有这样的标题出现："女中英豪，娘子军中新魁首；河东狮吼，还未出笼先咬人。"

而这样的"女中英豪"现在要收吴小秋为徒了。在新南门桥头周连长茶铺里决定了每个礼拜去雪如玉家学四次，她慨然允诺，给吴小秋他们平添了一股劲儿，一股在艺术上求上进的劲儿。

"我有一个要求：你们来我家时，把琵琶乐器带来，我要先听一听你们的唱法，看一看你们的坐唱是咋个唱出的。你们的唱我在欧先生处已听说过了，可就是没有亲耳听到过。"

"我们这个小玩意儿咋说得上哟！"化德客气地回答，"恭敬不如从命，那就只有来献丑了。"

"快别那样说，都是自己人嘛！我们不过比你们排场大一点儿，受起那些狗日的人气来，还不是一样的么？"她把笑容收敛了一下，"早就听欧先生介绍过你们了，都是苦水里泡大的，家里吃得起饭的，还学我们这个行道么？"

这一天，由欧长歌带路，引起他们到雪如玉家里去，就在客厅里演唱起来。吴小秋先唱一曲十二个月的《忆我郎》，一下子就把东道主——一个内行人听服了。雪如玉连连称赞，打从心眼里对吴小秋更加喜爱，走来同她坐在一起，在盘子里挑了一个白脱巴儿糖要她吃，她含笑地妩媚地接受了，那种在周连长茶铺里卖唱时随便了的动作，也没有了。

这倒使欧长歌有些感到奇怪起来，也使他心里高兴，他暗地自言自语地说：蓬生麻中，不扶自直，这是有道理的。

在雪如玉郑重要求下，吴小秋再唱一曲《断桥》。这个小段子的基调是原来《孟姜女寻夫》的调子，平淡无奇，太一般化了，经过吴小秋的改造，在原来的基调上略略变了一下唱法，一下子就化腐朽为神奇了，听来另外是一个味道，好比蜜饯了的杨梅，甜中带酸，却又把原来的苦涩味道去掉，吃来又不等

白脱巴儿糖：成都老字号"耀华"出售的奶油糖。

于其他一般蜜饯，它又确实是有梅子酸味，经得起咀嚼，有回味，越吃越想吃，待到你正吃得入味还要再想吃时，又没有了。其实吴小秋唱琵琶，最长于玲珑轻快的小调，如她把成都下层人物席卷了的这个《祭塔》《青蚬叶》《鲜花调》等。这些小调子在成都平原上唱了多少年，可是，有谁敌得过吴小秋别开生面、独树一帜的唱法呢？同样是一曲唱烂了的《祭塔》，一经她那樱桃小口吐出来，就字字玉润珠圆地滑走玉盘，流畅而明快。就说字正腔圆，有如舞弄一串带有宝色的珍珠，分外发生光彩，岂仅她的音色美，还唱得有力量，有韵味，有感情，如《西宫词》那样的缠绵悱恻，唱出了西宫夜静，杨贵妃的忧闷、抑郁的情调，又把人们带到一个另外的境界里去了，那儿有金井梧桐，还有破碎了的古铜色的梦。

她的伴奏化德老师拨弄了他那一把弹了多年的琵琶，丝丝入扣地、紧密地配合着、跟随着她那优美的唱腔。他为了尊重小秋的几乎是句句独创的唱法，有时故意地停顿、中止，在彩云的羽翼中飞腾架空，俯视平原如画的下界。当她要换气时，到一个应该停顿的过门时，化德用了他全心身的力量，灌注于他的指法手法中，好像从九霄云里又把她捧了下来，踏踏实实地站到大地上来。这时，你为她平安落地而感到心情舒畅，痛快无比。此时无声胜有声，人们也同他一齐停顿下来，屏住呼吸，期待着下一句。是的，人们听了几十次、几百次了，而每一次都有新的感受，创造、再创造。只消她微露红唇，破了丁香颗；只消她一发声就会使人忘掉他们一日的劳累，忘掉他们不痛快的一切——就是现在在雪如玉这个布置得考究的客厅里，她那歌唱的美妙的声音，也轻快地在这间屋子里荡漾，震动了彩色塑花的玻璃窗户，说它是余音绕梁也可以，在喷口劲道上说它是声震瓦屋也可以。她第一次毫不费力就使这个内行的东道主五体投地了。

"哎呀，你真是了不起的了不起，好受听呀，我的先人板板，太绝了！"她回转头去对她那两个徒弟说，"你们听听，人家是咋个吐字发音的，劲道用在哪儿，味道又出在啥子地方，给我好生听。"

花果、花香早已听得如痴如呆，张开小口不断地点头，由她师傅说，一面专心地听吴小秋继续唱下去。

她的唱腔艺术的魅力，岂仅征服了今天的雪如玉，其实早已征服了周可可，还有其他不少川剧界擅长于唱腔的老师们。

灯影儿班子：由川剧玩友组成的戏班子。

有"南方圣人"称号，最长于唱腔的灯影儿班子上的徐建安老先生，在第一次听了吴小秋的唱后说："这女子将来一定要红，那还了得！"这些老先生，从不轻易开口说人好坏，更不会随便地赞美一个人，可是当他们一经认定是个人才时，他们的论断，就如钉子钉木一样，不可动摇了。大师们的定评，也确有力量，因为他们从来是箭不虚发，从来也不轻易地称赞一个人。"从反正前后到今天，我听到的咿板儿哟儿呀板哟中，吴小秋算得上是一个会唱的人。"

这样的评论，也就够吴小秋吃一辈子了。

这回在雪如玉的客厅里，吴小秋感到轻轻带唱不费力，痛快异常，真如行云流水，平荡自然。平时她的小花腔，已够令人销魂，现在却似陈年醇酒，味道隽永而深厚了。这使懂得做戏、更懂得唱戏的雪如玉听来，不能不惊服这个会唱的小人儿，是一个伟大的天才了。为什么大家不知道呢？落在新南门大桥边，太可惜了，太糟踢人才了。这点她同欧长歌的看法一致，她马上认定她有责任，要把吴小秋这个逗人爱的弄出一个名堂来。她说的话算数（哪怕是在心里说的)，说到做到，不放空炮，这是她的性格。

以后连到几天，吴小秋他们都来到雪如玉家排练身法手法，脸上的表情。雪如玉不厌其烦地向他们解说，自己又做给他们看。比如"西宫夜静万花香呀——"，唱到"香"字行腔时，至少你应当感觉到浓香扑鼻、香气袭人，"呀——"字给你留有空间，足够你抒发一切。她提醒他们："唱的时候，没得感情，就要油。唱啥要像啥，要唱出味道来。你想嘛，杨贵妃在西宫百花院、沉香阁上闻到花香，当然是安逸的，舒服的，但是她闻到好花香的时候，也不同于一般人闻倒好花香，她那时心头有事，有些哪样，不那么畅快吧？那你就要想到这些，把她唱出来，唱的时候，分不得心，不能又喝酽茶又抽纸烟，闹个不停。总而言之，要把你们原来那一套丢掉，不要使不干净的东西在台子上出现。几天来你们都照办了,真是了不起的事,也使我打从心眼里喜欢你们。小秋已唱出名了,那只是在城外,不行的,是要进城。"

"说得对,我先来鸣锣开道。"欧长歌高兴地插了一句。

"那还离得开你?我们都来出一把力,敢说十拿九稳,我敢打赌,他们一进城就要撞响,一唱就红。我们不是烧冷灶,是火上加油,要烧红半边天。"雪如玉也异常兴奋地说下去,"至于化妆打扮,将来包给我,她的脸盘盘又那样标致,经不起打扮的,是不是小秋?"

只问得吴小秋脸上浮现出红晕,羞涩地低下头去。她也感到温暖,雪如玉并没有拿她当外人看,把她当作姐妹,一个可爱的、会唱的小妹妹;有时候也把她当作一个徒弟,这个徒弟又与花香、花果在对待上有所不同,比如在说开唱时的动作,总是给她一些启发,有时是建议他们如此这般,不像对她那两个徒弟那么硬、那么严。

在学了一段时间之后,也是雪如玉仔细观察一段时间之后,雪如玉断定,在唱腔上没有什么教头,她的声音、发音、唱法,自有她的一套,何况在唱法上又与他们的川戏唱法不同。但要说完全无关也不是,有些蛛丝马迹,如像她与玉君合唱的《法门寺》的反西皮调子,源于川戏的西皮,但到他们琵琶的唱法中,把原来的调子变化了,使之成为具有他们琵琶那

> 烧冷灶:与尚未走运而又可能走运的人拉关系。

个曲种的特色，转化为自己的东西。而任何一曲琵琶调子到了吴小秋的口里，经她咀嚼后唱了出来，就成为她自己的东西了，与其说强烈的艺术特点，不如说更其强烈的她自己的风格。

使雪如玉比较关注的，还是她的表情、动作，在她的眉目间、指爪上。由于他们历来是坐着唱，师傅的前传后教，都没有说要在脸上搞些什么名堂了来，相反，还认为他们与台子上唱戏的不同，要所谓"目不乱视"，这样源远流长，就形成一种极其呆板、几乎是没有什么表情的坐唱。但是唱声唱情，又如何表现呢，他们也从来不加考虑了。在跑江湖、走码头的下层社会里，却也不能有什么眉眼动作的，你笑么？下流的听众会马上向你咳怪嗽，你哭么？轻薄人儿会马上眈眉搭眼地给你做出比你表情更多的怪相出来。经验教训了他们，只有在台桌上照本宣科地唱，长年累月地唱，为了生活，哪管更多。但是吴小秋尽管缺乏这些，可以说艺术上缺了一半的东西，只要她微动红唇，只用她艺术上那一半的唱法，也够使人慑服了。今天雪如玉要给她添上他们正缺少的那一半，使之声情并茂，那还了得，岂不是如虎生翼，要威震八方了么？

雪如玉接触她的第一眼，就打量出她是一个有分量的人物，首先是"出山"长得好，喜纳人。听到她的唱，就大为称赞，定了她是这个行道的"盖面菜"，大有前途。她对她无任何企图，认为是人才就

咳怪嗽：假装咳嗽，以表示好色的心情。

出山：第一次上舞台的形象。

该扶持，在她脑子里还有一种什么义气似的东西，支持她非如此不可，"同是天涯沦落人"，应当义不容辞地把这朵好花栽培得更好，才能使她感到舒得了一口气，做一件应该做的事。按照她的性格，一经她认定了的，她总是一竿子杀到底，所向无前。

她不是川戏里面的第一流演员，但她是名演员，在成渝两地是大有名声的，且善于做戏，不是那种做尽道绝的笨伯，而是善于体会人物，像一个有坚实素描功夫的好画家一样，几笔勾勒就把她要描绘的人物勾勒出来了，何况有长期舞台实践，无论从哪方面说来，都比吴小秋的天地广阔到哪儿去了；更何况见的世面、待人接物方面，那种应付裕如、从容不迫的阔然大度，从台上到台下，浑然一体，树立她自己的风格，内行人夸赞她有那么几手，而这些从那个社会大学学来的东西——从生活到艺术，正是吴小秋缺乏的东西。

是的，吴小秋来自草莽、来自民间，有生命力，但从艺术上的完整性来说，也还不免失之于粗犷，在表演时，一些不干净的动作，为欧长歌一直担心的事儿，今天在雪如玉这里得到改善、琢磨。尽管还是走第一步，但是这第一步是走好了的。

在雪如玉的指点下，吴小秋在接受改变做法上，并不感到好困难。在不知不觉中，被雪如玉牵起过了一道独木桥，又过一道独木桥。最初当然使这个一向放敞的溜缰野马感到不自然，约束力很大，但是"习惯习惯，一习就惯"，久而久之，当雪如玉放了手时，吴小秋自己也能走过独木桥去了。

雪如玉的循循善诱，加上时间的熔铸，对于吴小秋来说，她要解决的问题，只是在表演上、动作上，这样还是比较好办的，何况她自己也开始认识到：要进城，就得学规矩，学戏班子那一套，他们那种穿草鞋跑码头的习气是要改变了。有一天，她向玉君说："雪师这样对待我们，我们是要认真地学才对得起人。"

"是呀，我看她对你比对她那两个徒弟还用心机子啊！我们咋好辜负人家一番好意。我们这个龟儿烂摊子不整顿一下子，的确也太不成话了。难怪人家挖苦我们说：'杨贵妃倒茶来'，唱贵妃醉酒，唱到杨贵妃打坐在沉香阁上，刚刚唱到'杨贵妃'三个字拉过门时，看到有熟人来，又忙加上'倒茶'，喊完又接到唱下去，是不像个样儿哟，是要改良嘛。"

"哎呀，我们在台台上抬花的事情太多了，硬要扎扎实实地批整一下才得行啦。我也喊过给熟人、长买主倒茶。"吴小秋有些不好意思地说。

批(pēi)整：批评、整顿。

"二天进了城，在大堂子里头去清唱了，原来我们那一套再也来不得了，要学见大世面，不先批整好是不行的。这些，其实人家欧先生早就给我们讲过了，只怪我们打耳边风，再说，也确实不懂得屁臭的。"

她们自己各个地解决了脑壳头的问题之后，学的进度也快了，这就使得雪如玉感到有些意外，使她心里感到分外高兴。当然，一步一步地，在不知不觉中，她要求他们在台子上的动作、表情、使用眼色等等方面，就更加严格起来。同时她又仔细审察，她们受得了受不了？最后——她们完全受得了，不但吃了下去，而且消化得很好。

　　数天后，鲍鱼席吃了，新世界书场的股东们把吴小秋等人的琵琶也听了，人人点头，个个称赞。在吃得流油的嘴上，大声说好，没有说出声来的，是在他们心眼里的话："长得好安逸啊！"

　　请的客人，全都到齐，当酒醉饭饱、杯盘狼藉之后，赵胖子把新世界书场的孙四爷、股东们留了下来，由欧长歌出面征求大家意见，其中又集中在孙四爷一人身上："怎么样，四爷？"

　　圆滑的孙四爷向股东们伸出了嘴和嘴上的胡须，聚精会神的眼睛，贪婪地望着每一个人，他没有开腔，但是在静待答复。

　　股东们最初面面相觑，然后把脑壳凑近脑壳，咬了耳朵之后，咧开了牙齿，脸上堆起了要赚钱的笑容，最后一致通过："就这样算数了，你去答应吧！"

　　孙四爷如得圣旨，眼睛鼓得更大，几乎近于谄媚的笑，这个会做生意的老狐狸，摇动着藏在裤裆里的尾巴，如果允许的话，他完全可以在这镶着方格子花木结实的地板上打起滚来，他惊喜若狂了。只要得到股东们的点头，一切他预料到的风险，万一有哪个风险的话，有了搁手，他就不怕了。吴小秋有卖相这一点，其实他在第一次看到吴小秋时，早已心中有数了。难得赵胖子迷窍，出钱请客，又凑成今天的结果，下一步只待他们进城，择吉登台。宣传上有欧长歌。他心头想得乐滋滋的，开张大吉，一股银水往荷包里流，股东分红，他一个人吃饱，在茶碗里耍抽扯，生意上报虚账，培修桌椅板凳，应酬交际等额外开支，他心里头有一本账。另外公开的也有两本账：一本账对付税局的；一本账对付股东的。他既是经理又是会计，一身而二任焉，他会把新世界书场当成稳当可靠的摇钱树。当然，一切靠会唱的吴小秋，他把全部希望寄托在吴小秋身上，这不是押的赌注，而是已经进了腰包的财喜。不用他花一个子、一分钱，你看，再码一场牌，抽一次头上，她登台穿的就上身了；又有雪如玉今天为他们说东道西，把他们的野性除去，那弄上台面，就更加看得了。何况这女子委实长得不错，不愁没有公爷上钩，迷窍的销魂，钱多的出血，捧场的凑数。何况他又可以从这里面穿针引线，干他一番伟大的、为人看不见的来钱的事业。只要把这个活宝贝在他手头耍圆，新世界书场就是他的了。

　　他诚惶诚恐接受了股东意见之后，容光焕发地向欧长歌、赵胖子说："就这样宰子了，下一步咋个走，等客走后再从长计议行么？"

搁（kò）手：着落、靠山、下家等。

出血：出钱。

耍圆：玩得转。

295

"我们只听经理一句话嘛，有啥说头呢?"赵胖子也有礼貌地奉承了他。

"我的先人老祖宗，话咋这样说喃，给你老人家跑腿，还嫌脚杆短了。"狐狸的尾巴不断地摇动。

"这下要看记者的戏了。"赵胖子向欧长歌说。

"没有我的地位，全部戏给吴小秋唱完了。"

"她还用得着吹么?她就是一尊大炮，一打就响，她的声音所到之处，全部投降。就从今天你这里的全部客人与厨子、车夫、佣人等等，没有哪个不听得高举双手、缴械投降。"

"是的，我们的股东大人，全部听进去了，而且每个人的口水都流三尺长了。我看她只要一登台，要把成都市闹喎的。"孙四爷凑上一句。

"我看，登台前两天发消息介绍，登台后再来几篇评论、访问记之类就够了，她是克虏伯来的，不是我们兵工厂的厂造大炮。"

宾客们送走了，从华灯初上到夜深人静这段时间，花厅内只有赵胖子、欧长歌、孙四爷三个人在商谈着吴小秋进城的事，他们事无巨细，都设想到了，甚至把很多可能遭到的困难都想进去。一句话，要使这次他们进城登台演唱，一切顺利进行。至于衣服、化妆等设计，就交给雪如玉，而且她自告奋勇地承担了义务。她喜欢人们说吴小秋是她的女弟子，当其人们真正地在她的面前提到这件事时，她又抿着嘴唇、摇一摇头否认了，无言的否认，也就是无言的承认。

闹喎：名声响亮。

克虏伯：著名的德国军火工业集团。

她顾忌承担她力所能及的、办得到的事情，作为她舞台生活之余的一种应该做的事。虽然她还要应酬更多的人，但只要有多余的时间，她对这个会唱的百灵鸟，爱护备至，一心要把这样好的鸟儿像善叫的朝天子、云雀，放进锦城的天空，让她高声朗叫，响彻云霄。

他们在从长计议之后，各人按照原定计划，安排一切，一切也都进行得十分顺利。首先把炉灶上从炉桥、瓮子、烟囱，重新检查了一遍，甚至连烧的岚炭，也要准备选南路上等货色。茶堂倌把每一把红铜的茶壶擦得发亮，这样就会在过茶瘾的顾客面前，展示他们掺茶的本领。他们可以在一只左手上拿七八个茶碗、茶盖、茶盘，当其坐满一桌客人时，熟练掺茶技术的茶堂馆，左手提了鲜开的一壶开水，右手五根指拇儿分控着的茶具，往桌上一丢，只听得茶盘子响声一个个地很匀称地撒在每个茶客面前，然后安上茶碗，掺上开水，水掺得刚刚满茶碗水平线，不多不少，多一滴则满溢出外，少一滴则本事欠佳。这个掺茶的技术，就要在这不多不少之间，而且碗碗如是。当他把茶掺好盖上茶盖时，茶客才以一种极其欣赏、满意的甚至是尊敬的心情去答谢这位掺茶师傅。由于多年的掺茶工作，他们提茶壶那只左手的虎口手背上，早已摩擦成厚茧黑疤，有铜钱那么厚，那黑色永远也洗不掉了，这就是他们这一行职业的标志——他们为什么如此这般的兴奋呢？因为属于他们的吴小秋的琵琶将要来到，从此他们可以天天大过足其瘾，而

瓮子：茶馆里大而深的热水锅。

岚炭：焦炭。

不再用跑到新南门外去听"战国"了。

日子一天天地近了，报上不断地发了有关吴小秋他们将要进城的消息，谢趣公几笔勾勒的吴小秋的素描像，烂成了铜版，刊登在消息的前头。欧长歌还利用了小报的头版头条，大大地渲染了这回事。木刻家张漾波也为吴小秋画了速写，特别去找成都第一流的刻字工人胥叔平刻的。胥叔平的刻木本事，早已在成都新闻界、文艺界闻名遐迩的了，艺术家们对于他的刻功，赞不绝口，他可以把钢笔画的笔锋、趣味都刻出来。如果是毛笔画的几笔大写，你那笔尾略带的沙笔痕迹，他也可以如实地刻了出来，运用他那支犀利流走的铁笔，把艺术家们的作品，赋予第二次生命，再现于报纸上、画刊上。有那等精细的读报者，把他刻的图片从报刊上剪了下来，当作一件美术品保存于永远。他可以在画面的阴影部分，刻出铜网模来，有如烂的铜版网模，刻到每一点网都是圆形，那么纤细如沙的圆点，真是鬼斧神工，做到乱真的地步。他还可以在五号木刻字形上，刻出"万寿无疆"四个多笔画字，那样小的地位，刻上五六十笔画的四个字，笔笔清楚，字体仿宋，真是令人羡煞的神乎其技矣！这样值得人尊敬的刻字艺术大师，他的手艺，早已驰名成渝两地，甚至远传于海外去了。那些基督教宣传上帝的宣传品中，有不少插画，也是请胥叔平刻的，包括天主教在内。牧师、神父们又将这些宣传品寄回他们的国家，向他们的主教邀功夸耀。

胥叔平是一个沉默寡言、终日为了生活埋头于刻字的工人，他年轻时候，头发就全白了。他除了供家养口而外，没有别的嗜好，不烟不酒，甚至连茶馆也不进，他几乎是一个清心寡欲的人了。如果要说他还有什么嗜好的话，他唯一的嗜好，只有到新南门外周连长茶铺去站起听一下吴小秋唱腔而已。他也不是每天必到的瘾客，但他一有空，你总在那儿可以看见他，因为在万头攒动中认出他也不难，一头白发，瘦削的脸，不会错准是他——在这样的场合下，欧长歌同他彼此瞧见时，总是彼此要打个招呼，因为从广义方面说他们是同行。在同行中他是被人尊敬的，一是他那精湛、有创造性劳动的刻法；二是他的做人，诚实寡言。

一切的人为吴小秋他们进城的事兴奋着、期望着。人们精心策划，愿意为她及他们出一点力，卖一点劲。她的进城就使得她的忠实听众，对她缩短了距离，免得再跑到新南门城外去；此外，她进了城登上书场，那就不论吹风下雨，天天晚上都可十拿九稳地听到她的歌唱了。特别是市中心一带她的忠实而驯服的听众，无疑是一种天大的喜讯了。

这两天茶房酒肆、街头巷尾，只消是爱听琵琶月琴的人，都交头接耳地、聚精会神地谈论着，彼此带着一种祝贺的愿望，望时间早日来到，"掐破十指算归期"，歌唱音乐的艺术魅力，真有如此之深沉。无怪很多民间曲调，一听就使人难忘，特别是经过善唱

只消：只要。

者的口里，怎的不把人弄得飘飘欲仙，在云里雾里去凌空一游了。

美好的愿望，有时也会变为突然的失望。天有不测风云，正如人们常常爱说的"天地间还有个天地之间"，在吴小秋登台演唱的海报、广告、消息，在新世界书场门口黑牌上发出预告前三天，吴小秋唱琵琶的伴奏人化德突然失踪了，这是咋搞起的？一声晴天霹雳，弄得所有的人惊惶失措，特别是新世界的孙四爷，他在做书场生意上是坍不起这个台的。他深知股东生意中，这个经理是不好当，但也有人正想来当一下这个肥缺的经理，正在鼓起眼睛，拈过拿错，要挤上台来。老狐狸的苦心经营，又岂肯轻易放手。但是，在节骨眼出了乱子，而且完全出乎人们意料，化德会不见了，到哪儿去了呢？他平时又不是惹是生非的人，干他们那行职业，只有逆来顺受，哪还会去造乱子呢？这就奇怪了，竟然使孙四爷百思不得其解。

拈过拿错：挑毛病，找岔子。

孙四爷赶快找书场跑腿打杂的万矮子去找欧长歌。万矮子人虽矮小，却短小精悍，眼灵手快，不到几支叶子烟时间，就把欧长歌找来了。

孙四爷一见，几乎哭了出来："记者，你看咋个办？化德失踪了，他家里头也哭哭啼啼在找他，离吴小秋登台只有三天了，没有化德小秋咋个唱？急死人呐！"这老狐狸竟自捶起胸口来。

"单有蒲顺师傅是不行的，四方人缺一方，不像样,第一次轰轰烈烈地在城里头来登台,少一方人行么?当然不行。化德的失踪,我们想想法子去找,但,我们先找一个代替他上场的人,以防万一。"欧长歌较为镇静地谈出了他的意见,"万矮子,你去南门外臭水河那家鸡毛店,就是隔壁子烟馆子那一家,去请熊幺舅,他暂时可以代替化德,凑够四方人。蒲顺师傅的琵琶,熊幺舅的二胡贴起,可以应付过去。先把这件事办好,行么?"

贴起:支持。

"一切包在我身上,我去了——"万矮子车身起腿就飞也似的跑去找熊幺舅去了。

"欧老师,要看你老师的戏了,你们记者神通广大。总之,以先把化德找回来为上策。熊幺舅的二胡何如,我没听过,但是化德那一手好二胡,给蒲师傅贴得多紧呀!听来别是一番风味,我才听几次,也听进去了,何况人家听了几年、十几年的呢。"

"对,我马上就去摸一下底细,究竟事情是咋个长起的。"

欧长歌说完,骑上洋马儿,出了新世界,走向总府街口,倒一个拐,连人影也不见了。他拿出他做记者多年的一套经验,在洋马儿上集中思想,攻其一点、不及其余地向他要猎取消息的地方,纵横驰骋而去。时间迫切,不容许他有判断上的错误,在此千钧一发之际,不发不中的,他像抢头条重要消息一样,风驰电掣似的飞奔而去。虽然马路大凼水坑不平,随时有跌倒的可能,但他也无所顾虑了。

化德是怎样失踪了的呢?

他在黄昏——成都人叫打麻子眼的时候,冷风和着毛毛雨从西北黑压压的天空吹来,城墙上号兵正在练习吹号,声音听来分外凄厉了,街上路断人稀。他去到中莲池城墙边,一家烟馆子去找一个熟人借钱,这个熟人是专门借敲敲儿钱的,借一元先扣一角大利,叫作跟斗利,五天或十天一还,过期又扣一角。这样大的"吃三分九扣利",可以把借钱的穷人,盘剥干净,仅仅是为了还利,就够一个人拼将一切的努力,最后精疲力竭地将血汗钱,双手捧上去交给大烟鬼食利者。借敲敲钱是绝对秘密、绝对守信用的。要熟人从中介绍,但借久了,有了所谓信用之后,就可以直接向食利者去求借了。放敲敲钱的人,背后总站有一两个公事人或歪武爸,到期不还钱,他们就会出现,只要他们做得出来的,他们因人而施,全都拿得出来,或者是垮鬼皮,把一身给你剥光之后,再打得你丝毫也不见伤痕地永远成一个养身病。有的干脆不要钱,打断气后,丢下城墙了事。身体好一点的,卖你的壮丁。总之,他们的办法很多,向他们借钱的穷人,像面一样被他们搓揉着,控制着,动弹不得。当然也有不信蛇是冷的人,借了他们的钱,到期时跑了,弄得食利者们十分狼狈。

当化德进到破麻布门帘子搭着的烟馆子里面,他一眼就看见那个食利者的烟鬼,倒在床上正在过瘾。化德过去倒在床上,正在向食利者交涉给钱时,突然

敲(kāo)敲儿钱:重利盘剥的借款。

垮鬼皮:强行逼人脱下衣裤。本指盗墓贼脱死人的衣裤。

当化德进到破麻布门帘搭着的烟馆子里面,他一眼就看见那个食利者的烟鬼,倒在床上正在过瘾。

锦城旧事

听得一声哨子,几个提手枪、拿马刀的丘八闯进了大烟馆,叫了一声"不许动"。全烟馆里的人都站了起来,举起双手,除烟堂倌、老弱的人而外,其余的人,一个个用绳子从袖口穿进去,穿了一串串,被拉壮丁的拉起走了。

化德长得结实,使得拉壮丁的"乒乓子"很满意,认为他很够标准,他们如获至宝,押起出烟馆走了。

从城墙边烟馆里出来,走一条小巷子,清油灯的街灯早已被冷风吹熄了,出了口子,走过横街,便拉到东府街庙子里关起去了。

关壮丁的屋子外面,架了机关枪,屋子四周加了双岗看守。每个壮丁一进屋子,就把全身脱光,要到第二天早上才发一条短裤给穿上,以防逃跑。其实设下这样的天罗地网,除非长了翅膀,否则,谁也休想出去。单独一个人要逃跑么?拉回来就拖出去活埋了;要想打监越狱式的集体逃跑么?那捷克式的机关枪,准会把人打成筛子的。也只有最穷、最倒霉的人,才会被拉进这样的黑暗地狱。

因为一身是赤条条的,什么也看不见,能接触到的人,是先于他们被拉进来的人,同样是赤条条的汉子。没办法呐,只有大家往草堆里钻进去,睡到半夜,寒气袭来,彼此又更加靠拢一些,热气虽有了,但那以浩浩荡荡、千军万马而出现的虱子,向这些陌生的、并不陌生的、温暖可爱的皮肤、微细血管进军了。它们在黑暗里却公开地干着吃人血液的事情，伸着它们的吸管，像针刺一样，刺入皮肤，说实话，它们也饿了，于是拼命用力吮吸，有的为此而丧生，可是它们的队伍众多，人是防不胜防。何况拉进来的人，陷入了惊慌失措的境地，有的想到家事，挨饿的一家人，家里怎样活得下去。他们辗转于腐草之间，常言道"虱多不痒"，咬疲了，一任它吮吸吧，人们无力地、疲倦地昏昏睡去。只是有时在咬得厉害时，在睡眼蒙胧中用手一摸，总得摸到几个吃得又肥又胖的小东西，或者就地正法，或者放进嘴里，狠狠地咬得个稀烂，说："你吃我的血，我要你的命。"

化德被围吃了一个晚上，在他倒还无所谓，过去跑滩卖唱，歇幺店子，喂臭虫虱子是家常便饭，这样的生活对他说来，不是第一次，但，碰到虱子最多的晚上，确是第一次。而且是臭虫、虱子、跳蚤三者围攻，也是第一次。还没有天亮，就听到有人悄悄地骂道："昨天晚上海陆空三军联合进攻，有点窜味的。"

化德不言不语，他在想：哪有这样倒霉的事，真是砍竹子遇节疤，刚一进到烟馆去借钱，就被逮壮丁的逮进来了，这一下子就算与家里的人永别了。还有啥说的，不外两条路，一条是送上北去打内战，一条是空运到印度去打日本人。命运就是这样安排定了，将来能不能够拣到几根骨头回老家，那是很难说的了。事已至此，一切由命运去安排吧。他也想到三天

窜味：好吃，合胃口。此处为反语，本指各种味道混在一块儿。

后要在新世界登台了,但他疲乏,实在无心去想这些了。他陷于一种忧愁的怅惘中,不时长长地叹一口气。

天亮了,他才把他的左右、周围、整个屋子看清楚,他大略数了一下,这个二十平方不到的屋子里,挤了三十几个人,睡的连肩铺,乱草一堆,除了你看见我,我看见你赤条条的身子外,什么也没有了。

天大亮以后,发还了每个人的裤子和衣服。角落里放有尿桶,屎尿一并在内,冷风吹过,臭气熏人。他这时才看清楚了每个人,除了一些鸠形鹄面、瘦骨嶙峋的烟灰外,里面怎么会有四川大学的学生,一看就是红光满面,不说不抽大烟,就连纸烟也不抽的人,怎么也被抓进来了?

另外,还有一个穿三峡布麻制服的中学生,也不过十八九岁,也拉进来了,他悄悄地问他:"你咋个拉进来了,你是学生嘛?"

"是呀,他们拉我时,我说我是学生,他们说:是学生正好,简省一套军服。"

到烟馆里拉的壮丁,其实一点也不壮,只是烟鬼。这些被拉进去的壮丁,很快就转移到他们应该分配的地方去。

第二次世界大战打响后,国外需要一部分壮丁,他们被运到新津机场附近收兵处,脱光衣服,裸体地一排排地站立着,由验兵的军官陪同美国兵来一一点验,被验上的,就在沟子上打上一个印,像猪仔一样,赶上飞机,运往加尔各答去了。这一些被视为所谓盟军的并不壮的壮丁,就这样被他们的美国盟友当作苦力一样,在国外战场使用了。如果,侥幸不被打死的话,他们的命运从来也不会好过,逃不过印度地方的恶性疟疾、热带特有的病症。倘若他们被分在缅甸战场,毒蛇、蚂蟥、疟蚊、毒蜂及一些无名的昆虫,咬得人死去活来,不战死也被病魔吞噬生命。逃跑么?拉回来当众枪毙。

化德想到这些,不寒而栗!有什么办法呢?当其从中学生到大学生都被他们不由分说地拉进来时,还说得上他这样一个江湖上弹琵琶、拉二胡卖唱的民间艺人么?何况他身体委实也不错,同屋子里面的所有烟灰比较起来,他够得上壮丁称号的,在拉壮丁的丘八眼中看来,他是多么爱人的货色,多么有卖相,就在卖壮丁的市场上,他也要多卖十几个白晃晃大洋的。

早上的稀饭,是清汤寡水的,他也无心去吃。那些烟灰们烟瘾早已发登,鼻脓口水地闹个不停,四肢无力倒在乱草上抖擞、脸色苍白,死去活来地在打烟摆子,或者他们这样打下去,一命呜呼;或者是隔了几天后,又死去活来,居然从死亡的境地里,绝处逢生,勉强凑上一个壮丁的称号。其实从他们的全部形象看来,无从壮起的。从军阀时代的内战到抗日战争期中,当局全靠拉兵拉夫,拉得来路断人稀,最后只有到烟馆子里去拉仅有几根骨头的烟鬼。他们那一套骗人的《兵役法》,没有一个有钱人去服他们那一套兵役，这些人可以拿钱去买壮丁，相应地也就有贫无立锥之地的人去卖壮丁了。买卖壮丁是公开的合法化，由地方保甲来进行，他们可以在这笔交易中捞得一大笔外快，因而就什么花样也搞得出来了。除了这之外，军队也出来拉人，他们之间有默契，为了所谓成都是个省会之地，不在街上拉，去烟馆子拉吸毒犯，说来似乎是天经地义的了。但是为什么又拉得有大学生与中学生呢？为了要凑足数目，也就顾不了许多，壮丁既能卖钱，又有公开合法的价格，为什么又不可以作为一种商品买来卖去，做个转手生意，也可以从中大发其壮丁财的。

化德在囚笼里颓然了。欧长歌正为他而奔忙着，拿着他做记者多年的本领，四处打听，却一丝儿味道也嗅不出来。

新世界自孙四爷以下，没有哪个不着急。

吴小秋问东问西，也不得要领；玉君几乎要哭出来。只有蒲顺沉凝厚重地在思量着，他想了又想，老是摇头。失掉了好的伴奏，在音乐上就等于砍掉一半生命，小秋也深深地有此同感："他多么会填点小环环呀，你停一下，他就给你填上，他也最会捧你的唱腔了，你哪一天嗓子不来气时，他就给你垫腔垫唱，弄得匀匀净净的，你真要感谢他的本事。"

"是啊！我没得他，我这琵琶也不成了，要是没得他的琵琶，我的二胡也更不成了。他究竟到啥子地方去了呢？他平时行端坐正，虽说是江湖人，却没有

填点小环环：加一点小花腔。

不来气：气上不来。

匀匀净净：干净利落。

平行引：路走得正派、安全。

二流二武：流里流气。

打掌子：临时顶替。

干（gān）：没有钱用。

该不得：应该不会。

江湖人那一套二流二武的样子。"蒲顺说时带着太息的语调，同玉君一样，陷入种灰暗、潮湿的怅惘中去了。

这时候万矮子却从南门外臭水河回来了，他得意地向大家说：把熊幺舅已找着了，登台那天如化德还没有回来，就请他打掌子，有一天算一天的钱，另外只不过每天贴他盒坝土的烟钱，说了算事。

万矮子这番话也不过使大家稍微安心而已，像一个石子丢在一潭死水里，起了几圈波纹后，又复归平静，静得可怕。

"恐怕这事只有等欧先生回来，才有个下落的。"孙四爷自我安慰似的喝了一口热茶，"看，说曹操曹操就到，坐坐坐，给欧先生倒茶来，何如？"

"如之何！一点儿消息也没有，他家里我也去过了，只说是这两天干得可以，吃豆瓣酱下饭已有三四天了，他也可能出去借钱，又向哪儿去借呢？问了他家里的人，他平时借钱是向哪儿借的，家里说了几个人，我按名捉拿都跑去了，丝毫也没有下文，嘿！真叫人有些作难，一点儿线索没有，看来要去请教福尔摩斯了。"

"我到南门外去时，听说拉夫拉得凶，他该不得拉去了？"万矮子说。

"他又不钻烟馆，咋个会拉去。他明明是去借钱，借钱也不会失踪，唉，这究竟是咋个长起的？令人捉摸不定，唉唉……"孙四爷大张了口，合不拢来。

"他是不是土遁了?"万矮子说出这一句话,大家没有反应,他也没精打采地梭到对门子新集商场内去喝冷啖杯儿去了,他就是爱这一杯尼姑尿。

梭:溜。

一路上只听得他用左喉咙唱道:"万事不如杯在手,只候它水到才开沟……"

第十章 东说南山西说海,『休谈国是』照样谈下去

中午的时候，有人听到说这回抓的这一批，挑选后，分别送印度去。于是话题就在暗地中悄悄地扯开了。

"去当远征军？"

"也可能不去印度去缅甸，当然是当远征军，不管当什么军，要想回来，没得望了。"

品碗：多用于装菜和汤的大碗。

"听说那边蛇有品碗那样粗，把人都吞下去了。还有蚂蟥，战马死了，蚂蟥成千上万地爬去吃尸体，一个晚上就吃得来只剩几根骨头了。人肉总比马肉嫩，那它吃起才香嘞！"

"疟蚊才凶！叮了人传染恶性疟疾，那就休想回四川了。我们老表抓到印度去，那地方赤地千里，动辄饿死几十万人，像印度北边，夜里老虎、豹子出来吃人，还有狼，晚上把站岗的哨兵也咬死拖起走了。"

"你说的印度北边，就是加尔各答以北，恒河以北的地方，地方苦旱，豺狼成群。"大学生补充说，他的眼睛是那么明亮，在这全屋子他算是一名标准壮丁，人英俊而年轻，"说到抗日，我们无意见，这个样的绳捆索绑地拉来，不由分说就装上飞机送到外国去，哼——"他在鼻孔哼了一声，停下说不下去了。

被拉来的中学生没有开腔。每个人心里像热锅上的蚂蚁，一切断念了，从此再也看不见亲人了，再也看不见成都了。

化德一个人闷着在想：去喂蚂蟥？疟蚊？老虎？豹子？豺狼？首先是喂肥了他们拉壮丁的。他也时时想到

312

吴小秋、蒲顺、玉君，新世界，新南门河边，一切的一切，今后只有在梦中见了。他感到太伤惨，一身有些麻木。

也有被拉的人在想：人，这个动物连鸡儿都不如，鸡儿捉住还要趵几下，爪爪蹬上几蹬；人，被捉住，两个人一提，枪一比："不准动!"就完全无声无气被拉起走了。

在长长的叹息声中，的确有人在流泪了。

"想法子跑。"中学生鼓大了眼睛。

"这是唯一的办法，不过，不要轻举妄动，他们抓到可以当逃兵处理，杀一儆百，毙了。对于逃跑的壮丁，他们通常采取的办法是活埋。"

"找机会，我在必要时就站出去，说我是学生，我什么也不怕，我要求放我回学校——"中学生说完时抱着头哭起来了。

真是度日如年。好容易挨到下午，一个烟灰有气无力地说："是班房里头关的犯人嘛也要放风，为啥子没得动静?"

"老兄，我们不是犯人呐! 我们是壮丁，披上了军服就成了抗日英雄，真是光宗耀祖呀! 谁晓得抗日英雄是拉来的呀!"

"拿我这个英雄来说，的确不是拉来的，是出钱买来的，打我自己来说，我这架英雄是自己把自己卖出的，没办法呐，卖一回得几十元，可以供家养口。在路上跑掉了，回来又卖，这个买卖我算命大，做了好几次了，我不抽大烟，蛮有卖相的。"

"你不怕拉倒枪毙、活埋么？"大学生问。

"喂脑壳的事比要脑壳的事还要重要的，你明天要脑壳，我今天得吃饭喂脑壳呀！你逮不到老子，这条命还算我的呀。当了英雄，胆子还不大么？"

"老兄啥英雄哟，狗熊差不多。"一个人打趣地说。

"管他英雄狗熊，总有个'雄'字嘛，假巴意思还是抗日的英雄。"

晚饭后登记了名字，黑夜里一个排长似的人物带了两个老兵，在幽暗的马灯光下，进得不要钱的房子来点名，喊到哪个哪个就站起来，榜上有名，就吃公粮了。"先给你们拿个言语，各人规矩些，不要芽芽草草的，在那个地方给我们打麻烦，那就自己吃苦头了。通江的、懂事的，我给大家负责弄巴适。"点了名过后，就雅静了，吹哨子后就睡了。

这第二个晚上，化德无论如何也睡不下去了，他想得很多，首先他想到逃走，从什么地方逃走呢？这个倒霉的地方，真是风都吹不进来，雷也打不出去。他有些颓然，上天无路，下地无门。家庭、书场，热闹的书场，想必大家忙着登台开张，也有可能四处寻找他，可是，谁又晓得他在这个地方呢？

新世界正为他们登台而忙着，把写每天唱出节目的黑牌，重新油漆了，发出崭新的光亮，把吴小秋他们登台三天的戏码子写了出来：第一天是她拿手的

假巴意思：假惺惺。

不要钱的房子：牢房。

芽芽草草：东说西说，使人不耐烦。

通江：懂得规矩，知利害。袍哥用语，本指言语在各地码头行得通。

戏码子：节目单。

《忆我郎》；第二天是脍炙人口的《断桥》；第三天是使人癫狂的《芦花词》。对她唱的每一个节目，都铅印出来，准备卖给听众，万矮子及茶堂上包了这件事，他们也可以进上几文钱的。

赵胖子及一批匹头帮上人，还做了绣花的桌围，橙黄色的缎子做底子，上面绣的彩色图案花纹，中间还绣了四个字——"清歌入云"，是请昌尔瑞写的，这个好色的老头子还说："登台那天，我要亲自去听一听。"这样就使孙四爷像双手迎接财神菩萨一样，准备去迎接这类人物了，他的书场有这类人物出现，那将要增加光彩，掀起声势。他一来，警备司令部的稽查长蒋达为也必然要陪着一同来，听说蒋达为在向昌尔瑞拜门学写字。有了蒋达为等人出现，那就更其非同小可，那就不会有什么人敢来新世界书场捣乱了。孙四爷想道：那些飞的走的、花的麻的，也要暂时回避了。只要堂子清了汤，又请了这样好的角色来，那准会一股一股地银水流进来了，虽是股东生意，算盘子在他一个人手上敲，他要敲十三桥的算盘，别人也无法知道。

吴小秋的衣服剪裁已弄好，黑色短膀的香云纱旗袍已穿上，她第一次穿上玻璃丝袜高跟鞋，雪如玉是主张穿高跟鞋最有力的一个人，她认为吴小秋长得小巧玲珑，人毕竟矮了一点，穿上合适的高跟鞋，就能受看了。在衣着、化妆、打扮上一切由雪如玉安排、指点。她纵然有些主观，但也是她的经验的积累，不

花的麻的：形形色色的。

堂子清了汤：书场里没有捣乱的人。

十三桥的算盘：算盘通常只有九、十一、十五桥，"十三桥的算盘"指如意的小算盘。

发不中的，经她认定的安排，无论在小秋身上哪一个地方表现出来，都是分外受看。比如搽口红，她就主张沿着吴小秋原来的樱桃小口微微涂上一点就够了，不必像一般人那样，涂得那么厚而且笨。有些人适宜于浓妆，有些人却适宜于淡抹，所谓淡淡春山，往往又胜过浓郁的画得很笨拙的重彩山水。

头发是要烫，根据她的脸型，头顶一簇要高耸起来，借以把她的圆脸衬托得长一些。头后要烫成大水波浪，一直拖到后颈部分，这样从稍远角度上去看，也会又把她显得高了一些，一切围绕她的脸型与身材下功夫。当她打扮好时，同雪如玉、欧长歌等人，去东亚照相馆找向炳坤老先生亲自拍了一张照相。向炳坤照相的手艺，是早年留学日本得来，他自己在春熙路开设了规模宏大的相馆，凡经他认为满意的作品，他都要把它放大用精美的照相框子陈列出来。欧长歌引她来这儿照相，用意和目的也正在此。

作为摄影艺术家的向炳坤先生，对于吴小秋这一身打扮，他一看就定她个八九分了。如何定位，安排一个姿势，灯光的调度等等，老先生胸有成竹地、有条不紊地在吴小秋的身上施展了他的才能。在白热的灯光下，只听得咔嚓一下，一张美术摄影就十分如意地完成了。

这时候，中华剧艺社一批话剧艺人也拥上楼来，他们来拍巴金《家》的剧照，由应云卫、贺孟斧亲人带来哟，他们一看吴小秋这样的人才，也有些愕然

亲人：亲自现身的人。中华剧艺社集中了当时国内一流的演艺明星，平时很难见到。

了。

"这是……记者，给我们介绍一下可以么?"应云卫口音夹杂着更多的上海话问。

"当然可以，来来来我给你们介绍——"欧长歌趁势把吴小秋介绍给了一群话剧艺人，弄得吴小秋有些腼腆，可以看出她的耳根都发红了。

"舞台形象很好嘛。"贺孟斧老是以学者姿态严肃地评论着。

"有机会要为你们专演一场，请你们这些大师们指教指教。她是地地道道的民间艺人。"

"就是这一回报上载的成都周璇哦!"刘郁民说。

"辛老，请你看看，她这样打扮怎么样?"欧长歌问辛汉文，"你是化妆专家，请你看看如何?"

"不错，发式同她的脸型，相得益彰。"

欧长歌暗暗给雪如玉递个眼色，赞许她对吴小秋的化妆是成功了的，雪如玉会心地微笑了。

一切的事围绕吴小秋而忙着，剩下的就是对熊幺舅的安排了。他的鸦片烟也差不多抽得来像一条烂龙了，要上台子，这一身非换过不可。孙四爷先叫他去理发、沐浴，然后借了一套衣服给他穿上，是有九成新缝好的阴丹士林长衫。给他明说，每天穿了要脱下来，这个新衫衫是借来的。孙四爷把自己穿旧的一双工字牌袜子给他，先发了工钱，叫他去买一双合适的鞋子。熊幺舅得了钱后，到暑袜中街玉堂春去买了一双直贡呢圆口鞋子，找了一个茶铺的茶桶子洗了脚，穿上了新鞋子，他那草鞋生活，暂时告别了。当他把草鞋脱在地下时，分明地可以看出：这双既破且烂的草鞋，实在也太对得起我们的熊幺舅了，穿得来鞋子底子也脱落了，哪还有什么脚后跟儿的草鞋绊绳呢？真亏了他的本事大，这样太不成体统的烂草鞋，他居然能穿上，穿上了居然能走路，走起路来，虽不是平步青云，但也并不是那么举步维艰。这没有后跟的草鞋丢在地上时，就当作垃圾算，也是最不受欢迎的垃圾的，何况臭气难当。

　　熊幺舅把茶桶的茶叶捞起来，使劲地搓他的脚踝、脚背、脚丫，他似乎从来没有洗过脚，正确地说，他从来也没有把脚洗干净过。在这一次，他似乎要发誓地把他的脚洗个痛快，洗得一干二净，便于明天晚上登台。从臭水河到新世界，从许许多多破烂的、寒冷的鸡毛店到热闹的市中心书场，对他说来，不能不是一件得意的事，何况事出偶然，的确他做梦也梦不到的好事情。试想：要不是化德的失踪，能把他请来参加这样的场合么？他不是做梦也没有梦到过，而是做梦也不敢这样想。

　　他这时的心情，正同他把洗干净了的脚穿上工字牌袜子、蹬上直贡呢鞋子是一样的舒畅，有些飘飘然了。对于那双甩在地上的烂草鞋，实在不屑一顾，熊幺舅迈开他的步伐，昂然而去——

　　第二天晚上化德刚睡下去，就听得人喊道："各人把衣服拿去穿起，连长要来点名，不许乱动，乱动了两腿扯烂，按军法从事。"

各人匆忙地穿上了衣服，不久两个背盒子炮的烟灰兵提了马灯，引着张豹头张连长来点名来了。他来是要挑选几个身体好点的，首先去充实他的那一连，然后把剩下的送到师管区去。

张豹头是一个职业军人，也是一个卖壮丁的贩子，长就了一副豹子脑壳，圆头黑眼，鼻子有点向下弯，几根像钢丝一样的毫毛却撑出鼻子外。厚厚的嘴唇，从耳腮到下巴都是青黑色胡子桩桩，人们管这叫"板鸭脑壳"。从头至脚是粗线条绘就的形象，真是使人一望而知是名不虚传的大老粗。粗线条的形象与他那粗线条的性格，十分调和地融于一身。他带兵是以残忍而出名，曾经有一次，他驻扎在斑竹园，捉到一个逃兵，为了杀一儆百，在一声军号紧急集合之下，他下令叫出那个瘦削的逃兵，命令四个兵把逃兵按在地下，反缚着他的双手，然后脱开逃兵的裤子，拿一把快刀往逃兵的肛门一旋，逃兵在喊"连长施恩！连长施恩！"中痛昏死了。他再安排两个兵士，把撑天的慈竹扳下来，把旋下来的逃兵的肛门，用大麻绳子捆在慈竹颠上，然后一放，慈竹弹上了天，血淋淋的肠子悬在空中。张豹头大声说道："大家亲眼看到的呀，当逃兵犯在老子手头就是这个样子下场。我的话没得多余的，说话费精神，解散！"

据说他这个处置逃兵的办法，是向他的长官学来风登儿：风筝。俗语有"床底下放风登儿——起势不高"。

的，而长官又是在川军赶滇军出川时向"干滇娃"学来的，他醉心于他学来的这一手，名字叫"放风登儿"。被他放过风登儿的逃兵，究竟有好多，他也记不清楚了，反正他也不向任何人交待，何况他是按军法从事，名正言顺，合理合法地杀人。

马灯照着每一个壮丁的脸，豹子的黑眼睛打量着每一个人，只要他看中的，他一声不响，歪一个嘴，就算归入他的私房——当他看到化德时，惊了一下："你就是那个唱琵琶的——"

"我是弹琵琶的。"化德点了头回答。

张豹头又歪了一下嘴，这一下是着力歪了的。打马灯的小兵完全懂得他们连长的意图，在点完名之后，把化德叫出黑屋子，押到连长那里去了。

"你是唱琵琶的嘛，我认得你，那年子我驻扎邛崃，你们就在那儿卖唱，你同吴小秋他们搞整的那一套，真是把老子整安逸了。你们搞的那个《断桥》，我简直想学，又记不到唱词，你今晚上就给我写出来，教我唱，教会了就放你出去，你是卖唱的，咋能来当乒乓子。你坐下来，抽烟。"

搞整：弄。

化德完全按照张豹头的吩咐，一一地办到了，先是他说一句，由文书上士写一句，写成全文后，再按每一句唱词唱了出来，四句一段，反复唱了多次，粗线条的豹头却细心地练着唱法。怎奈他的嗓子是左的，这一辈子也无法唱好的了，唯其如此，他更加爱唱。别人听来像锉锯子一样难听，而他却悠然自得，忘乎其形。

弁兵把香油素面也从街上端来了，他们各人吃了两碗，化德感到比吃九大碗还好吃哟！这是他有生以来，最好吃的素面了，他对最后拌在红油内的几根面，一气而下，他简直忘记是在囹圄之中了。

也不过教了有个把钟头，豹头连长有些疲倦了，何况早已吹了灭灯哨子，他连打几个哈欠，站了起来，突然地对化德说："好，就这个样子，你回去了——"

"请问连长的大名？"化德几乎是感激得打哆嗦了。

"问来做啥？"

"将来好报连长的恩呀！"

"当得个屁腾，你快走哟，以后少钻烟馆，我们是专门在那里头抓壮丁。勤务兵，来，带他下去！"

这样轻松、干脆，像风一样，从吹得进来的地方，又吹出去了。当其化德走到他归家的路上时，他真也不相信他自己的脚步、他的身体。他下意识地用牙咬了一下自己的舌头，对头，还在疼痛，对，有感觉，这不是在做梦，是从天而降的天大幸福，谁想得到在监狱似的地方，还遇到知音。一个左喉咙，竟然迷得这样深沉，而又如此干脆利落，当他过了瘾、满足了时，就开笼放雀，比起他"放风登儿"那一手，他算是做了一件大好事。不过，在张豹头一生中，做这样的好事是屈指可数的。

吃九大碗：赴宴。九大碗，农村宴席上的九碗主菜。俗语说"吃些九大碗，挨些尻戳脸"。

化德回了家，他女人一见就哭了出来，小女孩叫了一声："爸爸！"他也痛哭失声了。

"你跑到哪里去了，把一家人急死呐！欧先生、万矮子、吴小秋他们都来过了，要不是找到熊幺舅代替你，孙四爷也急得要发疯了。你走了后，一家人打酱豆瓣下饭已两天了，干得发火了！"

"我么，给拉壮丁的拉去了，说来话长——"

"你饿么，那里还有冷饭，我给你热。"

打照面：见个面。

"不，我先要到新世界去给他们打个照面，这个时候去报馆找欧先生最合适，回来再摆。"

当其人们得到化德归来的消息后，空气马上就为之一变了，人人感到意外地高兴，其中孙四爷高兴得更加具体。他首先想到，蹬打熊幺舅，干脆就把那件八九成新的阴丹士林长衫送给他，连买鞋子的钱一并在内，可以在账上报的，连工钱也算在里面，反正没有哪个来清查，何况人们在大大地高兴时，谁来管你一笔小小的虚报的账目呢？

蹬打：应付。

谁又想到当其化德意外地被释放的晚上，熊幺舅真正地被抓进三桥南街的警察局里面去了。

熊幺舅每天都要到陕西街刘公馆后门去买吗啡，这个生意的利息是很大的，一个买来三个卖。熊幺舅为了他自己的吗啡瘾和供养一家人的生活，也就顾不得一切，冒着风险到刘军长的公馆门前来做这个见不得人的生意——做这个生意，首先要懂得诀窍：两头一望，四下无人，公馆门前的铺面楼上吊下来一根火麻绳子，上前去连扯三下，然后从楼上吊下一个竹箩，把钱放到里面，然后把吗啡吊下来，生意就这样成功了。然后又轮到另外一个通窍的人来干这行买卖。

熊幺舅用三个银圆买了两包，得意地走完陕西街，向南拐弯时，一个便衣警察在他肩膀上轻轻地一拍："我们跟了你几天了，你会做吗啡生意，贩毒违法，走——"他好像鸡儿子一样，被提着关进了三桥南街韦陀堂的警察分局去了。首先是两包"违法毒品"被缴了公。熊幺舅被关进黑房子里，出了一身冷汗，竟然打起哆嗦起来。一不是为了两包吗啡的损失，二不是怕丢进了班房会发生什么样的不幸，而是他的烟瘾发了，四肢无力，一个跟斗跌在草垫子上，活像个死人。

熊幺舅与化德的命运比较起来，其悲惨程度也就不难想象的了。他的手艺远不及化德，又没有给名角伴奏，关进牢房也不会遇到张豹头那样的撒脱人，说放就放了。一般地说来，凡关进这个警察局的烟鬼、烂龙，都要经过三天检查，吃三天发霉臭的酸稀饭，看是不是真正的瘾哥。如是，那有什么话说，关进南门外衣冠庙去"戒烟"。一般地说来，烟是戒不掉的，往往又把命给戒掉了。

关于熊幺舅，实在用不着考验，只消看看他那一副白得像死人的脸色，也已不是平常抽鸦片烟的烟哥，而是一个吃梭梭、吗啡的烟鬼了。所幸他尚未吃上红丸、海洛因，要不然，他早已被捉去做了"六三禁烟节"的替死鬼了。

　　陕西街与三桥南街倒拐处，成一直角。三桥南街在逮所谓"违法贩毒"的人，其处置办法不外乎是没收、罚款、取保、释放，或者是拘留待审。敲诈勒索之后，"依法送办"。他们有法，当问案的法官在后堂过足了烟瘾之后，就依法审讯，一切为所欲为的了。当然，有钱是好办的，但都是一些穷烟鬼，又有什么法可想呢？当他们自己的烟瘾发登了时，就是在寒冬数九大雪天，他们也可以把他们自己三岁小孩身上仅有的一件棉背心脱去换成烟钱。一切为了烟瘾，吃尽当光，也就只有等待死路一条了。

　　拐一个弯，直角的那一边的陕西街刘公馆的后门，却在放下吊篮公开卖毒，因为他是军长、省长的公馆，附近又有明的暗的枪杆子保护。再说军长也是大烟鬼，在这条道路上他们是一家，谁又敢在军长的嘴里去扳动牙齿呢？

　　化德回来以后，人们关心的是如何在登台这一天弄得有声有色，像个样儿，哪还去想起韦陀堂里烟瘾发登的熊幺舅呢？

　　化德、孙四爷、欧长歌聚会在新世界书场，研究今天请的客座中，还有没有遗漏的。头三排座位全是请来的客人，约百人之谱，大家把请客的名单念了好几遍，好像应该请的都请到了。

　　"挂一漏万，我们还是再打一下搜索，最好不要漏掉应该请的人。"欧长歌说,"我们还应该请周可可与吴后乐校长。"

"对,有他来,哪个认不到他,他一来,我们这个书场就更增加几分卖相了。"孙四爷抹了两下胡子。

"周可可是发现吴小秋过板过眼唱法的人,他最主张弄进城来。吴校长也淘了不少神,把他们接到华西坝去打开局面,也是主张弄进城最有力的一位。"欧长歌补充说道。

"对呀!以后借重吴校长,请几个坝上的外国人来听几次,不也更把书场堂子炒热了么?那时我们的记者先生也有文章可写了。只要书场一正,啥子听了就要生干疮子脓泡疮的奇谈怪论,也可以喊他们收刀捡卦了,他们内盘中那种没有理由的歧视,也就自化脓血而亡了。"

"周可可与吴校长一定要请,不过他们两个人不一定请了就能来。"

"为啥?"

"这两天巴金从重庆回来了,吴校长要去陪他的好朋友。听巴金说,他只住两天,所以吴校长就更不得空了,一天草堂,一天三洞桥的鲢鱼,这是他每次回成都吴校长安排就了的铁板文章。周可可不能来,倒不是他每天晚上有戏,他这几天很不舒服,他心头烂鲊鲊的。"欧长歌猛力地抽着纸烟。

"为啥?他那样使人发笑的人,他自己还不快乐

烂鲊(zǎ)鲊:很不痛快。

呢?这就奇怪了!"

"台子上是一回事,台下又是一回事,正是'台上的夫妻,台下的路人',这是他们行道中的一句老话。最近他心事重重,有难受的地方。"

"啥子事使他难过,说来听听,我们能给他分忧解愁么?"化德诚挚地问。

"你的心是好的,可是当其我们的忧愁都还没有解决时,又如何能够去解决他的忧愁呢?他是个艺人,是个老艺人,从艺术上说,是一个颇值得人敬重的老艺人,但他在台子底下的遭遇确实很不好。你们都晓得他的女人是云中凤?"欧长歌停下来喝一口三熏黄芽茶。

"会做戏哟!人也长得漂亮嘛,台柱子啊!"孙四爷趁这个间歇补上一句。

"是呀,问题就出在这个地方,看得上她的人大有人在,他们能放过她么?可是周可可拿到这些事也没得办法,也只好睁只眼的闭只眼,她受侮辱,他受屈辱,心里头是难受的……差不多所有唱戏的都会有这种极不幸的遭遇,他们也想随时摆脱这种遭遇,但亦无可如何。怎么办呢?他们园子里头有几个跳得起的人,感到自己没社会地位,同修脚擦背的一样,伸不起头来,连袍哥也不准当,于是他们就商议:在园子里面自己立公口,把袍哥码头立起来,别人不承认,自己承认,聊以自慰而已。他们推周可可当龙头大爷,不上几天,码头成立起来,关到园子门是一家

龙头大爷:袍哥某一地区的总负责人。

人,他们都暂时地自我安慰于欢乐的气氛中了。而且彼此之间,也按照袍哥的排行称呼起来。这事情为省党部那些嗅觉发达的闻到了,派人来把码头接过手去,许他们每个人入党,实际上是怕他们另有什么活动。自从中华剧艺社由重庆接到成都来过后,他们防范得很严,说什么防止异党活动,前一回不是还失踪了一个演员么?他们怕得很。"

"我是几十年老海哥了,公口被人端起走了,这在袍哥史上,还未知闻了。改天倒要去昌福馆双龙池请教一下刘师亮老先生,他是著《汉留史》的笔杆子。"孙四爷似乎有些不平,也有些感到太不像话了。

"成立一个码头,当了袍哥,又赚得个党员,干得着,赚钱的生意哟!"化德有些奚落地摇摇头。

"就这样生拉活扯地把党员帽子戴在袍哥的脑壳上去了。他们有些多事,去成立什么公口嘛!为了虚假地抬高自己的地位,去找些麻烦来。过去是同行,现在是本码头的兄弟伙了,都是一个个染上嗜好的年轻烟鬼,瘾发了时,向大爷借钱呐,预支工钱呐,弄得周可可不胜其烦,弄得他都不敢到园子门口的茶馆去吃茶了。年轻的烟灰们找不着他,就骂,个别的,甚至发泄地痛恨他,扬言要对他不利了。这不是找来的事情么?碰巧,云中凤又被一个歪人看中,给她买了一个小独院,制了全套新式楠木家具,当周可可正迁入新居时,几个烟鬼年轻人,不听招呼的所谓兄弟

闹倌儿：野男人。类似今天的男性第三者。

报盘：报告事情原委，说出原因、理由。袍哥用语。

硬肘：顶用。袍哥用语。

伙，对他发起了攻击，问他老婆的小独院、楠木家具是哪个闹倌儿那里得来？说袍哥大爷的袍哥大娘在外面去找小吃，袍哥大爷甘心当乌龟王八，那还算什么摇舵的舵把子呢？几个年轻人闹得公口上不得开交。本码头的袍哥们怕闹出去敞扬开了，与他们的颜面有关，最后，当着全公口仁义两堂兄弟伙，把周可可的袍哥大爷搁下来了。"

"我看不去海袍哥，人家也管不了老婆偷人养汉，戏班子上的坤角，被歪武爸喊去陪睡觉的事，太平常了。可是你一海袍哥，被人抓着辫子，就喊要拿话来说，这些事咋报得了盘，只有搁倒了。不海袍哥，睁只眼闭只眼的过日子，不也照样地混下去么？我们这个行道，讨的坤角，脸上又有几颗饭，不戴绿帽子的还少见哦！"化德说得口水四溅，"那些有钱有势的色鬼，没有一个好东西，就像有人说的，把滇缅路上的司机拉来使机关枪剿，剿死完了，也找不出一个好的司机来。"

"啊！这话未免又绝对化了。周可可的大爷被搁下来后，他很不快意，一个人跑到戏园子门口茶铺里，倒一碗茶坐在上八位，自言自语地说：哼，袍哥搁了我，党员资格还在嘛。"

"是呀，袍哥在这些地方比党员还硬肘嘞！"孙四爷似乎为他自己也是袍哥而扬眉吐气了，相形之下，对于国民党的那个党员，不屑一顾的了，"袍哥里头有句话，说当袍哥的不拿去挨刀挨炮，拿去挨屎

328

呀?比起吃裙带饭拿婆娘去掉官做的那些党员，就高明到哪里去了。"

"请，我们是要请到堂，来不来是他本人了。又说第二个人喃。"

他们就这样一个个地讨论下去，完成了请客的事。客座的茶牌子由万矮子马上发出去，跑路他是能手，他的脚上像长得有眼睛，可以找到穷街背巷里住到三弯九倒拐的任何一个人，只要他存心找那个人的话。

他们在新南门大桥唱最后一天了，周连长有些依依不舍，预备了几样家常菜请他们吃了一台："我现在这个茶铺自从请你们来唱以后，堂子已挡正了，不卖书茶一天也要上下拥两次堂，但是，我担心，以后也可能有倒霉的日子，到那个时候，还要借重你们哟!"

挡(cōu)：扶。

卖书茶：又请人演奏曲艺，又出售茶水。

"没得关系，到哪个坡唱哪个歌，到那个时候，你周连长只要带个口信，我们不是又来朝贺你么?其实我们也舍不得新南门这个地方。只不过这次进城，书场里头规定：在书场唱就不能到城外唱，也不能钻格子，免得影响他们的生意。"化德说时有些歉然，"总之，见机而动，不对我们又把队伍扯出来。"

"不会的，保险你们这次进城，一唱就红，有小秋这样的喉咙，你的这一手好琵琶，你们各个人的本事，敢断定包打天下。这两天报上已经把你们吹燃了，欧先生给你们出了大力啊!"

"是啊，欧先生是顶热心的了，没得他我们能进城么？可惜他今天没有来。"蒲顺有些失望。

"看，说神神到，说人人到，他来了。欧先生请坐，八方找你找不到。"周连长马上添了杯筷，请他坐下。

"我跑消息去了，你咋找得到？来来来，干一杯！蒲师傅、化德、玉君、小秋，我先敬你们一杯，预祝胜利！"

"你来迟了，这是我在回来的路上切的卤牛肉，干一杯。"周连长对欧长歌说，然后向大家举杯。

也算得端冷啖杯儿似的觥筹交错了吧。他们就将这样离开新南门河边竹笆笆搭的疏散茶铺，进到城里第一流的大书场，从此结束吉卜赛歌者的流浪生活，定居下来。

他们有些微醺了，看一看对岸的垂杨，江上村绿树成荫，从瘟祖庙通向南虹游泳池的疏散木桥，一江闪闪金光的落日晚照，新南门大桥往来不断的车辆，喊"得罪撞到"的黄包车，叮叮当当的私包车，"瓜子落花生"的叫卖声，络绎不绝的行人。他们有些依依不舍，更舍不得的是每天来听唱的熟卖主，竹棚外那些站起听的，穿一身油蜡片的真正的知音。永别了新南门，再会吧新南门。

喝酒较少的蒲顺提醒大家说："有一件事情你们弄清汤了没有，赊的纸烟钱要一一给人家还清，不能麻麻鲊鲊的啊！"

清汤：清楚，明白。

麻麻鲊鲊：稀里糊涂，不清不楚。

"这回硬是弄清汤了的，不会让账肚子到新世界来要账的，赊的零杆纸烟都是给清了的。"玉君回答时望了望小秋，似乎也代表她回答了。

账肚子：债主。

"关于收钱的事咋个决定的？"欧长歌问。

"物价天天涨，我们采取了一个办法，每场抽三十二碗茶，仿效戏园子扣戏牌子，这样就能勉强对付飞涨的物价了。这三十二碗，小秋抽四股，玉君三股，蒲老师两股，我一股，现在茶价是两角钱一碗，水涨船高。"化德回答。

"现在是先打新世界，我们不相信芙蓉亭、知音书场的老板就那样把颈项硬得下去，以后只要一天有三两个书场，你们的生活也就勉勉强强了吧。总之要拿一番力气来干，第一炮要打响，我完全相信你们一定是旗开得胜，马到成功，打遍这九里三分的成都不在话下了。"借了几杯酒，欧长歌说话的声音更大了，"今天上午雪如玉老师还在担心你们上台子的态度、表情，她说明天登台，她一定要来看看，她是多么关心你们哟！"

"明天相信是人物荟萃，成都市的知名人士、盖面菜都要上齐的。孙四爷很落教，叫万矮子给我送个牌子来，还说请去光临指导。他把人马给我扯起走了，怕我怄气，送个牌子来请内行去看眼红么？"周连长再举起杯来。

落教：讲交情，守信用。袍哥用语。

牌子：相当于门票。

"人家孙四爷还算想得周到嘛。"玉君也呷了两口醇香扑鼻的全兴大曲。

"你看你们还没有上门，就维护起婆家来了，我这个新南门河边上的茅草棚还是娘家啊！哈哈哈。"

娘家也好，茅草棚也好，长大的女总是要嫁人的，而他们也就如此这般地辞别了周连长，从破烂的茅草棚，走向另外一个新世界。当他们酒醉半酣或者是微醺之后走出茶铺时，还听到卖报的在桥头大声武气地喊："看看看明天成都周璇在新世界登台！好消息轰动成都！看看看锦城歌后明天登台，新世界书场有好戏看！看看看吴小秋、玉君明天登台了！"

吴小秋、玉君她们看到报贩子吼得那么扎劲，回眸向欧长歌瞟了一眼。

欧长歌大概也懂得她们的眉目传情，他没有回答，却直接走到报贩子的面前，打开了烟盒，请他抽一支来劲的骆驼牌："你咋个不到春熙路一带去卖呢？"

"新南门冷门出货，小秋她们又在这个地方练出名了的，我已卖了两百多份，好在我今天多写了几十份，不然早就打瓜精了。"回答欧长歌的报贩是"四大金刚"之一的袁海清，也是一个老枪，他喊卖报的技术稍逊于"四大金刚"第一名的陈名儒。陈就是"成都鲁迅"，外形很像鲁迅，单从这点看去，他天然地占了几分优势，何况他那脆利的声音，压倒其余三个金刚。加上他有点文化，会抓他卖报的"头题"，有时还要加点瓢子，总之，不外乎根据一点消息内容去危言耸听，夸大其词地喊了出去，像说相声

写：订购。

打瓜精：把剩下的东西全部廉价买下或卖出。

瓢子：内容。

的"丢包袱"一样，丢出去包响，他是喊出去包卖脱。如果他把烟瘾过足，那就更不得了，声音由低八度陡增到高八度，岂仅清脆利落，简直有点带钢铁的声音了。在他过足瘾之后再加上二两太白庐或打金街关道门的干酒，那就有如江河汹涌，不可遏止了，他喊出卖报时就分外有许许多多即兴的东西，如"嘿！看啰！新南门的吴小秋失踪了，看稀奇事呀！看呐，她又在总府街的新世界找出来了。看新闻啰！"借着酒兴他又更大声地补上一句，"嘿！这才是怪事呢！"这时，"成都鲁迅"卖报的喊声越吼越来劲，刚健有力，喷口很有劲道，单凭这几声，他可以与贾培之的白口喊仗比一比高下的，要不然，他怎么会是名列冠军的金刚呢？被列为亚军的袁海清也有他卖报的一套，他就是会打冷门，他知道吴小秋在新南门外河边一带是家喻户晓的人物，他就会避开那三个金刚，悄悄地来到新南门，先去江上村、竟成园一带茶馆酒馆，然后到桥的北口，这儿两边都有茶铺，喊几声又可卖上几份，用不着好大力气。然后过桥到周连长茶铺，也就更不用好大力气了，只消他一开口喊，便会有人买，甚至在周连长茶铺门前也要把周连长喊了出来买上一份。这袁海清用的因地制宜的金刚战，避开了他的同行，善于找缝隙，出奇制胜。比如哪一条街、一条小巷出了抢劫杀人的新闻，他就到现场去卖报，不用大声呐喊，即便是烟瘾没有过足的低八度矮嗓门，他也可以不用吹灰之力，饱载而归。

白口喊仗：随口喊出的有力的道白。

333

如果说陈明儒是以先声夺人而取胜，那袁海清就是以善于击中要害而取胜了。各人战法不同，取财之道，殊途同归。当然，也就很可怜了，为了换取延续起码生命的几文钱，那就不管风吹雨打，只好每天踯躅于街头了。可是得不得病，他们的同行每年都要被病魔抓去几个人，不是死于沟渠，便是倒在烟馆子外面报路毙了。

陈明儒同袁海清是不幸中的大幸者，但也免不了抓去坐过班房。有一天，报上有当局不安逸的消息，报童被几个特务打了，报也撕烂一地，围观的人敢怒而不敢言。这时候"金刚"发怒，不顾一切，拼命地维护着被打得遍体鳞伤的报童，背他到医院急诊，一面通知报纸，向他们提供了消息。这样触怒了当局，把他们逮捕了。他们关在班房里死去活来，烟瘾不饶人哦！直到他们被折磨得奄奄一息的时刻，才被放出来了。

"以后你们少管闲事了，泥菩萨过河——自身都难保。"也有这样的好心人出来表示关心他们。

"把人家打得那个样儿，连救命的事情都不准做么？况且到了那个时候，啥也忘记了，烟瘾啦，饿饭啦，一切都忘记在九霄云外了。"陈明儒没有表情地说。

袁海清接了下去："我们这些人，一不惹是，二不生非，真正事情来了躲闪不开，只有硬上了，拿这几根穷骨头去硬撑了，怕个屁。"他说得快，口水四当吴小秋打扮好时，同雪如玉、欧长歌等人，去东亚照相馆找向炳坤老先生亲自拍了一张照片。向炳坤照相的手艺，是早年留学日本得来，他自己在春熙路开设了规模宏大的相馆。

锦城旧事

溅,"最穷莫过讨口,不死也要出头,怕个屁。"

当欧长歌与袁海清分手时,街上的人跑起来了,原来是"预行警报"的黄旗帜已插出来,说明日本的飞机起飞,有袭击四川的可能了。跑警报出城的人多,也正是报纸好卖的时候。

人像潮涌似的奔向新南门外去,架架车轰轰隆隆的运货声,黄包车夫喊"得罪撞到"的声音,洋马儿的铃铛声,人们互相关照的喊叫声,杂乱而繁忙的空气,越来越紧张。"预行警报"之后,如果敌机没有继续西进,甚至飞回基地去了,预示警报的黄旗帜便收了,于是人们也就可以又松一口气,过了一次灾难。倘是在黄旗旗儿插出之后没有收,人们紧张的心情是与时间一样逐步升高,忙着向郊外逃命。继"预行警报"之后,如果拉响了电动的警报,这是说明敌机快要飞来市空了,人们顿时更加紧张起来,奔向远离市区的三瓦窑、磨子桥、牛头堰等开阔的田野,寻找竹林深处隐蔽起来。倘是再进一步拉响了"紧急警报",人们听得清楚,那是一种凄厉的声音,说明敌机快要临空了。这时候从成都附近几个机场起飞的飞机,早已零星地飞散逃走了,腾出静静的天空,多次地让敌机来进行轰炸,人们叫当局这些飞机为"逃难的飞机"。

传说有一次日本飞机来袭击成都南门太平园机场,当局的飞机早就逃走了,给敌人让出了空间。于是,天皇的子孙,架着东条式的新的零式飞机,横空扫射，很怪，却也没有遭到地面的还击，俯冲下来，如入无人之境，在机场跑道上停下来，跳出机舱，把机场上插的一杆指示路标的小红旗子拿起后，开起飞机就走了。居然有这样便宜的事。

所以日本人得寸进尺，一九三九年六月十一日黄昏，日机第一次来的二十七架飞机的轰炸，把市中心的盐市口顿时化为火海，烧了一个通夜，烧了一个大火场出来，东起西东大街，西到东御街，南到粪草湖，北达顺城街。生命财产的损失，难以计算，留下来的仇恨，倒使人牢牢地记在心中。

这一次，当警报解除以后，人们没精打采地拖着疲乏的脚步，由新南门大桥拥进城去了。欧长歌也是其中的一个，他在嘈杂的人声中听得有人在叫他："老欧! 老欧!"

他一看，原来是谢趣公，坐在马路旁边的一家茶铺里："今天预行过后就发警报，很快就拉响了，也很快就解除了，还没有黑尽，坐一会儿再进城。嘿! 我刚才在这个茶铺里头，看到一件有趣味的事情，你且坐下，听我慢慢地一一道来，拿碗三熏黄芽。"

"你总是爱碰到些稀奇古怪的事情。"欧长歌坐定后说。

"朋友，干我们这行道，就要处处仔细地观察生活嘛! 大不嗨嗨行么?你天天到南虹游泳池游泳，不仔细观察，你能发现吴小秋这样的人才么?你说你说!"谢趣公把烟盒子打开，先在嘴角上用手抹了一抹，把

大不嗨嗨（hāi hāi）：大大咧咧。多指对与己有关的人或事不留心。

嘴皮打整了后，然后含上一支香烟，第一口是用力地抽了下去，似乎用尽平生之力吸入肺腑去了，停了半秒之后，闭着嘴唇，两股白烟从鼻孔里喷射出来，又似乎吐尽了胸中块垒，这一下他才真正地感到吸烟的快乐，爽然而适了。

打整：收拾。

"咋个的，说来听听。"

"解除警报后，大家都非常疲倦地到这个茶铺头来休息休息，真是人困马乏。有的进来就倒在椅子上睡去了，有的没精打采地不言不语，口干舌燥的人如饥似渴地喝着酽茶，纵然是有人说话，声音也没有他平时那样大了，实在跑累了，需要坐下来憩一憩脚，一个二个眼神都没有了，上下眼皮好像要使一根香香棍儿来撑到一样才会睁得起来。人们四肢无力，什么也不想去看，只想坐下来，抽一口烟，入于无言的境地。"

香香棍儿：棒香燃烧后余下的一小截棍儿。俗语说"香香棍儿搭桥——难过"。

"你嘞?"

"我的身体还消说，这几天赶漫画稿子又熬了几个夜，早就要垮了，加之今天预行后很快就拉响了警报，敌机好像马上要来到一样，我同大家一样紧张，我这本来疲倦的身体，于是更加疲倦，味道也就够受的了。当其我进到这个茶铺来，看到大家东歪西倒，那个样儿，真像罗两峰画的鬼。"谢趣公一支烟抽完又接上另一支烟。

"罗两峰他本人又何尝真的见过鬼?那就由他随想二分，随画二分的了。"

"现在暂不讨论这个问题，你不要打岔，听我说下去。正在大家疲倦时，茶铺外来了几个人，其中有一个三十几岁长得非常漂亮的女人，头是烫了的，头发黑得发出逼人的光彩。肉嫩嫩的耳垂上，戴上赤金小耳环，两个耳朵也是少有的匀称。脸上薄薄地施一层脂粉，其实用不着打扮，她的脸蛋儿已够细嫩的了。你时常说吴小秋的眼睛是一对会说话的眼珠子，但拿吴小秋她那对水汪汪的眼睛与她一比，瞠乎其后矣！她的明亮而聪明的眼睛，只要斜挂你一下，也够人销魂了。来成都一二十年了，我还没有看见过长得这样美好的、很有风度的艳丽女人。"谢趣公越说越兴奋。

"风度？"

"是呀！走几步像在跳探戈舞一样，潇洒自若，风度翩翩，随极了！派极了！华西坝上的大学生么？"

金女大："金陵女子大学"的简称，抗战时迁成都华西坝。

"不会是金女大的，是金女大的应该回坝上去了。"

"对头。这样漂亮一个女人，刚一走进茶馆，把全茶馆的人一下子就弄得精神抖擞，人人带着惊奇的眼光盯着她，啥子疲倦也被她那一举一动、一颦一笑赶走得干干净净的了，登时吵闹的茶馆，鸦雀无声地静下来。"

"你嘞？"

"我能例外么？在这样美好的女人面前，我一千个失悔！今天没有把速写本子带出来，我的损失太大了!"谢趣公说时,下意识地去摸了他的两个西服包包,若有所失,"你晓得我又哪天离过速写本,天啊,我的损失太大了!算了,说这头,她的举止,端庄而大方,修长的身材,却很健康,没有哪一个看得不出神,真是天仙化人,从天堂上来的拉斐尔画的圣母么?当时我真不敢相信我的眼睛了。"谢趣公严肃地谈论着。

"圣母?"

"我是从她的形象上,也是从艺术的角度上去评价她,欣赏她。她的造型,完全能够比得上拉斐尔的杰作,毫不夸张地说,有过之无不及。既有外形的美,又有内在的俊;既贤淑而又纯洁,既温柔而又多情。她简直是一个女人美的典型。倘若为她画了速写,将会提高我的作画的能力;如果能为她画一张素描,准会提高我的绘画功夫。能够为我做模特儿,为她画一幅油画,我将死而无憾。"他严肃得连嘴皮也簸拢了。

"那你简直就会成为拉斐尔第二了。"

"岂敢,那就不晓得我像拉斐尔,或者是拉斐尔像我?艺术上的事情是很难说的。虚心是必须的,但也不可弄成心虚。"

"瞧你这样说,我都要大大地叹息一声,自恨无缘见到一面了。"欧长歌完全被他那诚实庄重的介绍信进去了。

"谢天谢地,幸喜得你没有看见,要不然你同我

幸喜得:幸亏,幸好。

一样，悔之莫及，悔恨终身了！"

"此话又从何说起呢？"欧长歌拖长了嗓子，"敢闻其详。"

"哼哼！"谢趣公从鼻孔里冷笑了两声，"这一个天仙化人的女人一坐下，就跷起了二郎腿，她扯开了一副破烂的喉咙自言自语地叫喊：哎呀！今天硬是把老娘跑累了！——万万想不到她是这样的一个女人，我所看到的一切，也马上从我脑子里消失了。所以我说你以不看到为佳，不然，你得为你所看见的一朵开得鲜艳的牡丹花翻肠倒肚，悔之莫及。"

"这样——照你说来，她原来是个女神，一下子又变成神女了。"

神女：妓女。

"是的，只是在转瞬之间，她本人的行动上，说撒脱一点，她现了原形了。"

"那么据你看，她究竟是怎样一种女人呢？"

"这个——"谢趣公有些疑难了，"这个，我一时还说不来，她在静止时像美丽纯洁的少妇，在行动间，却是那么一个庸俗不堪的女人了！说不客气一点，很像十字街头，十家院坝乱甩耳巴子那样的悍妇了。"

"经了你的口，说得来时而天也，时而地也，时间上又是只从她进茶铺到坐下来这一个短暂的一刹那间。"

"是呀，有些人不开腔站在那儿，像大理石的雕刻，一见行动，就垮成堆稀泥了。我们的古人不也早就说过：金玉其外，败絮其中么?又有啥子稀奇呢?不过这个女人太特殊了，她就长得有这样好，她现在不开腔，我现在还认为她是圣洁的灵魂，愿为她郑重其事地画一张画。"

"这样说来，你心还不死?"

"也无所谓死与不死，只不过是跑警报中的插曲而已。作为一个不开腔的模特儿，她仍然是世界上第一流的。"

"你是唯美主义者。"

"那石膏像的维纳斯不能说明什么问题?"谢趣公不服气地反驳，"那罗丹的'思想者'那个有名的雕刻，未必就不能说明问题?主题还是很鲜明的嘛。算了，别扯远了，明天带起我的家具到书场去为吴小秋登台速写几笔，好配给你的介绍文章一齐登出，你准备得怎样了?"

家具：工具。

"我已脱稿了，专等你的速写去烂版了!另外还拉了华士的伙，请他去拍几张照片，一则把堂子轰一下，二则也选几张配合消息发表。"

"我已约了詹近水，他有镁光灯，更可以把堂子轰够些。"

"当然啰，约了摄影家去大显身手，那还有啥说头。"

"老詹答应，如果拍得使他满意的话，还要把它放大，摆在他的照相馆玻窗内，这样就更加理想了。"

"他还约我去青海的积石山探险,我写文章,他照相,将来出一本游记之类的书。"

"钱呢?"谢趣公问,"这倒是个好主意。美国的什么原子笔大王要来积石山探险了,这是他做生意的宣传,不要去相信他们的鬼话。与其他们来,不如我们先去探个究竟,给中国人争口气。"

"他有钱,他向我说得明白,路上一切用费由他包干。我也先向他说得明白,我是个穷光蛋,只有这么一支兀笔,你的照相机照到哪里,我这支笔就写到哪里,把它当作一个事业,在世人面前,为弄清积石山,我们中国人捷足先登。"

兀笔:秃笔。

"你们有这样的计划,为啥我还不晓得?"谢趣公甚为惊诧。

"詹近水说在筹备中最好不先张扬出去,到了九分九厘,再一下揭开盖子。"

"诸事齐备之后,行期之前,一定大为宣传,要让青海、甘肃那边的当局知道这回事,要给他们去个电报,希望保护。那边是马家军的天下,十几年前,我们四川军队不是想去侵占马家军的地盘么?给那边打得落荒而逃,那时就结下了两省军阀间的梁子了。你们这次去,首先要把应该做的工作,弄好办妥,不要给哪边发生误会。如果成功,算得上一次壮游,有意义的壮游。到那时我们同行还有不为你们干杯的么?不过,现在说这头,要把吴小秋他们登台的宣传工作搞好,给干疮子、脓泡疮大张旗鼓地开路。"

结梁子:结下冤仇。

"为干疮子、脓泡疮开路，趣公，你这句话说得太好了！下里巴人嘛，就要闯你的大雅之堂。第一关闯了华西坝洋鬼子的庙堂郝飞院，一炮就打响了；第二关现在闯进城到市中心第一流的书场新世界去了，十拿九稳，一定是旗开得胜，马到成功；将来还要闯第三关。"欧长歌津津乐道。

"还有第三关？上哪儿？上天堂？"谢趣公幽然地问。

"有这么一个打算，把他们弄到上海高亭唱片公司去灌几张片子，到了上海还不去上有天堂、下有苏杭的地方去游览一回？"

"异想天开，但愿你这个奇怪的狂想曲能够实现。你的身上有一股劲，生命的活力很旺盛，跳颤得起，说到做到，也有可能的。"

跳颤：过分活跃。

"你想嘛，过去在上海闯关时灌的川戏留声唱片，风靡一时，到今天仍然受人欢迎，天籁的《北海祭祖》、贾培之的《马房放奎》、李德才的扬琴等等，不也说明问题了么？吴小秋的东西，独树一帜，我看准了闯三关，最后一关终有一天要闯过去的。只要她人在，嗓子不出毛病，一切皆可唾手而得。"

"抱膀子不嫌注大。"

抱膀子不嫌注大：与己无关则怂恿别人蛮干。本指下棋、打牌时，站在旁边当参谋的人不嫌下的赌注大。俗语说"抱膀子不嫌注大，挨口水不嫌大(pá)"。

"不是，我是作了详细分析了的，你说的奇怪的狂想曲，也是放在现实的基础上去考虑过的。趣公，你且等待着吧，当然这要放在胜利以后去了。时间不早了，明天早点。"欧长歌说完先告别谢公，骑起他的洋马儿飞奔而去。

明天，是一个怀着希望的日子，但愿一不跑警报，二不下大雨。

新世界焕然一新，大清早，以万矮子为首的早将桌椅地下打整干净。掺茶的张师傅，永远是他那一副诚实带笑的圆脸，辛勤地把茶具认真地擦了一遍，甚至把每把铜茶壶也擦得亮晃晃的，现出鸡血铜红亮的光彩。

打泡：为招揽观众的免费演出。

三天打泡的节目，用隶书端正地写于新添出来发光的大黑戏牌子上，耀眼夺目。头天是吴小秋的前六个月的《忆我郎》，同玉君合唱《法门寺》；第二天是后六个月的《忆我郎》，同玉君合唱《赶潘》；第三天是她的《断桥》，同玉君合唱的《法门寺》。都是压轴的，安排在洪凤慈、张大章的扬琴，贾树三的竹琴，曾炳昆的相声节目之后。这样的安排，竟然使得老于听书的茶客看来，有些感到突然。

"无论如何该贾树三压轴，怎么能一下子就让新来的清音登上了宝座呢?吴小秋，何许人?太捧得过分了。"

"老兄高见，不过听说他们在城外是早已脍炙人口、有口皆碑的了。"另一个茶客答了白。

"请问老兄，又听过了没有喃?亲眼看过么?"

"这个……名下无虚嘛。"

"名不见经传，哪来的野狐禅?"老茶客不以为然。

"眼见为实，耳听为虚，闹热场合少不了你我，听了四五十年的玩意儿，今晚总要见个分晓。"

老茶客一言不发，弄得搭野白的茶客有些尴尬。这两个茶客的对话，颇能代表茶客中两种不同的意见，直到晚场开场后，吴小秋他们的节目未上场以前，还在相互对立着。

搭野白：局外人的插话。

这一夜，当然是座无虚席，除原有座位而外，还加了一些矮竹椅，把堂子塞得满满的，真是挤得水泄不通，活像白铁皮罐头装的沙丁鱼。

不管你坐得来密不通风，似乎下脚的地方也没有了，但是掺茶的张师、青麻子之流，仍然是挨桌、挨位，一个个地掺下去。你看他们手提热气腾腾的鲜开水，真替他担心，何况左手还拿了好几副全套茶碗、茶盘、茶盖呢。

担心是多余的，而他仍然是镇定自若地进行他的日常工作，他运用他的脚，见缝插针似的插了下去，踏踏实实地安稳了脚步后，掺了茶，又把第二只脚放下去，似乎是举步维艰的了，而他仍然要踏开一条他要走过去的道路。开书前他会大声地喊出："开水来啰！烫到啰！""起居一下啰！"开书以后，他就轻轻地几乎是悄悄地说道："得罪啰，开水来啰。"而听众们——特别是那些老茶客，就会自动地侧起身子，让开一条"路"，让掺茶的堂倌走过去。

起居：移动。

身格：身材。

金木形的三板板人：身材瘦小的人，旧俗据生庚八字中的金木水火土，将人分为大板板人、二板板人及三板板人。

张师同青麻子的身格都不大，都是所谓金木形的三板板人，既可以侧身而过，又可以垫脚而行，当其座位凳子太安密了时，他们的垫脚而过，真有些像芭蕾舞演员一样，用脚尖在走路了。他们每天如此，也就习以为常了。可是，每天开书后到书场卖花生米子的司胖子可就不同了。他年约四十好几近五十岁了吧，硕大肥胖的身体，过了磅秤，足足有一百六十磅，而且还有继续发展的趋势。他那一尺五见方的木盘上，垒尖了他亲手炒的盐酥花生米。司胖子的花生米是早已驰名于各个书场的了，他的花生米是从汉阳坝一带收来的，颗子又大又匀称，经他用盐炒一炒，炒的火候、功夫又拿得稳准，炒好后又酥又脆又香。每一颗炒出来都是白色的，并没有炒黄，这就更显出本领高妙，惹动茶客们的食欲了。而且你买得司胖子的酥花生米子后，你尽可闭目听唱，一颗颗地丢在嘴里咀嚼，细细地玩味，不会吃到一颗烂花生米。司胖子买到花生米后，经了他一家人，一颗颗地反复地挑选了的，几十年如一日严格认真地挑选，用一丝不苟的做法，取大信于人。几十年的书场听众茶客，按照习惯，每登书场，也非吃不可了，既可以极视听之乐，又可以咀嚼玩味，况且价廉物美。有的人买了一包，又是一包，准备听完唱后，到华兴街的太白庐、打金街的关倒门、提督街的耗子洞，端冷啖杯儿。

在这密不通风的座次中，司胖子这样的庞然大物的出现，无疑是给每一个听众——不管你老茶客与新茶客，男听众或女听众，都是一种威迫，而且于掺茶的张师与青麻子也有威迫，随时要在堂子碰着，要发

垒(luēi)尖：堆成尖形。俗语说"吃饭垒尖尖，做活路梭边边"。

生矛盾。可是，他们虽然发生了矛盾，却永远也不会冲突，当其他们碰头时，侧着身子互相摩擦着时，首先听得青麻子骂出声来："日妈的，你这个胖沟墩子撞到我的化不头了哟！撞硬了咋个办？"

化不头：男性生殖器。

司胖子总是笑脸相迎，有时也加回答一句："你都硬得起来，你有那话儿么，没涮坛子哟！"

涮坛子：开玩笑。

"嘿，格老子你又拿肥沟子来调戏老子了，咋个，你让我嘛我让你？"

"你咋说咋好。"

"狗日的长得像一条猪，又碰到你，老子在躲你哦！"

他们相互间的骂，用了极其粗鄙恶毒的语言，而且动辄出现了使用生殖器这样的武器。不管怎样破口大骂，绝不超出动口不动手的界限，他们用谐趣似的骂来打发举步维艰的吃力的工作，一天的劳累。似乎用骂来浇灌他们之间的熟人的关系，彼此都是出气力吃饭的人，有同病相怜之感，用着詈骂去发泄共同的不满。书场对骂的冤家，又往往是冷酒馆里对酒开怀的老搭档，你敬我二两干酒，我敬你二两陈色，麻花儿豆腐干，拌一份猪耳朵丝子，他们就心满意足了。在算账给钱时，双方争得红脖子涨脸，而且借了烈性酒的作用，彼此叫堂倌不准收对方的钱："你格老子不认黄呀！"

不认黄：不客气，不讲情面。

"你敢收，老子不准你来书场听魁头，老子拿开水烫肥猪一样烫你。"青麻子很得意地认为他这句话一箭双雕。

"你龟儿子说话没要犯别人,啥子肥猪,你娃娃说话带汤头,该罚你。"司胖子反诘了他。

"对,该老子给钱,老子认罚认输。"青麻子去摸包儿。

他们像拉锯战似的你争我夺,身子有些偏偏倒倒的了,说话嘴里也有些打啫啫了,但仍然争执不下,给收钱的堂倌造成难堪的境地。不管醉酒汉怎样发酒疯,酒保总是有收拾残局的办法,他熟悉每个长买主的性格,有的吃了酒一言不发,在角落里自斟自饮,簌簌地流下泪来;有的多喝了几杯,因了长期的体弱,别人酒后脸色发红,而他是苍白无力,打起冷酒摆子来;有的三杯通大道,像在肚内浇上了火油一样爆发出来,声色俱厉地咆哮着,用那声如洪钟的嗓子在划拳:"二喜财呀——""三星照啦——""一心敬你哦——""五子夺呀——""全福寿——"

你要压倒我的声气,我却要拼命地压倒你的嗓门,已经醉得如泥了,仍然不承认自己喝醉。

打二更了,堂倌开始收钱算账,用着他那熟悉每个酒鬼的性格的本领,一个一个地、一桌一桌地去收拾他们:"青大爷,二更过了,回去得了。"一下子从他手上把票子拿过去,很快地报了账说,"找的钱在这里,拿去——我不管了。"

"对,你来得利实,老子不准你进新世界。"

"你大爷又不是孙四爷的婆娘,你是,我就不进

犯:冒犯。

带汤头:话中带刺且夹杂粗话秽语。汤头:原指中药方剂,药多苦味且杂乱。

打啫啫:含混不清。

利实:动作麻利,灵活敏捷。

新世界。"

"你这个屁儿虫。"青麻子醉意阑珊了。

"道谢啰,青大爷的沟子是干净的。"

"司胖子的沟子才是干净的,又肥又大,好个坐墩儿肉。"

司胖子一听射到他,马上回击:"青麻子,你把尼姑尿喝多了发酒疯么?你总爱绷你吃得,端到酒杯子你就醉了,醉了发酒疯,我问你哟,醉了为啥子不绊倒茅坑头去!为啥不找人使劲?"

"青大爷带了酒清醒白醒的,咋会找人使劲喃?"酒保在收另外一桌的钱时,回过头来补了一句。

"你晓得个屎,你青大爷吃了酒后的事情是不算数的,他的老毛病一向是这个样儿。有一回他喝醉了,争到给钱,他伸手在他的裹袋儿里头去摸钱,哪晓得把手伸到别人的裤裆去了。你说他大意不大意,所以我说他吃了酒的事是不算数的。"司胖子较为郑重地说了一番。

"老子吃醉了酒,该没有把手伸进你的裤裆里头去过?"青麻子动着他早已不灵活的舌头。

"吃醉了的事,那咋晓得?"

"我伸进去摸过,肥猪的沟子,又白又嫩呀!"

话音未落,他们彼此搀扶着,摇摇晃晃地出了更阑夜静的冷酒馆,当他们分手时,照例地说:"明天见,早些啊!"

屁儿虫:男妓,也指善于阿谀奉承的人。

坐墩儿肉:猪臀部的肉。

射:牵涉。

绷:硬充,硬撑。俗语说"绷起不冷,站到打抖"。

茅坑:厕所。俗语说"占到茅坑不屙屎"。

清醒白醒:很清醒。

吴小秋他们登台之夜，早已座无虚席，除了新南门外周连长茶铺那批老听众外，平添了城内的一部分新听众。论起身份来，都是一些有名人焉。比如时医汪小儿就带着他的五姨太来了。他照例戴上苏缎瓜儿皮帽，大团花马褂，古铜色青宁绸衫子，雪白的布袜子套着双青缎子凉鞋。手拿百杖楼主开百杖展览会买来的剑阁老山手杖，丁字形的扶手，真是妙趣天成，加上打磨光生细致，一个小疙瘩也精心加工雕琢，上面镌有医生的名字，当然不是汪小儿，而是"仆臣老先生雅玩——百杖楼主敬镌"。这个样式精巧、油光水滑的剑杖，早已为汪小儿玩得形影不离，难割难分了。他坐着，就把手杖递给他的五姨太，她一心一意地把它放在胸前，把一个装得满满的新繁皮包，用手帕拴在剑杖上，皮包内装的玉带桥陈有为苏白铜精制的水烟袋。他吃的两种水烟，在人前吃的春熙路鼎新昌专门从福建运来的福烟，在家里吃的福兴街陈新新老号的白丝烟。由此可见，汪老先生很懂得节省之道，不然怎么会从苦寒的川北，捏起四个砣子①到成都来练出一块招牌来，成为红得烫人的名医。南门上的肖大包，北门上的汪小儿，各据一方，而他比肖大包尤为伸展者，是他还自己开了一个长四间的药房，他为病人看了病，处方你就得在他老先生开的药铺拣药。在他的药铺拣药，有个好处，待你第二次去复诊时，他一看药单上打有药号的图章，他就心安神逸，为你看病摸脉，表示看得很仔细，闭目神思，摇头挽

---

① 四个砣子：四个拳头，暗将"脚"也说成是"拳头"，含有讽刺义。

颈，有时嘴也簇起，更加用力。名曰小儿，实看大人，倘是长得好的女病人，他准会叫你伸出舌头来，一看舌苔，二看牙齿。然后从他鼻孔里唔了一声，表示脉已拿到，最后，他像朗读古文一样，条声吃吃地哼出："桔梗二钱""麦冬三钱""银花三钱"，由他身边的酒友伍矮哥写了下去。这个伍矮哥人称伍师爷，是读子曰诗云出来的，写得一手好字，赞美不绝，认为他的字遒劲有力，行草中龙蛇飞走，有如铁画银钩，直追怀素和尚了。

汪小儿看的病人，他打量一下对方，如果是合于他的标准，有来回的，他就会在病人送上红纸封封时，也对等地送病家一张石印的《波罗蜜多心经》，并且诚心诚意地说："拿回去压在神龛子上香炉脚脚下，人有诚心，神有感应，包你病退的。"这样就给他看病的手艺外加上一层魅力，除老师的医理外，加上他药铺货真价实，并加上神或佛的保祐，就会"药到病除"了。

他有时也要对病人吹吹牛皮："你来找老师，你这个娃儿的病算得啥子？老师一服药就要喊退烧，敢说，带个信去都要他退烧止热。严司令官的打心锤锤儿——第一个男孩发高烧，吃老师一服药，就好了。司令官一家人看病，老师包干，可是司令官那家人也厚道呀！汽车来接来送，人家多懂礼啊！"

一次司令官家里的看门大爷来看病，汪小儿对这位大爷如对司令官本人一样，毕恭敬至，一面摸着

打心锤锤儿，心肝宝贝。

脉，一面问长问短，问："司令官好？司令官老夫人好？司令官太太好？司令官的陈姨（第三个小老婆）好？"问来问去，最后问道，"客厅里玻璃缸子里头的金鱼可好？那根德国大狼（狗）好？你大爷喂的四喜好？"

究竟是在挖空心思去一一问好呢，或是在专心一意地在为病人看病？这只有他自己知道了。当其他说带个信去要叫病退时，即便是他心不在焉地看错了病，想必也没有什么了不起的意外事情发生。比如小儿科病，他就以银翘散为主，耍来耍去，在成都耍了几十年，也居然耍出一个"大国手"的名声出来。充其量这个主方的效果是"医病不好，原病退还"。至于耽误疗效时间，乃至死人，也不关他的事了。如果追究责任，打烂砂锅问到底，他只开了好人也吃得的银翘散——再看他的药铺门枋上，不是挂满了颂扬他医理的金字牌匾么？什么"华佗再见"啦！"扁鹊复生"啦！"外扁内华"啦！"妙手回春"啦！其中有一个金底黑字的牌匾，最引人注目，是"振我不死"，不晓得哪一位酸酸客想出来的富有创造性的惊人之举，使人们一看就忘记不了。

> 振我不死："振"谐"整"。"整"我不死当然会让人过目不忘。

门前挂满了，就悬入内庭，包括他看病的屋子，真是琳琅满目。受到这样的表扬与赞颂，谁还相信这些金字牌匾下还有什么冤死鬼呢？于是汪老师因缘时会，在成都一天天地名成利就，既悬壶行医，又开药铺赚钱。他不是《威尼斯商人》里的夏洛克的变种，也不全是《死魂灵》里头泼留希金那样悭吝，而他，深深地懂得聚财之道在于善于施财，施点小恩小惠，敲得大利盘剥。说实话，他的医理并不高明，根据他的水平，他压根儿就没有翻过《灵枢经》之类的医书，认不得那上面的字呀，无怪昌尔瑞一次酒后骂他："汪小儿么?你把他倒吊三天三夜，也吊不出一滴墨水出来的。"没得墨水又有什么关系呢?反正他有他那一套，对人一副笑脸，对病人十分关心，有时他几乎要感动得流下泪来。他没有流泪，当其病人流泪说送不出脉礼时，他可以在闪电似的思索后，慨然地不收穷苦人的脉礼，最后在药单子上写上"记账"两个字，分文不收地把出不起脉钱的病人送走，像这类病人，谁个又不感恩感德呢?即便是医死了，也无怨言的。所谓"放长线钓大鱼"，他用了一服药钱的代价，长期地、无形地雇用了一个为他说好话的宣传员。岂仅一石二鸟，他把所有这一类出不起脉钱、药钱来看病的人都关进他的雀笼里，为他尽情地歌唱了。

他的药铺柜台两旁，各挂一道黑镏漆贴金大字牌匾，上写"依古炮制""朔望半价"，因此，在每个月的初一、十五，他的门前净是衣衫褴褛的、鸠形鹄面的穷苦病人，扶老携幼地前去看病。病人在挨班次轮流候诊的闲谈中，没哪个不称赞汪小儿是汪善人；况他又笃信佛法，手上挽着一串沉香木加翠玉颗子、玛瑙珠子、珊瑚小葫芦的佛珠，为他耍得油光水滑的了。天晴时，分外发生光彩；下雨天，佛珠因湿空气而回潮，佛珠上润湿了。按照他们的说法，念佛经把佛珠念活了，这是证明"人有诚心，神有感应"，这样诚心的人，是可以到西方极乐世界去的，会受到释迦牟尼欢迎的。何况，他在看病时，还不时地送病家《波罗蜜多心经》呢。"前世出家今在家"，他们是浑然一体的了。

你看他为了佛的恩赐，多么替佛想得周到，在每年五黄六月时，他就在门口放两口大缸子，内熬了六乙散，缸架子上放了四五个用绳子拴着的饮水竹挡。没有哪个不说汪善人、汪医生在为下力人做好事呢。至于饮水竹档相互传染，那也就不是汪小儿那样的中医所能顾及的了。

他记得，正因为他的墨水不多，多次被人取笑过，昌尔瑞背后讽刺过他，秀才王楷臣简直就不客气地指着他的鼻子讥刺过他不学无术。汪小儿在这样的场合，带着微笑，一听一点头，他知道，王楷臣是齐旅长的食客、谋士、座上宾，他在这等人的面前，只有逆来顺受。但他深深地感觉到没有学识，实在是个很恼火的事！不说在成都第一流的名医中要低人一等，有时要低人几等，比如选中医公会的理事，他虽然多次被提名，但总不能名列前茅。纵使他辛苦一生，操劳半世，终觉不如人愿，有些灰溜溜地去更加努力于念佛了。只要能海法师在文殊院设坛讲经，他们两夫妇，总是虔诚地早在蒲团上闭目静坐，直身合十恭候了。少城公园楠木林下佛经流通处，有西藏的喇嘛来念经，他也去，他一心想听从佛说，广积善缘，希望从虔信佛教和同船共渡中到达他理想的彼岸，成就他的个人愿望与目的，同时也希望他的下一代，繁荣昌盛。

他有四个儿子，大儿是嫡出，长得来伸伸展展的，身材也高大，方方正正的脸，端正的鼻梁，明亮的眼睛。他认为这个大儿子，长相很好，将来大有出息。从小就把他关在私塾里念了四书五经。后来，又从双流县请了一个屡试不第的穷秀才，在家里专门教诗词歌赋。也教他看医书，背单方，让他熟悉药铺子上的一切，从制造膏丹丸散到抓抓匠拣药。把他培养成一个全面发展的人才，将来好子承父业，发扬光大。

他大儿却也聪明伶俐，教啥会啥，是一个一踩九头翘的人。同他父亲一样，善于应付进退，俗话说的见人说人话，见鬼说鬼话，讨人喜欢。长成人以后，就以家传儒医为幌子，在家里设了一张桌子，为人看病了。他自己开药单子，也写得一手看得过去的字——多么使他父亲欢喜啊："这娃子只要有墨水，人品又有这个样儿，将来一定有出息的。"

于是汪小儿刻意经营汪小儿儿：刚摆桌子看病，就把他喊成汪大老师，父亲的精心照扶，儿子就俨然一步登天。何况青出于蓝，人年轻而又长得五官周正、博士帽、浅灰色法兰绒镶黑缎边子的长衫，时新

周正：端正。

的硬领，青哔叽裤子，丝袜皮鞋。天气凉时，外加团化软缎背心，翠玉排子金链条拴着亨达利的怀表，已是够时髦的啦。但为了避免太露时新样的锋芒，他也有自知之明，认识到他毕竟是一个中医，人称大国手、《黄帝内经》的实行者，虽然年轻，也杵起了一把内带剑刀的手杖来，这样可以显得少年老成，装就几分模样儿，招摇过市了。汪小儿今天想带汪小小儿来的，大凡这一类热闹的场合，他们父子俩都要在人前来亮亮相，见见世面。一方面展示了他们父子在社会上的地位。说穿了无非是以广招徕，在公共场合做个活广告罢了。

杵：拄。

汪小小儿没有来，所以汪小儿就带他的爱姬来了。他一进新世界的书场，堆着一脸的笑容，向他认得与不认得的人频频点头，而且总是侧起身子，表示打从心眼里恭敬呐！认得他的人争倒给茶钱，不断高声喊："汪老师的茶钱我给了。"认不得他的人（其实很少几个人认不得他），也以一种新奇的眼光望见他，认为这个老夫子是一个德高望重的人吧？你看他的穿着、举止，多么不同凡响啊！

"老师来看吴小秋的么？"

"来见识见识嘛，报上吹得天花乱坠，耳听为虚，眼见为实嘛。"汪小儿把头掉过来回答坐在他后一排的人，"老兄看过没有？"

"我也是来看闹热的，没有看过。"

"我想没得打虎手，敢挂壮士牌么？没有几手，能来同贾瞎子、德娃子见个高低么?报纸上也吹得太凶了,不过,话又说回来,名下无虚,孬东西他吹也吹不好的。这几天耳朵头都装满了,都在谈论吴小秋登台的事,有的来看病的病家也劝我来听一听,所以我就来凑个热闹了。"

"汪老师,你咋能说来凑热闹的,你这个佛爷驾到,我们这个小摊子也生光了,以后还望你老人家多来指教。你听,吴小秋确实不错,这回请他们进城,淘了不少的神,费了不少周折啰!"孙四爷上前来奉承一番,无非是多拉一个凑热闹,有名望的买主而已。

"四爷,你把话说到哪儿去了?能者多劳,有你这样八面玲珑又放得开手的人,不说吴小秋,就是九天仙女也要被你请下凡来热闹一场的。你看你们的招牌取名字取得多好,新世界,四爷,你要扭转乾坤呐!"汪小儿呷一口热茶。

"老师,你把话说到哪儿去了?要你才能起死回生。大老师今天没有来?"

"司令官公馆里头,请他去看病去了,听说是司令官小少爷得了病,指定要他,我这个老头子没用了。"

"老师,话说哪里,将门将种,龙生龙子,虎生豹儿,你们汪府几代儒医相传,传到大老师好坏一副派头,现在这成都的医生中,哪个比得上?沈绍九太胖,卓雨农是个麻子,谢小儿一副烂相,肖大包像个道士,扳起指拇儿算,这一辈大老师算得上一表人才。"

"我那个小儿还肯用功,除看病外,也给林山腴学写字填词,总之,使他多灌些墨水,结交些文人墨士,也才好使他的医理通达起来。现在年轻人,脑筋灵敏,一学就会,比我们强多了,说到小儿科,我要让位了。喂——"汪小儿把嘴凑近了孙四爷的耳朵问道,"吴小秋长相何如?"

"歇一下儿你一看就明白了,神仙走过要掉蚊帚子嘞。"孙四爷用嘴尖指向前三排位子中坐着的王胖鸭、赵胖子,"那就是她的闹倡儿,今晚都来现宝了。"

现宝:出洋相。

"有机会给我介绍一下。"汪小儿有些馋滴了。

"那是自然,有个大病小痛,要请你老人家摸几手的。成都哪个名角,不认得你老人家,每年办药王会,我看摆板凳戏,名角到齐了的呀——好,不陪你老人家,那边又有熟人来了,要去应酬一下。今天是够忙的,要打个硬仗——青麻子,给稽查长倒茶,那边吴校长也来了,啊!真热闹,大周二也来了,大周二!"孙四爷鼓大了眼睛,又惊又喜,"对,今天我这个堂子只争花老四与易裁缝了。想不到吴小秋的魔力有这么大呀!"

台基:妓院。

"花老四是开台基的女老板,她是经营的高级台基,到她台基上去寻花问柳的是一些脑满肠肥、脖子下滴得出油来的人,有地方军阀,自贡盐场的食利者，跑滇缅路发国难财的投机商，银行界的大亨，已经浪了数数还要在陪嫖看赌中进行政治上投机的捎客。因此，花老四台基是成都第一流最上等的卖淫窟。

浪数数：大把花钱。

易裁缝呢?她的台基只满足于跑漯河、走三斗坪发国难财的单帮客，或者是安乐寺中的新暴发户，一些商店老板，酒醉饭饱后的一些狂客。她没有花老四的金光大、道法高，能使她的对手不战而败，易裁缝却没有这个本领。因此，她只能在虚与委蛇中去抓住几个出得起钱的闹倌儿，弄得他们心满意足，服服帖帖。

她的经营也够凄惨的，身不由主地选到这个职业，也只有像激流里的漩涡一样，越漩越深，随波逐流而不可自拔。她手头几个姑娘，还不是同她一道命运。

花老四、易裁缝都不会到这个地方来，也只有大周二才能到新世界里来听吴小秋。她没有开台基，有时间也带一两个姑娘，但更多的时间是她自己出卖自己。因此，她就得去开拓她的市场，获取对象，待价而沽。只要有闹热的场合，她都不放弃，何况她自己也爱热闹。抗日战争期中，足球大王李惠堂来成都华西坝比赛，足球场四周搭了座位，五角硬洋一张的门票，可是大周二却去花了五角，成为座上之宾，观看她从来没有看过的足球比赛。时间更远一点，在少城公园看网球大王林宝华打网球时，她也去了，虽然她什么也不懂，但她却津津有味地猎取她所要得到的人物。当然，她也从来没有听过吴小秋的歌唱，可是她也确实来了，一下子就成为大家的目标。她也回顾了他们，一不惊、二不诧，她心里在盘算：要看一看有哪几个同她有过皮绊的、"冤枉"的，她横凝秋波，用那色情的黑眼睛一扫，第一个是孙四爷，第二个是汪小儿，第三个是赵胖子，第四个、第五个……数不清了。使她印象最深的还是天主教堂的那个谭神父，别看他那样庄严肃穆的样儿，一身黑长衫，留长胡子，她曾多次被召进天主堂内（从后门悄悄地进去），托上帝的福，神父用饥鹰扑食的法术，引她进到天堂，最后把她荷包塞得满满的，在黎明前，从后门打发她悄悄地溜走。

她万万想不到会在这样的场合，会碰到上帝差使来的冤家，一个极其来钱的野兽，她永远记得，在所有嫖客中，他几乎把她撕成一片片吞下去吃了。她想，神父都这个样儿厉害凶猛，要是上天堂见到上帝，那岂不是粉身碎骨了么？

大周二是成都龙潭寺乡下的人，身体健壮，二十来岁就被父母之命，嫁进城来了。又白又胖，眉眼传情，她男人是个小商贩，比她小两岁，身体孱弱，立冬后哮喘不已，一直要到第二年惊蛰后才缓和，人说他是半条命。自从同周二结婚后，他眼眶一天比一天深陷下去，下巴更尖了。男人死后，她就走了这条路……

皮绊：互相勾搭，有不正当的男女关系。

新世界上午卖闲茶时来了徐二老师，一个七十来岁的酸酸客，他招呼了坐上八位儿的周师傅及几个"暴（报）"徒：丁老坎、谢趣公、欧长歌。他把声音收小，悄悄地说："'锦城丝管乱纷纷'，秦岭这边歌舞升平，可是秦岭那边，已是'秋风吹渭水，落叶满长安'了，看来日子过不了多久了。你们几位记者的看法怎样？领教领教！"他这一发问，弄得周师傅同桌的几位记者，反而不好开腔。事关时局，茶铺头贴有"休谈国是"的大字纸条，墙有缝壁有耳，谁能大声武气地畅谈国事？

　　徐二老师看到没人接话，就到另一桌去找人谈下去了。东方不亮走西方，二老师的话，到处都有市场。但他也颇能察言观色，不是知音不与谈。其实摆在人们面前的时局情况是：物价飞涨，生活困难，日子不好过。不知道谁发明"天快亮了，各人想法子'应变'"的说法，总之人心惶惶。谢趣公说："天快亮了要小心，不要在天亮了屙泡尿，打湿了裤子不好走路。"于是他们几位私下就在想暂时躲一下的藏身的办法。但天天要跑消息，要到报馆去，怎么离得开人？

　　欧长歌说："管得那样多，大难临头，各人自保，各打主意。"

　　"看来欧长歌的办法多，人事广，只有靠你了。"丁老坎说。

　　"你们两个鸭子的脚板儿——一联的，你们走，

卖闲茶：顾客少时出卖茶水，这种情况又称为"吊堂"。

上八位儿：上席。

我跟到来。首先要估计到时间，川西能熬多久？当然乡下比城市好，只是动一步都要说钱，钱的问题如何解决？"谈话到这儿，彼此都哑然了。记者一月只能得二斗五升平价米供家养口，此刻而今眼目下，寸步难行。

　　静场片刻，最后还是欧长歌开了口："钱的问题，我去想办法，我从来未向人开过口，伸过手，逼得没办法了，只有硬着头皮去试一试。"一个下午他去到"江上村"，去找老板说出要他"下"，老板一听便回答："你要'下'。"便叫他的夫人去楼上。几分钟后，他的夫人拿来了几十元好川银圆，约有二三十元。老板赶即交到欧长歌手中，他即起身穿过竹林，沿江而去。于是他又走第二家，到吴医生家去，同样说出要走的原因，吴医生毫不迟疑地拿出十多个好川银圆，还说："一路小心！"

　　他们第二天会面时，都感到东风已到手，又走向何处？还是谢趣公一句话点了题："远在天边，近在眼前，周师傅在高店子乡下，不是好地方？这件事长歌去给师傅说明，也不难，你去，或者行，不成再想办法。路是有的，条条路可通罗马。你去行，也只有你这把钥匙打得开。"说时周师傅来了，倒茶入座。今天师傅的心情也好，主张去提督街长春去吃梦酒。他们四个酒友就往长春去了，由欧长歌喊了大蒜鲢鱼、二面黄的臊子豆腐、长春的下酒小菜碟子、椒盐豆腐、花生米、香油碟子。请周师傅喊菜，他叫了一

赶即：马上。

样野鸡红。剩下谢趣公,只有叫一样汤菜什锦酥肉了。先来一斤黄酒,吃法今天换了一个前不干后不饮,一个上午三斤酒上过之后,除谢趣公外,其余三人都有三分醉意了。周师傅带着蒙眬的醉意说:"明天我请,你带菜,就在我家里,中午还是黄酒。"欧长歌说:"黄酒算我的,我到唐俊民那里去打。听说这几天他开了几罐甲戌绍酒,很真慨。灌个五斤回来,不够再去打,反正很近。"

周师傅的家闹中取静,就在洗马池小巷的幽静的小独院里。进门小天井有几盆兰草,推窗几株竹子,墙壁为爬壁虎儿绿化了。屋子里书桌堆起了《戏剧月刊》,窗柱挂大方镜子,书桌上也有小圆镜,是他早年在上海带回来的。还有他在北平故宫同他的友人的合影。室内壁上,有他的戏装像,是他同康子林的《醉战雍州》。

爬壁虎儿:在庭院或房前屋后栽培攀缘于墙壁上的绿色藤蔓植物。

他的屋子里大大小小有五六个不同形式的镜子,他就是爱照镜子。他的职业养成他爱护自己的颜面,已七十开外了,皮肤还显得嫩面,如四五十岁的人。他说话也很文雅,长年受那些古典的语言的影响,分外显出另一种风趣。由于他是唱旦角的,他自身把他当作角色入化了。由于年龄限制,风度依然,可嗓子歌喉老化,吐字行腔,就在收尾扫腔时,拖住一条男声,难听的声音,逼使他退出了舞台。多年来赋闲在家过着清水缓流的生活,一碗成都花茶,抱着玉带桥街陈有为苏白铜水烟袋,一个人孤寂地打发时光。有

嫩面:娇嫩。

时烟瘾发作，水烟袋就换成兰州的绵烟，先吃两口绵烟，然后一榻横陈，侧卧在床上抽几口鸦片。这种吃法叫作"娘送女"，就瘾哥来说，如登九霄。

周师傅的晚年，虽然有洗马池的小院，唐昌河边还有几亩薄田，但早已破落了，当然不及他红极多年川剧"四大名旦"之首的排名。那时候红得烫人，吃的南土酸烟，而今降格以求，勉强吃点坝土了，一切从俭，才能打发日子。变卖古玩字画，已快到山穷水尽的时候，却有些凄凉。但他还有李复堂的中轴，他的好友送他的一副西昌大山的建板，还有过冬的狐皮袍子，还有翠玉、戒指等。爱喝黄酒，一个人一身素打扮，洗得干干净净的阴丹士林的蓝布长衫，深绛色的博士帽，大江东的贡呢鞋子，从表面上看，仍然有他的风韵，穿着还是脱俗的。无戏可唱了，生活来源枯竭了，船烂了还有三千钉，还够他过活一些日子。虽然他的名气大，没得嗓子，也没有班子来请他老人家了，"凄凉谁肯念奴娇？"同行人对他也不亲热了。穷愁无聊时，一个人爱钻书场，泡碗三熏黄芽，钻进酒馆烫一斤黄汤，仍可温暖一下冰凉的心身，日子就这样拖过去吧！他也在茶馆里听到徐二老师说过：时局如"秋风吹渭水，落叶满长安"，人生、时局、晚年，像倒在烂泥沟里，出路在哪里？他根本没有想到明天。

没有人接近他了，是使他最难过的时刻。人老珠黄，落叶飘零，"秋老山空万木凋"。就在这喧哗热

建板：今西昌市一带出产的阴沉木，做成棺材埋人地下，不腐烂，不被虫蛀，是做棺材的上乘材料。俗语说"生于苏杭，死于建昌"。

黄汤：对黄酒的贬称。

闹的茶铺中，他仍然很自持，他也想到过去的名声、艺术、辉辉煌煌的人生。恰恰在这个时候，茶客中偏偏有几个记者，招呼他，尊他为师傅，为一个老伶工、老艺人。谢趣公年龄最大，文质彬彬，很有礼貌地对待师傅，摸出纸烟盒子，一支一支恭敬地递给师傅。丁老坎是位老编辑，是个川戏迷，也曾在他的家乡唱过板凳戏，喜爱唱旦角戏，如《三巧挂画》《八郎回营》。对于周师傅，他当娃娃头儿的时候，就久闻其名了。自从来省城进了新闻界，报馆就在川戏老窝子悦来茶园对门，每天中午后的两场名角的戏，他的脚一伸就进了戏园，见缝插针，就坐了下去。戏园里的招待都认得他们，由他们随进随出了。周师傅对于几位记者，已知其是对吃受气饭的戏园招待都是同情的，也乐于在茶馆里同他们端盖碗茶了。也很自然地谈到物价暴涨，时局的变化，人心的不安定。人人都在说"应变"，究竟怎样"应变"？还不是你望着我，我望着你，有钱的会跑远些，一般找钱吃饭的，又往哪里跑？最后自言自语地说："最穷莫过讨口，不死也要出头。""天垮下来有长竿子去顶到，还轮不到我们。"陈矮公却唱出了另一种调子："啥子我都不怕，怕的是要共妻。"他总是他那一派言语。茶铺头吃茶的人复杂，东说南山西说海，"休谈国是"照样谈下去，人们面临的日子一天天地在变化，当巴山响起炮声时，川黔交界的山区地带出现了风驰电掣的大军，直向川中川西奔来。这样就不能不使九里三

娃娃头儿：孩子王。

长竿子：高个子。

分的川西坝子人心惶惶了！

　　成都人看到重庆的华贵小汽车不断进到牛市口，人们心头有些紧，从重庆来的消息，不用说已来到眼前。小汽车是哪些人坐的？他们已经完蛋了，徐二老师却低声地哼出："今朝都到眼前来——"只哼这一句又停了下来，弄得同桌吃茶的丈二和尚——摸不到脑壳："二老师，你老人家干脆明侃行么？"

　　"事情摆得清清楚楚，重庆人潮水般地涌来成都，我们成都还是照样'锦城丝管'，乱了他们，乱不了我们。我们是卵蛋子底下一条尿，四大皆空，我肯信把成都丢个原子弹炸光了。"

> 肯信：不相信。用作反语，含强烈的不以为然意。

　　"真正到那一天，贾瞎子、曾炳昆又从哪里逃？"

　　"你倒不要担心他们，贾老师走不动，还不是抱着筒筒卖唱挣几文钱吃饭。曾炳昆本事大，哪里有梭梭、白面卖，哪里就是他的家。只要有人的地方，就有卖那个东西的，难不倒他们。"万矮子自言自语地回答。

　　春熙路口子上在安铁门栅子了，说是"自卫"。街上从川陕路来的穿黄棉大衣军服的拖儿带女，走一路卖一路随身衣服。从重庆逃来的，带了骆驼牌、开卜司登、三五牌香烟，几条烟卖光，又从他们的吉普车里拖出好几箱沿途喊价卖起走。徐二老师遇到车上一个熟人，问他们走向哪里，车上人向他紧张地摆手，没有回答。从牛市口进城，汽车接连不断，情况越来越紧。

报馆收的外电以及天主堂神父收的无线电,都说明刘邓大军南下,美国的白皮书也在市面上出现了。谢趣公再一次提出:"谨防几爷子乱来,下毒手,三十六计,走为上策。"就直接向周师傅提出,"师傅我们要下——"

周师傅肩膀一抖,用他那惯于做戏的旦角手法,斩钉截铁地回答:"此时一刻千钧,你们要动作快!"

丁老坎说:"只是我同老欧两个去,当然越快越好,地点就在师傅的乡下,唐昌镇那个地方。"

"对,时间呢?"周师傅慨然答允。

"定在后天。"老坎回答。

"后天一早走,就说从重庆来的,暂时疏散一下。德芳同你上下,幺妹子同长歌一道,给乡下办个礼性,去就是了,没得问题。你们穿着都换成长衫子,戴博士帽,围巾围高一些。到了乡下,少出龙门子,要做成逃难的样子。住定了后,我隔几天来看你们。"

礼性:礼物。

平原上刮起寒冷的西北风,四驾黄包车,前面坐的师傅的媳妇、德芳和丁老坎;后面两驾坐的欧长歌同幺妹子。包车在破烂的长途马路上颠簸,到下午四五点钟到了唐昌,再换鸡公车,沿着马路旁的乡村小路,小桥流水,走了几里路,终于问到关家院子。这院子是典型的川西平原的住家地方,竹篱茅舍,"远近林盘如绿岛，万顷嘉禾似海洋"。狗已汪汪叫出林盘来了，吴大爷一面呵斥狗不要乱叫，一面接他们进竹林深处。他家的堂屋门前，师傅的儿子早一天已到这儿等待他们了。

他们先把送的厚礼放在堂屋桌子上，两个猪腿挂在柱头上。吴大爷问他们重庆怎么样。

丁老坎答："乱了套，兵荒马乱，我们只有到周师傅这儿来了。"周师傅的这块地方，租给吴大爷有多年了，主客双方都处得很好。吴大爷又是个戏迷，还在附近高店子又开了一家糖果铺，亦农亦商，酒饭两开。平时打听到城内有好戏，来回几十里，戏瘾过足，精神已来了，一路叭几口叶子烟，哼几声"明亮亮灯光往前照"，回家倒上床就睡去了。大爷的日子还是过得有板有眼的。何况周师傅对吴大爷又大方，把这几十亩田当作他晚年一笔收入，得过且过，对吴大爷也不斤斤计较，日子过一天算一天。明天的日子究竟怎么样，他也没得什么看法，只晓得天快亮了，日子或许好过些。重操旧业，恐怕不成了，没得嗓子，唱戏人的本钱也没得了。他徒弟也到中年，班子还做得起走，在川西坝子跑场份，也还混得过去，他想去找他的徒弟。去搞什么呢？去当彩女，做屏风？虽说家业一天天地破烂，还没有到吊起锅儿甩的时候。当年捧他的，给他买田置地的官儿们，今天已不见了，想起过去的相好，不免凄切零落，一个人孤孤单单，由于身体上的需要，他无可如何地感到了难于

叭（bá）：使劲吸。

彩女、屏风：指跑龙套的小角色。

吊起锅儿甩：断炊。

忍受的地步。先前侍候他的佣人，他还把他养起，离不得他，要不然，连一个说话的人也没有，那才凄凉！

城里头的人来乡下住几天，又不能随意走动，感到百无聊赖。冬天的天气，吃了午饭，天就黑起脸像要垮下来了，寂寞近黄昏。欧长歌口里念出女诗人陈敬容的诗句："从乌鸦的翅膀上掉下了沉重的黄昏……"人们都盼望天快亮了，却怎么又到黑夜，夜长梦多。

一大早从店子上传来的消息："今天赶场，周师傅要来看你们。"这是一个大好的消息。欧长歌同丁老坎吃了早饭急急忙忙地走向场上出发。不一会儿就到了糖果铺，进到内室，周师傅已到烟盘子上在过烟瘾了。烟瘾过足，精神来了，欧、丁二位，走近床铺向周师傅问好，急于要了解这几天城内的情况："前天半夜爆炸声是咋个的？"

且听周师傅过足烟瘾，神光气足慢慢道来："警备司令部严猫儿要来鲊起了，胡宗南派来了盛文，代替了严猫儿。你们走后变化大，盛文一来，就是他们那一套，要维持地方秩序，不说不提，就绑出了十六个人，枪毙在春熙路大街上，一下子关门闭户，各人打扫门前雪。当天下午到第二天上午，路断人稀，如死城一座。中午又叫开市，打开铺子，十六具尸体抬起走了。警察局的蔫梭梭地走上街来，没精打采地维持治安。才发现他们没有带枪了，全由盛文新司令的武装代管，一副凶神恶煞的样子。有人看到惜字宫警

不说不提：不说明案情，不提审犯人。

蔫梭梭：情绪低落，萎靡不振。

察分局的熊关火熊局长，坐起吉普车急急忙忙走过去，一问才晓得黑夜爆炸在凤凰山飞机场，也不晓得炸的啥子。全城的人都惊醒了。"他起身喝一口酽茶，猛烈地抽了几口香烟，继续说道，"第二天蒋就在北较场请地方那几个头头，还有他们的虾兵虾将，开的啥子鸡尾酒会，赵志诚的耀华也叫去弄西餐，还有撷英餐厅的刘经理，带了厨子去。赵志诚、刘经理连席钱也没有收到，白忙了。这些还是蓝二爸说的，他们荣乐园是中餐，不然还要赔上几文。把菩萨送起走了，我才来看你们。你们在这儿还清净，还可以躲几天。看来日子不会久了，又听说要和平解放，晓得咋个搞起的？谣言又多，一天扯几次风，该不得打烂哟？打响了我也要跑来你们这儿逃老命啊！"

> 扯风：哄传谣言。

　　欧长歌、丁老坎仔细一听，再加分析，断定日子不会久了，但在这个时候，确有些度日如年。周师傅道听途说听来的耳边风有其可靠性，北较场一席鸡尾酒，如是老蒋，也只能算一席破烂的鸿门宴。此刻而今眼目下，恐他早已飞走了。剩下的残兵败将，只能算强弩之末，走投无路。这几天穿黄军装的拖着一长串，从成都步行去灌县方向，拖儿带女。灌县进去是高山，走投无路，又极其狼狈地原路而回。

　　周师傅、欧长歌、丁老坎吃了顿午饭，喝了几杯绵竹大曲，道一声"再见！"师傅特意地关照丁、欧二位，少出来，就在龙门子里头，不要出来。兵荒马乱，看到熟人也不大好。这个丁老坎是有名的记者，要分外小心，树大招风啊！

周师傅还给他们带了两包又酥又脆司胖子的花生米子来，欧长歌忙发问："司胖子还在卖呀？"

"书场、戏园子照样开唱卖茶，仍然有人看戏、听书。成都人真胆子大。"周师傅回答，他也说不出成都为什么这样平静。

校注后记

文化老人车辐的长篇小说《锦城旧事》的校注工作完成以后，我们觉得有必要向读者交代几句。

这部作品老人从上个世纪70年代就开笔写起，故这次所谓的"校"，实际上是我们对原稿进行了适当的编辑整理，使之更符合正式出版的要求。

所谓的"注"，主要是两个方面：一是方言的注释，即对一些难解的方言词语基本上都予以注出，说明其读音 (以成都话为标准)、含义及背后的民俗世相；二是解决其他可能出现的阅读障碍，如人物、事件、典故等等。所有这些注释都以随页小字旁注出现，共六百余条。本来我们还有一种宏愿，想把本书所涉及的老成都的方方面面全都注出，向读者提供一个更加宏大的认知背景，但这未免有喧宾夺主之嫌，我们的学术水平也十分有限，只得作罢。

这些努力的成败得失还有待读者的检验。其实本书有两种阅读方法，一种边读正文边看注释，一种只看正文不管注释，读者完全可以由着自己的阅读习惯，自行其便，自得其乐。

当代人所写的长篇小说需由当代人来加以校注，这说明文化变迁的急遽和文化传承的艰难。在成都数千年的文明史中，近些年的变动最为剧烈，《锦城旧事》所描写的已杳如黄鹤——这些都使我们深感此项工作的重要和紧迫，承亡继绝，孔老夫子的话，又一次温暖我们在这岁末的飞雪冷雨中。

校注者，2002年12月，成都